U0741918

元代卷

叁

元代卷
新樂府辭

樂府續集

郭麗 吴相洲 編撰

上海古籍出版社

卷二七四　元新樂府辭七

葛天氏牛尾八闋樂歌辭

吴　萊

詩序曰：「古者葛天氏之世，世道治矣，而人民康乂，樂是用作。始教人操牛尾投足而歌之，是亦天地之間自然之至音也。然而樂辭不傳，後有博古閎覽者，惜古樂之日閟不顯，托而補其辭，凡八章。」①詩跋曰：「右葛天氏《八闋樂歌》辭凡八章。蓋予嘗讀《吕氏春秋》，頗載葛天氏之樂名，而不聞其樂辭。予故本其樂名，特補其缺。樂則古矣，樂辭今也。古今之樂，殆不可以遽同者也。然今之天下，猶古之天下。是雖邈乎遠在數千百載之下，何獨不如葛天氏之世乎。古之説者，每稱上古之世代，曆紀者尚矣。自皇雄以來，伯牛受禪，迄于葛天氏，十有餘傳，歷年之久近，都邑之建徙，要皆不能以必得其實者，况其樂哉。然以古之王者，道合乎上，德依乎下。恬澹而神明内顯，恭默而政教四達。煦焉而春發，凛

---

①《全元文》卷一三六五，第29頁。

焉而秋肅。陰陽之氣，畜積而舒布；民物之俗，優游而康樂。由是天地自然之音，出之於口而成歌；天地自然之節，動之於手足而成舞。舞必三人，歌必八闋。操之必以牛尾，播之必及於帝功、民事。吾知其節八音，行八風，屈伸綴兆，俯仰參錯，而具有其容矣。吾又知其沐浴膏澤，歌詠勤苦，聲文音律，安徐和緩，而務合乎法矣。皇雄之琴，女媧之笙，朱襄之瑟，伊耆之籥，前後相耀，彼此相襲。是蓋近而《英》咸《韶濩》，遠而巾拂鞞鐸之所自出者也。近古以降，大樂官失職，古樂日廢，然而五音、七音、六律、六十律、四清聲、八十四正調之法度，猶有賴乎西域龜茲之所傳。唐末五代之亂，又從而殘缺不備，訛謬失節，至使蜀一黥卒而欲立一代之樂府。鎔金鏤石，崇牙列簴，足以極衆工之選，雖若名儒鉅子，學不聞古，樂無其師，竟無有一舉口議其可否，而請以更張者。於是古之所以吟咏其性情，動盪其血脉，消融其查滓者，無復可見，而淫藝邪僻，驕慢輕剽之風，日競月增，靦不之恤。子女獿擾，舉聲號呲，杯盤狼籍，頓足跳踴，則已雜出於鄉邦聚會賓客讌飯之間矣。嗚呼！古今之樂，其信不可以遽同者耶。此予重有取乎葛天氏之樂名，而特補其樂辭者也。後有聞者，得而歌之，且將惕然有感於古樂之不作矣，又何愧乎樂辭之今也哉。然以黄帝以下六代之樂，與夫成周之九夏，唐元結、皮日休乃得而盡補其缺。鼚乎鼓之，軒乎舞之。或者當百王之末造，而猶可以得返太古之遺聲乎。嗚呼！遠矣。予是以特録其辭，而又論之。尚庶幾乎大樂官之采擇。」①按，據詩序詩跋，該組詩乃補上古樂歌，類《樂府詩集・新樂府辭》元結《補樂歌十首》，且有希冀樂官采擇之意，故予收録。

載民一

於赫顥穹，降厥生民。生民如何，群物與淪。俗無上下，親孰父子。爾騃爾狉，孰綱孰紀。泊乎無名，澹乎無聲。天地無作，聖人化成。我民自化，帝不汝得。是曰載民，我民之則。

玄鳥二

玄鳥來矣，我民其興。氣以陽發，質以陰凝。玄鳥歸矣，我民曰息。静安其性，動職是職。爾居爾巢，禽獸蟲蛇。爾食爾火，蚌蛤果蓏。我利我養，相時制宜。匪政匪教，尚安所施。

---

①《全元文》卷一三六五，第31—32頁。

遂草木三

邈矣上古，元氣肇萌。彼浮斯芟，庶草彙生。孰闢我區，孰豐爾茁。標山砅川，撑皮采實。火無爁炎，水無浩洋。狡蟲斯伏，鷙鳥弗翔。允哉樂兹，草木蕃廡。嗟吾何思，維聖之緒。

奮五穀四

孟春正月，我出于田。矧我勞勩，懼我瘠捐。揉木耒之，剡鐵耜之。天雨澮之，時風耔之。維穈維芑，維稻維粱。弗爾穢莠，亦弗螽蝗。五穀告熟，民人率育。育焉熟焉，自古有年。

敬天常五

太元伊始，風氣日開。天有常道，生養死埋。犬鷄巷中，麻麥畝首。貨財既來，什器孔有。卧則呿呿，食則吁吁。飢則求食，飽則棄餘。於乎不顯，孰不念聽。日監在兹，奈何不敬。

建帝功六

昔在泰皇，君臣道生。君有五期，輔有三名。上昭天光，鳥獸文章。下協地符，龜馬圖書。

一人在位，萬邦順軌。無幽弗燭，無險弗砥。黎獻共臣，蚑蠕畢從。匪帝之功，伊誰之功。

依地德七

我望兩海，中有崐崘。天霧被迹，乾曜合元。孰來蜚龍，孰度七囿。人禽并擾，庶品蕃毓。乾以易知，坤以簡能。甲曆既正，機矩迭乘。帝予何言，天地之德。我民之依，俾民弗忒。

總萬物之極

自有聖人，我革鴻荒。何毛何血，曷弁弗裳。維聖人富，維聖人壽。聖人之厚，萬物之阜。熙熙乎和，皞皞乎大。道有自然，德無疆界。爰命樂師，投足握毳。欽兹念哉，天下攸歸。《全元文》卷一三六五，第29—31頁

八駿圖

吴　澄

陰山鐵騎千千匹，雨鬣霜蹄神鬼出。風馳雲合暗中州，蹂盡東賓西餞日。豈皆騕褭與蜚黄，拓土開基功第一。忽於紙上見八駿，穆滿所乘最超逸。如今已死骨亦朽，漫向毫端想毛質。

當時造御天上藝，僅到瑶池王母室。暮雪霏霏黄竹歌，日行三萬竟如何？逢時莫問才高下，只與論功孰少多。《全元詩》，册 14，第 316 頁

同前

范梈

天上房星照九垓，翩翩西域畫龍媒。崑崙一去無消息，空見人間八駿來。《全元詩》，册 26，第 422 頁

同前

舒遜

君不見鎬京周穆王，馳騁八駿游八荒。瑶池宴罷歸來晚，脱羈縱逸交騰驤。又不見燕昭千金求駿馬，朽骨售之亦償價。方今歸牧華山陽，却把丹青作圖畫。戴公妙筆絶世奇，功與造化争錙銖。披圖三嘆無人識，只有當年伯樂王良知。《全元詩》，册 47，第 270 頁

陳教授捕蝗寶坻

吴師道

按，《樂府詩集·新樂府辭》有《捕蝗》，元人又有《捕蝗行》《捕蝗嘆》《捕蝗詩》，均當出於此，亦予收録。

去年之夏幾生螽，捕除分道疾如風。寶坻從事心獨苦，調選强力休罷癃。焚香禱神神與通，蝗自相食一夕空。大書聯帛擁歸馬，兒童父老争言功。我聞開元相姚崇，按稽古法畀火攻。目前除患事應爾，潛孚乃在冥冥中。當今明良布德澤，四錢米斗何難同。近聞遺種時出地，若遣督捕無如公。《全元詩》，册 32，第 49 頁

捕蝗行并序

胡祗遹

詩序曰：「至元六年，北自幽薊，南抵淮漢，右太行，左東海，皆蝗。朝廷遣使四出掩捕，僕奉命來濟南，前後凡百日而絶，故作是詩。」

老農蹙額相告語，不憚捕蝗受辛苦。但恐妖蟲入田中，緑雲秋禾一掃空。敢言數口懸饑腸，無秋何以實官倉。奚待里胥來督迫，長壕百里半夜撅。村村溝塹互相接，重圍曲陷仍横截。女看席障男荷鍤，如敵强賊須盡殺。鼓聲摧撲聲不絶，暍死豈容時暫歇。枯腸無水烟生舌，赤日燒空火雲裂。汗土成泥塵滿睫，上下杵聲如搗帛。一母百子何滋繁，聚如群蟻行驚湍。嘉穀一葉忽中毒，芃芃枝榦皆枯乾。無乃民勞吏無德，可能百郡俱貪殘。廟堂調燮亦有道，胡爲凶蠭來相干。聖躬愛民夜坐起，遣使日馳三百里。太宗吞蝗那可比，願隨時雨俱爲水。誰憐粒食誠艱食，螟螣蟊賊口中得。土戰勤勞血戰憂，田家一飽豈易求。今冬斗粟直三錢，力回凶歲成豐年。公私倉廪兩充盈，大車小車輸邊兵。《全元詩》，册7，第60頁

後捕蝗行

胡祗遹

飛蝗撲絶子復生，脱卵出土頑且靈。有如巨賊提群朋，群止即止行則行。過坎涉水不少停，若奔期會趨遠程。開林越山忘險平，倍道夜走寂無聲。累累禾穗近秋成，利吻一過留枯莖。生機殺機誰控衡，强梁捕取理亦明。深塹百里中有坑，投軀一落不可升。億萬鍤杵敵汝勍，肝腦塗地如丘陵，行人兩月增臭腥。咄哉妖蟲竟何能，火雲赤日勞群氓。《全元詩》，册7，第61頁

八月八日過嘉興捕蝗行

唐元

東村柝喧天，西村叫傾市。捕蝗官雖來，無救我禾黍。圩田已破今無秋，舊泪未乾新泪流。富家有米量玉子，菰蒲昨夜風颼颼。民窮乃至此，萬一寬征求。君不見往年北殍來南州，纍纍老稚令人愁。《全元詩》，册23，第206頁

捕蝗嘆

王結

田家愛苗如愛身，朝鋤夕擁屯蒼雲。那知螟螽作妖孽，雄吞恣食何紛紛。田間四望無邊垠，老農蹙額心如焚。飛文令丞報郡守，掃除撲擊連朝昏。桑林駭駭伐鼙鼓，萬指奔趨赫如怒。火雲烜赫日方炎，禦災捍患寧辭苦。夜深然火更焚瘞，恐入鄰州罹罪罟。蝗蟲未盡苗已空，婦子哀哀泪如雨。九重睿哲燭幽遠，廟堂至計寬邦本。詔書已復田租半，賑乏行看倒倉囷。貧民小忍勿逃亡，眼中樂土知何鄉。皇家盛德惠黎庶，能令饑饉爲豐穰。《全元詩》，册28，第77頁

岳柱留守捕蝗詩有序

釋大訢

詩序曰：「岳柱留守，嘗監懷慶路。穀將登而蝗至，禱之唐太宗廟。一夕大雨，蝗盡死，歲以大穰。都人士作詩美之，予亦追賦一首。」

蛇可捕兮虎可搏，古者尚譏官政虐。彼蝗爲災不可禦，忍使吾民委溝壑。我侯作郡民父母，救災弭患必師古。貞觀天子天可汗，仰天吞蝗天悔怒。新廟奕奕神所持，牲肥酒旨拜且祈。我苗芃芃黍離離，嗟我婦子同耘耔。生而孔艱復殘之，曷若勿生勞我爲。雲車風馬來委蛇，凍雨前導風淒其。盡殄孽類無留遺，僵若蟬蛻粘枯枝。民頌侯德侯曰辭，歸功于神民不疑。嗟哉彼蝗人共知，彼人而蝗胡可欺。膾人之肉啖以肥，維路暨粲盗所資。亦有讒舌如銛錐，笑談只尺生危機。古來覆國七廟隳，四海流血民瘡痍。神不殛之神所疵，惡稔而斃往莫追。天人好惡常背馳，不生鸞鳳生梟鴟。茫茫大化不可推，爲惡可肆爲善危。文皇至今天日姿，宜錫我侯福如茨。如房如杜登天墀，去惡如草務芟夷。如殲厥蝗不復滋，吾民重覩貞觀時，作歌長慰吾民思。《全元詩》，册32，第158頁

澗底松

陶安

兩崖峭立夾幽澗，澗底長松生直幹。崖高澗低無路通，鐵骨霜鱗有誰看。托根若在徂徠野，千尺良材逢匠者。拔爲梁棟登廟堂，豈容偃蹇山林下。澗底松，安可賤，地位雖卑獨無怨。不願用於漢家未央宫，不願用於唐室含元殿。久無帝舜作巖廊，甘分沈淪羞賈衒。自從長養數百年，絶彼斤斧全吾天。未央含元雖壯麗，回首瓦礫淒寒烟。君不見犧尊青黄木之災，至寶不琢真奇哉。《全元詩》，册 56，第 496 頁

李夫人

馬祖常

未央天子香醺骨，夫人不貯黄金屋。水銅無光澀秋月，留得當年舊蛾緑。瑶臺夜佩聲闌珊，沉雲叫雁沙泉寒。二十五弦彈鳳凰，玉釵小燕飛春山。《全元詩》，册 29，第 303 頁

同前二首

楊維楨

其二詩序曰：「李延年歌『北方有佳人』事。」

絶代一佳人，美色如洛妃叶呼。春月爲作眉上彀，秋水爲作眼中波叶逋。歌瓊蕤，舞玉枝，君王有情不自持。玉枝一夜摧，瓊蕤一朝落，君王之心何以樂。若有人兮有若無，來遲遲兮去促促叶乎。夫容葉上清露結，晴光倒射金虹滅。山爲雨，海爲雨，何得分明夢中語。落蛾影滅百子池，靈風一陣綵雲飛。爲雨，或作爲雲。何得，或作何時。《全元詩》，册 39，第 25—26 頁

金屋君王獨有情，少翁魂魄夜張燈。可堪一死禍猶烈，身釁胡塵到李陵。《全元詩》，册 39，第 90 頁

秦吉了

林景熙

題注曰：「《邵氏聞見録》：瀘南有畜秦吉了者，能作人語，夷酋欲以錢十萬買之。其

人告以貧，欲賣之。秦吉了曰：『我漢禽也，不願入蠻夷山。』不食而死。」

爾禽畜於人，性巧作人語。家貧售千金，寧死不離主。桓桓李將軍，甘作單于鬼。《全元詩》，册 10，第 393 頁

罩魚歌

王惲

題注曰：「夏五月六日作於洄溪東軒。二李生，用南梁劉之亨夢二李生事。」

稻秧針如溪可揭，春水桃花魚失勢。野人乘捕趁農閑，風暖溪深張水戲。輕舠前漾撒巨網，後擁罩竿遮兩際。大魚赤鱔如有神，一夕雷風先遠逝。終朝罩罩盡常材，柳貫壺携不餘棄。行觀窟宅幾一空，河伯波神爲慘悴。君不見天生萬物盈兩間，物物資人供所嗜。用惟有節取有時，食不能勝非小惠。山不幽來水無阻，智出犧皇結繩罟。上焉神理下物情，以類以通無過舉。於戲三代根此心，後世胡爲棄如土。東軒歸夢二李生，我輩何辜遽如許。《全元詩》，册 5，第 151 頁

惜春詞

程一寧

元陶宗儀《元氏掖庭記》曰：「程一寧未得幸時，嘗於春夜登翠鸞樓，倚欄弄玉龍之笛，吹一詞云：『蘭徑香銷玉輦綜，梨花不忍負春風。緑窗深鎖無人見，自碾硃砂養守宫。』帝忽於日下聞之，問宫人曰：『此何人吹也？』有知者對曰：『程才人所吹。』帝雖知之，未召也。及後夜，帝復游此，又聞歌一詞云：『牙床錦被綉芙蓉，金鴨香銷寶帳重。竹葉羊車來别院，何人空聽景陽鐘。』又繼一詞曰：『淡月輕寒透碧紗，窗屏睡夢聽啼鴨。春風不管愁深淺，日日開門掃落花。』又吹《惜春詞》一曲曰……歌中音語咽塞，情極悲愴。帝因謂宫人曰：『聞之使人能不悽愴，深宫中有人愁恨如此，誰得而知？蓋不遇者亦衆矣。』遂乘金根車至其所。寧見龍炬簇擁，遂趨出叩頭俯伏，帝親以手扶之曰：『卿非玉笛中自道其意，朕安得至此？懪懷中遣况無地，是以來接其思耳。』携手至柏香堂，命寶光天禄厨設開顔宴，進兔絲之膳、翠濤之酒，雲仙樂部坊奏鴻韶樂，列朱戚之舞，鳴睢之曲。笑謂寧曰：『今夕之夕，情圓氣聚。然玉笛，卿之三青也，可封爲圓聚侯。』自是寵愛日隆，改樓爲奉御樓，堂爲天怡堂。」①按，元人又有《惜春吟》，均當出於此，亦予收録。

春光欲去疾如梭，冷落長門苔蘚多。懶上妝臺脂蓋蠹，承恩難比雪兒多。《全元詩》，册52，第616頁

惜春吟

洪希文

去年醉倒百花傍，旁人拍手笑我狂。今年花酒兩無分，一春正坐讐書忙。先生讐書未肯出，詠柳題花閒度日。朝來著步花已空，搔首東風長太息。《全元詩》，册31，第140頁

① 《元氏掖庭記》，《香艷叢書》三集卷二，第113—114頁。

卷二七五　元新樂府辭八

春詞二首

耶律鑄

按，《樂府詩集》無此題，然宋人張耒有《春詞》，《張耒集》置於「古樂府歌辭」類，宋代卷收入新樂府辭。元人《春詞》，或擬此而來，故予收録。

曉蘭香露泣愁紅，睡起沉吟遶露叢。蕩子不來花落去，教人争不怨春風。

空限勒花春事晚，及開零落却生嫌。春風若不曾相識，何事頻來揭畫簾。《全元詩》，册4，第143頁

同前

元　淮

綉被春寒掩翠屏，家常只繫石榴裙。鮫綃誤落花磚上，旋向沉香火上薰。《全元詩》，册10，第

134頁

同前

趙若槷

玉釵香夢水東流，簾怯春寒倚暮鉤。燕子不來花滿地，一痕新月又西樓。《全元詩》，册 12，第 321頁

同前

薩都剌

深宮盡日垂珠箔，别殿何人度玉箏。白面内官無一事，隔花時聽打毬聲。《全元詩》，册 30，第 148頁

同前

胡奎

江城五更雨，催得杏花開。小立茅檐下，一雙新燕來。《全元詩》，册 48，第 373頁

次韻賦春詞三首

宋褧

象口香消冷瑞烟，錦衾羅薦戀朝眠。一心要續懷春夢，不管啼鶯繞檻前。

妝樓淡月轉廊腰，晴露和春浸碧桃。愛品鳳簫腔未穩，夜天空望彩雲高。

嬌春楊柳暗藏鴉，掩映文窗一樹花。寒食清明都過了，悄無車馬問儂家。《全元詩》，册 37，第 283 頁

和趙朋南春詞四首

謝應芳

落梅風急綺疏寒，檐鐵鏘如響八鸞。堪笑嬌癡兒女子，折花騎竹繞長干。

多謝提壺不住鳴，杏花枝上月三更。銀罌瀉盡葡萄緑，祇爲傷春醉不成。

小閣鈎簾待月時，燭花頻剪夜何其。惜春不奈春宵短，翻憶秋宵玉漏遲。

花拂盆池入鏡光，柳摇臺榭弄鵝黃。晚來頗覺東風惡，分付薰籠爇煖香。《全元詩》，册 38，第 83 頁

春詞和韻七首

胡天游

緑窗紅燭製春衣，宫樣花紗要入時。玉手怕裁雙鳳破，并刀欲下更遲遲。
日射珠簾試曉晴，隙光斜上寶釵明。碧紗窗下無消息，閒數吴蠶幾個生。
自尋蜀紙寫吴歌，小字斜行未省多。嬌懶却嫌春戰冷，手拈牙筆倩人呵。
暖風深巷賣花天，争買繁華裊鬢邊。揀得一枝紅躑躅，隔簾抛與沈郎錢。
雙鵶不惜涴泥沙，閒逐吴姬鬥草芽。贏得阿嬌金半臂，背人含笑入桃花。
貪逐春風趁伴游，不知明月上稍頭。兒夫若問歸遲意，幾度穿花避紫騮。
昨日江頭看緑楊，歸來學得兩眉長。低聲更向蕭郎問，又恐眉長不稱妝。《全元詩》，册 54，第 326 頁

春詞集句

鄭允端

春色沉沉鎖建章，武元衡。困人天氣日初長。朱淑真。閑來獨立雕檐下，韓偓。笑殺雙飛燕子

忙。王建。《全元詩》，册 63，第 122 頁

春愁曲

王沂

花房泣露珠滴紅，綉屏金鴨香濛濛。鸎鵡喚遲梳洗晚，游絲撲蝶飛燕嬾。蕊粉染黄塗額好，赤心莫擘庭前棗。虬鬚公子射麋歸，望覺雄心醉中老。别起高樓連苑東，鸞弦鳳竹幾春風。一自驊騮思故櫪，門前芳草年年碧。《全元詩》，册 33，第 155 頁

同前

曹文晦

春風吹愁花上來，美人花下銀箏哀。去年花開共春燕，今年花開春夢遠。黄鸝紫燕感時鳴，亦既見止寧無情。只愁青春不長好，名花易落人易老。一雙蝴蝶不知愁，東園花落西園游。《全元詩》，册 37，第 404 頁

同前

郭翼

春陽動宮沼，花色明闌《御選》作蘭。薄。文鶯帶柳垂，黄蜂粘絮落。霓裳久不舞，叢篁愁未炙。寧知色易衰，祇念恩如昨。《全元詩》，册 45，第 451 頁

同前

鄧雅

昨暮思出游，今朝還復止。瀟瀟風雨聲，總在春愁裏。落花沾污泥，片片飛不起。何事與閒愁，共付東流水。《全元詩》，册 54，第 240 頁

同前

孫蕡

妾意一何長，春光一何短。良人游冶郎，去去不知遠。含桃石竹花盡紅，房櫳胡蝶醉春風。令人翻愛遠離別，孤絶相思情更濃。《全元詩》，册 63，第 259 頁

和楊孟載春愁曲之什

楊維楨

小樓日日聽雨卧，輕雲作團拂簾過。金黄楊柳葉初匀，雪色棠梨花半破。東家蝴蜨飛無數，西鄰燕子來兩個。玉關萬里尺書稀，春風不似春愁大。《全元詩》，册 39，第 240 頁

和春愁曲

盛彧

鵝黄柳枝撲輕雨，裊斷新愁千萬縷。菱花倦拂瑣窗間，吹得瑶笙雜鶯語。下床不受春風扶，傷春擊碎青珊瑚。香消玉散綉針澀，閒開五色雙氍毹。離恨難禁情未愜，那肯將心托紅葉。翠帷深護曲闌花，羞殺東家白蝴蝶。《全元詩》，册 52，第 427 頁

古碌碌詞

馬臻

宋洪邁《容齋隨筆》三筆「碌碌七字」條曰：「今人用碌碌字，本出《老子》云『不欲碌碌

如玉，落落如石』。孫愐《唐韻》引此句及王弼别本以爲琭琭，然又爲録録、娽娽、鹿鹿、陸陸、禄禄凡七字。《史記》：『毛遂云：『公等録録，因人成事。』《唐韻》以爲娽娽。《漢書·蕭何贊》云：『録録未有奇節。』顔師古注：『録録猶鹿鹿，言在凡庶之中也。』《馬援傳》『今更共陸陸』。《莊子·漁父篇》：『禄禄而受變于俗。』後生或不盡知。」①明于慎行《穀山筆麈》曰：「碌碌、録録、鹿鹿、陸陸，四字通用。」②按，元人又有《碌碌行》，當出於此，亦予收録。

碌碌復碌碌，我所思兮在空谷。空谷幽蘭獨自芳，欲往從之失南北。濁涇清渭不用分，試聽鳥啼丈人屋。子雲枉著太玄經，千載寥寥有誰讀。何如北窗一覺睡，況乃百年如轉燭。不然留取三百青錢換美酒，爛醉春風歌碌碌。《全元詩》冊 17，第 124 頁

① 《容齋隨筆》三筆卷一三，第 567 頁。

② ［明］于慎行撰，吕景琳點校《穀山筆麈》卷一四，中華書局，1984 年版，第 152 頁。

碌碌行寄保昌縣丞童豫

孫蕡

碌碌復碌碌，驅馳半世爲斗粟。去年臘冬江左邊，今春又駕江南船。家貧每畏別離苦，不知携累還顛連。炎雲四月關門道，青泥滑滑雜流潦。黄梅雨裏𦨴輈啼，瘦妻前僵子後倒。君時相見能相憐，自出床頭官俸錢。東家蹇驢覓借我，使我枯槁回春妍。貧賤結交常草草，多難逢君識君好。不得與君長周旋，關門長望令人老。《全元詩》，册 63，第 275 頁

獵騎

劉秉忠

三驅長是失前禽，四合應難免上林。坐不垂堂太驕惰，國家何啻有千金。《全元詩》，册 3，第 195 頁

雙吹管

胡　奎

瑶臺明月凉，玉琯回雙鳳。不知誰氏女，參差隔花弄。《全元詩》，册 48，第 376 頁

官糴糧

顧　瑛

詩序曰：「美山東趙公伯堅也。公以江西行省檢校官，來浙右糴米十萬石賑飢。至是，吴民苦於官糴，公一無所擾，而官亦不勞而集。瑛雖不才，敢傚白居易體作是謡，使吴民歌以餞其行云。」①按，《樂府詩集》無此題，據詩序，此詩當爲仿白居易新樂府而作，故予收録。

官糴糧，官糴糧，東吴之民自遑遑。去年今年來侍郎，凛凛六月生秋霜，官錢未給先取將。今朝十萬上官倉，明朝十萬就船裝。小斛較斛大斛量，吏弊百出那可當。輸錢索物要酒漿，磨

---

① 《全元詩》，册 49，第 3 頁。

牙吮血如虎狼。滿身鞭箠成痍瘡，郡侯視之泗滂滂。忍使吾民罹厥殃，實欲止之無計張。官糴糧，官糴糧，東吴之民無積藏。山東趙公來南昌，南昌殺賊如犬羊。賊雖解圍民亦荒，貧者守死富食糠。愛民誰如趙平章，手發官帑錢百囊。公既得之夜乘航，緣江逋賊肆獗猖，操舟帕首來取攘。我公挽弓二石强，百發百中賊始亡。倍道十日抵蘇杭，誓不移文下官坊。微服民間身作商，指廩發粟酬其償。十萬月就民不傷，千艘萬斛如龍驤。黄旗赤幟分兩綱，南風開船若雁行，船頭擊鼓聲鏜鏜。六月牽江過鄱陽，新米未熟舊米香，江西之民無枯腸。官糴糧，官糴糧，粒粒盡是民脂肪。天子端居白玉堂，相君峨峨坐廟廊，紫衣朱服列兩廂。天門九重啓煌煌，豹蹲虎踞嚴其防。覆盆不照日月光，誰能奏額奏帝旁。以公糴糧爲典常，東吴之民始安康。官糴糧，官糴糧，東搬西載道路長。去年押糧上蘄黄，今年五月未還鄉。安得風塵静四方，羊腸蜀道成康莊。舟車所至皆來王，普天之民樂而昌。天子聖壽垂無疆，萬年千載不用官糴糧。《全元詩》，册49，第3頁

獨禄篇并引

楊維楨

詩引曰：「古樂府《獨禄篇》，爲父報仇之作也。太白擬之，轉爲雪國耻之詞。予在吴

中，見有父仇不報而與之共室處者，人理之滅甚矣。爲賦此詞，以激立孝子之節云。」

獨禄獨禄惡水濁叶逐，仇家當族，孝子免污辱。孝子軀幹小，勇氣滿九州，拔刀削中睨父仇。父仇未報，何面上父丘。漆仇頭爲飲器，臠仇肉爲食啜，頭上之天纔可戴。《全元詩》，册9，第5頁

讀五代史記作古樂府五首

王　惲

按，元人組詩總題爲《古樂府》者，各首或古題，或新題，古題據《樂府詩集》已有題名分歸各卷，新題收入本卷。此組詩凡五首，其一爲《楊柳枝辭》，已收入近代曲辭，故本卷止録後四首。明胡震亨《唐音癸籤·樂通二》「唐曲」《檀來歌》小注曰：「周世宗伐南唐，軍中制。」①

檀來歌

泛樓舡，下淮浦，百萬貔貅歌且舞。不殺降，不掠虜，吾君吊伐真湯武。爾檀來，不欺汝，皡

① 《唐音癸籤》卷一三，第142頁。

皞王風樂吾土。

椒蘭怨

昭皇迫東遷，望絶忠臣援。堂堂雁門兵，祇足速禍變。帝酣長星杯，醉魄迷椒殿。神龍失水机上肉，惡梟啄門夜漏半。龍興赤霧天爲紅，一竄三百皆皇宗。唐家大業至此盡，自古亡國未有若此之哀恫。梁王歸罪將誰紿，奴輩雖誅天有在。金祥殿空殺氣高，賤珪白刃專相待。

汜水行

五季權在兵，逆順係財賄。同光當宁能幾朝，牝鷄司晨傾内外。添都買宴物山積，盡入掖庭充内費。君王政荒優宦狎，將相無辜恣誅殺。蜀資百萬賊所徼，縱有其能供近渴。一夫夜呼汜水東，絳霄樓頭兵反攻。雍陵竟墮所好死，英武杳逐仙音空。先皇有識如相問，三矢雖還未克終。

劉山人歌

劉山人，黄鬚模糊衣袖褸。著囊藥笈手自攜，親詣宫門來省女。將軍物色不少差，其奈后方争寵嫵被驅。吾父已兵死，何物田翁來辱污。椒房恩遇望遂空，破帽東歸心痛楚。長吁行念樂天歌，不重生男重生女，此事到吾爲妄語。嗚呼五季皆天民，人倫濁亂疏反親。當時乖盭同一氣，天理何有劉山人。劉山人，莫悲泣，伎方終老固賤貧，却免誅夷爲外戚。《全元詩》，册 5，第 127—128 頁

卷二七六 元新樂府辭九

古樂府八首并序

葉懋

詩序曰：「古騷人韻士身處亂離，未嘗不寓情於篇翰，以發其悲惋愁鬱之氣，情激於中，不能自已，殆猶霜鐘候管，時至而聲氣自相鳴應者也。余嘗讀屈原《九歌》《懷沙》，阮籍《詠懷》諸詩，及杜少陵、李太白《秋風》《出塞》《遠别離》等作，千古令人墮泪。信乎聲詩之好，其感於人心之深者如此。余生逢兵革，今漸老矣。適丁其時，顧思前賢，經心閲目，若合一契，因取古題作樂府一十四章歌之，以寄其意。或取其義於彼而發興於此，或感古以嗟今，或詠歌其事而慷慨憂傷有不能自已者，雖詞意工拙，不敢以擬古人，而其悲惋愁鬱之氣，則不以今昔之殊而有異也。輯而録之，以識歲月云耳。鄱陽葉懋謹序。」按，此組詩中《天馬歌》已收入郊廟歌辭《天馬》題下，《鷄鳴度關曲》已收入相和歌辭《鷄鳴篇》題下，《牧羝行》已收入新樂府辭《牧羝曲》題下，《淮陰詞》已收入新樂府辭《淮陰行》題下，《古長城吟》已收入新樂府辭《長城》題下，《鴻門宴》因有元代他人擬作，故與擬作列于一處，餘八題皆録于此，故題亦改作《古樂府八首》。楊弘道《變古樂府小序》曰：「元光、正大間，李長源、王飛伯輩，競效樂府歌詩，沿襲陳爛，殊無意味。近有三篇，以舊題爲律詩，道今日事，前未有如此作者。因欲收拾古樂府，盡入此格，俾後之詩人言此格自吾家始，亦詩之一變也。」①楊維楨《玉笥集叙》曰：「《三百篇》後有《騷》，《騷》之流有古樂府。《三百篇》本情性，一出於禮義。《騷》本情性，亦不離於忠。古樂府，雅之流、風之派也，情性近也。漢魏人本興象，晉人本室度，情性尚未遠也。南北人本體裁，本偶對聲病，情性遂遠矣。盛唐高者追漢魏，晚唐律之敝極。宋人或本事實，或本道學禪唱，而性情益遠矣。我朝習古詩如虞、范、馬、揭、宋、泰兩狀元。吴、黄正傳、清老。而下，合數十家，諸體兼備，獨於古樂府猶缺。泰定、天曆來，予與睦州夏溥、金華陳樵、永嘉李孝光、方外張天雨爲古樂府，史官黄溍、陳繹曾遂選於禁林，以爲有古情性，梓行於南北，以補本朝詩人之缺。一時學者過爲推，名余以鐵雅宗派。派之有其人曰昆山顧瑛、郭翼、吴興郯韶、錢塘張暎、嘉禾葉廣居、桐盧章木、餘姚宋禧、天台陳基，繼起者曰會稽張憲也。憲通《春秋》經學，嘗以文墨議論從余斷史，余推在木、禧之上，其樂府歌詩與夏、李、張、陳輩相頡頏，而頓挫警拔者過之。今年春，其友

---

①《全元文》卷一九一，第91頁。

吴遠氏持其樂府及歌行謡引經余删選者三百餘首，將梓行於時，求余叙首。余聞唐鎦駕作唐樂府，自恨不得貢升宗廟，獨與耕稼陶漁者歌於田野江湖間，以爲一快。然其詩僅勝蘇□，未能闚門墻於韓琴操、柳鐃歌也，而世猶傳之不廢，矧憲詞出其右者乎？其有傳而先光余雅，不伺余言矣。恨余且老矣，□□□□朝而采風，又以喪亂廢職，徒使余在山顛水涯，與一二老隱者考槃而歌之。□□□□□□中興，選用文雅，烏知憲詞不被金石，薦郊廟，與古樂府同傳也？吁，憲樂府豈終(下缺)至正戊戌冬，奉訓大夫、江西等處儒學提舉楊維楨叙。」①

九疑山行

君不見湘江之水秋沄沄，鳳凰叫斷蒼梧雲。孀娥慟哭幾千載，竹間之泪猶紛紛。夏王掩泣傷黎兆，簫韶不作乾坤老。莘野孤兒泣槁桑，首陽餓骨埋秋草。秋黯黯，秋雲陰，妖狐夜走猩猩吟。碧峰九點翠烟墨，零陵古窆應難尋。南風之琴竟何在，湘江水闊愁如海。

①《全元文》卷一三三〇，第309頁。

雙劍行

豐城日落烟霧濕，真宰夜懸星斗泣。鐵花綉蝕青蛇痕，惆悵無人識英物。群凶構逆天地荒，雌雄氣黯蟾蜍光。八王紊政虧天紀，台星夜墮霹靂死。精神不隔雙雌雄，飛入幽潭卧秋水。河清海晏三千年，爲君作雨來青天。

滹沱河吟

滹沱河，水揚波，漢軍欲渡將如何。王郎兵急河水闊，河水流澌冰未結。陽侯一叱層冰起，將軍飛渡滹沱水。河伯效靈人效節，將軍渡河興帝業。君不見昭陵石馬嘶青冥，八公草木皆神兵。王澤厚，天心靈，天意自欲扶中興。雲臺閣上丹青手，請君爲寫滹沱冰。

清渭吟

蟠溪釣翁虬龍姿，白髮照影秋如絲。懷韜已副太公望，調鼎自是周王師。功成拓國東海涘，周室存亡兩終始。行藏用舍吾何求，樂天知命吾何憂。當年不兆非熊卜，白骨長埋渭川曲。

吴江鐵馬行

漢江之水連天碧，三國人材世無敵。曹公兵法亞孫吴，赤壁樓船燧烟黑。飛星散落天無雲，鐵鎖截斷奔波傾。遏險能同劍閣守，鎮國未必踰長城。石頭城下波摇月，東望長江正空闊。吴兒醉飲自酣眠，不知一夜樓船發。

金銅仙人辭漢歌

秦王遣使登蓬萊，海山不見樓船回。漢王自吸九霄露，凌空爲築仙人臺。仙人獨立霄漢頂，俯視人間沸如鼎。武皇欲火正薰天，一滴何曾酌清冷。昆池既鑿魚龍開，滇國自獻真龍媒。偷桃小兒誠戲謔，青鳥未必瑶池來。茂林草樹秋蕭索，火井冰寒厚三尺。仙人辭漢出宫門，清泪如澌愁不得。

華亭曲

九山蒼蒼海之陽，山青海碧生鳳凰。陸家兄弟雙兒郎，碧落萬里同翱翔。鷹鸇啄人多害傷，華亭夜鶴聲凄凉，君胡不游歸故鄉。君不見，張留侯，三世相韓報韓仇。歸來自伴赤松子，一生出處何優游。西風颯颯蓴鱸秋，爲君一醉商聲謳。

秦樓曲

君不見，秦樓女，吹簫學得鳳凰語。天上仙人騎鳳來，吹簫共坐瓊瑶臺。瓊瑶夜半霜如雪，雙鳳高鳴思嗚咽。曲中共指雲霄路，騎得雙鸞上天去。雲窗霧閣深重重，吹簫夜夜歡情濃。銀河水枯滄海竭，不學雙星有離别。《全元詩》，册 47，第 181—185 頁

鴻門宴

葉　懋

按，此題爲葉懋《古樂府十四首》其五，元人又有《鴻門會》，或出於此，亦予收録。

項王力戰如貔貅，喑嗚叱咤千人愁。范增意氣亦雄猛，風壑怒捲鯨鼉秋。鴻門設宴軍容整，赤龍氣懾青蛇影。酒酣數目電光摇，楚漢存亡一俄頃。君不見周家種德開王基，秦王虎視夸雄威。項王殘酷已如此，范公好殺將何爲。天摧地磔貔虎死，赤龍自是真天子。《全元詩》，册 47，第 183 頁

同前

韓信同

花膺綉膊帕抹額，勇士如門森劍戟。沛公對酒顔如灰，主人重瞳光照席。重瞳座上身如寄，卮酒未吞心已醉。醉酣不辨真天人，百萬貔貅眼中睡。春融玉帳香風開，嗚嗚帳下箏琶哀。目前等作萬口計，軍聲四面歡如雷。沛公唯喏非无意，袖中暗挈秦天地。此時可想聽得異，四面軍聲皆漢騎。《全元詩》，册 16，第 165 頁

同前

周 權

項王高宴鴻門北，風雲奔走天爲黑。椎牛刺豹酒三行，譚笑戈矛生頃刻。豈知天命非人謀，玉玦三提事何益。興亡楚漢兩干將，開闢乾坤雙白璧。喑嗚謾説萬人敵，龍準天人竟誰識。玉斗聲中霸業空，烏江江水還流東。《全元詩》，册 30，第 40 頁

鴻門會

楊維楨

按，此題見録于楊維楨《鐵崖古樂府》。

天迷關，地迷户，東龍白日西龍雨。撞鐘飲酒愁海翻，碧火吹巢雙猰貐。暗言范增、項莊。照天萬古無二烏，殘星破月開天餘。此言沛公當獨王天下，羽不得分也。座中有客天子氣，左股七十二子連明珠。軍聲十萬振屋瓦，拔劍當人面如赭。將軍下馬力排山，氣卷黄河酒中瀉。劍光上天寒彗殘，明朝畫地分河山。將軍呼龍將客走，石破青天撞玉斗。《全元詩》，册 39，第 7 頁

同前

張憲

雲成龍，氣成虎，椎鼓撞鐘宴真主。披帷壯士髮指冠，側盾當筵請公舞。白髮老臣心獨苦，玉玦三看君不語。五星東井夜聯珠，天狗欃槍落如雨。鴻溝咫尺接鴻門，千里神騅一夜奔。君不見龍泉影裏重瞳瞽，玉斗聲中五體分。《全元詩》，册 57，第 4 頁

桃花雨樂府一章寄翼之

吾衍

按，《樂府詩集》無此題，然據題名，或爲元時新題樂府，故予收録。

秦源春夢陽臺晚，風散驚紅作秋苑。閒陰碧樹摇暖雲，茸苔羅水香氛氲。蝶飛不濕烟錦路，吴娥怨翣鸞階步。參差海羽雙燕來，依微石舞瀟湘回。《全元詩》，册22，第209頁

梳頭樂府

薩都剌

按，《樂府詩集》無此題。明蔣一葵《堯山堂外紀》收此詩，題作《梳頭》，曰：「薩天錫《梳頭》樂府云。」①則《梳頭》或爲元時新題樂府，故予收録。

---

①《堯山堂外紀》卷七二，續修四庫全書，册1194，第662頁。

紅綃捲袖摇釗聲，摩挲睡眼窺秋菱。陽臺夢斷不知處，一片烏雲愁欲傾。一鈎新月掀雲起，月漸低流雲委地。玉纖盤轉戲龍形，寶釵壓定飛鴉翅。撩春撥曉夸自然，黄金雙燕珍珠蟬。白頭老嫗低低笑，不覺婆婆二八年。《全元詩》，册 30，第 247 頁

小樂府

李齊賢

按，小樂府者，樂府詩之篇幅短小者也。清王士禛《池北偶談》「論小樂府」曰：「楊廉夫自負其五言小樂府，嘗云：『七言絶句體人易到，吾門章木能之。古樂府不易到，吾門張憲能之。至小樂府，二三子不能，惟吾能之耳。』」①清施補華《峴傭説詩》曰：「謝朓以來即有五言四句一體，然是小樂府，不是絶句。」②又，元人亦稱小令爲小樂府，元張養浩歸休時作小令二十七首，結集爲《雲莊休居自適小樂府》一卷，即屬此類。本卷止録題爲《小樂府》之齊言詩作。

---

①《池北偶談》卷一五，第 357 頁。

②［清］施補華《峴傭説詩》，《清詩話》，第 995 頁。

拘拘有雀爾奚爲，觸著網羅黃口兒。眼孔原來在何許，可憐觸網雀兒癡。

鵲兒籬際噪花枝，喜子床頭引網絲。余美歸來應未遠，精神早已報人知。

浣沙溪上傍垂楊，執手論心白馬郎。縱有連檐三月雨，指頭何忍洗餘香。

黃雀何方來去飛，一年農事不曾知。鰥翁獨自耕耘了，耗盡田中禾黍爲。

脱却春衣挂一肩，呼朋去入菜花田。東馳西走追蝴蝶，昨日嬉游尚宛然。

新羅昔日處容翁，見説來從碧海中。貝齒頳脣歌夜月，鳶肩紫袖舞春風。

木頭雕作小唐鷄，筋子拈來壁上棲。此鳥膠膠報時節，慈顔始似日平西。

縱然巖石落珠璣，纓縷固應無斷時。與郎千載相離別，一點丹心何改移。

憶君無日不沾衣，政似春山蜀子規。爲是爲非人莫問，只應殘月曉星知。《全元詩》，册 33，第 367—368 頁

昨見郭翀龍言及菴欲和小樂府以其事一而語重故未也僕謂劉賓客作竹枝歌皆夔峽間男女相悦之辭東坡則用二妃屈子懷王項羽事綴爲長歌夫豈襲前人乎及菴取別曲之感於意者翻爲新詞可也作二篇挑之

李齊賢

都近川頹制水坊，水精寺裏亦滄浪。上房此夜藏仙子，社主還爲黃帽郎。

近者有達官戲老妓鳳池蓮者曰：爾曹惟富沙門是從，士大夫召之何來之遲也？答曰：今之士大夫取富商之女爲二家，否則妾其婢子。我輩苟擇緇素，何以度朝夕。座者有愧色。鮮于樞《西湖曲》云：西湖畫舫誰家女，貪得纏頭强歌舞。又曰：安得壯士擲千金，坐令桑濮歌行露。宋亡，士族有以此自養者，故傷之也。耽羅此曲，極爲鄙陋，然可以觀民風，知時變也。

從教壠麥倒離披，亦任丘麻生兩歧。滿載青甆兼白米，北風船子望來時。

耽羅地狹民貧，往時全羅之賈販甆器稻米者，時至而稀矣。今則官私牛馬蔽野，而靡所耕墾，往來冠蓋如梭，而困於將迎，其民之不幸也，所以屢生變也。《全元詩》，册 33，第 368—369 頁

蒼鷹謡

楊逢原

按，元代卷雜曲歌辭楊逢原《妾薄命》解題已及此詩本末及收録之據，可互參。

惜哉英物姿，饑亦附人飛。《全元文》卷二一七，第 220 頁

覽鏡面

楊逢原

按，元代卷雜曲歌辭楊逢原《妾薄命》解題亦及此詩本末及收録之據，可互參。

空照妾貌醜，不照妾心清。《全元文》卷二一七，第220頁

沅湘感事作原頭路補樂府之遺

徐貴之

原頭路，石楠樹，南去迢迢北來苦。我心日夜望行人，幾寸青蕪成一步。原頭路，去何處，隨取山花轉江渡。牧兒不識行路難，一笠歸村鬥風雨。《全元詩》，册66，第198頁

雅歌一十五首并序

王惲

詩序曰：「雅歌者，爲丞相武公作也。公經略河南之三年，有詔上計行臺。時權臣承制，威震中外，拭吻磨牙，婪婪橫噬，凡可以中傷群辟者，靡不畢至。公以大忠至謹，乃心王室。斂衆人之責爲己責，以天下之憂爲己憂。雖困於跋疐，一身利害，略不爲恤也。蓋欲俾朝廷上存公恕，下不失民心爲重，其大節有如此者。竟能感格帝心，恩終簡在，自非精忠貫日，其孰能與於此哉？所謂臨大事，處大變，而後見其真將真相之度焉。因追作雅歌一十五章，庶幾流播斯美，使後人頌而歌之，顧望若神人然。其辭曰。」按，《樂府詩集》無此

題，然據詩序，當爲新樂府辭，故予收録。又，《通典·樂六》載唐武則天時清樂六十三首，有《雅歌》，與此不同。

讀來黄卷有深功，都見平時日用中。朝下引車常慕藺，行間拔士每知蒙。
陰闔陽開制總司，諸人何與到傾危。微臣有罪天王聖，不患朝廷遠不知。
衮冕桓圭極品榮，校來得失一毫輕。空傳馬援囊珠謗，終見汾陽貫日誠。
天蓄靁風未動威，棲棲遵渚嘆鴻飛。見知正賴龍潛帝，笳鼓歸來有衮衣。
萬馬瀟瀟入漢巴，行臺東下控中華。方思霖雨須賢相，豈特春風動虎牙。
萋菲方成貝錦哀，睿思熒惑若爲開。天教中令心如日，几几俄瞻赤舄來。
品彙流形共化權，歲寒都到老松邊。欺殘太古陰崖雪，始信貞心老更堅。
儀比鸞凰重比山，功高心小古爲艱。平生幹當江南事，事了身名兩不關。
群飛鎩翮入罝羅，棘上青蠅訝許多。良玉儘禁三試火，周人坐搆百升歌。
亢則憑凌懦則摧，秋霜中烈外低徊。虎臣剩有回天力，更着閹兒與孽媒。
拓境每憂王土窄，息肩思與萬方休。生平戀闕丹心在，風雨何傷一葉秋。
身任安危五十年，老臣懷抱若爲宣。始終正有汾陽夢，不到江湖范蠡舡。

長圍破蔡仁聲著，積穀吞吴策畫深。三十年來分閫地，智名功勇總無心。

長憶中堂掌固初，宛陪高步在亨衢。百官禮絶真除日，門閤蕭然一事無。

釣魚山下護龍旂，番冢江邊奏凱歸。一馬二僮東下日，路人拭目認征衣。《全元詩》，册5，第496頁

天曆初元京師之變大興軍旅中外皇皇遄聞順附誅放奸臣朝廷清明海宇寧一皇帝神聖郊天告廟躬行典禮酧功報力恩澤周溥大宥滌濯仁施滂沛百官稱慶賓筵秩秩進賢去邪皆繇睿斷太平之運適符于今草野愚臣謹摭所聞著爲歌詠以稱述盛德愧辭語蕪謭不足備太史之采傳示久遠云爾共八十韻

吴當

社稷初聞變，朝廷欲托孤。群情迎代邸，至德辟勾吴。大業中興主，方輿混一圖。威聲通海岱，神采動江湖。郵傳三千里，舟車百萬夫。共知尊帝統，猶或竊兵符。政體蕭曹輔，權綱耿賈扶。天機開武略，相國發雄謨。未足煩游刃，惟宜破大軱。先鋒初出鋭，全陣已摧枯。義正師無敵，城降戒不屠。乾坤司化育，民物盡昭蘇。頌禱千官集，朝宗萬國孚。勛庸榮閥閲，社土賜茅蒩。隱惻綸音切，優嘉寵數殊。酬功頒府藏，憐死恤妻孥。始覺埃氛静，遄聞沛澤敷。近

圻仍給復，内郡悉蠲租。宥自深仁施，情矜舊染洿。廛征隨剗滌，縲絏遽懽呼。玉燭調蒼律，陽和轉碧蕪。祥開山出甕，瑞應火流烏。會合寧非數，休禎信不誣。淳風還揖讓，彝訓協都俞。公器巖廊備，卿材柱石須。合袪登衮衮，覽德下于于。裹甲寧論武，紬書半用儒。步聯青瑣闥，坐列錦氍毹。金馬天門邃，銅駝御路迂。考耆視禘礿，報事享郊雩。牢醴周彝鼎，粢盛夏璉瑚。祀皆稽典禮，誠豈薦潢汙。宗社金爲室，庭碑玉琢趺。樂縣通夕展，扆席鄉南鋪。舞羽虞韶奏，包茅楚匭輸。祼將流秬鬯，篋實瘞璜瑜。拜俯冠裳肅，周旋組綬紆。嘉生光宇宙，純嘏接方隅。使者香奩出，祠官驛騎徂。兆壇尊嶽瀆，列畤及豳鄜。治即陰陽正，時應水旱無。紛紜脩貢篚，容易棄關繻。價重連城璧，雄夸照乘珠。祥麟郊藪獸，神駿渥洼駒。航海期王會，通城樂賜酺。異材徵楚晉，良鍛産錕鋙。户版三年計，農田九穀需。經邦平賦斂，充府别精粗。勢邁唐中葉，功高漢兩都。皇猷垂後則，祖憲重前模。接迹風雲會，迎恩雨露衢。春旂標禁衛，曉箭遞宫壺。班序崇鴛鷺，華裾賤貉貐。閣中群玉署，殿外執金吾。饌啓黄羊圈，香浮白獸爐。宫腰齊窈窕，官甕雜醍醐。鮮膾銀絲脆，駝峰翠釜腴。芳饈調芍藥，珍鼎薦淳毋。優戲停絲竹，殊音備越胡。柳塘朝瀲灩，花塢夕糢糊。酬酢頻傾倒，綢繆極燕娱。時方登俊义，人自屏奸諛。濟濟星辰履，茫茫造化樞。詞場尊賈馬，藝苑薄楊盧。大雅風仍樸，群黎俗不渝。棲巖思矯首，報國誓捐軀。丕顯傳千載，重光耀八區。封功登泰華，銘刻到衡巫。可謂巍巍矣，真能郁郁乎。丘園思孔孟，忠欲繩芳躅，身惟養碩膚。承家思紹述，篤學謹須臾。耕釣慕唐虞。立德期深造，從心矩弗踰。簡編時講受，菽水日懽愉。氣鬱豐城劍，風留渤海桴。夕歌樵澗谷，晨耒稼泥塗。不效微生直，難從荷蕢逋。陳詩堪作頌，擬賦漫操觚。衆已趨時進，吾猶待價沽。攄忠遭盛際，諏吉奮長途。

《全元詩》，册40，第108—110頁

義婦辭爲王佐妻萬氏作

張達

按，《樂府詩集》無此題，然據詩末二句，當爲新樂府辭，故予收録。

結髮事閨閫，盟心同死生。如何中棄捐，不得長合并。邇者被嘉命，校藝赴吴城。臨岐重寄托，肅穆候親庭。旨甘毋或缺，旦夕善寢興。斯情靡有違，庶用慰徂征。豈不戀兹愛，所憂在國程。自從分别來，魂夢但怔營。歸途冒霜露，果爲二竪嬰。百藥鮮一效，良工徒折肱。拊膺哭九京，白日昧光晶。蒼旻胡不仁，妾身獨煢煢。婦人失所天，貴富何足榮。生命雖云艱，獨生寧自經。跂予慕高躅，感此雙涕零。時俗薄倫叙，骨肉猶相輕。何况合恩義，焉識墨與繩。夫有忠孝誠，婦有義烈稱。清風播萬古，粲粲垂令名。太史采篇什，此辭良可徵。《全元詩》，册50，第518頁

湘中曲 并引

舒頔

詩引曰：「湘中徐姓官淳原，偶以事逼，沉于井，其妻妾仍寓官所。鄰邑令，故人也，爲同鄉，昔同仕徐、陳，交甚稔，知其新寡，遣人邀之，遂至。往來數數，驩甚，浹置酒食，出肺肝語，乃求其妾，其妻諾之，將卜日締好。忽松蘿人求媒，不允，隱前議，托詞歸湘中。故人鬱鬱不樂，明日告行，携酒饌，送南門外，泣下，各不忍别去，若留情者。至中途，通松蘿人，以妾從黟令，故人聞之，悵悵若失。不兩月，事覺，坐金陵獄。噫！大丈夫居官若此者，豈斯人邪？墮婦人計者，往往有之，大抵好財與色者，比比皆是。彼以貪敗，此以色謀，相去何遠哉？俱謂之不仁可也。矧區區一婦人，藏機設計若此，匪妖則禍。爲丈夫者，才識可見矣。黟令月餘徙袁，死江寧鎮。婦乃伶者，閔其事，作《湘中曲》，非欲傳于世也，抑亦厲風俗，并爲居官者戒。」按，《樂府詩集》無此題，然據詩序，當爲新樂府辭，故予收録。

妾家湘江曲，十五事所天。二十從夫君，出戍守塞邊。食禄徐陳間，奔走不記年。轉官入宣邑，朝夕尤拳拳。不幸夫君亡，中道成棄捐。故人宰鄰邑，仰望應周旋。念昔交契深，將謂心如前。挈家來相依，此意未易宣。入宣拜丹旐，遺思及九泉。遂托通家好，往來同姻聯。私情忽中動，外議殊未然。托辭歸故鄉，擬買番江船。番江路綿邈，情亦中道牽。黟山亦在望，乳水徒涓涓。昨朝與君别，芳草蔚萋芊。妾意君不知，固知非因緣。鸞飛求其凰，鴛鴦不獨宿。妾身如楊花，君心似明燭。燭明不照羅襦暗，花飛東風恣飄逐。古來儇薄無男女，何况時情易翻覆。嗟哉時情易翻覆，可憐彼此爲身辱。嗚呼世無柳下惠，罕見盧氏妻。近代賢郎亦如此，不獨斯事令人悲。《全元詩》，册 43，第 270—271 頁

感興

陳　高

詩序曰：「自漢以來，五言之作多矣。其善者，大抵皆直致，無華飾之辭，簡淡而意味深遠。下是則雕鏤綺靡，不出乎風雲月露、花草禽魚之間，而理趣蔑如也。昔唐陳拾遺嘗作《感遇》詩，詞格高古，而新安朱子則病其淫於仙佛怪妄之説，故朱子《齋居感興》之作，乃一寓於理，扶樹道教。而辭之要妙，特其餘耳，殆未易於古今詩人律之也。予客居無事，讀書餘暇，操觚染翰，適意於詩，得二十四首，亦命之曰《感興》。率皆托興成章，鄙俚無文，固不敢窺作者之藩籬。而視朱夫子之扶樹道教者，又何敢望？獨於陳古道今，引物比類，意

寓懲勸，不習於雕鏤，而不淪於怪妄，則庶幾其萬一焉。或可以俟觀民風者之采擇云爾。」

按，《樂府詩集》無此題，然據詩序，當爲新樂府辭，故予收録。

混沌既分裂，乾坤遂開闢。九重不可測，八紘渺無垠。遥思天地先，一氣應絪縕。自從開闢來，不知幾千春。大朴一以散，智巧方紛紜。至化日消蕩，誰能反其淳。我將遺斯世，泰初與爲鄰。

兩儀辨清濁，萬物紛回互。斡旋造化機，豈不以理故。無形焉有象，彷彿隨所寓。太極祇强名，駕説無巧固。誰能窮其原，逝與游玄圃。

茫茫上古初，斯人若麋鹿。野處食猩猩，虎狼共馳逐。皇天降神聖，爲氓去荼毒。羲農與軒轅，奮起相接足。乘馬穿奔牛，操耒種嘉穀。皮毛作衣裳，巢穴變廬屋。元功被萬世，蚩蚩遂生育。古來無聖人，吾其久魚肉。

唐虞邈以遠，禹湯亦悠悠。周轍一東狩，王綱遂漂流。春秋更五霸，日月尋戈矛。陵夷逮七國，斯民益無聊。戰血滿溝塹，殺星入雲霄。商君佐嬴秦，變法開田疇。積强至六世，虎視吞諸侯。宰割天下地，郡縣羅九州。焚書任法律，儒生咸虔劉。漢皇起豐沛，三尺誅民讐。開基四百年，烈烈壯鴻猷。惜哉英明主，不學遺遠謀。一時屠狗徒，贊業非伊周。遂使皇王政，廢墜不復修。此機一以失，餘恨空千秋。

孔孟起衰世，棲遲走諸國。一身葬丘墟，斯文寄方册。淵然洙泗流，浩若江海澤。伊人一以遠，異端日滋息。誘民猶塤篪，奇言勝楊墨。亡羊多歧徑，周道長荆棘。舉世酲既深，何以挽沈溺。上帝司民政，而乃相淫慝。天意尚如兹，滔滔誰與易。崑崙幾千仞，王母當中居。縹緲三神山，盡宿飛仙徒。粲瓊以爲糧，鞭虬以爲輿。壽命等天地，出入乘空虛。此事古相傳，不知其有無。但傷世迫阸，百歲猶須臾。之人果可見，吾欲膏吾車。

有生必有死，芸芸歸其根。靈魄既入土，何所藏吾魂。世愚不曉事，妄説相循環。人物互變幻，形散神獨存。死生信如此，有身乃夤緣。不用男女搆，軀體應自完。兹理至昭晰，可與智者論。

羲和鞭靈車，去去一何速。乍見升扶桑，俄然次蒙谷。光陰既如許，人世誠局促。胡爲有限身，乃遂無涯欲。夸父矜其能，追遠不知復。至今西湖上，青青鄧林木。

策馬吴城西，攬轡姑蘇臺。寒林噪鳥雀，故址叢蒿萊。登高忽悽愴，懷古思悠哉。夫差藉世烈，起土殫民財。曲木搆華館，離宫蔽層崖。嬌嬈醉越女，歌舞環吴娃。觀樂方未畢，爭霸心弗灰。不須百歲後，已見麋鹿來。興亡雖古有，窮欲乃先摧。覆車不自戒，長使後人哀。

青山或可移，白石尚可轉。志士懷苦心，九死不願返。首陽餓仁賢，至今激貪懦。汨羅沈楚纍，千載悲忠蹇。人生誰不死，身没名貴顯。胡爲草玄人，美新思苟免。

楚人廢醴酒，穆生不復留。申公眷恩德，終爲楚市囚。保身貴明哲，知幾諒寡尤。後來賢達士，誰能繼前修。

豪家列華第，披金飯珠玉。茅屋耕田夫，衣食常不足。均爲羲皇民，胡焉異榮辱。遠懷雍熙世，寧復有兹俗。誰與開井田，吾思食其肉。

乾坤奠高卑，設位終不易。聖人定民志，貴賤有常式。云胡世道衰，習俗長奸慝。輿臺百金裘，氓賈八珍食。賈生久不作，誰爲長太息。

縹緲浮圖宫，儼若王者居。列徒二三千，僮僕數百餘。飽食被紈素，安坐談空虛。秋來入租税，鞭扑耕田夫。不恤終歲苦，徵求盡錙銖。野人不敢怒，泣涕長欷歔。

五侯佳子弟，弱冠乃高舉。承藉閥閲功，官爵紆青紫。五馬躍春華，一麾守王土。誅求肆狼貪，立威嚴箠楚。斯民天所眷，視之如草屨。置官擇賢才，兹事由來古。君看龔與黄，何嘗有門户。

邊城將家子，十歲承華胄。腰懸金虎符，萬夫擁前後。上馬未勝甲，引轡猶脱肘。日日驅官軍，指麾縱鷹狗。生當太平世，無復事爭鬥。天家賜高爵，膂力吾何有。但問祖父資，莫問能事否。

客從北方來，少年美容顔。綉衣白玉帶，駿馬黄金鞍。捧鞭揖豪右，意氣輕丘山。自云金章胄，祖父皆朱轓。不用識文字，二十爲高官。市人共咨嗟，夾道紛駢觀。如何窮巷士，埋首書卷間。年年去射策，臨老猶儒冠。

步出城門道，忽見群馳車。車中何所有，文貝光陸離。美娃載後乘，銷金燦裳衣。問之何如人，云是宦滿歸。聞者交嘆息，清名復奚爲。

水生隋侯珠，山出和氏璧。隋珠光照乘，和璧白盈尺。舉世以爲寶，連城售其直。寒者不可衣，饑者不可食。珠璧之所存，暮夜尋戈戟。所以君子人，其寶在乎德。

淳風變澆漓，薄俗廢直道。吴女事新妝，入宫擅華姣。中心苟不美，顔色有何好。朝來枝上花，日暮萎芳草。懷彼空谷人，貞潔以終老。

大江日以東，耀靈日以西。在世閲光景，倏忽流駒馳。繁花向春開，落葉迎秋飛。榮枯有常理，人生猶若兹。愚夫昧遠識，荒淫速其疲。誕者蘄神仙，不死今有誰。何如安吾分，委順以從時。

丈夫重意氣，不爲兒女悲。得喪如浮雲，戚戚竟何爲。君看松與柏，歲寒青不移。槐柳遇霜露，顦顇無光輝。懷哉古之人，永與今世違。

東風二三月，桃李滿名園。乘時得其所，獨受陽和恩。英英籬間菊，開花當歲寒。已無雨露滋，兼有風霜患。君子力爲善，窮達寧較論。紛紛競炎熱，得意何足言。

明明空中月，浮雲能蔽之。我心忽不樂，清夜有所思。古人既云遠，世道日以非。後生采春華，舉世吾誰歸。飄風颯然至，吹我裳與衣。恨無雙飛翼，遠逝凌風飛。感傷復奮激，沉吟以徘徊。

悲風西北來，樹木聲蕭蕭。蟋蟀鳴四壁，鴻雁飛層霄。時光忽已異，四序如更徭。人生無百年，轉矚朱顔凋。胡不崇明德，早使勛業昭。空悲千載下，身死名寂寥。《全元詩》册 56，第 231—235 頁

江洞書事五十韻

林　弼

按，《樂府詩集》無此題，然據詩末二句，當爲新樂府辭，故予收録。

西徼百蠻底，南荒三楚邊。苗頑風未殄，盤瓠種猶傳。江自牂柯發，山從越嶲連。封疆秦日畫，威德漢朝宣。馬援軍曾駐，狄青師載旋。羈縻諸洞在，棄置左官遷。夷獠分生熟，懷柔異後先。鳥言難白別，椎髻費紅纏。篁桂深林薄，茅茨小棟椽。巢居牛畜共，鄰處虎狼聯。獵野撚花箭，涉川刳木船。蝮蛇勤執贄，鷄骨慣占年。畬種原頭火，村炊樹杪烟。兵塵竹子後，瘴雨

桂花前。徑路微微入，藤蘿密密延。小橋過略彴，輕篛送鞦韆。象郡通蕃甸，珠崖到海壖。驛牛無脱轡，洞馬不加鞭。飲澗猿懸臂，吹潭蛟長涎。危峰常欲墮，怪石久皆穿。忍聽歸歸鳥，愁看跕跕鳶。沙薑長豎指，泥蕨細鈎拳。寘毒餦家快，挑生左道便。行厨避民舍，停筯問賓筵。近臘縫山罽，迎秋拾木綿。夔獱爲伴侶，麋鹿當牲牷。蠻鬼歌堂賽，狡童舞袖翩。溪翁醉皆倒，野婦喜如顛。負弩常從犬，扳罾或得鯿。孰云殊土俗，自是一山川。白髮知何叟，青衣立竦肩。送瓜强留客，供酒不論錢。請説兩江事，含悽雙泪漣。前朝失政體，酋長竊兵權。角面桃弧勁，魚鱗竹甲堅。敓音奪。攘時彼此，剽掠轉夤緣。聖主開弘業，遐方囿化甄。居然列郡縣，忍爾黷戈鋋。豈料潢池地，從觀埳井天。群凶多不逞，同惡復相牽。春廢桑麻壠，秋荒蔗芋田。官軍掃氛翳，鼠輩委腥膻。污染猶蒙宥，强梁詎足憐。智高今顯戮，孟獲已深跧。殘命嗟如綫，新官幸似弦。愛民有元結，奉使遇張騫。苦語怕終聽，同仁賴曲全。乾坤新再造，日月大無偏。嶺徼雖稱遠，巖廊正任賢。觀風小臣在，歸擬奏詩篇。《全元詩》，册 63，第 75 頁

昌江百詠詩并序

姚　疇

詩序曰：「《淇奥》之美武公，《泮水》之頌僖公，皆邦人歌其君之善也。有善則歌，有過

則規。言之者無罪，而聞之者足以戒，詩之義也。皇慶壬子，復齋郭侯來尹吾州，公明廉惠之政，洋溢乎耳目，銘鏤乎心肝。同僚和衷以治，邦人樂而歌之，紀善政爲民謡，目曰《昌江百詠》。辭不尚文，事紀其實，以俟觀民風者得焉。」《全元詩》按語曰：「按：《昌江百詠詩》以民謡形式寫成，未明署作者，詩亦僅有四十五首。詩前《知州郭侯德政序》爲姚疇作，暫歸其名下。」按，《樂府詩集》無此題，然據詩序，當爲新樂府辭，故予收録。

下車先政闢儒宫，不但張夸棟宇雄。次第更徭加勉勵，吾身親見漢文翁。公初至，謁文廟。見殿宇損漏，即勸誘儒生隨力樂助，或修或造，棟宇一新。

千古浮梁鎖要津，名存實廢幾經春。濟川小試爲霖手，從此應無病涉人。浮梁古以浮橋得名。歸附後橋廢。皇慶壬子，有以競渡致殺人者，公悉拘管。屬龍舟六十餘隻，横江爲橋，名以濟衆。既革競渡之擾，因成濟川之功。

抑强扶弱凛秋霜，落膽奸豪走欲僵。金石可銷山可動，毫端未易轉炎凉。公廉知豪强侵漁小弱，故因事痛懲之。雖關節百端不爲動，於是豪强斂迹。

黌官昔日奠三皇，幾向槐宫借講堂。此日殿庭新壯觀，滿階草碧术苓香。前政欲營三皇殿，久而未能。公營建，不日而成，而後黌學有所宗仰，舊日惟就學宫行禮而已。

顛連無告有窮民，已沐經年養濟仁。凌雨震風嗟不庇，一朝棟宇喜重新。養濟院舊不庇風雨，公惻然新之，鰥寡孤獨有養矣。

税糧置局記年年，監局人情與限錢。今歲但令甘限狀，里胥催辦反争先。

首夏初秋嘆久晴，竭誠齋戒禱神靈。幾番甘霔蘇枯槁，好創東坡喜雨亭。

往載金糧多宿弊，增虧生没笑談間。遠稽舊籍還元額，賴有明公燭吏奸。奸吏虚走金糧七十餘碩，蓋納金者不得免糧，而不輸課者反獲其利。公命發其篋，得其情，遂用舊籍徵，金糧額始復。

口詞自古出詞人，書狀誰知巧撰新。不是明公能擿伏，良民冤訟幾時伸。公初至，獄有留繫未决，公疑之，使索書鋪元藁觀之，知其入人之罪，冤者得雪。

癡民背母賣婚書，媒妁符同實證虚。州尹判官明似鏡，奸豪無計奪貧愚。州民有賣婚書與妻家者，其母不知，告於官。其子及媒妁皆以爲未嘗與某氏結親，母不能自辨，幾反坐。郭知州、吴州判察其奸，斷還元夫。

走税飛糧役不均，混殽玉石僞成真。設非挨究更前弊，豪猾皆爲漏網人。飛走税糧官司屢嘗拘并，而弊愈甚。奸豪進産而税日減，善良退産而糧日增，故公欲挨究也。

不畏官刑號潑皮，良民往往被侵欺。一經痛斷仍書壁，應有翻然改過時。

往歲官蕘賣土夫，專胥破釜攫犂鋤。近來何事歡趍役，工雇無虧食有餘。

省委巡爐偶下都，米須自糴酒須沽。手遮西日行山轎，父老相傳自昔無。公同省委官取勘廢爐，沿途沽酒市米，小傘肩輿，鷄犬不驚。

市民犬斃使君羊，不學前官責倍償。艴彼慚顔懷厚德，易牛仁術笑齊王。市民有犬，嘗斃前任官羊而倍償。至是，又斃知州胡羊。民願償之，公但令勿畜此犬而已。

泮宫冠蓋亦紛紛，講課從來只具文。聽講

近來官與吏，討論渾不間朝曛。儒學落成，丘經師使吏典及官民子弟皆入學聽講，繼燭始罷。

怡怡禄養奉嚴君，壽旦團欒酒一樽。盡日黄堂聞戲綵，不通饋獻晝扃門。

主首屠兒共協謀，撰詞脱判欲槌牛。色觀詞聽知奸狀，枷令誰能更效尤。

浮梁今歲定差徭，太守公排在一朝。吏貼全無涓滴水，紛紛浮議不能摇。

祗候當年過百人，不耕而食蠹吾民。州官叱道今雖少，閭里安生氣象春。

先尋狀首例相傳，被告須償杖子錢。事畢銜番仍賀喜，始知今是太平年。公以税錢祗候親身當役，故此弊盡革。

昌江學校謾多儒，經閣從來屬子虚。一旦洋洋弦誦起，不惟教養更儲書。州學雖有尊經閣而不蓄片紙，公贖書以實之。

庭揭西山戒諭文，同僚相與勵廉勤。水南水北歡聲遠，惠政何愁不上聞。

久矣浮梁不産茶，課程歲歲只虚加。上司嚴令申難準，姑與均敷有税家。

官甕燒造有專官，隳突誅求舊百端。不肯瘠民肥貴勢，匠人窑户近相安。

挨究民田久用心，奈何都職弊仍循。重重改正經三季，始得州家版籍新。

墻閲有人招外侮，符同誣證火其居。燭奸賴有神明見，抵罪分明告者虚。

酒課更張欲便民，不嫌改正又重新。公心如秤何輕重，當使鄉都市井均。

殷勤養老復尊賢，自古循良此事先。況是此邦多善士，崇儒重道已經年。

佃有奸頑每負租，欺凌田主反相誣。裝傷幸不逃明鑑，杖遺終須伏罪辜。

上能好禮下興仁，解使民間薄俗淳。睦族有人捐己産，義田義宅濟孤貧。

自刑無賴昔爲常，惡黨因之陷善良。何事輕生今漸少，黄堂政化洽諸鄉。

公事悠悠夜便休，從來詞訟嘆淹留。圜廳就狀多庭决，狴犴常空少繫囚。

官長書銜號勸農，郊行每歲費迎逢。我公官榜衙前散，公老歡然酒一鍾。

上義合都居最末，當初已自少科敷。近來子粒分他處，快活翻爲第一都。

種桑種棗是虚名，令出從今必欲行。會見甘棠連蔽芾，緑陰朱實一齊成。

仕優而學古來希，每日携書下講帷。難弟難兄誰得似，趍庭况復有佳兒。

爲政由來患不公，能公何患不明通。民胞物與渾如此，六萬人家肯異同。

似石岩岩聳具瞻，始終冰蘗守何嚴。人言徹底清如水，縱飲貪泉也自廉。

整頓昌江百廢興，黄雲棲畝歲秋成。從今歲歲秋成望，凡有荒閑盡勸耕。

流水泠泠山響静，浮雲漾漾絮浮輕。政成儘有弦歌暇，好是言游在武城。

公廉明斷徹霜臺，走檄移文日日來。拂曉治書深夜出，一輪明月撥雲開。

誣告之人罪可誅，脅財又復自招虚。百端設計殊深巧，一旦傾囊謾貯儲。有告主受鈔，自欲招虛，畏公廉明，乃以所受鈔出首。

銀峰昨歲使軺行，攬轡觀風獨有聲。此日我公兼委送，已澄清處更澄清。

五虎三彪洎水謡，害民旋復放官刁。誰知神政行鄰境，百詭千奸次第消。《全元詩》，册27，第147—151頁

鸜鵒謡

王冕

詩序曰：「鸜鵒謡者，蓋即事而立名也。《春秋》書鸜鵒來巢，紀其異耳。浙間有妖術者余姓，爲全真，居民多受惑而館穀之。其用術時，人家女子婦人俱與之通。事暴，受刑而去。因作詩記之，以備觀民風者察焉。」按，《樂府詩集》無此題，然據詩序，當爲新樂府辭，故予收録。

鸜鵒入樹腹，雎鳩亂關關。妖氛扇幽邃，幻惑成至歡。漫漫恣宵旰，終永期無患。凄雨苦何其，餘花慘無顔。風俗陡衰毁，教化委荆菅。君子致遠慮，隱憂長慨嘆。《全元詩》，册49，第318頁

水田歌歌農務也郡縣之政租賦爲急然農乃租賦之所自出可不急乎首言三山書所見也一府四縣意在其中當道父母官念之芻蕘有詢更當面陳其詳以備采擇

謝應芳

按，《樂府詩集》無此題，然據詩題，當爲新樂府辭，故予收録。

三山湖頭白水田，頹岸不修年復年。田家豈不憂卒歲，十室九空人索然。飢腸雷鳴狀如鵠，春來怕聞啼布穀。願言州縣父母官，喻令蚿足憐夔足。古云民事不可緩，桃花雨晴春正暖。文移動若風有聲，畚鍤如雲集不斷。三農畎畮合群力，四邑溪山增喜色。麟史重書大有年，官無負租民足食。龔黄卓魯政績成，一日九遷皆上卿。天子萬壽黄河清，聽我老農歌太平。《全元詩》，册 38，第 219 頁

卷二七八　元新樂府辭一一

婦董行

王　逢

題注曰：「有前後引。」詩前引曰：「婦董，滕人劉進妻也。進與兄順并以勇稱。金季，山東亂盜蜂起，因共募丁壯保里閈。天兵駐嶧山，進單騎覘之，中流矢死。順徙家淮南，舉室溺淮水。董爲宋招撫吕文德裨將所獲，欲犯之。度不免，乃謂曰：『夫喪不遠，家難薦臻，一身流離，娩在旦暮，死生非我有，願將軍勿疑。』夜果生一男。先是順已入濟州，愬於石太尉珪曰：『順有弟，不幸，没於敵。其妻在孕，爲南軍拘幽舟中。萬一不得收遺息，使弟爲厲，實順之罪也。惟明公是圖。』石爲發步卒三百人，迹其所往，次淮揚，始知董所在。陰使人偵之，生子蓋三日矣。及見，具道順意。董悲感不自勝，且抆涕曰：『妾以姙不得先夫死，今幸不辱先所天使有後，皆伯賜。敢名子曰伯祐，以志不忘。』遂抱授偵者，目送數十步，投江以死。至正五年秋，進玄孫士行，語其事於逢。逢高其節義，作詩哀之。」詩後引曰：「逢爲是詩已，士行復語順一事尤卓卓。順既得伯祐以行，時董死事覺，招撫發步卒亟追之，賴左右弓弩手，散去。還白太尉，甚義之，處之麾下。凡兩致太尉命，往覲太祖皇帝於魚兒泊之行營，賜金幣鞍馬，且命撫循、邢、磁、贊、黄十餘城用寧謐。上功，受黄金符，官昭勇大將軍、行右副元帥、濟兗單州等處管民長官。在官十餘年，士民翕服。晚有子五人。未老棄官，以伯祐襲其爵，爲奉訓大夫、濟州管民長官。是年至元元年也。故録於詩後，并俟執史筆者采焉。」按，《樂府詩集》無此題，然據詩後引，當爲新樂府辭，故予收録。

北軍南軍和議時，兩壘對立龍鸞旗。群雄棊峙國瓦解，乃與婦董光門楣。星辰錯亂風雲氣，乾坤造就冰雪姿。渾家性命葬魚腹，一舸涕泪隨鴟夷。長眠自足爲義鬼，後死只望全孤兒。兒在腹中兵在目，憶夫心頭臂消肉。日晝慘慘陰靈啼，夜黑冥冥波浪觸。馬駝磧遠暗塵土，雞犬村空疏樹木。嶧山誰收白玉骨，蔡州地陷黄金屋。太尉前歸明主化，招撫姑存寡妻宿。羞看人面問消息，强通語笑寬羈束。伯順見義勇著鞭，鋭士協力鋒爭先。道傍弩伏荆棘底，掌上珠還江海邊。將門有後傳世世，墓祭無所從年年。湘妃摻袂遡寥廓，漢女結珮窮幽玄。縞衣綦巾共縹緲，文魚赤鯶長周旋。脣亡未久齒亦喪，獨聞其風猶凛然。中原山河想如故，目斷幾點滕州烟。《全元詩》，册 59，第 51—52 頁

喜雨歌

周聞孫

按，宋人程公許有新題樂府《喜雨歌》，元人同題之作，當擬程作而來，故予收録。

六月雨，三日霖，前日赤地今黄金。黄金可致雨難得，惟有人力回天心。我愛司録君，愛民如愛子。露香告天天不應，投璧未碎心先死。我愛分府公，憂國如憂家。狂賊可殺民何罪，赤脚踏地揮日車。是時監郡晨趨衙，心如惔焚生嘆嗟。自言府事紛不理，錢帛輕重無等差。米船三日不到市，勸分平糶方分挐。救焚拯溺此所急，旱魃雖虐何能加。想當齋沐嚴祠秩，對越傾誠訴民疾。一縷心香謁紫薇，半痕凉月離天畢。神功直與五龍争，久病能令百憂失。前月豈不雨，但恨雨不多。即今雨乃足，使我謡且歌。不憂雨少憂雨晚，五日觖望愁如何。吾聞大軍之後必有凶饑，衛人憂旱，邢人受師。干戈格鬥今何時，天意回斡人得知。况聞款撞皆健兒，霆擊電埽輕飆馳。請麾士卒共犄角，高築京觀封鯨鯢。甲兵浄洗豈不早，銀漢夜夜天邊垂。毋令赤子久失所，奔走道路長悲啼。《全元詩》，册 45，第 526—527 頁

同前

李曄

酌爾清酒，揚吾浩歌。對此好雨，不樂云何。九州連日愁羲和，六龍之駕成蹉跎。群烏捩翅如金鵄，啞啞飛啄扶桑柯。口濆紅光沸銀河，尾梢黄壤焦青禾。嗷嗷赤子汗流血，欲上訴青天，奈此九關虎豹高嵯峨。高嵯峨，杳難訴，無辜籲天上帝怒。上帝怒，騰天威，誅旱魃，鞭雲師，長風飄飄載雲旗。雲爲車，風爲馬，官曹列如麻，紛紛自天下。玄衣使者面如赭，手把天瓢爲傾瀉。神功倏忽起混茫，偏澤地絡周天綱。豐隆砰磅擊天鼓，靈妃翕歘開電光。吹沙走石驚颯颯，翻江倒海聲浪浪。恍如雪湍飛流噴吕梁，又如瀑布倒挂廬山五老之峰傍。跳珠濺玉猶未歇，高臺六月生秋凉。心摇目斷何所見，但見千頃萬頃青青秧。白雲生，歌未已，酒酣拂袖爲誰起。上朝紫皇虚無裏，披肝瀝膽叩丹陛。昔聞羿射九日死，大禹殺湍湮洪水。重瞳乘龍竟不還，使我悵望彫朱顔。願天開聰明，鑒予誠，三十六帝流恩榮。天上迢迢白玉京，玉兔搗藥，使民長生。泰階六符，如砥之平。甘露零，朱草生。聖人出，黄河清。五日一風十日雨，千秋萬歲垂鴻名。《全元詩》，册 56，第 111—112 頁

喜雨歌爲宋太守賦

王　冕

南州六月旱土赤，炎官火傘行虚空。田疇拆裂河海涸，萬物如在紅爐中。桔皋不用計已梏，農民踏踏愁歲凶。蓬萊太守民父母，下顧赤子心忡忡。罄竭忠誠扣天府，話語真與天神通。須臾唤起龍井龍，大澍三日蘇罷癃。百姓唤作太守雨，東皋西陌皆沖瀜。禾苗陡覺充秀實，野草亦解回顔容。吾儒能賦效束晳，喜見屋底山雲濃。鄰家父老走相報，門前大水如奔洪。妖氛積穢俱洗盡，此是太守造化功。太守正與造化同，百姓拍手歌年豐。歌年豐，太守德澤垂無窮。

《全元詩》，册 49，第 335 頁

喜雨歌贈姚鍊師

王　冕

今年大旱值丙子，赤土不止一萬里。米珠薪桂水如汞，天下蒼生半游鬼。南山北山雲不生，白田如紙無人耕。吾生正坐溝壑嘆，况有狼虎白日行。大官小官人父母，殺犬屠牛事何苟。南風日日吹太空，旱魃徒窘城南婦。鍊師一出役萬靈，緑章上扣天帝庭。乞得秋陰三日雨，洗濯山澤回餘青。老農額手喜復嘆，點點都是盤中飯。雨我公田及我私，免得殘年坐塗炭。老農所見愚又愚，拜師更乞天雨珠。雨珠飲彼殘暴腹，庶幾活我東南隅。我方熱惱邑壑底，眨眼忽聽雷過耳。起來發歌登大樓，長江大河都是水。《全元詩》，册 49，第 356 頁

薄薄酒

洪希文

按，宋人蘇軾曾作新題樂府《薄薄酒二首》，一時和作、續作甚衆。元人同題之作，當擬蘇作而來，故予收録。

黍釀固宜薄，情親意已多。勸酬終不醉，耕種豈徒勞。交淡元無味，顔衰賴爾酡。明年廢東作，茶盌看雲濤。《全元詩》，册 31，第 147 頁

和薄薄酒

侯克中

薄薄酒，可自娱，麤麤布，儘自如，薄酒麤衣樂有餘。狂興飲乾畢卓甕，醉魂猶繞黄公壚。

醒來許再飲，醉倒不須扶。汨羅江上獨醒客，何似高陽一酒徒。詩思逸，酒腸寬，可嗟人世多悲歡。莫種子孫禍，空令肝膽酸。不聽是非，徒勞洗耳。不招塵土，何必彈冠。閒身準擬菟裘老，不受人間富貴瞞。問蒼天，何匆匆，造物戲我如兒童。浮雲富貴猶敝屣，但求夢裏無相逢。衣雖纚一重，不煖添一重。酒雖薄一鍾，不醉復一鍾。莫言薄酒難成醉，但願清尊常不空。金烏催玉兔，春燕隨秋鴻。儘他短髮星星白，放我衰顏日日紅。我嗟人寵辱，人笑我疏慵。棄財如土羡龐公，積金買禍悲石崇。榮辱事，古今同。老鶴固當巢雲松，丹鳳只合棲梧桐。萬事不須多計較，醉鄉深處無西東。黄塵十丈埋英雄，空聞漢殿并秦宮。斷碑仆碣衰草没，壞階頹址愁烟蒙。感慨落誰詩筆底，興亡付我酒杯中。一聲長嘯潛蛟龍，九霄豪氣盤長虹。浩歌歸去誰相從，止有碧山明月野塘風。《全元詩》，册9，第75頁

薄薄酒奉别吴季良

黄玠

薄薄酒，可栝勺，麄麄布，宜澣濯，醜婦耐貧勤織作。我無南陽諸葛田，赤手欲探蛟龍川。曲中箜篌十四弦，河水東流心惘然。角上蝸牛且酣戰，鶴頸自長鳧自短。井蛙海鱉相譏誚，何似鷦鷯俱逍遥。八珍之味，不如良友。千金之富，不如佳兒。百年一息萬世癡，龐公未爲無所

遺。南山有木木有枝，根如磐石不可移。

薄酒味薄情不薄，醜婦貌醜心不醜。君不見天下風流朱伯厚，車如鷄棲馬如狗。河西蒲桃紫雪漿，秦中琵琶嫵媚娘。黄金快意一日樂，奄忽百歲如風狂。天雨未休匏葉苦，江湖水深不可渡。豫章非楢衆莫辨，櫨楔似檀人伐汝。漢陰丈人抱瓮歸，萬事反覆非一機。博勞東去燕西飛，毋與寸草争餘暉。《全元詩》，册 35，第 183—184 頁

答白便叟薄酒篇傚東坡體

李　曄

薄薄酒，味可求。醜醜婦，願可酬。薄酒有妙理，醜婦無嬌羞。酒薄亦足澆我愁，醜婦可以與之俱白頭。平原督郵勝青州，黑崑崙曾配冕旒。嘗言旨酒亡國，哲婦傾城，二者豈足爲身謀。醴泉如淝糟作丘，銀罌翠杓黄金舟。婁酣大肚飲一石，不能爲君銷國憂。何如田父共泥飲，醉後倒騎原上牛。春山作曲眉，秋水爲明眸。朝爲行雲暮爲雨，一身主家十二樓。是爲喪身之膏肓，伐性之仇讐。何如荆釵布帬操井臼，深能方舟淺能游。笑彼紛紛冠沐猴，眼前富貴何異水上之浮漚。小年難語大年，蟪蛄不知春秋。吾儕薄酒任薄醉即休，醜婦任醜順即休。《全元詩》，册 56，第 95 頁

大雪歌二首

舒　頔

其二題注曰：「丙申二月三日。」按，宋人張耒有新題樂府《大雪歌》，元人同題之作，當擬張作而來，故予收録。

天河翦奇花六出，片片隨風綉簾入。昨夜平原深一尺，鳥獸無踪蝗辟易。鄰家飢寒坐太息，黠吏打門租甚急。地爐無火酒瓶乾，妻子號呼啼向壁。豪貴醺酣銀盌調蜜喫，歌姬笑弄獅兒作戲劇。溜垂玉筯光瑩直，醉眼朦朧却道千山失。梁園何必夸奇特，剡溪何必訪相識。銀杯縞帶句縝密，撒鹽柳絮女兒口中出。笑殺閉門僵卧成何益，半癡半狂不及門外屐堆積，和風喚醒晴點滴。快去東鄰沽酒來，共君不持寸鐵戰半日。祇今豈特長安貧，海内多少飢寒人。願得君心似明燭，照彼顛連并孤獨。願得天花年年變穀粟，普天之下家給而人足。《全元詩》，册 43，第 359 頁

八方雲，同天矘，頃刻雪花大如掌。乾坤一色迷泱漭，三日撩亂散清爽。横空皓鶴失來往，擁門光怪幾一丈。何處有客摇雙槳，回頭翻笑羊羔党。予方思賢勞夢想，願洗甲兵息擾攘。净

眼無礙觀擊壤，淮水仙人披鶴氅。便欲白戰度河廣，深夜打竹落清響。驚回詩夢復偃仰，起來呵凍覺技癢。太平無象今有象，省刑薄斂在官長，惡獸皆羅四面網。沽酒梅邊遂幽賞，醉歌竟日游晃朗。《全元詩》，册 43，第 359—360 頁

次韻孫都事越中大雪歌

陳　鎰

庚子之歲云暮矣，越中大雪若幽薊。凍雲十日撥不開，亂灑斜飛勢容裔。山川高下爛瓊瑶，世界三千色無二。倚壑高松折巨枝，入地遺蝗藏醜類。乾坤已回北作南，凝沍陰中有和氣。白頭父老爲咨嗟，百年覩此真奇異。仄聞城市三尺餘，陋巷益深難擁篲。漁翁披簑迷晚歸，童子映書忘夜寐。我雖寒苦興自豪，一上層樓豁胸次。豈無党進酒淺斟，不學袁安户深閉。醉酣箕踞正長吟，忽有詩從鳳池至。左司先生文武兼，統制吾邦居重位。凛然清氣逼銀河，散此六花飛大地。兵塵沴戾盡洗空，窮谷深山亦漸被。因知天意兆禎祥，明年大有公當記。《全元詩》，册 51，第 549 頁

啄木詞

釋圓至

按，宋人張耒有新題樂府《啄木詞》，元人同題之作，當擬張作而來，故予收録。

紫冠綵翅錦翻翻，静覺聲如客打門。何處飛來庭木上，啄成屐齒印泥痕。《全元詩》，册18，第89頁

宫詞

耶律鑄

按，宋人張耒有新樂府辭《宫詞效王建五首》，岳珂等人有新樂府辭《宫詞一百首》。元人顧瑛又有《覃維欽府掾雨中過草堂談宫詞樂府造語新麗作詩以贈且期携紅牙者同至》①，則元代《宫詞》亦爲樂府，故元人《宫詞》諸題，均予收録。

① 《全元詩》卷四九，第28頁。

玉輦聲沉不再過，錦屏寒影夢如何。露花凝夜香珠冷，苔徑封春翠靨多。怨燭泪乾遺曉月，妖蓮心苦起秋波。姮娥萬古青天上，剩比人間受折魔。《全元詩》，册4，第81頁

同前

楊公遠

燕語鶯啼日正長，六宫桃李鬧春光。妾身雖未承恩澤，却喜君恩澤萬方。《全元詩》，册7，第213頁

同前

尹廷高

舞罷金杯袖汙痕，沉香亭北月黄昏。柳枝無力東風軟，昨夜新承雨露恩。《全元詩》，册14，第4頁

同前

黄庚

見説君王御宴回，宫人留鑰内門開。琵琶撥盡黄昏月，不見花間鳳輦來。《全元詩》，册19，第95頁

同前

郭君彦

宫娃辮髮綰垂鬟，嬌面團如白玉盤。出入紅門能走馬，綉衣縹緲似乘鸞。年少宫官着綉衣，麒麟寶帶束腰圍。日斜醉出金門裏，騎得龍閑白馬歸。《全元詩》，册24，第416頁

同前一首

揭傒斯

碧殿陰陰玉漏遲，流鶯雙囀萬年枝。平明小輦花間過，又是君王幸閣時。《全元詩》，册27，第352頁

同前十首

馬祖常

按，文淵閣四庫全書本馬祖常《石田文集》題作《擬唐宫詞十首》。

華清水殿綉夫容，金鴨香銷寶帳重。竹葉羊車來別院，何人空聽景陽鍾。銀床井冷露漙漙，半臂熏衣釧辟寒。不恨長門冬夜永，小奴休報襪羅單。長門月轉漏聲催，自熨寒衣減帶圍。休怕官家嫌體弱，細腰曾是楚王妃。合宮舟泛濯龍池，端午争懸百綵絲。新賜承恩脂粉磑，上陽不敢妬娥眉。繭館繅絲濕翠翹，夫人纖指織龍綃。羅襦雙珮清晨響，只恐君王有晏朝。八姨粉翠錫千緡，脂盝新妝百寶勻。白髮上陽宮女老，補衣重拆綉麒麟。卯酒微微解宿酲，催花羯鼓報新聲。君王好錫承恩宴，辛苦邊頭百將營。露蘭研粉壽陽妝，奩內新燒百刻香。圓舌教成鸚鵡語，偷將玉笛送寧王。銀河七夕渡雙星，桐樹逢秋葉未零。萬歲君王當宁立，妾身不願命如萍。花氣烝霞淑景明，望仙樓上看彈鶯。李謩吹笛宮墻外，學得梨園第幾聲。《全元詩》，册 29，第 396 頁

同前

薩都剌

駿馬驕嘶懶着鞭，晚涼騎過御樓前。宮娥不識中書令，借問誰家美少年。《全元詩》，册 30，第

161—162頁

同前

王沂

宮鴉催日上宮墻，天仗雲開五色光。多少龍池楊柳樹，清陰留得蓋鴛鴦。

海波涵碧遶紅墻，影射龍舟瀲灩光。知有才人弓箭立，沙頭驚起兩鴛鴦。《全元詩》，冊33，第118頁

宮詞

貫雲石

風外丁當響珮環，玉人依約憑湖山。侍兒報有君王命，月下輕輕整翠環。《全元詩》，册33，第313頁

同前二十六首

柯九思

萬國貢珍羅玉陛，九賓傳贊捧珠簾。大明前殿筵初秩，勛貴先陳祖訓嚴。凡大宴，世臣掌金匱之書者，必陳祖宗大扎撒以爲訓。

黑河萬里連沙漠，世祖深思創業難。數尺闌干護春草，丹墀留與子孫看。世祖建大内，命移沙漠莎草于丹墀，示子孫勿忘草地也。

親王上璽宴西宫，聖祚中興慶會同。争捲珠簾齊仰望，瑞雲捧日御天中。天曆元年十二月二十

七日，篤憐帖木兒怯薛，第二日寶房內對速古兒赤、明里董阿、平章月魯不花、右丞大都赤、哈剌八兒尚書等有來，典瑞院官吉寶兒、同僉答失蠻、經歷柯都事奏：十月二十三日，上都送寶來的時分，興聖殿御宴，其間有五色祥雲捧日。當殿本院官院判鄭立、經歷張符、都事柯九思等，與衆於殿前一同仰觀，郁郁紛紛，非霧非烟，委係卿雲現。似這般祥瑞應時呵，如今與省家文書行移國史院，標寫入史呵怎生。奉聖旨，您每行文書者。

四海升平一事無，常參已散集諸儒。傳宣群玉看名畫，先進開元納諫圖。凡御覽法書名畫，群玉內司掌之。

萬里名王盡入朝，法官置酒奏簫韶。千官一色真珠襖，寶帶攢裝穩稱腰。凡諸侯王及外番來朝，必錫宴以見之，國語謂之質孫宴。質孫，漢言一色，言其衣服皆一色也。

官家明日慶生辰，準備龍衣熨帖新。奉御進呈先取旨，隋珠錯落間奇珍。御服多以大珠盤龍形，嵌以奇珍，曰鴉忽曰剌者，出自西域，有直數十萬定者。

傳宣太府頒宮錦，近侍承恩拜榻前。製得袍成天未晚，着來香殿賀新年。臘前分賜近臣襖材，謂之拜年段子。

鳳城女樂擁祥烟，梵座春游浹管弦。齊望綵樓呼萬歲，祥雲只在五雲邊。故事：二月十五日迎帝師游皇城，宮中結綵樓臨觀之。

花明晝錦柳摇絲，仙島陪鑾濯禊時。曲水番成飛瀑下，逶迤銀漢接清池。故事：上巳節，錫宴于萬歲山。

儒臣春直奎章閣，玉陛牙牌報未時。仙仗已回東内去，牡丹花畔得圍棋。上日御奎章，報未時，則還内殿矣。

玉椀調冰涌雪花，金絲纏扇綉紅紗。彩牋御製題端午，敕送皇姑公主家。皇姑者，魯國大長公主，皇后之母也。天曆二年端午，上賜甚厚，并御詩送之。

觀蓮太液泛蘭橈，翡翠鴛鴦戲碧苕。説與小娃牢記取，御衫綉作滿池嬌。天曆間，御衣多爲池塘小景，名曰滿池嬌。

《全元詩》，册 36，第 2 頁

徽儀閣内製春衣，日長倦綉立彤闈。奚官折送杏花去，笑看玉階蝴蝶飛。

黄金幄殿載前驅，象背駝峰盡寶珠。三十六宫齊上馬，太平清暑幸灤都。

奉常告吉禴初冬，太室精禋一念通。傳旨外廷休奏事，今朝天子坐齋宫。

延華閣後春歸早，百種花名臘日開。爲是君王行不到，國官講殿進盆梅。

千岩雨過翠玲瓏，太液池邊看彩虹。何處蓬萊通弱水，儀天殿在畫橋東。

中書已奏新除了，押寶還催内閣開。斜插白麻龍篆濕，近臣當殿謝恩來。

高鼻黄髯款塞胡，殿前引貢盡龍駒。仗移天步臨軒看，畫出韓生試馬圖。

皇心簡注勛臣舊，未有人知擬拜除。宣索綵牋濡玉筆，榻前先命小臣書。

夜深回步玉闌東，香燼龍煤火尚紅。新得海棠無覓處，依然遺却月明中。

小時歌舞擅宮庭，長憶先皇酒半醒。白髮如今垂兩鬢，佛前學得念心經。《全元詩》，册 36，第 3—4 頁

珠宮賜宴慶迎祥，麗日初隨綵綫長。太史院官新進曆，榻前一一賜諸王。《全元詩》，册 36，第 49 頁

同前二首

李　裕

館娃誰比念奴嬌，暖玉團香膩粉消。昨夜教坊傳聖旨，梨園弟子屬雲韶。

宮門烟柳映風蒲，别殿交魚給傳符。太液池邊下黄鵠，急宣立本畫新圖。《全元詩》，册 37，第 192 頁

同前

楊維楨

題注曰：「一十有二首。」詩序曰：「《宫詞》，詩家之大香奩也，不許村學究語。爲本朝宫詞者多矣，或拘於用典故，又或拘於用國語，皆損詩體。天曆間，余同年薩天錫善爲宫

詞，且索余和什，通和二十章，今存十二章。」

鷄人報曉五門開，鹵簿千官泊帝臺。天上駕鵝先有信，九重鑾駕上都回。每歲此禽先駕往返。

開國遺音樂府傳，白翎飛上十三弦。大金優諫關卿在，伊尹扶湯進劇編。

海内車書混一時，奎章御筆寫烏絲。朝來中貴傳宣急，南國宮娥拱鳳池。

薰風殿閣日初長，南貢新來荔子香。西邸阿環方病齒，金籠分賜雪衣娘。

宮錦裁衣錫聖恩，朝來金榜揭天門。老娥元是南州女，私喜南人擢殿元。

北幸和林幄殿寬，鈎麗女侍倢伃官。君王自賦昭君曲，敕賜琵琶馬上彈。

后土璚仙屬内家，揚州從此絶名花。君王題品容誰并，蕚緑宮中蕚緑華。

十二璚樓浸月華，桐花移影上窗紗。檐前不插鹽枝竹，卧聽金羊引小車。

金屋秋深露氣涼，宮監久不到西厢。丁寧莫竊寧哥笛，鸚姆無情説短長。

露氣夜生鳷鵲樓，井梧葉葉已知秋。君王只禁宮中蟲，不禁流紅出御溝。

十三宮女善詞章，長立君王玉几傍。阿婉有才還有累，宮中鸚鵡啄條桑。

蛾眉曠處不勝秋，長帶芙蓉小苑愁。肯爲君王通一笑，羽書烽火誤諸侯。《全元詩》，册 39，第 89—90 頁

同前

周伯琦

畫閣香銷暮雨晴，珠簾半捲遠山明。蒲萄初醒羅衣薄，枕上鵾弦撥不成。
木難火齊當纏頭，貼地金蓮步欲羞。露濕銀床人語静，蟾宫九夏是中秋。
巫山隱約寶屏斜，朝著重綿晝著紗。徙倚牙床新睡足，一瓶芍藥當荷花。
寶鑑當窗促曉妝，金莖玉露奉君王。菊花如錦秋風近，願似中間御愛黄。
苑路東西草色遥，闌干曲曲似飛橋。水晶殿外檐鈴響，疑是鑾輿蚤散朝。《全元詩》，册 40，第 343 頁

同前

不花帖木兒

玉樓珠箔晚天凉，秋色依稀滿建章。金井梧桐霜葉盡，自隨流水出宫墻。《全元詩》，册 46，第 18 頁

同前

劉仁本

宮樹風微玉簟涼，錦衣小隊過川廊。曲闌干外梧桐月，照見銀籌曉夜香。
舞靴輕轉玉階前，憶昔承恩已十年。記得當時供奉曲，上皇親自月宫傳。
恩從内殿賜茶還，剩得龍團月半彎。手挹瑶瓶注溝水，香分涓滴到人間。
内賜回來隨例恩，芙蓉葉上月黄昏。銀燈雙引氈車過，擁入紅雲第二門。《全元詩》，册 49，第 268 頁

同前

聶　鏞

九重天上日初和，翡翠帘垂午漏過。聞到南閩新入貢，雕籠進上白鸚哥。《全元詩》，册 50，第 122 頁

同前

虞　堪

想鳳停鍼刺綉紋，沉沉別殿鎖重門。棠梨枝上三更月，雪色冰輪不見痕。《全元詩》，册 60，第 328 頁

同前

鄧元宏

淡月輕寒透碧紗，宮屏殘夢曉啼鴉。春風不管愁深淺，日日開門掃落花。《全元詩》，册 65，第 263 頁

和許彦温宮詞

柯九思

暖吹生香花半吐，三十六宮傳笑語。雕闌并倚弄新春，翠衿不管沾微雨。
小娃相對學吹簧，雲母屏風白玉堂。中貴傳宣日將暮，不省秋閨斷寸腸。《全元詩》，册 36，第 4 頁

和馬伯庸學士擬古宮詞七首

貢師泰

城上鴉啼曙色催，五門三殿一時開。玉皇不許群仙見，隱隱車聲天上來。

緑池香水出夫容，十二釵寒妬玉蟲。只恐禁園今夜雨，華清明日又西風。

寶扇微開萬樂從，紫衣扶輦出行宮。近臣侍罷櫻桃宴，更遣黄門送兩籠。

紫雲扶日上盤盤，花氣薰衣露始乾。行處不禁春色惱，回身却倚玉闌干。

睡思厭厭易入眉，綉簾低下燕歸遲。黛鬟不整釵梁嚲，滿院楊花夢覺時。

殿頭昨夜報春殘，盡放宮人賞牡丹。獨有沉香亭北畔，一枝偏許八姨看。

雲影微開日脚垂，杏花深院落游絲。不知誰動秋千索，驚起黄鸝過別枝。《全元詩》，册 40，第 312—313 頁

宮詞二首和符安理鎮撫韻

錢惟善

放生池上月沉鈎，掖樹如雲易得秋。鐘動景陽梳洗早，轆轤聲轉井幹樓。

夢驚鴛瓦落宫墻，殿鎖長秋怨夜凉。教授後庭今白髮，舊時博士漢披香。《全元詩》，册41，第14頁

宫詞次韻周員外

張昱

時樣宫眉不甚長，再三笑語問同房。内園有約看花去，稱得春衫綉鳳凰。《全元詩》，册44，第43頁

宫詞八首次偰公遠正字韻

廼賢

廣寒宫殿近瑶池，千樹長楊緑影齊。報道夜來新雨過，御溝春水已平隄。

千官鵠立五雲間，玉斧參差擁畫闌。今日君王西内去，安排天仗趣儀鸞。

水晶簾外日遲遲，殿閣春深笑語稀。綉幕無端風捲起，一雙燕子傍人飛。

上苑含桃熟暮春，金盤滿貯進楓宸。醍醐漬透冰漿滑，分賜階前侍直人。

瓊島嵓嶢内苑西，闌斑綺石甃清漪。御床不許紅塵到，黄幔長教窣地垂。

花影頻移玉砌平，美人欹枕聽流鸎。一春多病慵梳洗，怕説鸞輿幸上京。
綉床倦倚怯深春，窗外飛花落錦茵。抱得琵琶階下立，試彈一曲鬥清新。
太液池頭新月生，瑶街最喜晚來晴。貴人忽被西宫召，騎得驊騮款款行。《全元詩》，册 48，第 17 頁

離宫詞

耶律鑄

蝶粉蜂黄事已休，凝塵空滿玉搔頭。海棠酣睡醉無力，人柳癡眠閒自愁。深掩緑陰籠曉月，亂飄紅雨漲春流。不知燕子來時節，幾度雙飛入畫樓。《全元詩》，册 4，第 81—82 頁

琳宫詞次安南王韻十首

許有壬

流雲洞闢列仙朝，飛佩聲寒下紫霄。天上豈知鳧是舄，人間虛説鵲成橋。
閬苑春多不惜春，萬年風物一般新。可憐塵土藍田路，亦有區區種玉人。
雲窗留月曙光微，瑶草含風露未晞。却笑天台容俗客，桃花零落又春歸。

凉入簾幃夜色輕，瑶臺添月更虛明。一壺天地渾無迹，只有清風動竹聲。
通明殿曉侍熏爐，還駕扶摇返故都。風景便宜收拾取，莫教滄海有遺珠。
山林活計只餐霞，世事茫茫日自斜。謫到玉堂無好况，夜深猶草侍中麻。
人人開口説玄關，翻使身心兩不閑。老子年來惟解睡，從教海上有仙山。
千金休買失船壺，汲挽知須幾轆轤。昨夜山房新釀熟，一瓢和月泛雲腴。
神山雲矗碧天齊，滄海如杯太華低。非是眼高空八表，世間何物不醯鷄。
松筠扶翠護危樓，涌出清寒萬斛秋。回老乘風無覓處，碧天如水自悠悠。《全元詩》，册 34，第 401 頁

四時宫詞

薩都剌

御溝漲暖緑潺潺，風細時聞響珮環。芳草宫門金鎖閉，柳花簾幕玉鈎閑。
夢回綉枕聽黄鳥，困倚雕欄看白鷳。落盡海棠天不管，脩眉慚恨鎖春山。
日長縫就縷金衣，高柳風清拂翠眉。閑倚小樓題畫扇，但聞别院笑彈棋。
主家恩愛有時盡，賤妾心情無限思。又向晚凉新浴罷，琵琶自撥斷腸詞。

宫溝水淺不通潮，凉露瑶街濕翠翹。天晚不聞青玉珮，月明偷弄紫雲簫。
正宫夜半羊車過，别院秋深鶴駕遥。却把閑情望牛女，銀河烏鵲早成橋。
悄悄深宫不見人，倚門惟有石麒麟。芙蓉帳冷愁長夜，翡翠簾垂隔小春。
天遠難通青鳥信，瓦寒欲動白龍鱗。夜深怕有羊車到，自起籠燈照雪紋。《全元詩》，册 30，第 189 頁

同前

曹文晦

朱闌轉午陰，銀屏倚春倦。夢作花間蝶，飛入昭陽殿。
玉盌蒲萄碧，冰盤荔子紅。内官傳敕過，王在水精宫。
玉階看桂影，月色傍秋多。不賜金莖露，渴心將奈何。
宫樹墮晴雪，凝寒入毳裘。鄰娃取冰箸，道似玉搔頭。《全元詩》，册 37，第 405 頁

漢宮四時辭

梁　寅

按，宋人周紫芝有新樂府辭《漢宫詞》，元人《漢宫四時詞》當出於此，故予收録。

春波鱗生太液池，嫩黄垂柳金差差，鳴鶯悦懌春風枝。褰幌攬帷光陸離，鵁鶄容與鴛鴦嬉。側耳玉鸞睇翠蕤，粲粲桃李惜妍姿。

木蘭爲舟桂爲楫，水榭荷華映蒲葉。紫金條脱碧單袷，珠簾風動中自愜。君王凝情在未央，心歷四海思咸康，離宫寥寥白日長。

黄山嵯峨夕以陰，蘭堂蕙閣候月臨，禁門重重洞且深。螢綴綺疏耀羅襟，銀漢傾側玉繩低。抱衾願違内增悽，萬年樹中烏夜啼。

層臺風遒雪逾白，銀虬水凍澀徐滴，華鐙爓延沈燎熄。寶帳象床倚岑寂，輸肝委膽奉明恩。南山可摧石可掀，千秋一日心永存。《全元詩》，册44，第278頁

七夕宫詞

陳樵

按，陳樵《鹿皮子集》置此詩於「樂府」類。

内人拜月金鋪户，鳳宿梧枝秋葉下。露華入袂玉階寒，織署錦工催祭杼。月下金鈿照骨明，同心絲鱠紅生縷。素瓜碧竇上華樓，夜闌飆馭下銀州。《全元詩》，册28，第326頁

卷二八〇　元新樂府辭一三

上京宫詞

柯九思

灤京三伏暑無多，仙樂飄颻落禁坡。翡翠樓高迎曉日，水精殿冷看天河。千官錫宴齊宫錦，萬馬争標盡寶珂。獨有小臣如鵠立，九重閑暇問秋禾。《全元詩》，册36，第49頁

四景宫詞四首

楊維楨

漏痕新長蓮花斗，龍池草色連溝柳。憶春還又怯春來，日日春情殢如酒。小床偷製錦回文，落地鍼聲暗驚手。夢繞梁三白蝶飛，西園鼓子花開後。

金刀落雪瓜如斗，小殿風來水楊柳。鳳窠長簟不成眠，竊飲君王千日酒。傳宣今夜吹玉笙，十指紅蠶捻輕手。三十六竽調未齊，小倚琉璃御屏後。

露下金盤濕星斗，池上烏啼千尺柳。秋題未寫桐葉箋，春妝尚帶桃花酒。十二簾開乞巧樓，小隊金針穿好手。長生殿裏記恩私，夜半牽牛挂樓後。黛螺新賜量成斗，畫眉日畫青青柳。長得君王一笑看，眼文不敢朝忺酒。盤珠夜製衮龍衣，紅冰笋軟呵纖手。坐聽鐙人報曉籌，二十五聲寒點後。《全元詩》，册 39，第 302 頁

擬宮詞

馬玉麟

霜落芙蓉滿院秋，守宮香冷不勝愁。君王愛聽霓裳曲，只醉西宮白玉樓。五雲宮闕似蓬萊，魚鑰沉沉晝不開。收得君王新綵緞，自拈刀尺稱身裁。《全元詩》，册 44，第 477 頁

同前

申屠衡

青鎖春閒漏點遲，博山香煖翠烟微。隔簾誰撼金鈴響，知是花間燕子歸。《全元詩》，册 51，第 155 頁

擬唐宮詞

衛仁近

九重春色繞金鑾，龍渴宮壺午漏殘。犀押簾垂紅霧暝，獸爐香盡碧雲寒。隔樓度曲多西子，別院吹笙是內官。見説羊車明日過，旋栽楊柳護雕闌。《全元詩》，册 50，第 103 頁

翰林故事莫盛於唐宋聊述舊聞擬宮詞十首

袁　桷

按，《全元詩》册二九亦收，作馬祖常詩，題中少一「聞」字，辭同，兹不復録。

禁鐘初動趣傳宣，衣袖薰香到御前。漸近宮門扶下馬，內官分引導金蓮。

御筆圓封草相麻，龍牋香透擁金花。儀鸞敕設庭前候，賜酒方終更賜茶。

制草塗鴉未敢删，內璫宣引侍龍顔。已分筆格金蟾滴，更賜端溪紫硯山。

春帖分裁閣分多，宮娥争餽纈綃羅。青絲菜并銀盤送，幡勝新題墨旋磨。

文思如泉涌墨林，屏風院吏不須尋。舊時內相諸孫在，猶有當年掃閣金。

入院聽宣席未温，賜金已向案頭存。故事：入院傳旨畢，賜葉金十兩始草制。清晨上馬還家去，内出黄麻付閤門。

清馥香温酒玉脂，祝文已撰報都知。夜來奉旨傳丞相，五朵雲濃押省咨。
天孫夜度玉潢清，内托銀盤涌化生。秋思未多團扇在，擬題宫怨月分明。
盤鵰暈錦是冬衣，鴿炭初生酒力微。聞道邊臣風雪苦，口宣臈藥布皇威。
贊書謄副節樓前，筐篚盈庭邸吏傳。深恨葫蘆陶學士，受渠犀玉索金錢。《全元詩》，册 21，第 338 頁

唐天寶宫詞十五首

張　昱

壽王妃子在青春，賜與黄冠號太真。不是白頭高力士，翠華那得遠蒙塵。
徹夜宫中按羽衣，明朝册拜太真妃。鳳凰園裏承恩後，從此君王出内稀。
興慶池頭芍藥開，貴妃步輦看花來。可憐三首清平調，不博西凉酒一杯。
清源小殿合凉州，羯鼓琵琶響未休。爲是阿瞞供樂籍，八姨多費錦纏頭。
蓬萊前殿摘黄柑，一色金盤賜内官。揀得枝頭合歡實，畫圖傳與大家看。
玉笛當年是賜誰，可教妃子得偷吹。還家剪下青絲髮，持謝君王意可知。

天子樓前百戲呈，大娘竿舞最驚人。貴妃獨賞劉郎詠，牙笏羅袍色色新。
舁上兒綳滿翠容，黃裙高髻一叢叢。君王入内聞歡笑，賜與金錢滿六宮。
四海承平倦萬機，只將彩戲悦真妃。不平最是彈雙六，骰子公然得賜緋。
小部梨園出教坊，曲名新賜荔枝香。霓裳按舞長生殿，擊碎梧桐夜未央。
共指雙星出殿遲，并肩私語有誰知。君王未出長安日，肯信人間有别離？
香囊遺下佛堂堦，不使君王不愴懷。想著當年雪衣女，羽衣猶得苑中埋。
勤政樓中夜正長，上皇西望轉悽涼。侍兒唯有紅桃在，一曲涼州泪萬行。
龍女殷勤道姓名，凌波池上乞新聲。周公不入君王夢，誰與蒼生致太平。
天寶年中寵賈昌，黃衫年少滿鷄坊。絳冠鬥罷羅纏項，又得君王笑一場。《全元詩》，册 44，第 46—47 頁

天寶宫詞十二首以寓所感

顧　瑛

天寶鷄坊寵賈昌，不教蝴蝶上釵梁。錦棚晝浴天驕子，絳節朝看王大娘。芍藥金闌開内苑，蒲萄玉醆酌西涼。月支十萬資臙粉，獨有三姨素面妝。

五家第宅近天家，侍女都封繫臂紗。池上桃開銷恨樹，閤中香進助情花。風回輦道鸞鈴遠，日射龍顔雉扇斜。韓虢竝騎官厩馬，醉攙丞相踏堤沙。

蓮花池畔暑風凉，玉竹回文寶簟光。貪倚畫屏巢翡翠，誤開金鎖放鴛鴦。輕綃披霧夸新浴，墮髻欹雲衒晚妝。笑指女牛私語處，長生殿下月中央。

五色卿雲護帝城，春風無處不關情。小花静院偷吹篴，淡月閒房背合箏。鳳爪擘柑封鈿合，龍頭瀉酒下瑶罌。後宫學做金錢會，香水蘭盆浴化生。

龍旂孔蓋擁鑾幢，步輦追隨幸曲江。鳥道正通天上路，羊車直到竹間窗。桃花柳葉元無恨，燕子鶯兒各有雙。中貴向人言近事，風流陣裏帝先降。

秘閣香殘日影移，燈分青玉刻盤螭。琵琶鳳結紅文木，弦索蠶繅緑水絲。金屋有花頻賭酒，玉枰無子不彈碁。傳宣趣發明駝使，南海今年進荔支。

近臣諧謔似枚臯，侍宴承恩得錦袍。扇賜方空描蛺蝶，局看雙陸賭櫻桃。翰林醉進清平調，光禄新呈玉色醪。密奏君王好將息，昨朝馬上打圍勞。

虢國來朝不動塵，障泥一色綉麒麟。朱衣小隊高呵道，粉筆新圖徧寫真。寶雀玉蟬簪翠髻，銀鵝金鳳踏文茵。一從羯鼓催春後，不信司花別有神。

十三女子擘箜篌，選作梨園第一流。却道荷花真解語，豈知萱草本忘憂。紅鸞不照深宫命，翠鳳常看破鏡羞。舞得太平并萬歲，五年誰賜錦纏頭。五王馬上打毬歸，贏得宮花獻貴妃。樂起閤門邊奏少，禍因臺寺諫書稀。侍兒隨掌皆頒紫，骰子蒙恩亦賜緋。姊妹相從習歌舞，何人能製柘黄衣。新製霓裳按舞腰，笑他飛燕怕風飄。玉蠶倒卧蟠條脱，金鳳斜飛上步摇。雲母屏前齊奏樂，沈香火底竝吹簫。只因野鹿銜花去，從此君王罷早朝。宫衣窄窄小黄門，躑躅初開賜縹盆。夜月不窺鸚鵡冢，春風每憶鳳皇園。愛收花露消心渴，怕解金珂見爪痕。只有椒房老宫監，白頭一一話開元。《全元詩》，册 49，第 39—41 頁

荔枝行寄王善父

吴　萊

按，宋人周紫芝有《荔枝香》、陳襄有《荔枝歌》、蘇軾有《荔枝嘆》，均爲新樂府辭。吴萊《荔枝行》，或本宋人，故予收録。

炎雲六月光陸離，人在閩南餐荔枝。荔支日餐三百顆，紅緑亞林欺衆果。絳羅繫樹蠟封蔕，尚食擎盤獻青瑣。涪州歲貢與此同，意欲移根來漢宫。天生尤物不用世，沾洒蜑雨吹蠻風。

鑾風蜑雨振林藪，西域蒲萄秋壓酒。勸君莫近楊太真，傳説驪山塵汙人。《全元詩》，册40，第76頁

秋閨怨

胡　奎

按，宋鄭樵《通志二十略·樂略一》「怨思二十五曲」有《秋閨怨》。宋人曹勛亦作此題，《松隱集》置之于「古樂府」類，宋代卷收入新樂府辭。元人《秋閨怨》，蓋本於此。元人又有《秋閨詞》《秋閨思》，當出於《秋閨怨》，亦予收録。

郎作征車妾作輪，關山遠近得隨君。自從别去秋容減，絡臂真珠小幾分。《全元詩》，册48，第138頁

同前

吕　浦

燕城八月霜風高，客子遠游生二毛。美人南國怨遲暮，手弄機杼心慅慅。雁書不寄鄉關遠，庭樹蕭蕭寒日晚。顰蛾强寫相思字，一字一愁腸欲斷。越羅蜀綺裁爲裳，雙杵宵鳴天欲霜。

素娥堂上伴孤影，殘燈耿耿明秋房。夜未央，錦衾寥落慵薰香，綉羅帶冷雙鴛鴦。兩地相思天一方，裁衣寄遠道路長。寸心千里徒悲傷，夜深月照紅牙床。魂清骨冷心飛揚，夢見良人歸故鄉。歸故鄉，在何處，鵲翻金井梧桐露。可憐好夢又成空，風落桂華天欲曙。《全元詩》，册49，第304頁

同前

朱模

金風颯颯吹碧紗，錦機軋軋擣霜華。回文織就書未寄，美人飄泊天之涯。十年遠與夫君别，翠幔同心懶高結。粉綿磨鏡覽娥眉，雙鳳雲飛寶釵折。銀缾曉汲秋水新，銀床洗出白苧塵。轆轤千轉思未已，花茵正卧青樓春。少年每被功名餌，紅顏又被少年棄。紅顏一去喚不回，功名到手猶兒戲。長安城頭戰馬嘶，震天笳鼓邊塵迷。豎儒敗事今不用，紅顏白首從關西。雲寒莫厭涉萬里，斬首歸來獻天子。捷書不報朔風高，賤妾從君塞邊死。《全元詩》，册56，第506頁

秋閨詞

張昱

一曲哀箏感素秋，梧桐落盡碧溪頭。御溝葉上誰題怨，錦字機中自織愁。紈扇恩情空望望，鯉魚書信更悠悠。雙星不到銀河近，風浪過於隔十洲。《全元詩》，册44，第118頁

秋閨思

孫善

天上嫦娥也可憐，廣寒宫裏夜孤眠。早知人世相思苦，不若移居桂樹邊。
凉夜簫聲處處過，玉樓高起逼天河。西風瘦盡梧桐葉，添得西窗月影多。
璧月斜明翡翠屏，水花零落點秋螢。夜闌院院垂金鎖，獨立蒼苔望帝星。
疏檽鐵馬亂風飄，火冷金鳧百和銷。怪底芙蓉清漏永，不知何事苦迢迢。《全元詩》，册63，第368頁

除夜吟并引

元淮

詩引曰："予丙戌歲除寓三山，督造南臺浮橋。丁亥除夜，仍客溧陽，嘆故園樵嵐之九曲，傷人生如此之漂零，懷古感時，因有是作。"按，宋人曹勛有新樂府辭《除夜吟》，元人《除夜吟》，當出於此，故予收録。

去年臘月客三山，今歲江東尚未還。浪萍踪梗傷漂泊，經歲天涯未得閒。閒來點檢人間事，秋月春花知幾度。浮生端的爲誰忙，茫茫踏遍紅塵路。樵溪九曲歲將暮，沙堤橋畔春如許。臘殘春近憶家山，樵嵐筍蕨還知否。朝中宰相五更寒，鐵甲將軍夜度關。豈問嚴寒并盛暑，何嘗半霎得安閒。官途自古同逆旅，駟馬黄金等塵土。小園昨夜梅花香，獨坐書窗對溧陽。自嘆孤踪何所似，年年此際費平章。丙戌除夜寄海鄉，南臺舟楫爲施張。成此輿梁不三月，橋高激浪如飛雪。萬邦車馬登此橋，丁亥除夜客吴頭。吴頭楚尾佳麗地，淮水淮山依舊翠。淮民近日訪老夫，問我姓名驚且畏。國泉水鏡即元淮，淮上英雄安在哉。唯有鳳凰臺下水，夜深隨月過長淮。月來水去空相向，淮北淮南謾惆悵。世異時移自古然，只有江山似無恙。朱雀橋邊柳色新，烏衣巷裏盡埃塵。功臣將相今何處，滿目荒烟野草青。君不見六朝遺迹賞心亭，清凉寺畔石頭城。晉代風流隨水去，墨客騷人枉費吟。又不見今人視昔總傷神，後人猶能來視今。隔江猶唱當時曲，半是秦淮新附人。光陰轉轂不暫停，天涯桃李又還新。添感慨，嘆飄零，兩朝水鏡作微臣。吟遍秦城及漢陵，眼前有景説不盡。寓意兼吟除夜吟，除夜吟，吟復吟。屠蘇爆竹鬧堦庭，太平簫鼓鬧歌聲。今年除夜多生意，臘月廿五已交春。《全元詩》，册 10，第 132—133 頁

夢仙詞

張　雨

按，宋人曹勛、薛季宣均有新樂府辭《夢仙謡》，元人《夢仙詞》，當出於此，故予收録。

蟪蛄不識蟠桃樹，青鳥飛來賞燕頻。半核才盛一升酒，再花已是八千春。金盤枉賜漢武帝，青腰先送魏夫人。《全元詩》，册 31，第 316 頁

卷二八一　元新樂府辭一四

遊仙二首

耶律鑄

按，宋人曹勛有新樂府辭《遊仙》《遊仙謡》《小遊仙》，宋鄭樵《通志二十略·樂略一》「神仙二十二曲」有《遊仙篇》，元人《遊仙》《遊仙詞》《小遊仙》《小遊仙詞》《遊仙詩》《遊仙子》，或均出於此，故予收録。

絳節擁紅雲，鳳吹隨鸞扇。游歷萬華宫，轉宴諸仙殿。金母頋接懽，玉真求識面。爲我問時人，誰曾是媒援。高蹈步天衢，真游不知倦。又遇西王母，屢會瑶池宴。《仙傳》：王母瑶池宴，宴蟠桃也。前後三千年，蟠桃開一遍。爲我問群仙，幾見春風面。《全元詩》，册4，第19—20頁

六銖仙帔映花朝，護蹕癡龍膽氣驕。五色雲車回日馭，九葩芝蓋抵星橋。閒携鳳女批明月，還縱鸞歌透紫霄。半夜水精宫殿裏，碧桃花下更聞簫。《全元詩》，册4，第74—75頁

同前

釋大訢

騎雲直上黄金殿，騎鶴歸來白玉京。飲乾石髓開還合，指點蓬萊淺復清。《全元詩》，册 32，第 188 頁

同前

鄭元祐

煌煌珠樹四時春，樹影玲瓏月滿身。理罷玉笙朝斗去，就中誰是避秦人。《全元詩》，册 36，第 363 頁

同前

張憲

處世厭兵火，憫生悲歲華。安得乘浮雲，游彼仙人家。下視萬蛙螾，擾擾成泥沙。東望俯暘谷，凌晨湌太霞。青龍與白虎，簇擁金銀車。但恐匪仙骨，腐爛如潰瓜。《全元詩》，册 57，第 84 頁

錢道士游仙

鄭元祐

緑髮飄蕭禮上玄，明星遥隔絳河邊。香消楚澤春風佩，愁入湘城夜雨弦。素手不將條脱贈，綺疏惟把步虚編。西神峰頂飛霞觀，小駐鸞笙五百年。《全元詩》，册36，第323頁

次韻錢伯行游仙

鄭元祐

海定初風湛緑羅，仙人詞藻寄來多。貫珠音在雲誰遏，瑑玉文成手自磨。霄漢畫橋嘗有會，崑崙黄竹漫成歌。可憐人世書褁手，池上猶籠道士鵝。《全元詩》，册36，第331—332頁

次韻錢伯行游仙體律詩

鄭元祐

軋軋青牛儗度沙，煌煌白兔豈無家。肉生徐甲符難秘，斧鈍吴剛桂始華。諦授寶書盟刻玉，醉離瑶席舞傳芭。竹宫望拜真癡絶，日日鼂光在景霞。《全元詩》，册36，第364頁

游仙詞

馬臻

上清真人玉華仙，夜策鸞輅凌珠烟。罡風廣漠露華冷，摇蕩金鈴聞半天。路逢仙姥騎白鹿，侍女雙雙散香玉。遥看三島點神波，恨入秋眉鏡中緑。我自無爲神自凝，萬竅不動心冥冥。靈君期我謁太帝，下視濁海魚龍腥。玉虚煒煒明玄景，羽葆摇摇入空影。一曲雲和奏未終，月輪已到崑崙頂。《全元詩》，册 17，第 26 頁

同前

鄭元祐

詩序曰：「向嘗次韻信都趙君季文父《游仙詞》。亡友虎林張君伯雨父見而愛之，亦嘗倚韻以屬和。昆山清真觀道士俞君復初，伯雨愛友也。寫所和詩以遺復初。復初今年冬款予於吴郡之城南，乞予寫昔所和合張君之什并藏之。江空歲晚，朋友間能詩如伯雨，寥寥絶響。因寫舊作，不能不興感云耳。今年至正二十年庚子歲之冬也。遂昌鄭元祐明德父。」

金碧樓臺瀛海東，娉婷仙子下瑶空。聖凡千古無窮事，都在鸞笙一曲中。
藹藹身中三素雲，朝暉出海共氤氲。桃霞沐雨輕勾面，柳浪含漪細織裙。
鳳麟洲上水烟分，女伴同祠李少君。點定易遷宫裏籍，步虚携手踏紅雲。
雲旗阿母降珠庭，母爲雙成欲授經。塵世登真無要訣，藥囊辛苦貯參苓。
才炊松屑飯胡麻，又見蟠桃一度花。不爲靈姝工服食，金盤那得棗如瓜。
窈窕溪真十二仙，靈犀分水夜長然。珠宫每按皇人筆，點較青瑶第幾篇。
寶髻駢雲誰最高，花間行數舊栽桃。笙洲月出星宫近，騎著神魚舞翠濤。
紫皇親駕按寰瀛，又見鯨波徹底清。仙籍不能無謫降，塵緣敢恨有虧成。
欲采靈芝敢後期，游魚千里費尋師。不因悟得長生著，一局纔終未了棋。《全元詩》，册 36，第 375 頁

同前十首

郭　翼

詩跋曰：「《游仙詩》遂昌其最優乎？貞居仙去，不可復得。清真俞君復初請余和之，以繼二妙之後。其知言乎？昔揚雄作《太玄》曰：後世有揚子雲，必好之。蓋謂作者非難，

知者爲難也。復初舊有能詩聲，予故喜之，遂爲賦此，但不可爲不知者言耳。太原郭翼識。」

銀流萬里海雲東，只泛靈槎上碧空。仙女踏歌星影裏，老龍吹笛浪花中。
金粟天高碧殿雲，鏡中空影夜氤氲。白鸞樹下三千女，一色龍綃玉雪裙。
月照旌旗夜未分，行宫望拜玉華君。衆中王母雙龍駕，飛動神州五岳雲。
令威化鶴已千春，華表歸來是後身。城郭悲歌荒冢在，到頭應愧學仙人。
白鶴下啄瑶草庭，道士夜讀神農經。問之長生有寶訣，授以松根千歲苓。
溪水流香飯熟麻，洞中千樹玉桃花。金盤日日飛仙供，敕賜安期海上瓜。
鬱蕭臺上會神仙，龍燭飛光曉夜然。玉殿歸來環珮冷，白雲猶護古苔篇。
麟洲宫殿五雲高，夜赴瑶池宴碧桃。借得仙人紅尾鳳，月中飛影拂波濤。
鈞天按樂樂蓬瀛，手把芙蓉朝太清。一曲霓裳羽衣舞，仙家只數董雙成。
長生誰解問佺期，黄石空爲孺子師。何似山中問日月，松陰自了著殘棊。《全元詩》，册 45，第 439 頁

同前

胡助

東海有麻姑，乃在三山岑。去時海水淺，來時海水深。翩翩三青鳥，結巢琪樹林。寄我錦字書，泠然空外音。何由啓玉齒，臨風披素襟。《全元詩》，册48，第66頁

同前

余善

詩跋曰：「此余方外生余善，追和張外史《小游仙》一十解。持稿來示，余小加點讀。至『長桑樹爛金鷄死』，座客有遶床三叫，以爲老鐵喉中語也。又如『一壺天地小如瓜』，雖老鐵無以著筆矣，故樂爲之書。至正癸卯春王正月上日，鐵龍道人在玉山高處試奎章賜墨書。」

鸞書趣燕五城東，下視星辰在半空。行過瑶臺重回首，玉清更在有無中。

虎豹眈眈守帝閽，銀灣水氣曉氤氲。石榴花下霓裳隊，競染香雲製舞裙。

城闕天容曉未分，身騎金虎謁元君。青童不道天家近，笑指空中五色雲。
三十六宮丸内春，邯鄲却憶夢中身。帶將一個城南樹，去謁仙班十八人。
飄飄天樂下珠庭，又從麻姑降蔡經。麟脯鳳脂皆可嚼，長饞何必斲松苓。
溪頭流水飯胡麻，曾折璚林第一花。欲識道人藏密處，一壺天地小于瓜。
不到麟洲五百年，歸來風日尚依然。穉龍化作雪衣女，來問東華古玉篇。
春宴瑤池日景高，烏紗巾上插仙桃。長桑樹爛金鷄死，一笑黃塵變海濤。
高駕飆車過大瀛，神官報道褚三清。新裁鵝管銀簧澀，一曲元雲鼓未成。
天府官曹夙有期，金盤玉粟賜漁師。一彈指顧天台近，始悟三生石上棋。《全元詩》，册 50，第 126 頁

同前

釋净圭

霞光閃閃五雲東，樓觀巍巍照碧空。忽報夜池催賜宴，翠鸞飛景月明中。
縹緲仙山五色雲，玉真飛佩度氤氳。不應名字題仙籍，猶著唐家舊賜裙。
一會仙凡兩地分，雙雙條脱賜羊君。如何窈窕巫山女，只作襄王夢裏雲。

洞草巖花處處春，壺中日月鏡中身。飆輪飛度麟洲水，知是仙班第一人。
松飄金粉落空庭，石上清齋玩易經。應笑世人工服食，滿頭垂白采參苓。
塵寰擾擾事如麻，恨我東風易落花。阿母蟠桃才一熟，人間幾度摘秋瓜。
璚樓十二亞相連，樓上仙姝笑粲然。青鳥忽煩將遠意，紫霞新寫寄來篇。
青童小隊鼓琅璈，仙子酣歌詠碧桃。下視人寰才洶洶，紅塵如海漲波濤。
青鳥銜書降玉京，芙蓉金掌露華清。深宫無限情緣在，不是神仙不易成。
漢武求仙或可期，仙人誰可帝王師。山河百二功成在，不似松林一局棋。《全元詩》，册53，第120—121頁

同前

陸大本

詩序曰：「予幼侍貞居張君清節，吟詩寫字，皆從漸摩中來。貞居已矣，予方泊化宫，超然有退隱志，且辟穀有驗。偶過玉峰清真觀，道士俞君出示貞居所繼明德鄭先生《游仙詞》十首。明德復書舊和季文趙君倡句於卷上，誦之使人毛骨脩爽。予雖不敏，思貞居昔日之好，而明德又吾老文伯也，敢不援筆續貂？超然之士，能無賞音？時至正辛丑夏六月

初吉，益易道人陸大本頓首。」

崑崙之墟渤海東，下見一壑涵虛空。夜深印出千江月，何處靈光恰正中。
秋水爲神氣吐雲，藍田種出玉氤氳。湘妃爲我紉蘭佩，雅稱青霞襞積裙。
每憶貞居語夜分，深期仙迹寄茅君。詩篇今落江湖手，空向晴窗檢白雲。
玄圃蒼洲日日春，含胎鍊骨漸身輕。良宵會宴飛瓊室，回首清標惱殺人。
元命真人謁紫庭，三晨授我蕊珠經。不知世上長生藥，歲歲松根珀化苓。
搔癢仙姑本姓麻，羅家蕚緑女中花。阿環空向劉郎拜，不似孫鍾學種瓜。
十洲麟鳳引瓊仙，喙角連金曉夜然。月底素琴調玉柱，斷弦時續紫烟篇。
雲窗霧閣遇情高，三度能偷幾個桃。欲把珊瑚都釣起，六鰲海上駕雲濤。
蓬島方壺萬里瀛，神仙骨格自然清。翻然直到三清境，辟穀元來是小成。
長生小訣問安期，大道須尋向上師。一粒黍珠靈寶氣，橘中只看二翁棋。《全元詩》，册 53，第 122—123 頁

同前十四首

袁　華

前四首題注曰：「壽鐵崖先生。」後十首題注曰：「次韻。」

鐵崖啓靈秀，紫虛植仙宗。歘詠登太霞，八鸞韻雝雝。東華命考籍，玉檢芝泥封。飛行帝青上，雲車扶蒼龍。

楊君金庭彦，按部崑崙丘。左攬鳳凰轡，前驅龍虎輈。轟雷歎小鐵，河傾漢西流。下眎臭腐輩，尸行不知休。

九華有真妃，乃是安鬱嬪。學真龜臺館，擢秀牛河津。丹章閟神虎，餐霞啜日根。飆輪宴七景，雲轡躡三辰。下邁楊君家，冥分締良姻。既忻對景好，夙契心所親。奚必輕中接，塵勞穢七神。

西池蟠桃子，一實三千年。翠羽銜璚花，雙飛凌紫烟。阿母啓玉齒，笑顧老鐵仙。鐵仙青藜精，主司文昌權。不比狡獪兒，滑稽稱世賢。《全元詩》，册 57，第 268—269 頁

金色烏啼若木東，弱流沉羽直疑空。飆輪不用青鸞御，萬里飛行一瞬中。

貝闕瑶臺護絳雲，玉階露氣曉絪緼。真妃去校東華籍，縫絡明珠火澣裙。
一塵隔斷聖凡分，飛步何煩倩鐵君。雍伯俗緣猶未絶，尚携王子去耕雲。
西池燕罷玉桃春，新製龍綃穩稱身。欲借胎仙三百騎，衆中誰是衛夫人。
曾從子晉客金庭，洞室巖居已遍經。授得餐霞輕舉術，清齋底用覓芝苓。
長爪靈妹身姓麻，飯炊巨勝酌松花。蓬萊三見波清淺，盡詫芳年始破瓜。
齋房夜降九華仙，異域香嬰一縷然。寫竟丹章題錦軸，玉清神虎内真篇。
坐騎赤鯉挾琴高，瑞玉新治小并桃。笑指積金峰下路，醉吹尺八聽松濤。
神仙鰲負過西瀛，萬里洪波頃刻清。使物主方咸不驗，却憐漢武事文成。
冥緣夙契接佳期，慚愧西成是我師。碧奈花開青鳥語，洞房相對坐彈棋。《全元詩》，册57，第276頁

同前

王　逢

詩跋曰：「至正壬寅春三月五日，過崑山，雨，留清真觀。主者俞復初出示句曲張外史、遂昌鄭先生及郭羲仲、陸德中所和《游仙詞》。誦再過，神氣超然，殆與諸游仙笞鸞鳳相下上碧寥間也。因記憶早歲侍先君庫使在信州時，嘗和郡經歷張率性《游仙詞》四首，今廿

年矣，人事變遷，城池墟莽，雖欲如曩昔賡歌之樂不可得，矧敢覬游仙樂之萬一者。然句曲仙去矣，而其詞存，則出塵之句有足發予之清興，是亦一樂也。復初因徵次韻，就書舊作於後。冀來者同賞鑒云。席帽山人王逢。」

曾訪雲英弱水東，玄霜石臼滿如空。只今身外都無物，顛倒乾坤子夜中。
一碧桃花似白雲，望中仙氣日氤氳。雙成未脱烟霞習，却染石榴爲絳裙。
湖繞黄陵夜色分，娟娟孤月照湘君。夢中只説經行地，今過陽臺不見雲。
九還丹就氣長春，身外方知别有身。裁涉凡塵便多欲，文君莫怨白頭人。
風落長松子滿庭，胎仙飛下護丹經。世人來問三天事，自傍雲根斸茯苓。
瑶簡璚文似白麻，案頭手集雨來花。中間盛説仙官去，不似人間代及瓜。
瑶池阿母宴璚仙，玉齒微微笑囅然。應笑有人思獻納，退朝空檢白雲篇。
碧落風清鶴背高，鬢花飛下武陵桃。湘江亭上山如鳳，想見仙王夜聽濤。
麻姑飛佩入方瀛，三見蓬萊淺更清。漢武不曾離五柞，翼生毛羽幾時成。
樓船何負始皇期，黄石曾爲漢相師。世有嬴劉莫相托，商巖山下好圍棋。《全元詩》，册 59，第 403 頁

杜真人游仙詞

柳貫

不佩將軍四士符，溪山雲月共樓居。膠西老叟初言治，河上仙翁晚著書。夜擁笙簫游鞏洛，曉飛劍履入衡廬。天根不是藏真處，一粒神丹貯八虚。《全元詩》，册25，第184頁

開府大宗師張公游仙詞五首

胡助

羽服初歸虎豹關，貞姿秀骨動天顔。式昭聖眷風雲會，早著神功日月山。歷事五朝聞國論，載升一品冠仙班。詞臣像贊承恩詔，玄教宗風滿世間。

寶冠文物偉龍光，鵲尾爐熏衆妙香。道贊有元宗教始，功扶詞漢正源長。至誠齋肅通宸極，重賜便蕃出尚方。濁世粃糠俱掃盡，翩然翳鳳白雲鄉。

始終異數獨能全，玉印親承黼扆前。一代宗師百代祖，三分宰相七分仙。玄功有赫惟誠爾，大道無爲本自然。弟子得人光入室，顯揚嗣教永流傳。

開府榮名久具瞻，化爰清静慰黎黔。持身約素損中損，照世焜煌謙外謙。芝圃春恬延瑞

集，桂宫風肅致祠嚴。山中龍虎神仙宅，虹貫丹房冷玉蟾。

毖祀忠勤歲扈從，聖神誕育重遭逢。一編輔治傳黄石，千載真游繼赤松。但見仙人身化鶴，寧知老子道猶龍。江東會葬衣冠處，五鳳樓深草木濃。《全元詩》，册29，第57頁

女仙江静真碧游仙詞

張　雨

衣劍符圖有子傳，生如孤鳳蜕如蟬。方留橘葉聊供母，誰信桃枝已得仙。張桃枝，漢司隸校尉朱寓季陵母也，行陰德久，聞在易遷得爲侍郎，事見《真誥》。蕭索簾幃通素月，玲瓏環珮曳空烟。麻姑壇上花姑老，想共乘鸞欲著鞭。《全元詩》，册 31，第 378 頁

明德游仙詞十首用天柱山傳來依韻繼作雲林道氣者觀之亦足自拔於埃壒矣

張　雨

題注曰：「丙戌四月二十日。」

白玉之盤滄海東，蒼蒼下視遠如空。請看端正山河影，不滿坳堂杯水中。

鴻寶枕函雲積疊，芝臺爐火煖氛氳。子能試喫青精飯，我亦聊書白練裙。
夜久扶桑海色分，珠宮望拜赤龍君。洞庭未省君山在，元是崑崙一朵雲。
藤蘿石上尋長迹，金粟圖中見小身。抖擻幾重衣祴看，情知不染散花人。
厭見霓裳舞廣庭，罷看三十九章經。道人腰著金鵶觜，自向松根洗茯苓。
左股清池足漚麻，池中肥水是松花。早知魏帝一丸藥，肯作東門五色瓜。
耻作深山服食仙，伐毛洗髓固依然。木蘭墜露研朱寫，只寫南華秋水篇。
脚底琴生三尺鯉，袖中阿母一雙桃。别時勞動凌波襪，爛月如銀照夜濤。
眼中自小薄蓬瀛，日月雙飛下始青。玉女明窗塵彷彿，定知草創大丹成。
玉格金科自有期，赤城何待遠尋師。壁梭也解爲龍去，樵斧如何只看棋。《全元詩》，册 31，第 410 頁

葉道士游仙詞

謝應芳

海變兮揚塵，折若木兮風斤。緊拗拗兮寓世，仍猨鶴兮同群。冠切雲兮霞佩，雜三秀兮蕭艾。從喧囂兮萬籟，聊游戲兮方之。外混混兮和光，忽蟬蜕兮坳堂。凌虚空兮鑠渺茫，一瞬息

兮三千霜。吾不知其果何適兮，祇死守乎康莊。《全元詩》，册 38，第 221—222 頁

登玉虛閣賦游仙詞

胡奎

五山出東海，巨鰲十五頭。帝遣戴山足，勿使西南流。至今雲霞間，上有白玉樓。琪樹麗陽岡，瑶花被玄洲。麻姑有書信，方平或未游。尋真諒不遠，悵望凌高秋。琳宫倚虛碧，瑶海含清輝。翩翩花鳥使，日暮雲中歸。弱水隔玄圃，三山横翠微。明月爲我佩，丹霞爲我衣。天顔覿咫尺，晃朗朝金扉。《全元詩》，册 48，第 66 頁

小游仙

釋行海

青鳥銜書徧海涯，香風不返五雲車。可憐夜夜瑶池月，空照蟠桃一樹花。《全元詩》，册 4，第 379 頁

同前二十首

楊維楨

元君賜覲素華臺，酒飲龍胎五色醅。醉啖蟠桃三百顆，手懷遺核大如杯。

女郎雙雙白玉床，對博宛在橘中央。青城不取態盈襪，閑賭蕭家雙鳳凰。

東華塵又起瀛洲，十屋今添第幾籌。阿母西來騎白鳳，蛾眉相見不勝秋。

素華殿上玉垂簾，羿家婦來爲可嫌。河上劍翁肝膽露，電光一道落妖蟾。

麻姑今夜過青丘，玉醴催斟白玉舟。莫向外人矜指爪，酒酣爲我擘箜篌。

蓮花舟高河漢垂，黄姑玉女會佳期。玉清久入衙城洞，莫遣成都賣卜知。

道人得道輕骨毛，飛渡弱水能千遭。明朝挾至兩浮島，卧看滄洲戲六鰲。

青丘書隨雷電亡，尚作草木蟲魚荒。問渠甲子不能紀，但指緑睛雙眼方。

天上蓖常宫又成，文章只數老玄卿。五雲閣吏亦謫世，牛鬼少年專盛名。

别來已及三百秋，游遍乾坤第十州。不識家人今幾世，明朝騎鶴過山頭。

日落海門吹鳳匏，須臾海水沸如炮。船頭處女來相唤，知是洞庭千歲蛟。

青玉參差嶰管裁，琯中吹得鳳凰來。嬴家樓頭縹緲女，底用簫郎築鳳臺。

賣藥相逢千歲公，蓬萊曾約祖龍東。空留一兩黄金舄，不到蓬萊第一宫。曾與毛劉共學丹，丹成猶未了情緣。玉皇敕賜西湖水，長作西湖月水仙。西湖仙人蓮葉舟，又見石山移海流。老龍卷水青天去，小朵蓮花共上游。當時笑我去學仙，汝但求金與求田。不知昨夜城頭鶴，問此無人識墓阡。青旄節衛翠雲軿，按部東行過赤城。龍女遺珠鷄卵大，結爲雙佩賜方平。若木西來赤岸東，白金城闕碧珠宫。天家令急不敢住，折得五花歸飦龍。東逾弱水赤流深，夜得桃都息羽旌。地底日回天上去，金鷄如鳳自交鳴。金鵝蕊生瑶水陰，錦駝鳥鳴珠樹林。上皇敕賜龍色酒，天樂五雲流玉音。《全元詩》，册 39，第 84—85 頁

同前

黄　玠

木公金母醉仙桃，青鳥飛來下碧霄。月帳星房元迤邐，雲車風馬最逍遥。朝迎葉令雙鳧舄，夜聽秦娥五鳳簫。騎竹歸來堪一笑，乾坤原在藥翁瓢。《全元詩》，册 35，第 209—210 頁

同前

王　澤

中山千日酒初醒，却愛玄都夜景清。起坐天門吹玉笛，月中珠樹起秋聲。《全元詩》，册 45，第 189 頁

同前

陸　仁

陟彼靈丘上，虚名小有天。怡情閟清賞，遡源非求仙。《全元詩》，册 47，第 124 頁

同前

吴惟善

桂殿瓊宫露氣清，吹簫者是董雙成。無端又作人間夢，風雨蕭蕭鷄亂鳴。

河漢無聲海月寒，長鯨吸浪洞庭乾。一聲鐵笛風雲動，人在危樓第幾欄。《全元詩》，册 50，第 338 頁

同前

秦約

窈窕候神觀，委蛇鍊丹房。靈芝爛五色，登俎何煌煌。和以空青蕤，漱以瓊玉漿。逌然一笑粲，駕言玄洲陽。玄洲渺何許，宛在海中央。衝飆激流雲，倒景駐扶光。于以轡蒼螭，躡迹趨混茫。蹇脩幸憫予，告誡良允臧。惟應漆園叟，消摇共相羊。天鷄鳴蟠桃，赫赫朝景妍。天田産嘉禾，翼翼雨色鮮。鷄以警舞動，禾以樂有年。真境諒絶殊，昧者胡能傳。爲問一世人，云胡不學仙。蜺旌緱母後，虎駕麻姑前。蹋雲吹參差，遨游蔚藍天。振衣俯八荒，蠛蠓聚蜚烟。

瞻彼丹谿源，泉流在其下。連筒手自剩，灌溉黄精圃。靈苗眩幻霞，靈根蟠厚土。采之盛筐筥，庶以慰遲暮。玄虚萬化理，惟人識其粗。養生善自保，奚暇慕珪組。咄哉吾道成，燕坐閲衆甫。右賦小游仙。《全元詩》，册 57，第 249—250 頁

同前六首

袁華

發軔朝從廖鳳洲，五城弭節宿昆丘。蕭郎吹得參差玉，更約飛璚十二樓。

鸞胎麐脯侑璚巵，五色雲旗阿母期。樹上蟠桃如斗大，休令狡獪小兒知。

樓觀岧嶤白玉京，雲房中有董雙成。璚漿百斛那解飲，要學叢簫作鳳鳴。《全元詩》，册57，第275頁

麟脯麻姑擗，桃花緱母栽。天家青鳥使，飛去復飛來。《全元詩》，册57，第386頁

露下仙人長，雲生玉女窗。千年桃結子，九醖酒盈缸。弱流三萬里，飛度寶魔幢。《全元詩》，册57，第401頁

桑田變海海揚塵，持節麻姑駕五雲。九老未來煩見待，作書先爲報元君。《全元詩》，册57，第405頁

同前次韻四首

張昱

漢武求仙未絶情，枉將心力事金莖。靈王太子因無欲，吹得琅玕作鳳吟。

桂閣金銀不甚高，仙山幾許隔波濤。信回青鳥無尋處，一色春風是絳桃。
小娃莫説臉如蓮，自牧羊龍向葑田。笑指清泠橋下水，此中元是碧瑶天。
青蛇昨夜付書回，只許麻姑自拆開。説道蓬萊山下路，莫因清淺不歸來。《全元詩》，册44，第41頁

和小游仙

胡　奎

白榆歷歷絳河東，清露無聲墮碧空。手把玉笙吹一曲，月臨南斗正當中。
曾見天書赤玉文，非烟非霧結氤氳。群仙不著飛霞佩，自製霓裳月色裙。
櫻桃窗下夢青春，蝴蝶翩翩是幻身。山鳥一聲驚夢覺，始知身是夢中人。《全元詩》，册48，第316頁

賦小游仙

謝　肅

玉節霓旌到處游，右登玄圃左瀛洲。安期大棗親曾喫，西母蟠桃屢得偷。要眇吹笙緱氏館，留連醉酒碧雲樓。還憐誤讀黄庭字，一落人間五百秋。《全元詩》，册63，第434頁

小游仙詞

張翥

清華公子并騎龍，直過蓬萊第一峰。親見海中城闕好，半栽玉樹半芙蓉。
五色烟中玉女窗，鳳歌鸞舞一雙雙。除是飛瓊方教得，紫簫吹徹不成腔。
來不分明去不言，紅椒花露濕妝痕。巫娥已逐夢魂斷，十二碧峰愁暮猿。
月圃群芬次第開，步前紅露下瑶階。樗蒱偶共真妃博，賭得雙頭白燕釵。
道人寄我紫邏山，時復賣藥來人間。石潭薄晚有龍鬥，滿谷濕雲無路還。
五嶽真官立帳前，露蕪香靄落瓊筵。夜深醮罷各歸去，一一馬聲嘶上天。
美人臨水笑相邀，自解羅巾擲作橋。同覓雲間仙伴侣，杏花壇上聽吹簫。
月帳新開蕊輦過，桂花凉露洒天河。雙星一夜叙離別，狼藉碧蓮秋露多。《全元詩》，册34，第138頁

同前

劉涣

玉京侍宴返瑶池，西母金輿九鳳幃。小隊旌幢三十六，龍聲馬影隔雲飛。

綵女香衣結翠纓，瑶笙學弄鳳皇聲。玉樓徹夜無人鎖，十二闌干月自明。《全元詩》，册 52，第 611 頁

和張率性推官小游仙詞四首

王　逢

西王春宴百娉婷，玉碧桃花滿洞扃。自飲一杯璚屑露，東風吹夢不曾醒。

銀河澹澹月輝輝，洞草巖花夕露微。笑踏青鸞作龍馬，九天凉動五銖衣。

雲幢烟節紫霞裾，齊御泠風集步虚。若受人閒塵一點，長門又屬漢相如。

雙成今是五雲仙，得捧長書玉帝前。天上星河春似海，人間風雨夜如年。《全元詩》，册 59，第 91—92 頁

客有好仙者持唐人小游仙詩求予書之惡其淫鄙别爲賦五首

虞　集

東海轉上白玉盤，滿天風露桂花寒。方平欲來共今夕，微聞洞簫過石壇。

偶過松間看奕棋，松枯鶴老忘歸時。山前酒熟不中喫，自有金盤行五芝。

關關雎鳩在河洲，錦幄春温吁可愁。六合清凝海天碧，木公金母坐優游。衣垂烟霧冠晨暉，雪色鬢毛風外稀。何事酒壚眠不去，塵中醉裏或忘機。老婦扶兒休笑儂，不肯學仙蚤已翁。東家木公合辟谷，但汝護田祈歲豐。《全元詩》，册26，第231頁

游仙詩

胡　翰

夙志慕仙術，笑傲人間春。朝陪瑶池燕，暮揚滄海塵。道逢安期生，邀游乘彩雲。粲然啓玉齒，遺我紫金文。天地此中畢，世人不得聞。受之今十年，留待逍遥君。青鳥從西來，飛去扶桑津。寄書久不到，白首悲秦人。《全元詩》，册46，第78頁

同前四章

朱思本

題注曰：「爲祖紫雲作。」

五陵有佳士，乃在西山顛。晝餐金光草，夜讀青苔篇。頫視世間榮，於我若浮烟。野鶴出

雲表，潛魚媚深淵。至性不可羈，誰能識其全。惟應羡門子，相與長周旋。西山多靈藥，服食顏色好。在昔有洪崖，高舉云得道。曹盧繼芳躅，天地長不老。後來紫雲翁，避世一何早。連雲種蔆杞，帶月拾瑶草。貴賤俱營營，終然恨枯槁。棲遲匪迷塗，被褐自懷寶。去去不可留，期之在蓬島。韓康入都市，賣藥不二賈。女子知其名，翩然事回駕。山中富泉石，至樂窮晝夜。養生極元理，抱道合元化。邇來八十年，閱世知代謝。一朝返其真，適去勿悲吒。長休得素書，字古不能識。叔夜非仙才，石室那可即。夫君獨元詣，幽討窮足迹。蛟湖極元首，元都洪崖脊。群仙日追隨，酬唱良自適。篇章久零落，慨嘆尚誰惜。太元在侯芭，千古聲烜赫。撥棄勿復言，南山對松柏。《全元詩》，册27，第34頁

同前十首

胡　布

眇軀天地寄蜉蝣，囊括虚丸位斗牛。流目紫霞三萬里，泠風一息廣寒游。
松花久服羽毛輕，鶴上璚簫弄月明。拂拭紫宫磨鏡石，中天端坐待河清。
濟陰園客事蠶桑，草實充飢五色香。怪得繅絲繭如甕，織成星斗滿衣裳。

天高地下杳難攀，欲詰皇人溟涬間。仙境清虚塵世濁，深仁何事棄浮寰。竦身徐步達清都，下視茫茫歷劫污。欲倒天瓢澆九域，人寰合返古初無。霓旌閃閃絳臺微，緩引空歌啓玉扉。玄鹿脯延千歲壽，冰蠶絲織六銖衣。遥遥閶闔緑金門，路近璚林玉氣温。北望鳳巢雲萬頃，拂天珠樹倚崑崙。錦段囊琴憶楚明，瑶箏幾曲受飛璚。八風從律諧宮徵，廣樂鈞天九奏成。蒼龍夭矯迎黄帝，白鶴飄飖道紫皇。自得金精和五氣，便將呼吸納三光。玉貌長年浩養頤，金風午夜透簾帷。太虚一氣恢無象，元始非予却認誰。《全元詩》，册 50，第 503—504 頁

擬游仙詩

龔　璛

清風振南海，桂樹山之幽。仙人立於獨，浩浩逍遥游。長袖拂塵几，下視萬蟻丘。此道真富貴，高情謝公侯。廣居在何許，浩氣標瓊樓。隱映雲母屏，錯落珊瑚鈎。煖笙雙紫鸞，飛車駟蒼虬。朝余鑒靈淵，夕余擷芳洲。執手木羽御，世我相爲浮。醉翻九霞觴，一笑三千秋。《全元詩》，册 21，第 357 頁

藝文監丞高堯臣夢玄冥子偕游瑶圃賦游仙詩一首次韻

朱思本

至人合元化，燕處形神清。天風西北來，羽駕秋雲輕。自道玄冥子，意適東南行。東南絶遼海，玉樹多奇英。崑崙隔其西，况與弱水并。宫闕皆黄金，五洲峙元瀛。誰能造其間，擾擾徒心兵。幻化了不悟，終始尋虧盈。狂馳百年内，豈識仙人城。於焉有真樂，求我非色聲。夜月輝碧草，晨霞散朱櫻。太賓鼓瑶琴，子晉吹鸞笙。上有飛龍吟，下有白鶴鳴。以爾絶華念，頷首相逢迎。但見虎豹關，神官結長纓。鈞天逸餘響，曲終誰復賡。頫視大瀛海，萬里摇空明。玄冥載言笑，此路當重輕。假爾赤鯉歸，遠逐琴高生。夢回北窗下，慨嘆薄世榮。披衣望霄漢，耿耿空含情。《全元詩》，册 27，第 48 頁

卷二八三　元新樂府辭一六

周大江游仙詩

朱思本

四海大江翁，時清道更窮。還將醫國手，轉作活人功。栗里今陶令，東山昔謝公。九京如可起，端有萬夫雄。

廬陵周處士，束髮慕前修。静得琴中趣，閑從方外游。瀛洲餘歲月，宰樹幾春秋。喜有承家托，諸郎更炳彪。《全元詩》，册 27，第 82 頁

用秋日雜興韻作游仙詩五首

陳　基

飛佩飄飄入遠游，青藜爲杖鹿爲裘。采芝歌逐秦遺老，辟穀心期漢列侯。又見秋風歸乙鳥，幾看春雨戰蝸牛。有時濯足溪頭晚，一曲滄浪不動鷗。

幽泉怪石好棲遲，鍾鼎無勞入夢思。每把素書閑裏讀，細將玄牝静中推。溪頭斫竹裁龍

瑄，石上栽松引兔絲。去去盧敖同汗漫，十洲三島與君期。

鵬鶡高低各自飛，龍泉何必吐光輝。三株樹下曾滄玉，千仞岡頭好振衣。抱犢書存人見少，崑崙桃熟客偷稀。仙家不是無樓觀，底事公孫不肯歸。

中宫姹女最嬋娟，何意東君不見憐。貞潔正同秋後月，澄清直似水中天。每持玉節朝群帝，自掃丹臺揭寸虔。臣妾自知無所覬，願君安壽樂千年。

白雲深護地仙家，千樹玕琪老歲華。羽客穿林收桂實，山童和露采松花。烟梳瑶草柔如髮，石走蒼藤曲似蛇。記得夜來歸路險，翻江風雨撼秋葭。《全元詩》，册 55，第 211—212 頁

遊仙子次韻王子懋縣尹

張以寧

白波如山多烈風，海中不見安期翁。十三真君唤我語，拄杖擲作垂天虹。金鷄啼落仙岩月，桃花滿地臙脂雪。扶桑曉日見蓬萊，明霞萬里紅波熱。酒酣少住三千春，下視城郭人民新。仙家鷄犬是麟鳳，笑殺李白騎蒼鱗。瑶臺咫尺生烟靄，崑崙不隔青天外。寄聲白髮老劉郎，辛苦茂陵望東海。《全元詩》，册 42，第 192 頁

陽春怨

郝經

按，宋人曹勛有新樂府辭《陽春謡》，元人《陽春怨》《陽春歌》《陽春曲》，或均出於此，故予收録。

去年春歸花滿空，今年無花酒樽空。起來墻頭望歸鴻，却見花落千片紅。劉郎劉郎怨東風，武陵桃源一夢中。西樓畫角東寺鐘，深閨月落昏簾櫳。美人美人隔江水，流年暗逐江水東。江頭怕見楊柳春，楊花飛來愁殺人。紅顔落盡花片新，黄昏無人泪沾巾。舊花被疊凝春塵，夢中忽見渾未真。隔花半面春山顰，恨郎不歸多怨嗔。不知兩處同苦辛，同是天涯愁恨人。幾年心事向誰説，花落鶯啼晝掩門。

别時重約頻付書，一字不到八年餘。死耶生耶漫嗟吁，是耶非耶有還無。應言被郎誤殺余，豈知郎在空床居。春風滿簾酒滿壺，落紅零亂飄庭除。不言不飲愁恨俱，半睡不睡情緒無。杜鵑啼落桃花月，紅燭無情泣座隅。

芳草凄凄春又青，階前院後唤愁生。隔墻飛花帶鶯聲，都因無情却有情。强飲不醉愁難醒，欲睡不著夢難成。一簾斜日堆緑英，春風澹沲江無聲。楊花茫茫揚子城，總是天涯流落情。夜來説殺梁間燕，一世春愁在此行。《全元詩》，册4，第286頁

陽春歌戲贈吴興趙王孫

吴壽昌

天孫年年織花錦，萬紫千紅春管領。春風裁剪春鳥引，芊眠芳草金杯飲。金杯飲，花正濃，晴空飛燕游絲中。美人玉貌花一同，自憐容易繁華空。良辰不肯枉抛擲，日日高樓校女紅。《全元詩》，册24，第390頁

陽春曲

王　沂

楊花濛濛海波白，十里香風飄紫陌。流蘇寶幰金陸離，漢家帝子朝天歸。蒲萄重錦新敕賜，蓬萊宮中緑衣使。道傍縮首觀且避，蹀躞玉鞭光照地。大隄緑樹啼嬌鴉，知是平陽公主家。回首畫橋芳草暮，蝴蝶不隨春色去。《全元詩》，册33，第28頁

同前

郭　翼

柳色青堪把，櫻花雪《乾坤清氣》作桃。未乾。宮中裁白紵，猶怯剪刀寒。《全元詩》，册45，第445頁

同前

周　巽

東風噓谷飛香霞，淑氣融融催百花。黄鳥間關語庭樹，清簫宛轉隔窗紗。雨過御溝流水急，夭桃夾路紅雲濕。蓬萊宫裏翠華來，華萼樓前仙樂集。殿閣千門御氣通，金窗珠户光玲瓏。臨軒若問司農政，無逸先陳今古同。萬物光輝沾德澤，小臣愚獻治安策。鸞聲噦噦早趍朝，桑樹鷄鳴曙光白。《全元詩》，册48，第397頁

山中吟

梁　柱

按，宋人曹勛有新樂府辭《山中謡》，元人《山中吟》《山中樂》《山中歌》，或均出於此，故

予收録。又，元人吴大有亦有《山中吟》，然乃詠實事，與曹勛《山中謡》不同，本卷不録。

羅浮道士誰同流，草衣木食輕王侯。世間甲子管不得，壺内乾坤别有秋。數着殘棋江月曉，一聲長嘯海山秋。飲餘回首話歸路，遥指白雲天盡頭。《全元詩》，册 15，第 311 頁

山中樂效歐陽公

何中

東方風回春山道，趁暖行歌霽華杲。溪源露歇逢藥苗，石徑烟輕掇芝草。紅英洒地燕將乳，緑樹添陰鶯未老。入笿魚蝦朝赴饌，傾筐笋蕨夕供芼。山中之樂誰得知，我獨知之來何爲。水竹沙頭閒檢校，村村簫鼓太平時。

堤柳緑摇新罨畫，石榴紅摺嬌裙衩。蓮蕩風閑翡翠歛，菱塘雨定鴛鴦下。溪女浣紗朝出村，行官飲水暮歸舍。瓦瓶手挈隔年醅，石不坐圍明月夜。山中之樂誰得知，我獨知之來何爲。空裏烏蟾飛影過，桑麻課效勝書帷。

空山一夜生新雨，凉起賞心千萬緒。扇團自守不依人，桐葉知幾尋脱路。隔隴笑談雜樵

牧，臨流賓從惟鷗鷺。旋庖蘆菔美勝酥，精淅新粳香滿户。山中之樂誰得知，我獨知之來何爲。青林紅樹人烟濕，護得金橙密處垂。

千花重作陽春節，野杏山桃隨處發。莫思前度看花誰，已見新墳芳草歇。穆山山下數灣月，華山山崖千丈雪。幽人獨坐雪月中，要與梅花成四絶。山中之樂誰得知，我獨知之來何爲。除却山家新臘醖，世間無事可相宜。《全元詩》，册 20，第 278—279 頁

山中歌

危　素

朝牧於山，暮釣於溪，吾何憂而。《全元詩》，册 44，第 229 頁

春閨怨

王　惲

按，宋人曹勛有新樂府辭《春閨怨》，元人同題之作，或出於此，故予收録。元人又有《春閨詞》，或出於此，亦予收録。

花落閒庭燕語新，東風吹夢濕行雲。就中最是關情處，一寸春光爛錦文。爛者，爛熳之爛。《全元詩》，册5，第478頁

詠春閨怨

歐陽玄

東風園林花草香，芳閨寂寞春晝長。佳人獨守情默默，銀床錦被閑鴛鴦。終朝倦綉拈針指，怕向花前聽鶯語。喚回舊事千萬端，杏臉蛾眉泪如雨。玉郎去年辭家時，緑楊紅杏嬌春暉。緑楊紅杏色如舊，悵望玉郎猶未歸。一春魚雁音書絶，雪膚消瘦千腸結。斷腸猶立幾黄昏，那更青山苦啼鴂。《全元詩》，册31，第245頁

同前

耶律鑄

惜春鶯白日，不到回心院。合照妾人情，也逐花陰轉。《全元詩》，册4，第86頁

同前

徐秋雲

一自劉郎出剡溪，簫聲長伴乳鴉啼。魂銷秋水玉蟬翼，淚鑄春風金褭蹄。别恨不禁楊柳外，相思只在杏花西。珠簾夜夜空明月，愁殺落紅香滿泥。《全元詩》，册 24，第 418 頁

同前

胡奎

繡得鴛鴦錦一雙，停針不語倚南窗。良人昨夜開船去，恨殺門前有大江。《全元詩》，册 48，第 354 頁

同前

郭鈺

妝臺塵暗鎖愁眉，瘦倚東風似柳枝。又恐侍兒催問藥，只言蠶早葉歸遲。《全元詩》，册 57，第 487 頁

同前一百二十四首

孫　蕡

憶初癡小嫁君時，只道長年不暫離。鴛被未寒揮別泪，愁來心事悄誰知。

都來不去亦何妨，行色忽忽有底忙。欲向碧桃花樹底，牽回白馬紫游繮。

別來初種小桃花，艷蕊今成滿樹霞。辛苦遠游成底事，半生贏得負韶華。

小園蝴蝶太愁儂，作對雙飛趁曉風。已逐蜂黄過鄰屋，還隨花片入簾櫳。

不恨韶光似水流，緣他景色自生愁。門前幾樹垂楊柳，日日對啼黄栗留。即黄鸝。

一段春愁未易裁，百勞飛去燕飛來。房櫳半掩東厢裏，幾度山櫻落復開。

家住長干白下間，黄頭奴子識花顔。欲趁郎船看明月，寒潮惟到小孤還。

青年幾許謾狂游，一種相思兩地愁。早晚郎船發揚子，相迎不憚下瓜州。

欲向東風訴別因，四時原自不傷春。熏籠靠着交疏裏，婀娜濃花惱殺人。

新燒鉛粉作春紅，痛掃雙蛾淡復濃。宫樣雲鬟巧妝束，不知愁裏爲誰容。

怨殺聯翩白馬蹄，載將夫壻去東西。歸來繫在垂楊下，擘破春風錦幛泥。

寄語多情燕與鶯，莫勞花底弄春聲。千吟萬囀知何益，空使寒閨夢不成。

阿玉雙成奉紫姑，自拈香炷禮仙凫。郎騎白馬歸來日，得及庭花未落無。
打殺春山業子規，風前雨裏幾凄凄。如何只繞深閨樹，不向游人醉處啼。
晚思沉沉倦倚闌，玉簫聲歇酒闌珊。濬雲還掩初三月，誰護梨花昨夜寒。
睡到黄昏坐到明，只緣君去没心情。常時欲寄平安字，及至人行寫未成。
别眼愁容怎地看，任他塵撲鏡中鸞。腰肢不學昭陽舞，作那羅衣日日寬。
生兒不合住京華，綺陌香衢見百花。雲鬟綰成村婦樣，只教夫壻學農家。
翠竹陰中棲鳳凰，緑蘋深處浴鴛鴦。迢迢萬里巴江水，比妾春愁分外長。
故國園林玉樹新，路傍休戀野花春。尋常世上癡兒女，只重黄金不重人。
仙母蟠龍隱玉臺，合歡羅帶下床開。深房内閣無人到，怎麽春風驀地來。
舞女歌兒灩兩川，回裙掩面鬥嬋娟。那堪白馬狂游日，正是青樓薄幸年。
愁寂偏多感物華，春寒故故入窗紗。無端一夜東風起，吹落庭前夜合花。
誰識沅湘路幾千，夢魂夜夜到君邊。春光不管愁人恨，故傍楓林叫杜鵑。
薄寒猶可夜藏鬮，向晚那堪獨倚樓。最是着人添懊惱，海棠枝上月如鈎。
綉綫針寒不待拈，爐香火燼亦慵添。月移花影偏當户，風攬游絲故入簾。
昨夜裙腰忽褪圍，清晨蟢子繞深閨。春來吉兆頻頻見，定是游人此夕歸。

試掃雙蛾偶便成，容華今日倍分明。緑楊堤上嘶春雨，莫是吾家白馬聲。

見説新隨蜀客船，亂漩渦裏下西川。還聞又向瀟湘去，偏是君山有夜猿。

夜漏沉沉似歲長，小鬟貪睡懶添香。春風莫撼流蘇帳，待妾分明夢一場。

接得封書妾自開，分明説與便歸來。千回枕上聽春雨，幾度階前掃緑苔。

不如嫁與弄潮兒，潮去潮來自有時。誰似阿歡無信幸，説歸長是誤歸期。

壓夢春愁懵不醒，忽聞剥啄猛然驚。羅裙旋繫開朱户，原是幽禽啄木聲。

舊栽楊柳色毵毵，千里渾忘寄一緘。春雁高飛惟向北，不知游子在江南。

腸斷關山路轉迷，房櫳風氣冷凄凄。幾回愁倚高樓望，錯認行人到日西。

燈不成花夢欲闌，素羅衾薄掩春寒。忽聞風響秋千索，夜半倉惶出户看。

雖緣遠別抱憂煎，正合同心到百年。莫學錢塘蘇小小，又隨人上販茶船。

聞説風濤暗洞庭，只將心事托神靈。一爐香篆寒星下，學誦蓮花妙法經。

月斜風細夢初回，日掩重門夜却開。花影亂中人影過，失驚原是小瓊來。

静夜焚香禮玉蛾，杏花凉露濕衣羅。幽情不遣傍人解，盡是喃喃細語多。

閒唤飛瓊學問禪，緣何於意獨悁悁。未酬前世鉛華業，來結今生寂寞緣。

對盤雙陸打黄金，挂樹朱籠賭百禽。不是愛他延日子，免教提起别時心。

殘春寂寞似深秋，風滿簾櫳月滿樓。一捻芳心椰子大，若爲裝得許多愁。

春雲莽莽欲遮天，滿眼如雲復似烟。明月趕回青障外，長風吹到畫堂前。

泪似花枝雨點流，愁如江上亂雲浮。泪盈方朔三千牘，愁滿瞿塘十二樓。

青春桃李少年時，正好歡娛又別離。直到紅顔都去了，却來相對喜成悲。

莫入襄陽與洛陽，綺羅勾引少年郎。歌樓美酒三千斛，舞榭金釵十二行。

青樓曲譜怨湘娥，半是關山別意多。愁緒春來怕弦索，雪兒休更抱雲和。

理得妝成坐少時，泪痕依舊濕臙脂。從今已後無心性，鉛粉常抛不要施。

怨女和戎黑水河，玉環埋恨蜀山坡。佳人薄命頭頭是，比較兒身好幾多。

月色花香滚滚來，不容些子暫開懷。子規啼血方停舌，芍藥移陰緊上階。

生來自愧不爲儒，斂手逢人忘起居。空有一腔離別恨，倩誰脩作萬言書。

新愁舊恨積如林，欲訴還羞復不禁。安得越禽秦吉了，替人終日道勞心。

雨態雲容惱殺人，虛無似夢復疑真。陳留子建多才思，莫向江皋賦洛神。

春來道是雨浪浪，却又開門見日光。欲啓朱奩看明鏡，頭風半日不成妝。

對花誰與擲摴蒱，自倚危闌到日晡。愁裏漏聲遲欲咽，自傾新水入金壺。

記得兒孫樂事多，女郎同唱采蓮歌。紫騮嘶入落花去，奈此空閨日暮何。

適從要與善爲鄰，况復炎凉世態新。不用爲他煩惱得，阿歡原是讀書人。

爲怯琵琶不忍聽，龍香撥子暗塵生。東墻怪底春風過，又是鄰姬按玉箏。

細展占書綉閣前，不知速起定留連。憑誰斷得郎歸日，願與金釵當卜錢。

遥天月暈一環紅，明日商量定起風。想怕玉娥心緒亂，故教閑住廣寒宫。

已許紅絲綉鏡囊，更饒金粉拭清光。鏡中神聖知人意，托夢兒家白馬郎。

遠意祇憑遠語傳，幾回臨起復纏延。天長白雁捎將去，知在南雲若個邊。

黄昏也待睡些些，月影撩人故放斜。簾幕數重花萬疊，愁來只是不能遮。

畫籠鸚鵡日啁啾，自與離人替説愁。戲擲枇杷打金羽，兒夫去後憶奴否。

世籙文星苦不齊，戊辰生處直孤棲。大都離合原關命，錯怨車輪與馬蹄。

朱簾落索掉簾鈎，日裏狂風夜未休。花底過來吹蠟燭，也知人泪一般流。

愁裏飛花一夕空，寸心無那倩神通。閨闈不省文王易，卦落誰知吉與凶。

便擬招魂誦楚詞，何緣生别故遲遲。臨風試學巫陽些，偷把鸞釵挂竹枝。

春宵誰道直千金，妾獨愁多思不禁。花月只消長惹恨，管絲惟有更傷心。

昔聞仙客好幽棲，除却清齋醉似泥。生世不諧遭遠别，妾身何異太常妻。

百年夫婦本同心，舊愛新憐夢裏深。料得君非題柱客，枉教人賦白頭吟。

少日雙眸炯動人，倚風回顧頰生春。無因暗滴相思泪，減却秋波一半神。

午夢驚回是兀誰，阿奴偷撚紫簫吹。寒聲未斷腸先斷，怨曲將成泪已垂。

過眼年光總是愁，嫌春春去泪還流。荷香柳影凄凉夏，月色蟲聲冷淡秋。

碧草初看上玉堦，飛花又見點蒼苔。年年好景乖人願，懷抱何時得少開。

綉閣朝來興頗新，試拈公案斷餘春。花言巧語梁間燕，舊管新收鏡裏塵。

怯雨愁花過一春，嬌嬈半是女兒身。朝來逐伴鬥芳草，門外大風吹倒人。

玉臂無人點守宫，戲拈花瓣貼春紅。香痕忽被風吹落，彷彿逢君是夢中。

一從君去負芳春，幾嘆容華誤妾身。也似崔徽啼別後，蕭條不及卷中人。

供佛清齋折露葵，課經時繞白蓮池。雲鬟衹欠金刀剪，頓是山庵苦行尼。

班姬紈扇奉餘恩，蔡琰胡笳墜虜塵。此命一生如紙薄，好和孤妾是三人。

夜雨偏傷獨睡情，芭蕉點點助寒聲。分明隔着窗兒紙，直向心頭滴到明。

村巫市媪莫相過，聞汝深中術數多。心似後園金井水，從來不會起風波。

採桑隨伴出城隅，不謂途逢使者車。錯把明妝照墟落，賺他駐馬久踟躕。

年少離家志未堅，閒雲膩雨滿江天。舟行若過巫山渚，莫向篷窗白晝眠。

枉控珠簾十二鈎，一身何用許高樓。桃花流水隨郎去，只學漁家住小舟。

寫得蠻牋數十言，緘成不寄淚如泉。瑤池欲倩西飛鳥，帶到湘靈錦瑟邊。

窗紗雲影竹梅霖，冷蕊香凝案上琴。幾日生疏弦上手，愁來無地着春心。

心如金鈿只須堅，歸早歸遲總信天。差聽幾聲檐外鵲，朝朝江口望郎船。

高堂朝夕奉姑嫜，冬裏温湯夏扇凉。不是西山寒日薄，只抛孤妾亦何妨。

誤透單居一味禪，丹光如月静中圓。人間若有蓬萊島，也合乘風作女仙。

無非抵死隔關山，若個牽纏久未還。二十五程荆楚路，順流江水霎時間。

臂上紅絲錦作符，竈前香火玉爲爐。無人爲起凌烟閣，畫作紫姑仙女圖。

欲掃鸞箋寫綵雲，惟將心事怨夫君。蜀山花竹湘潭雨，杜宇春深獨不聞。

婉意柔情似海深，却將離索負光陰。村姝野媪無風致，也解團欒怨藁砧。

青草湖邊日欲西，黄梅雨裏鷓鴣啼。江南氣候春來惡，莫聽寒聲助慘悽。

生兒豈免涉江湘，身世無成耻故鄉。人事由來多錯忤，知君不是故相忘。

遠路迢迢水隔天，流光冉冉箭離弦。惟應自築青陽室，學煉還丹駐少年。

薄命真成枉嫁郎，嫁來三載守空房。鳴鳩語燕皆求匹，秋菊春蘭各自芳。

翻羡南鄰賣酒姬，近來嫁得住家兒。何常蕩着風波性，步步相隨不暫離。

金屋長年貯阿嬌，好教虚度幾良宵。尋常百姓人家女，也向深閨怨寂寥。

楚水吴山萬里餘，兩年方見一封書。都來費得鸞箋紙，何處春江無鯉魚。

偶弄青梅凭短墻，誰騎白馬傍垂楊。撩雲潑雨來相擾，不是巫山窈窕娘。

洞庭暮雨起春波，翠旆金蕤帝子過。遥想泊舟明月渚，夜深攲枕聽雲和。

放著南來北去舟，江波不住也東流。良人解有西歸日，可道相思到白頭。

濯錦江邊楊柳條，浣沙兒女詫裙腰。子規啼罷春花落，游子青驂萬里橋。

瞿塘猿聲天上哀，白帝城下水如雷。百摺漩渦人鮓甕，莫着郎船八月來。人鮓甕在歸州。

湘江女兒單紵衣，娥皇廟前歌竹枝。春來只會閒相惱，不管人家有別離。

客程愁雨復愁風，君意憐儂却忘儂。把似相憐不相忘，只消那轉馬頭東。

歲歲年年君去家，年年歲歲樹開花。年年君去無消息，歲歲花開感物華。

寂寂寥寥紙半張，嗟嗟唧唧泪千行。言言語語空相憶，苦苦頻頻更寄將。

別恨過於別緒濃，背身斜着倚東風。庭前偏是春花樹，樹樹花開枝上紅。

對月臨風不自由，都緣觸景便生愁。春來總是相思夜，夜夜相思月滿樓。

暗卜街頭好幾回，連連去語道來來。當樓素月明於練，一任房櫳徹夜開。

靈鵲朝來噪屋山，奚童先背錦囊還。銀鞍隱隱穿青柳，珠泪滋滋濕玉顏。

春鉛數日不曾施，貼翠塗黄只半時。爲報小環休寫月，且教留着澹雙眉。

相逢錯愕喜傷神，臨到相親且未親。清夜已涼猶秉燭，對君疑是夢中人。執手翻成喜極悲，到來嗚咽泪沾衣。流光去去不相待，落盡春紅君始歸。去年記得打春牛，夫壻歸來上翠樓。醉把春泥揮綵筆，引教春色上簾鈎。《全元詩》，册 63，第 369—376 頁

春閨詞

張　昱

白日高堂欲暮難，鳴鳩乳燕静相干。銀瓶行酒雙環緑，玉琯調笙十指寒。胡蝶每因飛過見，牡丹多是折來看。明朝爲遣安西使，錦字紅燈織夜闌。《全元詩》，册 44，第 101 頁

見螢火擬閨怨

胡　奎

按，宋鄭樵《通志二十略·樂略一》「怨思二十五曲」有《閨怨》，宋人曹勛等有新樂府辭《閨怨》，元人《閨怨》《青閨怨》，或出於此，故予收録。

不見郎歸照六經，年年誤妾拾流螢。何由飛上天河去，化作牽牛織女星。《全元詩》，册 48，第 354 頁

卷二八四　元新樂府辭一七

青閨怨

袁桷

妾家住在湘江曲，門枕湘江春水緑。年年長是暮春時，兩岸人家啼布穀。自君話别湘江頭，獨上層樓彈箜篌。蛾眉不掃遠山碧，滿堤芳草春正愁。舉頭不見君，但見湘江雲。江雲聚復散，妾心空如熏。舉頭不見君，但見湘江水。江水去不回，妾顔爲誰美。湘江雲，湘江水，雲水悠悠何日已。舉頭望君君不回，門前楊柳空依依。《全元詩》，册 21，第 345—346 頁

懷遠五首

胡助

按，宋人曹勛有新樂府辭《懷遠》，元人同題之作，或出於此，故予收録。

朝投諫書夕遠竄，詩史誣訕亦南遷。玉人自昔宜烟瘴，文采風流今謫仙。

中書落筆萬人驚，海外爲文更老成。若使青氈還舊物，也知造化忌聲名。停車緑葉暗桄榔，茘子蕉花取意嘗。何日賜環夸北客，西窗剪燭話南荒。醉墨留題發興新，遐方景勝必因人。零陵山水聞天下，亦是當年遇逐臣。起居服食異中原，瘴海茫茫何處村。愧我真成翟公客，不能一往候寒温。《全元詩》，册 29，第 107 頁

秋色

朱晞顔

按，宋人曹勛有新樂府辭《秋色》，元人同題之作，或出於此，故予收録。

微吟愁獨客，馬上思紛紛。古道下黄葉，空山生白雲。輕烟浮宿靄，凉雨澹斜曛。望入蒼茫外，西風黯不分。《全元詩》，册 18，第 330 頁

同前

釋善住

漠漠混空際，遥遥接水濱。凄涼連白鳥，瀟灑滿青蘋。不礙古今路，能隨南北人。西風吹欲老，楓葉醉于春。《全元詩》，册29，第139—140頁

同前

葉顒

弄雨玉芙蓉，經霜蒼翠松。池蓮銷艷質，岸柳作衰容。菊圃香方溢，蘋洲態更濃。蘆花迷夜月，楓葉舞霜風。《全元詩》，册42，第65頁

七哀

劉將孫

按，宋人薛季宣有新樂府辭《七哀》，元人《七哀》《七哀詩》，或出於此，故予收録。

死乃尚可忍，哀哉何可甘。風塵起燕趙，海角陷東南。機會渾難信，功名勿漫談。從今收百念，改面事黄曇。

望望乃大謬，云云信有諸。誰能收玉體，寧復斂金魚。有髮難歸婦，無兒可守廬。斯人乃如此，憤憤欲投車。

斯人尚如土，我輩合爲泥。英氣寒燕北，餘羞洗隴西。孔明難尚可，越石恨應齊。從此江南樹，群烏得意啼。《全元詩》，册 18，第 231—232 頁

同前

余闕

殷武誦罙阻，周魯歌東征。聖哲則有然，我何敢留行。斬牲祀怒特，釁鼓起前旌。野布魚麗陣，山鳴鐃吹聲。函關何用塞，受降行已城。路逢故鄉人，取書寄東京。寄言東京友，勉樹千載名。一身未足惜，妻子非無情。《全元詩》，册 44，第 255 頁

七哀詩

楊維楨

按，此題見録于楊維楨《鐵崖古樂府》。

貧者欲無壽，富嬰願期頤。慘慘里門道，哭聲一何悲。白頭洒慈泪，紅顔服袠衰。借問送車人，共惜紈袴兒。問齒未踰壯，問家素不貲。黄金不貸死，華屋中道辭。南鄰九十老，帶索如榮期。《全元詩》，册 39，第 33—34 頁

同前

伯顔

有客有客何纍纍，國破家亡無所歸。荒村獨樹一茅屋，終夜泣血知者誰。燕雲茫茫幾萬里，羽翮鎩盡孤飛遲。嗚呼我生兮亂中遘，不自我先兮不自我後。

我祖我父金天精，高曾累世皆簪纓。歲維丁卯吾已生，於赫當代何休明。讀書願繼祖父聲，白頭今日俱無成。我思永訣非沽名，生死逆順由中情，神之聽之和且平。嗚呼祖考兮俯駁

假，籩豆失薦兮毋我責。

我母我母何不辰，腹我鞠我徒辛勤。母氏淑善宜壽考，兒不良兮負母身。殽羞維時酒既醇，我母式享毋悲辛。嗚呼母兮母兮莫遠適，相會黄泉在今夕。

我師我師心休休，教我育我靡不周。五舉濫叨感師德，十年苟活貽師羞。酒既陳兮師戾止，一觴再奠兮涕泗流。嗚呼我師兮毋我惡，舍生取義未遲暮。

我友我友兮全公海公，愛我敬我兮人誰與同。維公高節兮寰宇其空，百戰一死兮偉哉英雄。嗚呼我公我公兮斯酒斯酌，我死我魄兮維公是托。

有子有子嬌且癡，去生存歿兮予莫汝知。汝既死兮骨當朽，汝苟活兮終來歸。嗚呼汝長兮毋我議，父不慈兮時不利。

鴆兮鴆兮置汝已十年，汝不我違兮汝心斯堅。用汝今日兮人誰我冤，一觴進汝兮神魂妥然。嗚呼鴆兮鴆兮果不我誤，骨速朽兮肉速腐。《全元詩》，册 63，第 95 頁

同前

郭　奎

飆風西北起，陰雲薄南陲。冉冉歲云暮，惻惻心内悲。辭親遠行邁，已越三年期。昔爲連

根樹，今若游地絲。形影竊自弔，朝東暮西馳。不學齊仲連，翻作楚鍾儀。南冠愧流竄，短褐誰相知。性命寄須臾，面色含飢疲。明月在東壁，願照濁水泥。泥中復何見，沙礫紛參差。下有沉沙珠，上有瓊樹枝。瓊枝良可依，終不埋光輝。《全元詩》，册 64，第 422 頁

壬辰三月二十六日海寇再作七哀詩二首

李禹鼎

曲學昧大方，小智乃妄作。摇摇鼓頑鑛，忍復鑄此錯。包藏禍機深，銷沮民氣薄。始焉僅濫觴，終乃不可藥。何當臠若肉，持以戒元惡。

帥君間世英，早魁天下士。歷歷涉世故，有才備文武。當官獨持廉，許國恒以死。平生疾惡心，晚節志逾苦。深期海氣静，忠義極許與。天胡不悔禍，賫恨遂終古。悲來樹筌篌，有痛徹肝腑。帥君，謂達兼善。《全元詩》，册 52，第 357 頁

翦春羅

釋德静

按，宋人許及之、陳藻、舒岳祥、衛宗武、董嗣杲均有新樂府辭《剪春羅》，元人同題之作

當出於此，故予收録。

春羅碎剪出天工，秀出枝頭朵朵紅。每到開時近朱夏，翩翻思蝶遶芳叢。《全元詩》，册 20，第 68 頁

打麥辭

馬　治

按，宋人張舜民有新樂府辭《打麥》，元人同題之作，當出於此，故予收録。

打麥打麥，聲滿山南與山北。芒稍苦短麥穗微，去冬無雪麥不宜。晴天打麥須及早，曬來曬□藏方好。倘經陰雨便飛蛾，官罷争知長幾多。場頭鳥雀莫教喫，明年待收任狼籍。《全元詩》，册 62，第 85—86 頁

五雜組

宋　褧

按，五雜組，又作「五雜俎」。《樂府詩集》無此題，然宋鄭樵《通志二十略·樂略 一》「雜

體六曲」有《五雜組曲》，宋人多有擬作，元人同題之作，當出宋人。宋裴《燕石集》置此詩於「古樂府」類。

五雜組，螮蝀掣。往復還，寒暑節。不獲已，新昏別。
五雜組，眼纈眩。往復還，烏衣燕。不獲已，沙戰戰。
五雜組，褘翟衣。往復還，大明輝。不獲已，妻兒飢。《全元詩》，册37，第219頁

同前

曹文晦

五雜俎，雙玉瓶。舟已具，潮已平。五雜俎，雙玉箸。水自流，花不語。天涯一點鴻，離思千萬重。《全元詩》，册37，第403頁

同前

傅若金

五雜俎，機工絲。往復還，城中兒。不獲已，生別離。

五雜俎，園中花。往復還，將雛鴉。不獲已，貧去家。《全元詩》，册45，第4頁

同前

胡　奎

五雜組，故園花。去復還，返哺鴉。不獲已，遠思家。
五雜組，身上衣。去復還，梭上機。不獲已，久思歸。
五雜組，園中花。去復還，道上車。不得已，久思家。
五雜組，金縷羅。往復還，機上梭。不得已，阻關河。
五雜組，斑斕衣。往復還，烏哺兒。不得已，久思歸。《全元詩》，册48，第153—154頁

按，胡奎《斗南老人集》置此詩於「古樂府」類。

寓言

劉將孫

按，《樂府詩集》無此題，然宋鄭樵《通志二十略·樂略一》「雜體六曲」有《寓言》，宋人

多有擬作，元人同題之作，當出宋人，故予收録。

益友不能善其朋，孝子不能諫其親。而況下士蟣蝨臣，乃欲取必於其君。彼其生深宮，長婦人，豈比講貫道義明。制六合，重萬鈞，左右順適候笑顰。奈何布衣事摩拂，欲去所愛捐所珍。甚者使其好色不敢好，旨酒不敢斟。誰無便嬖無私愛，乃眷不克保，志不克伸，吁非人情。偶逢伶優詭故實，悠然有感於予心。龍逢比干固俊物，人非堯舜何能有，所益早已亡其身。天道遠，人道邇。古人事天但修己，旁推巧測求其理。聖賢遠，災異起，六經讖緯紛不軌。洪範五行經有之，附以象數真無謂。庚午辛卯四字止，其初不過以實紀。詎知穿鑿漢翼李，陰陽邪正百怪詭。孝經亦復神左契，遂令不信不如己。天道悠遠偶然耳，吁嗟伏羲堯舜氏之不作衰久矣。

稷狐不灌，社鼠不熏，古語以比於近君。既欲擇所重，得不置所輕。及其禍敗成，國亦或以傾。何況稷與社，又安得存。嗟哉，當其盛時，此事難以口舌争。

倡優貴，戰士屈。一笑傾城又傾國，但道佳人難再得。未應三寸脚，踏倒長安千丈壁。馬嵬坡下淋鈴雨，琵琶膝上何王府。頗得回思向來否，人間又看新歌舞。

河濟左，泰華右。長江天塹三復九，劍閣崔嵬一夫守，潼關天上井陘口。高者如登天，下者如投井，險者不可徑與舟。萬里提封，億兆貔貅，自非天崩地陷當何憂。孟津河上步逐螢，金城驛中卧無燈。奉天袴寒華州粥，蕩陰貸錢食瓦盆。嗚呼胡爲至此極，曾乃不若塗之人。

塢中金三四萬斤，成就臍中一炬連日夜達明。胡椒一物八百石，贏得夫婦相對泣。當年惟恐子孫貧，轉眼已不知何人。彼貪宜禍不足責，投欲争獻窺伺之諂子厥罪均。此徒往往僥幸免所以，前傾後覆轍迹如相尋。

女自媒非貞，士自薦者輕。伊尹五就要割烹，孔孟轍環老於行。良平鄧竇房杜固隨世，比之綺皓子陵不可同日論功名。雖云道義視此輕，事亦安得不與人。其材不愧其位，計雖少貶亦人情。惟其得之不以道，既得無可稱，遂使山林之士鴻冥冥。

淵明不肯折腰向小兒，棄去五斗歸來兮。却來柴桑不救饑，緣門乞食感賦詩，至欲冥報以相貽。等爲一食俱鄉里，何忍於此不忍彼。人生安往非口腹，不仙不去聊爾耳。淵明政爾無奈何，東籬日晏愁孔多。笑渠飽食腹皤皤，效陶采菊行婆娑。

燕南垂，趙北際，惟有此中可避世。十重塹，十丈樓，鑄鐵爲門穀成丘。地中舞，天上鼓，美人無聲泪如雨。易京傾，夜大明，百樓營櫓轉眄平。噫吁嘻！非避世，乃致人。

松耶柏耶客耶，昔者之客今誰家。必復以我爲口實，謂我不能盡其力。吁嗟又當敗一國，古有敗主無敗客。事已爾，吾何云，願天勿生此人，願人皆無此心。

有天眼，有肉眼。天眼除非世外人，非佛非仙無此神。肉眼雖凡猶是眼，眼前好惡猶能揀。無如俗眼最可憎，瞠若兩目元昏盲。

人生何用侯萬户，不如稚子生紈袴。人生何用家千金，不如愚兒坐守成。人生福智不兼得，富貴經營總勞力。壯年苦辛老僥幸，欠伸未快夢中失。少年氣盛安所知，第可縱横快一時。便教顛倒盡失計，早已極意無足悲。千年興廢多如此，何但膏粱二三子。高堂往往好老公，政復業奴豚犬耳。珊瑚七尺八九株，胡椒八百如蓄租。彼非貪賄曷至此，千古萬古嗤其愚。雖然盜亦有道者，不亦天命賦予殊。使其無獲難錙銖，使其無力無巧圖。不見巧者拙更痛，不見窮者錐亦無。是雖借彼觀須臾，豈得坐饗逃天誅。取所不應皆一趨，不獨今也古有諸。一匹絹，或以死，一錢盜，或棄市，玉川一宿永寧里。

佛説大藏八萬卷，猶有祕密藏不傳。臨終説偈法非法，無一個字名爲禪。自禪以來又幾藏，隔皮吹調如風烟。標宗異派各賢聖，抽戈拔劍絲命懸。名山鐘鼓飽食坐，所講何事消天年。末流假托不一種，動謂其力能回天。空餘一藏誰肯看，反使文士窮蹄筌。殺生聚穢過世俗，頂戴服御親乃冤。深山鐺脚誰共煮，括糠擇米交熾然。佛乎見耶亦不見，爾步何用黄金蓮。

莽兮秋雲不知其何所極，泬兮凉風不知其何所息。望之渺渺斷予目，思之梟梟感予臆。獨欲隨之出塵外，浮六合。意者可以快然而有所得，顧安所而致六翮。不如低頭掩關坐，悠悠高遠非我力。

五更鐘，一更鐘，風雨霜雪昏曉同。嬾者卧，貪者起，神仙也少能閒底。若使希夷真個睡，華山驢上笑不墜。一年中秋今夕望，今夕何人舉杯賞。雲間漫自十分圓，寂寞清光委林莽。昨夜無月人人愁，有月不計既望不。便教一二分不滿，亦自滿意斷送秋。庾樓黄鶴兩寂寂，世態人情看歷歷。能知解賞已無誰，落後攙前都可惜。書窗坐對月正中，齋居對酒空情濃。月乎有情偏照我，我亦隨身移坐相追從。《全元詩》，册 18，第 202—205 頁

同前

胡 奎

客從海上來，探彼明月珠。下沈無底谷，不惜千金軀。得之驪龍頷，行險何其愚。君子保明哲，榮名安可趨。求魚不投餌，待兔當守株。

迢迢漢川上，有女麗且閒。佩以雙明珠，游戲清波間。翩然若飛鴻，可望不可攀。贈我以翠羽，報之以秋蘭。裴回碧雲暮，引領空長嘆。

仙人渡弱水，云是王方平。海上見麻姑，爲言三淺清。天風吹榑桑，魚龍不得寧。海水相盪潏，五鰲欲頽傾。世傳如瓜棗，服之可長生。安得謝人世，飄飄凌太清。

灼灼苑中桃，托根瑶池傍。丹葩含淑氣，艷彩炫青陽。常恐玉階樹，秋風委朝霜。弱水不可渡，蓬萊竟茫茫。安得跨黄鵠，凌風以翱翔。

夢乘白玉麟，遨游洞庭野。明月流高天，白雲生其下。軒皇張廣樂，云是太古者。靈妃鼓瑶瑟，玄音淡而雅。此曲遺人間，但恐知音寡。苟非遇伶倫，黄鐘不如瓦。

世無鍾子期，孰知悲與喜。聞昔有韓娥，歌聲繞梁起。一歌令人悲，再歌令人喜。同爲齊中音，憂樂如轉指。我有太古弦，泠泠瀉秋水。所願感人心，不願感人耳。

羲和無停車，萬物豈長久。顔回一何夭，盗跖一何壽。明鏡蒙埃塵，安能别妍醜。松柏遭翦伐，不如蒲與柳。所以劉阮徒，沈酣托杯酒。

女媧鍊白石，上補青天青。摶沙散人世，六合何冥冥。二氣更變化，三才立儀刑。篤生聖與賢，出言爲大經。至道不可泯，炳然如日星。嘆息千載下，持蠡測滄溟。

青青百尺桐，乃在南山岑。朝陽生其顛，上有五色禽。昔聞有虞氏，斲爲太古琴。一彈南風操，可以滌煩襟。如何千載下，筝笛貴哇淫。引領望蒼梧，悠悠白雲深。

神龍啓河圖，清濁自兹判。三才由中立，萬化歸一貫。粤從形氣生，遂有人文焕。載誦康衢謡，令人發深嘆。《全元詩》，册48，第78—79頁

同前二首

呂誠

苦瓠若懸瘿，宜瓢亦宜笙。笙將用舍雅，瓢以供酌烹。吾爲苦瓠謀，任力不任聲。薦芳鉶鼎間，自足資養生。物賤終反貴，吹萬豈其情？

少學老無成，所守但糟粕。譬如福與市，涉海求靈藥。豈不望三山，風至輒引却。歲闌坐窮陋，青燈映流箔。雖微白足禪，自置丹霞傅。賤貧吾所安，飲水差足樂。鄰家日椎牛，不似西鄰禴。《全元詩》，册 60，第 458 頁

同前

徐一甫

苦樂有冥定，結髮與君婚。中道棄我去，白馬駕華軒。燕趙足佳麗，吴楚多嬋媛。妾自守空房，蠨蛸網妾門。妾身當自愛，敢謂君少恩。《全元詩》，册 65，第 301 頁

卷二八五　元新樂府辭一八

黄金行

趙叔英

按，《樂府詩集》無此題，金元好問有新樂府辭《黄金行》，元人同題之作，或出於此，故予收録。

人視黄金重，我視黄金輕。兹語似迂闊，研理寔昭明。平時飾華靡，允愜兒女情。荒歲被寒餓，詎能充裳羹。於世無寸補，坐使貪頑争。小者冒刑辟，大者騰戈兵。君不見郿塢竟何得，都市燃臍燈。石崇謾多積，金谷旋危傾。又不見美哉漢疏傅，不畜子孫贏。廉矣隋梁毗，至化風鑾荆。保家而範物，千古流芳名。榮辱既如此，君其當何程。《全元詩》，册24，第97頁

梅花吟

胡　助

按，金元好問有新樂府辭《梅華》，一作《梅花》。元人《梅花吟》《梅花曲》，或出於此，故予收録。

乾坤清氣鍾梅花，品題不盡騷人家。剛道横枝有南北，風姿香韻無等差。南枝向陽開獨早，北枝向陰尚枯槁。陽和走上北枝來，北枝開勝南枝好。一樹自分南北枝，年來冷暖無人知。珠簾翠幕要調護，畫闌玉笛休輕吹。君不見春深千樹花如雪，南北枝頭孰分别。《全元詩》，册29，第26頁

梅花曲

傅若金

素芳何婉婉，姣服耀江湄。美人慕佳植，托根乃在兹。朔風振嚴冬，孤花難自持。流塵復浩浩，焉得不爲緇。芳筵坐積思，急管夕傷離。傾筐墍佳實，所願及良時。感彼李下人，正冠乃

見疑。禮義夙所敦，人事偶乖暌。撫樹倚增嘆，中心誰復知。《全元詩》，册 45，第 8 頁

寶鏡

馬　臻

按，金元好問有新樂府辭《寶鏡》，元人《寶鏡》《寶鏡篇》，或出於此，故予收録。

寶鏡存朗照，夜室難爲光。幽蘭抱貞心，不能傲嚴霜。荆玉未出璞，豈畏雕琢傷。和氏不解事，刖足徒罹殃。昭昭天上日，萬古鑒中腸。《全元詩》，册 17，第 32 頁

寶鏡篇

烏斯道

楊家寶鏡雕匣藏，玄錫白旃發好光。夜月團團絶纖翳，秋潭炯炯生寒芒。當時精金曾百煉，背紋鑄出雙鳳凰。鳳凰聯輝碧玉裏，一雛鼓翼同翱翔。厭勝回文蟲篆小，帶葉疏花合昏曉。細如洮石紅如沙，幾世傳來得稱寶。中有文龜窾窾深，綵絲作綫結同心。楊婦晨妝照顔色，要見兩鬢霜雪侵。不期落地竟摧折，鳳碎鸞孤圓半缺。從此晨妝不復施，坐對青燈自嗚咽。只今

已老白髮垂，終不取鏡重鑄之。留與楊家作明鑑，半鏡只此團圓時。《全元詩》，册 60，第 241 頁

一車南

李孝光

題注曰：「送孔博士。」按，《樂府詩集》無此題，李孝光《五峰集》置此詩于「古樂府」類，故予收録。元楊維楨《瀟湘集序》曰：「余在吴下時，與永嘉李孝光論古人意。余曰：『梅一於酸，鹽一於鹹，飲食鹽、梅，而味常得於酸鹹之外，此古詩人意也。後之得此意者，惟古樂府而已耳。』孝光以余言爲韙，遂相與唱和古樂府辭。」①

一車南，一車北，山川悠遠無消息。野風吹草朝日黄，羈旅獨憎絺綌涼。男兒生身高七尺，何可一作苦。相思損顔色。西市日日買鯉魚，魚中會有爾一作遠。寄書。《全元詩》，册 32，第 263 頁

① 《全元文》卷一三〇四，第 310 頁。

雲之蒸

李孝光

按，《樂府詩集》無此題，李孝光《五峰集》置此詩于「古樂府」類，故予收録。

雲之蒸，如鼎鬴，天地坱圠兮有茹者吐。陰陽糅兮作雨，萬物膏澤兮功其惟汝。溪之水兮幽幽下，如橐兮中有蛟與虬。人涉兮卬否，我操其具，以楫以舟。五日一風十日雨，凉著稻花香著土。秋風䆉稏黄粘天，千家萬家狂欲舞。溪頭大笑語向人，溪南出雲溪北雨。《全元詩》，册32，第263頁

送且迎

李孝光

按，《樂府詩集》無此題，李孝光《五峰集》置之于「古樂府」類，故予收録。

曙月疏星天欲明，馬鳴蕭蕭予且行。行雖不遠思汝切，重是兄弟難爲情。星如撒沙天欲

暝，稚子候門人汲井。還車在郊子復返，檐隙持燈笑相領。《全元詩》，册 32，第 264 頁

白翎雀歌

虞　集

按，元王逢《奉陪神保大王宴朱將軍第聞彈〈白翎雀引〉》詩序曰：「白翎雀，燕漠間鳥也。初，世皇命伶官石德間製《白翎雀》曲。及進，曰：『何其末有孤嫠怨悲之音？』石德間未之改而已傳焉。戊戌冬，淮藩朱將軍，宴大王於私第，逢忝座末。時夜雹霰交下，衆賓相次執盞，起爲王壽，逢亦起。王命左右鼓是曲，且語製曲之始，俾歌詠之。逢謂纘事本實，左氏所先，故鋪陳興龍大略，而不暇他及也。」①知《白翎雀》元時可歌。

烏桓城下白翎雀，雌雄相呼以爲樂。平沙無樹托營巢，八月雪深黄草薄。君不見，舊時飛燕在昭陽，沈沈宮殿鎖鴛鴦。芙蓉露冷秋宵永，芍藥風暄春晝長。《全元詩》，册 26，第 44 頁

① 《全元詩》，册 59，第 141 頁。

同前

張昱

烏桓城下白翎雀，雄鳴雌隨求飲啄。有時決起天上飛，告訴生來毛羽弱。西河伶人火倪赤，能以絲聲代禽臆。象牙指撥十三弦，宛轉繁音哀且急。女真處子舞進觴，團衫鞶帶分兩傍。玉纖羅袖柘枝體，要與雀聲相頡頏。朝彈暮彈白翎雀，貴人聽之以爲樂。變化春光指顧間，萬蕊千花動弦索。只今蕭條河水邊，宫庭毁盡沙依然。傷哉不聞白翎雀，但見落日生寒烟。《全元詩》，册 44，第 24 頁

白翎雀

李孝光

按，《樂府詩集》無此題，李孝光《五峰集》置之于「古樂府」類，故予收録。

黄金鑄作鍾子期，綵絲綉作平原君。平原能作天下之奇士，子期能識天下之音心。丈夫生逢如此二賢者，有身豈復愁沈淪。富貴不容自摧謝，困厄不怨爲窮人。在昔帝堯，大舜爲臣。

元愷并舉，馭鳳羈麟。周公勤勞，握髮吐哺。身致多士，爲王弼輔。赤帝之子，有士如雲。相何肺腑，爲漢舉信。插置羽翮，拂摩龍鱗。我歌白翎雀，子起爲我舞。人生不滿百，一絶如飄雨。户下有凍酒，席上有懸脯。賓客共飲此，聽我歌中語。君年未五十，遭逢大聖人。聖人之德如流泉，先後輔夾皆英賢。大開明堂布萬化，垂衣拱手仁如天。時雍詎異堯舜日，持盈遠過成周年。汝於此時守東壁，討論文字在上前。何敢更較官大小，小星帝留衛帝垣。嗟予行年五十六，此豈有意凡骨仙。但令公等皆盡忠，我惟歌咏酬豐年。今者别離何不樂，且飲莫問月未落。官職况在天禄閣，嗚呼國士之恩何日酢。爲爾重歌白翎雀，爲爾重歌白翎雀。《全元詩》，册 32，第 264 頁

同前

薩都剌

凄凄幽雀雙白翎，飛飛只傍烏桓城。平沙無樹巢弗營，雌雄爲樂相和鳴。君不見，舊日輕盈舞紫燕，鴛鴦鎖老昭陽殿。風暄芍藥春可憐，露冷芙蓉秋莫怨。《全元詩》，册 30，第 253 頁

同前

王沂

白翎雀，龍沙漫漫生處樂。醒鬆共愛語言好，璀璨誰憐羽毛薄。霜威稜稜風力緊，飛飛不過槍竿嶺。結巢生子草棘間，雌雄相依寒并影。梨園弟子番曲譜，歲歲年年兩京路。慣聞清哢雜好音，旋理冰弦移雁柱。寫出新聲玉指勞，真珠落盤鈴撼條。坐令華筵之四壁，灤河流急秋雲高。從此流傳喧樂府，争買千金比鸚鵡。雕籠雖好無常主，時向北風念疇侶。《全元詩》，册 33，第 46 頁

同前

張憲

真人一統開正朔，馬上鞮鞻手親作。教坊國手碩德閭，傳得開基太平樂。檀槽鍜鍜鳳凰齶，十四銀鐶挂冰索。摩訶不作兜勒聲，聽奏筵前白翎雀。霜嚾嚾，風觳觳，白草黄雲日色薄。玲瓏碎玉九天來，亂散冰花灑氈幕。玉翎琤珄起盤礴，左旋右折入寥廓。崒嵂孤高繞羊角，啾

按，張憲《玉笥集》置此詩於「古樂府」類。

啁百鳥紛參錯。須臾力倦忽下躍，萬點寒星墜叢薄。砉然一聲震龍撥，一十四弦喑一抹。駕鵝飛起暮雲平，鷙鳥東來海天闊。黄羊之尾文豹胎，玉液淋漓萬壽杯。九龍殿高紫帳暖，踏歌聲裏懽如雷。白翎雀，樂極哀。節婦死，忠臣摧。八十一年生草萊，鼎湖龍去何時回。《全元詩》，册57，第56頁

白翎鵲辭二章

楊維楨

詩序曰：「朔客彈四弦，有《白翎鵲調》。鵲蓋能制猛獸，尤善禽駕鵝也。爲作《翎鵲詞》。」《全元詩》注曰：「《詩序》，《文淵閣四庫全書》本作：『按國史，脱必禪曰：世皇畋于林柳，聞婦哭甚哀。明日，白翎鵲飛集斡朵上，其聲類哭婦。上感之，因令侍臣製《白翎鵲詞》。鵲能制猛獸，尤善禽駕鵝者也。舊詞未古，爲作《白翎鵲詞》二章，以補我朝樂府。』」①按，元人吴萊有《客夜聞琵琶彈白翎鵲》，②則元時《白翎鵲》可以琵琶奏之。《樂府

---

① 《全元詩》，册39，第63頁。

② 《全元詩》，册40，第27—28頁。

詩集》無此題，然見録于楊維楨《鐵崖古樂府》，故予收録。

白翎鵲，西極來。金爲冠，玉爲衣。百鳥見之不敢飛，雄狐猛虎愁神機。先帝親手韝，重爾西方奇。海東之青汝何爲，下攫草間雉兔肥，奈爾猛虎雄狐狸。白翎鵲，來西極，地從翼旋山目側。邊風勁氣勁折膠，材官猛箭與之敵。黄狼紫兔不餘力。須臾白雪輕，一舉千仞直。駕鵝洒血當空擲，金頭玉頸高十尺，千秋萬歲逢玉食。《全元詩》，册39，第63頁

桓山鳥并引

楊維楨

詩引曰：「古樂府有《上留田行》。上留之地，有父死而兄不字其弟者，鄰人爲其弟作悲歌，以風其兄。南俗，兄違父命而虐其庶弟於父死之後者，往往有焉。故賦《桓山鳥》，以繼《上留》樂府云。」按，《樂府詩集》無此題，然見録於楊維楨《鐵崖古樂府》，且據詩序當爲新樂府辭，故予收録。

桓山鳥，鳴聲一何悲。嚴父戒二子，分財無嫡支。父死未葬命一遺，兩枝荆華摧一枝。嗚呼桓山鳥，鳴聲實堪悲。死隔别，生流離，百鳥聞之爲嗟噝。《全元詩》，册39，第5頁

野雉詞

楊維楨

按，《樂府詩集》無此題，然見録於楊維楨《鐵崖古樂府》，故予收録。

野雉異兮家鷄，雉將雛兮棲棲。嫁劉季兮逐季飛，不逐季兮季狐疑。羽翼成兮兩口苦無違。《全元詩》，册39，第6頁

旦春詞

楊維楨

按，《樂府詩集》無此題，然見録於楊維楨《鐵崖古樂府》，故予收録。

兒爲王，母爲囚，旦春暮春無時休。天高地厚日月流，母苦不得從兒游。漢家謀臣張留侯，

老人立致商山頭。君王輕信羽翼愁，十年身後知安劉，髡鉗之人何以留。《全元詩》，册 39，第 6 頁

繫子詞

楊維楨

按，《樂府詩集》無此題，然見録于楊維楨《鐵崖古樂府》，故予收録。

車驅驅，鄧家孥。長繩繫野樹，小兒泣呱呱。泣呱呱，父一顧，可奈胡，弟兒在手不可俱。父再顧，眼血枯，行人斷繩走匍匍。《全元詩》，册 39，第 6 頁

同前

郭翼

鄧家兒，鄧家兒，長繩誰繫高樹枝。父母各逃生，兒死亦孔悲。弟亡一息不可棄，兒雖當棄忍繫之。鄧家兒，哭奚爲，天乎天乎豈無知。《全元詩》，册 45，第 459 頁

眉憮詞

楊維楨

按，《樂府詩集》無此題，然見録于楊維楨《鐵崖古樂府》，故予收録。

朝畫眉，莫畫眉，畫眉日日生春姿。長安已知京兆憮，有司直奏君王知。君王毛舉人間事，不咎人間夫婦私。《全元詩》，册 39，第 6—7 頁

柏谷詞

楊維楨

按，《樂府詩集》無此題，然見録于楊維楨《鐵崖古樂府》，故予收録。

柏谷險，君勿趨。君一趨，龍爲魚。漿長豈識真龍軀，賴爾老婦能輓夫。論報不賜誅，漿長本無辜。舉之羽林郎，大將軍可奴。《全元詩》，册 39，第 7 頁

紫芝曲

楊維楨

按，《樂府詩集》無此題，然見録於楊維楨《鐵崖古樂府》，故予收録。

商山巍巍，上有紫芝。采芝可療飢，何獨西山薇。西伯養老去古遠，而獨夫殺士，吾將疇依？卯金之子海内威，羅絡齮齕音蟻紇。將奚爲？平生不識下邳兒，肯隨漢邸同兒戲？禄里綺里無人知。《全元詩》，册39，第7—8頁

金臺篇

楊維楨

按，《樂府詩集》無此題，然見録於楊維楨《鐵崖古樂府》，故予收録。元人又有《金臺》《黄金臺》，或出於此，亦予收録。

高臺起朔方，金色照天光。上有七十二鳳凰，金鼎玉食高頡頏。王不居，志獨苦，拜師禮重心愈下。群賢起，南西東，國耻一洒黄金空，十年燕雌今日雄。君不見姑胥何用黄金屋，野鹿穿花豕銜蓐。《全元詩》，册39，第8頁

金臺

尹廷高

招賢事往久凄凉，志氣何人爲激昂。多少黄金化塵土，荒臺千古説昭王。《全元詩》，册14，第15頁

同前

周　權

步出都門西，峨峨古城壁。都人紛往還，翠蓋飛寶勒。旁午十二衢，紅塵喧日夕。中有巍然臺，寒蘚生壞甓。傳云燕昭王，招賢有遺迹。黄金不足貴，所貴在立國。所以國士心，生死懷報德。至今忼慨士，弔古猶感激。我聞易水上，燕壘有舊域。山川邈蕭條，草樹帶古色。孤臺久傾頹，日暮少過客。何當稅征車，携酒一登陟。《全元詩》，册 30，第 89 頁

黄金臺

林彦華

甘棠舊業寒於灰，燕平忿起招雄才。千金不惜購馬首，斯須遠致龍之媒。時來按劍雪前耻，七十齊城一朝圮。如何繼志惑巧言，坐使望諸成没齒。抵蛙之金亦奉軻，傷心易水空寒歌。
《全元詩》，册 24，第 286 頁

同前

岑安卿

雕墻峻宇無不亡，薊城築宫國乃昌。屈身延士禮優異，四方英俊如雲翔。郭生馬喻真良策，亟拜樂卿爲上客。兵行旬日入臨淄，秦楚諸君咸辟易。夙心已雪先王耻，七十齊城祇餘二。君王仙去主帥逃，嘆息後人非繼志。巍臺悲慘朔風號，不知騎刼何時招。《全元詩》，册 33，第 215 頁

同前

葉懋

燕山古北秋嵯峨，西風易水生寒波。昭王國耻昔未雪，衝冠怒髮飄長戈。千金築臺從隗始，四海風雲龍虎起。鐵馬朝開七十城，檄書夕報三千里。新王御極讒夫興，火牛迸出如流星。燕齊反復恨不極，碣石際海烟蕪青。《全元詩》，册 47，第 179 頁

同前

迺賢

題注曰：「大悲閣東南，隗臺坊内。」

落日燕城下，高臺草樹秋。千金何足惜，一士固難求。滄海誰青眼，空山盡白頭。還憐易河水，今古只東流。《全元詩》，册 48，第 39 頁

同前

周巽

邊風動，燕雲開。千金買駿骨，宛馬從東來。金臺百尺空中起，樂毅趍燕從隗始。高陵秦塞雲幾重，俯拓齊城地千里。昭王已矣賢士亡，黄金化土高臺荒。白虹貫日天蒼蒼，易水波寒沙草黄。《全元詩》，册 48，第 416 頁

同前

金　涓

昭王有志興宗社，厚幣卑辭禮賢者。郭君一語捐千金，國士争趨駢駟馬。燕臺計議皆英豪，齊人蹴踏猶兒曹。三軍旗幟白日動，半空劍氣青雲高。樂生既去士亦少，回首春風長芳草。火牛遂復七十城，恨滿臺荒天地老。《全元詩》，册 60，第 198 頁

吴鈎行

楊維楨

按，《樂府詩集》無此題，然見録於楊維楨《鐵崖古樂府》，故予收録。

吴人殺二子，釁成雙吴鈎。吴王食賞令，不識鈎中愁。臨鈎呼二子，飛來父心頭。百金何足報，萬户當封侯。佩雙鈎，比明月。爲君嬖者斬，讒者刖。制諸侯，開伯烈，千秋萬歲光不滅。

《全元詩》，册 39，第 8 頁

胭脂井

楊維楨

按,《樂府詩集》無此題,然見録于楊維楨《鐵崖古樂府》,故予收録。

井無水,荒龍椅。不得如,巴馬子。仰天夜見黄姑星,水底嘍嘍話紅鬼。井中之人不殉死,宫人斜在雷塘趾。趾,一作尾。斜,宫人冢也。

《全元詩》,册39,第8頁

平原君

楊維楨

按,《樂府詩集》無此題,然見録於楊維楨《鐵崖古樂府》,故予收録。

平原君,起朱樓,美人盈盈樓上居叶鳩。槃跚跛汲彼何叟,美人一笑槃跚愁。門下士引去不可留。美人高價千金直,千金不惜美人頭。君不見帷中婦女觀跛者,一笑五國生戈矛。跛汲,一作跛者。

《全元詩》,册39,第8頁

春申君

楊維楨

按，《樂府詩集》無此題，然見録於楊維楨《鐵崖古樂府》，故予收録。

春申君，見利重，見理蒙。保相印，封江東，李家女兒入楚宫。春申滅國并滅嗣，舍人入相遺腹子。《全元詩》，册39，第9頁

同前

李延興

歎也慆淫忍復論，指胎畫策市君恩。區區篡立成何事，翻與黄家闢禍門。《全元詩》，册64，第204頁

聶政篇

楊維楨

按，《樂府詩集》無此題，然見録於楊維楨《鐵崖古樂府》，故予收録。

齊國壯士儕要離，念母與姊生慈悲，既而母死姊同尸。烏乎丈夫一死泰山重，胡爲輕付市井兒。《全元詩》，册 39，第 9 頁

即墨女

楊維楨

按，《樂府詩集》無此題，然見録于楊維楨《鐵崖古樂府》，故予收録。

三逐鄉，五逐里，即墨女兒乏容止。齊相取之齊國治，丈夫相國奚異此，丈夫相國奚異此。《全元詩》，册 39，第 10 頁

宿瘤詞

楊維楨

按,《樂府詩集》無此題,然見録于楊維楨《鐵崖古樂府》,故予收録。

采桑女,項如甖。叶汪。受教采桑,不受教觀大王。大王聘之居中房,舊衣不换新衣裳。采桑女,項如甖,宫中掩口笑喤喤。堯舜桀紂陳興亡,中宫笑口慙且惶。服后服,正後宫叶光。卑宫室,親蠶桑。減弋獵,斥優倡。諸侯玉帛走東方,王上帝號聲煌煌。《全元詩》,册 39,第 10 頁

同前

梁寅

宿瘤女,貌媸而心妍。星辰之光,山岳之氣,男兒或虧缺,女流乃能全。木癭爲樽宜貯漿,婦癭爲后當輔王。初采桑,齊郭中,獲王意,入王宫。不换舊裙裾,不效新儀容。嬪嬙見之笑,後乃化之成肅雍。齊廷治齊政,舉婦爲臣國之母。諸侯使客來近郊,猶聞前時采桑女。《全元詩》,册 44,第 280 頁

鍾離春

楊維楨

題注曰：「無鹽女名。」按，《樂府詩集》無此題，然見録于楊維楨《鐵崖古樂府》，故予收録。

鍾離春，臼頭深目凹鼻脣，皮膚若烟面如塵。手有五色之綵線，爲君補衮成天文。漸臺之君荒且忮，明朝夷臺作平地。太子擇日正儲位，鍾離在宫齊國治。《全元詩》，册39，第10—11頁

荆釵曲

楊維楨

按，《樂府詩集》無此題，然見録于楊維楨《鐵崖古樂府》，故予收録。

扶風女，行如有娶，貌如鍾離春。三十不肯嫁，獨識五噫君。荆釵服終身，井臼操必親，舉案上食如大賓。如何會稽守，糟糠告去如市人。《全元詩》，册39，第11頁

唐姬飲酒歌有引

楊維楨

詩引曰：「姬，東漢弘農王之妃也。王爲董卓所廢。王死時，與姬飲酒別。王自悲歌，姬起舞，亦挽袖而歌之，其詞曰：『死生異路從此乖。』予猶嫌其不以死殉王，而其言如此，故補之。」按，《樂府詩集》無此題，然見録于楊維楨《鐵崖古樂府》，故予收録。

皇天傾，后土頹，王降庶兮漢祚衰。王作黄泉兮誓相隨，王死胡用吾身爲。《全元詩》，册39，第11頁

馮家女并序

楊維楨

詩序曰：「漢司隸馮方之女也，避亂揚州，袁術見而悦之，遂納焉，甚愛幸。諸婦思害其寵，語之曰：『將軍，貴人也，有志節，當時時涕泣憂愁，以長見欽重。』馮氏從之。後諸婦因共絞殺，繫之厠。術誠以爲不得志而死也。」按，《樂府詩集》無此題，然見録于楊維楨《鐵

崖古樂府》，故予收録。

馮家女，緑髮盤雙鴉。亂離棄鄉土，聘入將軍家。將軍愛幸諸婦妬，顔色粹美無疵瑕。掩鼻襲餘術，泪眼啼春華。馮家女，昨日堂上人，今朝厠中鬼。將軍不爲疑，司隷不爲理。道傍古冢生棘榛，千年古憤何由伸，烏乎千年古憤何由伸。《全元詩》，册39，第11頁

梁家守藏奴

楊維楨

按，《樂府詩集》無此題，然見録于楊維楨《鐵崖古樂府》，故予收録。

將軍椒房親，跋扈鬭如虎。嗟嗟孫家兒，豈識爲肩主。有司夜捕帑，藏婢及人母。紫金與白珠，没入將軍府。吁嗟乎，梁家婢，何太苦。不知將軍妻，秦宫婦，三主六君七貴人，明日飛花亂紅雨。不知，一作不如。《全元詩》，册39，第11—12頁

大唐公主嫁匈奴行

楊維楨

按，《樂府詩集》無此題，然見録于楊維楨《鐵崖古樂府》，故予收録。

匈奴聽鏑忘劬勞，射父事。外家未必亡飛鶬。如何異類待同匹，丹鳳下與梟爲巢。君不見大唐公主親嫁辱，終唐老鶻來相鈔。渡河歸來話涕泣，後人猶以昏爲交。《全元詩》，册 39，第 12 頁

六宫戲嬰圖

楊維楨

按，《樂府詩集》無此題，然見録于楊維楨《鐵崖古樂府》，故予收録。

黄雲複壁椒塗蘇，銀床水噴金蟾蜍。宜男草生二月初，燕燕求偶烏將雛。夫容花冠金結縷，飄飄盡是瑶臺侣。宫中個個承主恩，豈復君王夢神語。旃檀小殿吹天香，新興髻子换宫妝。中有一人類虢國，净洗脂粉青眉長。百子圖開翠帲底，戲弄啞啞未生齒。侍奴兩兩舁錦棚，不

是唐家緑衣子。蘭湯浴罷春晝長，金盤特瀉茘枝漿。雕籠翠哥手擎出，爲愛解語通心腸。宣州長史耽春思，工畫傷春欠春意。吴興弟子廣王風，六宫猫犬無相忌。君不見玉釵淫亂戕漢孤，作歌請獻螽斯圖。《全元詩》，册 39，第 13 頁

三叟者訣

楊維楨

按，《樂府詩集》無此題，然見録于楊維楨《鐵崖古樂府》，故予收録。

道逢三叟者，高壽比神仙。問叟何以壽，壽訣倘予傳。上叟前致辭，大道抱天全。中叟前致辭，寒暑順節宣。下叟前致辭，百歲半單眠。是爲三壽訣，所以能長年。《全元詩》，册 39，第 13 頁

三青鳥

楊維楨

按，《樂府詩集》無此題，然見録于楊維楨《鐵崖古樂府》，故予收録。

翩翩三青鳥，來自西王母。作使東王公，請致東王語。白日不有夜，四時長爲春。天上神仙宅，地上羲皇人。《全元詩》，册 39，第 13—14 頁

大數謡

楊維楨

按，《樂府詩集》無此題，然見録于楊維楨《鐵崖古樂府》，故予收録。

梁朝老檜昨夜死，海聲已入西門市。草中張伯懷璧子，丹瓶有書誰識此。小夫争爵幾時休，二十四考前無儔。黄金無方鑄髑髏，樓船夢過西流洲。更生靈香那得偷，大樹夜聽聲如牛。《全元詩》，册 39，第 14 頁

君家曲

楊維楨

按，《樂府詩集》無此題，然見録于楊維楨《鐵崖古樂府》，故予收録。

生愛君家錦樹坊，君家易别苦難忘。綵繩舉柳高出屋，金彈流鶯飛過墻。舊時春光燕來後，舊時主人十無九。賈家貴壻多春情，共醉君家畫雀屏。黄金只買五斗黛，爲君添抹蛾眉青。君不見張娘秋面不食粉，八字青蛾莫嬌損。《全元詩》，册 39，第 14 頁

城西美人歌并序

楊維楨

詩序曰：「丙戌花朝後一日，與客游長城，之靈山，宴于城東老人所。時偕游者，城中美人靈山秀也。酒酣，作《城西美人歌》。」按，《樂府詩集》無此題，然見録于楊維楨《鐵崖古樂府》，故予收録。

長城嬉春春半强，杏花滿城散餘香。城西美人戀春陽，引客五馬青絲繮。美人有似真珠漿，和氣解消冰炭腸。前朝丞相靈山堂，雙雙石郎立道旁。當時門前走犬馬，今日丘壟登牛羊。美人兮美人，舞燕燕，歌鶯鶯，蜻蜓蛺蝶争飛揚。城東老人爲我開錦障，金槃薦我生檳榔。美人兮美人，吹玉笛，彈紅桑，爲我再進黄金觴。舊時美人已黄土，莫惜秉燭添紅妝。《全元詩》，册 39，第 15 頁

崔小燕嫁辭

楊維楨

按，《樂府詩集》無此題，然見録于楊維楨《鐵崖古樂府》，故予收録。

闔閭城中三月春，流鶯水邊啼嚮人。崔家姊妹雙燕子，踏春小靴紅鶴觜。飛花和雨着衣裳，早裝小娣嫁文央。離歌苦惜春光好，去去輕舟隔江島。東人西人相合離，爲君懽樂爲君悲。

《全元詩》，册 39，第 15 頁

城東宴

楊維楨

按，《樂府詩集》無此題，然見録于楊維楨《鐵崖古樂府》，故予收録。

青驄轡，金牛車，一時賓從高陽徒。城東邸第三四區，天氣淡浥春三初。主人愛客傾中厨，卜懽不知清夜徂。罥纓絶燭懽有餘，卷波令格音各。兵法誅。客狂起舞作旋胡，主亦擊缶呼嗚嗚。人生浮草無根株，齒髮日悴顔日枯。琀珠烏能潤黄壚，今日不樂將何如。君不見城南相國斵棺殺枯顱，身名只共葅醢俱，仕宦何用執金吾。《全元詩》，册39，第15頁

西溪曲

楊維楨

按，《樂府詩集》無此題，唐崔令欽《教坊記》有《西溪子》，《西溪曲》或出於此，且此詩見録于《鐵崖古樂府》，故予收録。

西谿谿口東岡道，楊柳陰陰春欲老。花間繫馬我曾來，紅雨傷春迹如掃。美人勸我金色漿，玉臺贈以盤龍寶。願作西谿一水魚，趁爾容顔爲余好。城南將軍同醉倒，殯宫今已生春草。《全元詩》，册39，第16頁

湖中女

楊維楨

按，《樂府詩集》無此題，然見録于楊維楨《鐵崖古樂府》，故予收録。

湖中水，滑如脂。湖中女，夫容姿。湖中小槳盪蓮葉，唱得吴王白雪詞。輕裙利屐踏雁足，爲客高歌激明目。生年不作人家婦，東人西人换恩主。主家薄幸非三從，歸來抱瑟彈孤鴻。君不見東家女伴粗且醜，嫁得比鄰呼阿忪。讀作鍾。《全元詩》，册39，第16頁

長洲曲

楊維楨

按，《樂府詩集》無此題，然見録于楊維楨《鐵崖古樂府》，故予收録。

長洲水引東江潮，潮生暮暮還朝朝。只見潮頭起郎柁，不見潮尾回郎橈。昨夜西溪買雙鯉，恐有郎椷寄連理。金刀剖腹不忍食，尺素無憑膾還委。西溪之水到長洲，明日啼紅臨上頭。

《全元詩》，册 39，第 16 頁

琵琶怨

楊維楨

按，《樂府詩集》無此題，然見録于楊維楨《鐵崖古樂府》，故予收録。

蜀絲鴛鴦織錦縚，邏檀鳳凰斲金槽。弦抽甕蠒五色毫，雙成十指聲嘈嘈。冢頭青草天山雪，眼中紅冰嵬下血。哀弦凄斷感精烈，池上蕤賓躍方鐵。《全元詩》，册 39，第 16 頁

同前

傅若金

美人揮哀弦，上客嘆蛾眉。急響多悲思，孰知心所之。感者奉綢繆，不言生別離。誓將桃李顔，結君長相思。如何雙棲翼，中路忽乖離。不怨歡會難，但恐恩愛虧。含情冀回顧，中曲多苦辭。君子苟不聽，賤妾欲奚爲。《全元詩》，册 45，第 23 頁

琵琶曲

周巽

按，《樂府詩集》無此題，然周巽《性情集》置之於「擬古樂府」類，故予收録。

明妃初出塞，愁恨寄哀弦。千歲琵琶語，六么音調傳。新聲乍囀鶯啼樹，餘響不斷龍吟川。拂指四弦如裂帛，銀床葉落悲寒蟬。空林淅淅嗚虚籟，幽澗泠泠流瀑泉。獨抱中情向誰訴，曲終馬上啼嬋娟。鳳鳴朝陽苦難見，雁叫羅浮私自憐。别有離愁彈夜月，潯陽江頭停客船。嗚弦撥盡清商怨，月冷蛾眉秋滿天。翠袖拂絲聲切切，青衫濕泪思綿綿。君不見越女吴姬美如玉，十三彈得琵琶曲。一朝遠嫁隨征夫，望斷江南春草緑。《全元詩》，册 48，第 398 頁

同前

劉仁本

冰絲雪練紫檀槽，大槽急切小嘈嘈。帳下小番齊拍手，越姬馬上醉葡萄。我聞此曲何人度，曲中有女將誰訴。一聲似説漢明妃，一聲似恨商人婦。琵琶琵琶且莫彈，齊竽楚瑟紛世間。

青草獨生孤冢上，青衫何似泪潸潸。《全元詩》，册 49，第 195—196 頁

鳴箏曲

楊維楨

按，《樂府詩集》無此題，然見録于楊維楨《鐵崖古樂府》，故予收録。

斷虹落屏山，斜雁着行安。釘鈴雙啄木，錯落千珠柈。愁龍啼玉海，夜燕語雕闌。只應桓叔夏，重起爲君彈。愁龍，一本作秋龍。《全元詩》，册 39，第 16 頁

内人琴阮圖

楊維楨

題注曰：「爲顧瑛題趙千里所畫。」按，《樂府詩集》無此題，然見録于楊維楨《鐵崖古樂府》，故予收録。

花點吴鹽春欲老，翡翠飛來剪芳草。美人睡起春思深，彈絲拊木寫同心。荔枝五弦調急

緩，阮家月琴軸初綰。須臾鈞天雙合樂，南薰殿中風動幕。梨園樂官樂不鳴，宫中之音和且平。《全元詩》，册 39，第 17 頁

内人吹笛詞

楊維楨

題注曰：「爲顧瑛題盛子昭畫。」按，《樂府詩集》無此題，然見録于楊維楨《鐵崖古樂府》，故予收録。

天寶年來教春坊，紫雲製曲吹寧王。美人何處竊九漏，耳譜亦解傳伊凉。鵾弦轉斷黄金軸，獨據胡床弄横玉。冶情忽逐野鶯飛，十指紅蠶迷起伏。御溝水暖浴鵁鶄，天地久無征戰聲。夫容楊柳自摇落，豈識黄雲邊塞情。西樓今夜月色午，内人思仙望河鼓。白日蕭條鳳不來，井梧風動神烏語。《全元詩》，册 39，第 17 頁

内人剖瓜詞

楊維楨

題注曰:「爲顧瑛題盛子昭畫。」按,《樂府詩集》無此題,然見録于楊維楨《鐵崖古樂府》,故予收録。

轆轤索褪垂金井,水殿風來晚花静。美人睡起袒蟬紗,照見臂釵紅肉影。荔子漿酸揺左車,阿母新進朱陵瓜。侍奴手浴井花冷,水冰去聲。金盤擎掌窊。鸞刀未破圓玉斗,斗破紅冰驚落手。玉郎渴甚故相嘲,可忍食殘團月凹。《全元詩》,册39,第17頁

屏風謡

楊維楨

按,《樂府詩集》無此題,然見録于楊維楨《鐵崖古樂府》,故予收録。元人又有《屏風曲》,或出於此,亦予收録。

瑠璃怯寒翡翠熱，芍藥夫容四時絶。深堂氣候異冬春，門外酸風箭入骨。匡床毾㲪踏香雪，紅姬扶醉醉眼纈。金缸 餤餤照羅襪，阿瞞嬌娘太輕劣，隙光射人如白月。《全元詩》，册 39，第 17 頁

屏風曲

陳　琳

蝶棲石竹銀交闗，水凝鴨緑玻璃鮮。蟠回六曲抱膏蘭，阿環對鏡擲金錢。沈香火煖茱萸烟，酒觥綰帶新承歡。天風吹露屏外寒，城上烏啼楚女眠。《全元詩》，册 52，第 359 頁

紅牙板歌

楊維楨

詩序曰：「長吉於梨園樂件，歌之欲盡，而於樂句之作，獨缺如也。吴下繆才子遺余以紅牙板一具，故爲作歌，補長吉之遺。」按，《樂府詩集》無此題，然見録于楊維楨《鐵崖古樂府》，故予收録。

百花樓前倡樂作，長鼻彎彎舞金絡。生憐爲齒焚雄軀，枯魄應節如何虞。良工削出紅冰片，脱木脱木，或作朓木。生前豈容見。自非紅鸞之舌爲爾繩，安得三三貫成串。三郎耳聰穿月脇，强欲黄番譜闕摺。十三紅兒隱用張紅郎事。舞鸊鵜，輕蓮蹋節隨疾徐。爲君重製清平曲，節取八風調玉燭。《全元詩》，册 39，第 18 頁

奔月卮歌

楊維楨

題注曰："爲茅山外史張伯雨賦。"按，《樂府詩集》無此題，然見録于楊維楨《鐵崖古樂府》，故予收録。

神犀然光射方諸，海水拆裂雙明珠。大珠飛上玉兔臼，小珠亦奔銀蟾蜍。千年太陰鍊成魄，豈識妖蟆吞啖厄。刳胎乃墮歡伯計，玉斧椎開桃扇核。茅山外史海上來，拾得海月稱奇哉。按劍或爲龍鬼奪，擲手自戲仙人杯。雄雷雌電繞丹屋，顧兔清光吞在腹。醒來不記墨淋漓，塵世隨風散珠玉。鐵崖仙客氣如虹，金橋銀橋游月宫。素娥飲以白玉醴，羽衣起舞千芙容。居然月宫化鮫室，坐見月中清泪滴。我方醉卧玉兔傍，但覓大魁酌天酒，不用白兔長生方。《全元詩》，

册 39，第 18 頁

奔月卮歌答鐵崖所作

張　雨

髐社明珠奔入月，脱殼政似風蟬潔。魚網出之不敢視，滌盡含沙光不滅。文昌四星呑在腹，一一金晶大如菽。蜃物還來作飲器，日夜雄虹繞林屋。一扇桃核寬有餘，半葉蕉心卷未舒。飲非其人躍如水，怪雨盲風生坐隅。置之天上白玉盤，斗柄挹酒長闌干。李白跳下鯨魚背，持勸我飲相交歡。幽宫馮夷爲予泣，酌盡海水百怪出。還我平生老蚌胎，許君醉卧鮫人室。《全元詩》，册 31，第 352 頁

題茅山外史奔月卮歌

胡　奎

瑶池羿妃奔入月，竊得丹砂鍊金骨。何年躍入龍王宫，千丈虹光射銀闕。茅山外史口懸河，長鯨吸海翻白螺。夜半銅仙泣秋露，化爲萬斛黄金波。空歌笑落瓊臺表，傲睨乾坤一杯小。月中若許築糟臺，我亦騎鸞天上來。《全元詩》，册 48，第 266—267 頁

簫杖歌

楊維楨

題注曰：「爲永嘉璣天則道人賦。」詩跋曰：「余寫此詩，天台詩僧賢一愚來，讀曰：『先生此詩，虞閣老可作，李著作不可作也。』余曰：『予西茗友吴見心、東崑友郭羲仲可作也。』一愚明日亦作和章來，且出紙求予書此詩遺見心、羲仲，相激發云耳。」按，《樂府詩集》無此題，然見録于楊維楨《鐵崖古樂府》，故予收録。元人又有《簫杖行》，或出于此，亦予收録。

空心勁草琅玕節，瘦如筆枝赤如鐵。壺公手中曾擲之，黄公石上飛星裂。璣天道人雙眼青，見之不減九節藤。神丁未窺混沌竅，中有萬壑銅龍聲。道人親鑿崆峒玉，九漏玲瓏尺度足。黑蛇飛來膝上横，道人手中嘯鸞鵠。自言奇音不敢作，寒星墮地風折嶽。去年台山解虎鬥，今年狼山敲豸角。鐵崖相見洞庭東，腰間笛佩蒼精龍，湘江雨脚吹雌風。相呼道人木上座，杖陂水拔鬚眉峰。笛佩或作還佩。

《全元詩》，册 39，第 18—19 頁

簫杖行

張　庸

嶰谷之竹蒼玉圓，凌歷風霜知幾年。梓潼斬根世稀有，伶倫合律人争傳。我昔携來曲徵度，節竅玲瓏流碧霧。秦女臺前不敢扶，雲間恐逐雙鸞去。有時拄到南山陲，瘦影分明透夕暉。長房祠前將欲吹，復愁化作蒼龍飛。歸來拂拭坐嘆息，不是閒人留不得。知音徒憶骯髒懷，老年獨藉扶持力。山空月白聞有聲，攬之無迹心轉驚。定是仙人遠相過，借向蓬萊頂上行。《全元詩》，册 54，第 100—101 頁

篳篥吟

楊維楨

題注曰：「贈朔客杜寬，用趙季文韻。」按，《樂府詩集》無此題，然見録于楊維楨《鐵崖古樂府》，故予收録。元人又有《觱篥引》《觱篥樂》，或出于此，亦予收録。

春風吹船下揚州，夜聽笛聲江月流。故宫摇落楊柳秋，客子於邑山陽愁。明朝此聲不可

求。乃知朔客杜寬者，手持悲篥尋南游。胡笳拍中愁未休，龜兹角筦親編收。王門歷盡及五侯，翩然鴻飛不可留。笛材既訪柯椽鏤，更協鳴鳳崑崙丘。卷蘆易地鳴隴頭，城南思婦歌牽牛。欲絶未絶一縷抽，劃然石裂千丈湫。叫噪鵾鸛飛蛟虯，洞庭之水天東浮。杜寬杜寬藝絶優，藝隱豈比閔張作推淳。儔。爲君貰美酒，不惜千金裘。和我君山鏌邪笛，與爾同登黄鶴樓。《全元詩》，册 39，第 19 頁

觱篥引

釋惟則

詩序曰：「西瑛懶雲窩，距余禪室半里許，時相過從，吹觱篥以爲供。復於余言有所需，乃賦長歌以贈。」

西瑛爲我吹觱篥，發我十年夢相憶。錢唐月夜鳳凰山，曾聽酸齋吹鐵笛。初吹一曲江風生，餘響入樹秋嗚咽。再吹一曲江潮驚，愁雲忽低霜月黑。坐中聽者六七人，半是江湖未歸客。歡者狂歌繞樹行，悲者垂頭泪沾膝。我時奪却酸齋笛，斂襟共坐松根石。脱略悲歡萬念消，悟聲無性聞無迹。西瑛觱篥且莫吹，觱篥從古稱悲栗。悲歡茫茫塞天地，人情所感無今昔。山僧

尚賴雙耳頑，請爲西瑛吐胸臆。聲聞相觸妄情生，聞盡聲亡情自釋。盡聞莫謂聞無聲，機動籟鳴無間隔。亡聲莫謂聲無聞，去來歷歷明喧寂。吹者之妙余莫知，聞者之悟公莫測。公歸宴坐懶雲窩，心空自有真消息。《全元詩》，册36，第110頁

觱篥樂

貫雲石

雄雷怨别雌電老，雲海漫漫地無草。胡塵不受紫檀風，三寸蘆中元氣巧。微聲轔轔喘不棲，魑魅夢哭猩猩飢。壯聲九漏雪如鐵，酥燈焰冷春風滅。神妻夜傳髑髏杯，倒捲崑崙飲腥血。紫臺雲散月荒凉，歸路人稀腔更長。酸齋道人爲西瑛公子。明汪砢玉《珊瑚網》卷十　《全元詩》，册33，第312頁

卷二八八　元新樂府辭二一

李卿琵琶引有序

楊維楨

詩序曰：「朔人李卿以弦鼗遺器鳴于京師，嘗爲溉之學士賞識，賜以《清平樂》章。今年予逢卿吴下，凡貴豪觴予者，座無卿不樂。夜與客宴散吕保相舊樹，卿且出溉之詩，求續遺音。興酣，遂呼侍姬江南春奉硯，爲賦《琵琶引》。」按，《樂府詩集》無此題，然見録于楊維楨《鐵崖古樂府》，故予收録。元人又有《李宫人琵琶引》《李宫人琵琶行》，或出於此，亦予收録。

李卿李卿樂中仙，玉京侍宴三十年。自言弦聲絶人世，樂譜親向鈞天傳。今年東游到吴下，三尺檀龍爲予把。胸中自有天際意，眼中獨恨知音寡。一聲一聲如裂帛，再撥清冰拆。蠻娃作歌語突兀，李卿之音更明白。玉連瑣，鬱輪袍，吕家池榭彈清宵。花前快倒長生瓢，坐看青天移斗杓。鐵笛道人酒未醺，煩君展鐵撥，再軋鵾鷄筋。我聞仁廟十年春，駕前樂師張老淳。

賜箏岳柱金龍鼲，儀鳳少卿三品恩。張後復有李，國工須致身。酒酣奉硯呼南春，爲卿作歌驚鬼神。《全元詩》，册 39，第 19—20 頁

李宫人琵琶引

揭傒斯

詩序曰：「鄂縣亢主簿言有李宫人者，善琵琶，至元十九年以良家子入宫，得幸，上比之昭君。至大中，入事興聖宫。比以足疾，乃得賜歸侍母，給内俸如故。因亢且乞詩於余，遂作《李宫人琵琶引》。其辭曰……」

茫茫青冢春風裏，歲歲春風吹不起。傳得琵琶馬上聲，古今只有王與李。李氏昔在至元中，少小辭家來入宫。一見世皇稱藝絶，珠歌翠舞忽如空。君王豈爲紅顔惜，自是衆人彈不得。玉觴未舉樂乍停，一曲便覺千金值。廣寒殿裏月流輝，太液池頭花發時。舊曲半存猶解譜，新聲萬變總相宜。三十六年如一日，長得君王賜顔色。形容漸改病相尋，獨抱琵琶空嘆息。興聖宫中愛更深，承恩始得遂歸心。時時尚被宫中召，强理琵琶弦上音。琵琶轉調聲中澀，堂上慈

親還佇立。回看舊賜滿床頭，落花飛絮春風急。《全元詩》，册 27，第 198 頁

同前九首

王士熙

瓊花春島百花香，太液池邊夜色凉。一曲六幺天上譜，君王曾進紫霞觴。

龍柱雕犀錦面妝，春風一抹綵絲長。新聲不用黄金撥，玉指蕭蕭弄晚凉。

鑾輿五月幸龍岡，宣唤新聲促曉妝。撥斷冰弦秋滿眼，塞天雲碧草茫茫。

紫檀别殿鎖春光，鈴索聲閒白日長。不似開元教坊曲，太真微醉撥龍香。

一入深宫歲月長，承恩曾得侍昭陽。檀槽按出新翻曲，五色雲中落鳳凰。

越羅蜀錦舊衣裳，赢得旁人識賜香。莫對琵琶思往事，聲聲彈出斷人腸。

瑶池高宴奏清商，偷得蟠桃帶露嘗。莫道仙凡便成隔，時時青鳥向人翔。

賤妾霞宫母在堂，當年雲鬢共蒼蒼。太平傳得梨園譜，似説春風夢一場。

劍舞當年識大孃，花奴羯鼓漫悲傷。貞元朝士仍多在，應笑青衫泣白郎。《全元詩》，册 21，第 17 頁

李宫人琵琶行

袁　桷

先皇金輿時駐蹕，李氏琵琶稱第一。素指推却春風深，行雲停空駐晴日。居庸舊流水，浩浩湯湯亂人耳。龍岡古松聲，寂寂歷歷不足聽。天鵝夜度孤雁響，露鶴月唳哀猿驚。鵾弦水晶絲，龍柱珊瑚枝。願上千萬壽，復言長相思。廣寒殿冷芙蕖秋，簇金鵰袍香不留。望瀛風翻浪波急，興聖宫前斂容立。花枝羞啼蝶旋舞，别調分明如欲語。憶昔從駕三十年，宫壺法錦紅茸氈。駝峰馬湩不知數，前部聲催檀板傳。長樂晝濃雲五色，侍宴那嫌頭漸白。禁柳慈烏飛復翾，爲言返哺明當還。朝進霞觴辭輦道，母子相對猶朱顏。君不聞出塞明妃恨難贖，請君换譜回鄉曲。《全元詩》，册 21，第 172 頁

周郎玉笙謡并序

楊維楨

詩序曰：「絲竹之器，貫古今而聲不可以變者，惟笙也。潘安仁謂『笙總衆清之林，衛

無所措其邪，鄭無所容其淫』者是已。《樂記》曰：『竹聲濫，濫以立會。』若笙，又立會之要者。故夔以儀鳳鳴和神人，王子晉以引鳴鳳接浮丘之仙也。烏乎！下俚哇沸，笙師之教幾歇矣。金華周郎琦，獨聰於此。予嘗於靈岩、虎阜間聞其奇弄，令人飄飄然有伊洛間意。時坐客句曲張貞居、東海倪元鎮、崑山顧仲瑛、雲丘張仲簡、吴興郯九成，咸名能詩者也。予爲賦《玉笙謡》一首，且率諸君子同賦，而予又爲引之如此。」楊維楨《遊石湖記》曰：「蘇名山水，其魁者夫椒、震澤，其次虎丘、劍池、靈岩、天平、石湖、楞伽諸山也……至正七年三月三日，予既得與吴中張景雲而下客凡十一人，越十有五日，又得與吴中顧伯敏、張仲簡、西夏高起文、張俊德游石湖諸山，一月載遊，于樂天迨若過之……少時微雨東來，急返舟次，主再治酒舟中，杯行無算，以各鬮果令爲多少飲數，予于客年最高而飲量最少，輒頹然醉去。酒散，子奇出紙，諸客求賦玉笙樂府，明日予爲補《玉笙謡》一首云云，且書遺仲簡同賦。是歲丁亥三月十九日辛酉，會稽楊維楨述。」①按，《樂府詩集》無此題，然見録于楊維楨《鐵崖古樂府》，故予收録。

---

① 《全元文》卷一三三四，第459—460頁。

周郎學仙吹玉笙，玉笙吹得丹山七十二鳳之和鳴。曾侍瑶池阿母宴，座中調笑董雙成。謫向人間赤松洞，洞口桃花苦迎送。南尋二女湘水頭，十三哀弦不成弄。西洞庭，東洞庭，相逢鐵笛銅龍精。從此吹春玉臺上，蘗霄不許謝玄卿。《全元詩》，册 39，第 20 頁

蹋踘篇

楊維楨

題注曰：「爲劉娘賦也。」按，《樂府詩集》無此題，然見録于楊維楨《鐵崖古樂府》，故予收録。

江南女兒花娟娟，五花綉出葵花圓，蹋花上下雙文鴛。雙文鴛，玉連瑣。髻斜斜，馬初墮。金鞭齊停馬上郎，落花旋風打毬場，綉輪擲過東家墻。東家墻，噪雙燕。平頭奴，摇便面。

《全元詩》，册 39，第 21 頁

同前

袁　華

冶家兒女髻偏梳，教坊出入不受呼，蹙金小韈飛雙凫。飛雙凫，曳雙袂。玉圍腰，珠絡臂。
柳風吹雲衮香綿，六銀綉花明月圓，湘波盈盈動金蓮。動金蓮，汗沾粟。展鮫綃，釧鳴玉。
女郎娟娟柳腰肢，錦文嬌束金芙蕖，玉纖團雲傾紫絲。傾紫絲，嚲羅袖。蹴花心，爲郎壽。
香輪小轢戎葵丈，官場蹋起齊青雲，綵結門縣月爲門。月爲門，擭身過。五花團，天上墮。

《全元詩》，册 57，第 278 頁

蹋踘篇和鐵厓韻四首

郭　翼

簇花小銀雲作團，雙尖綉韈星流丸，金蟬束腰燕盤盤。燕盤盤，綵門下。第一名，齊雲社。
倡園小奴花個個，蹋踘朝朝花裹過，釵墜蜻蜓髻倭墮。髻倭墮，玉瓏璁。倚嬌樹，雙臉紅。
緑雲草色光如苔，綵褸紅扇相當開，美人凌波蹴月來。蹴月來，不墮地。袖回風，動羅袂。
落花水流春滿路，走紅踘蹴羅塵步，綉襦鴛鴦暖香霧。暖香霧，酒光獰。紅映肉，太嬌生。

《全元詩》，册 45，第 447 頁

同前

呂誠

江南稚女顔色新，百花樓前蹋綉輪，紅蕖小襪不動塵。不動塵，放嬌態。微風來，舞裙帶。芙蓉小踘蹋曉風，金璧步摇聲丁冬，綉衫窄窄交斜紅。交斜紅，露玉腕。揮紫綿，浥香汗。

《全元詩》，册 60，第 493 頁

蹋踘歌

楊維楨

題注曰：「贈劉叔芳。」

蹋踘復蹋踘，佳人當好春。金刀剪夫容，紉作滿月輪。落花游絲白日長，年年它宅媚流光。綺襦珠絡錦綉襠，草裀漫地緑色凉。揭門縛綵觀如堵，恰呼三三喚五五。低過不墜蹴忽高，蛺蝶窺飛燕回舞。步矯且捷如凌波，輕塵不上紅錦靴，揚眉吐笑頰微渦。江南年少黄家多，劉娘

劉娘奈爾何。只憶當年舊城住，門前一株海棠樹。《全元詩》，册39，第242頁

蹋踘

楊維楨

月牙束鞝紅幧首，月門脱落葵花斗。君看脚底軟金蓮，細蹴花心壽郎酒。《全元詩》，册39，第97頁

邯鄲美人

楊維楨

按，《全元詩》題作《邯鄲美》，題注曰：「爲趙娘賦也。」文淵閣四庫全書本《鐵崖古樂府》題作《邯鄲美人》，本卷從之。《樂府詩集》無此題，然見録于楊維楨《鐵崖古樂府》，故予收録。

邯鄲市上美人家，美人小襪青月牙，綉靴對着平頭鴉。平頭鴉，蹋場下。包銀壺，馱細馬。裙翻柳脚垂青空，水花吹亂秋夫容，須臾氣喘如渴虹。如渴虹，索銀甖。轉轆轤，飲金井。

《全元詩》，册39，第21頁

皇媧補天謡

楊維楨

按,《樂府詩集》無此題,然見録于楊維楨《鐵崖古樂府》,故予收録。

盤皇開天露天醜,夜半天星墮天狗。璇樞缺壞奔星斗,輪鶏環兔愁飛走。聖媧巧手煉奇石,飛廉鼓鞲虞淵赤。紅絲穿餅補天穿,太虚一碧玻璃色。輻旋轂轉四極正,高蓋九重懸水鏡。三光不凋河不洩,天上神仙宅金闕。當時坤母亦在旁,下拾殘灰補地裂。《全元詩》,册 39,第 21—22 頁

上元夫人

楊維楨

題注曰:「爲玉山題張渥畫。」按,《樂府詩集》無此題,然見録于楊維楨《鐵崖古樂府》,元人又有《上元夫人辭》,當出於此,亦予收録。

仙人在世間，招之還可來。何用三韓外，樓船訪蓬萊。颯然精爽合，偕入東華臺。怖我以蛇虎，令我心死灰。叔卿忽見鄙，瑶池仍復回。已遺鎬池璧，尚獻新垣杯。金棺不煉骨，空令後人猜。君不見易招天上三天母，難脱人間五性胎。《全元詩》，册 39，第 22 頁

上元夫人辭

張昱

阿母親曾與製衣，手攀雲錦下天機。自從宴罷茅君後，寂寞龜壇會更稀。《全元詩》，册 44，第 45 頁

上元詩九首并序

危德華

詩序曰：「光澤樧關聚兵戰守，自至正壬辰之後，十有八年。民罹饑饉，城市蕭然。己酉歲，知縣劉克明宰于兹邑，元宵復有放燈之樂。賦此以紀其事。」按，《樂府詩集》無此題，唐崔令欽《教坊記》有《上元子》，元人《上元詩》或出於此，故予收録。

[木黹]闕兵寢不傳烽，花縣元宵樂事同。記得漢宮祀太乙，綵樓銀燭絳綃籠。

月轉城頭禁鼓催，燭龍銜火照樓臺。街衢不敢争馳道，門外傳呼縣令來。

司兵引隊出巡燈，蠟炬雕籠挂綵絣。露滴檐楹天似水，火珠萬顆耀飛甍。

曹司傳命禁喧譁，院院篝燈炫彩霞。十二闌干人不到，一庭明月照山茶。

優倡獻伎惜娉婷，引出朱衣次第行。香霧滿城吹不散，傍花閒聽踏歌聲。

城門楊柳碧纖纖，摇颺東風拂畫檐。院落賞燈人醉後，吹簫夜坐水晶簾。

新裝鬼隊出城隅，火髮金睛體貌殊。伐鼓兒郎不歸去，街頭争看舞揶揄。

掾曹新試古衣冠，黄笠烏鞾雪色欄。五夜放燈隨伴出，兒童驚怪隔花看。

花陰人散月華清，巷陌揚輝似晝明。稚子收燈歸院去，當軒歡笑説升平。《全元詩》，册60，第71頁

毛女

楊維楨

按，《樂府詩集》無此題，然見録于楊維楨《鐵崖古樂府》，故予收録。

沙丘腥風吹腐龍，華陰毛女藏雙魚叶農。宫中雨露不可食，飡松啖柏留春容。桃花流水迷紅霧，十二峰頭度朝莫。自是嬋娟有仙骨，入海徐郎豈知故。衣沐雨，鬟櫛風，槲葉楚楚山花紅。秦樓舊鏡掩明月，咸陽自送雙飛鴻。《全元詩》，册 39，第 22 頁

同前

鄭允端

我亦斯人徒，偶然嬰世網。撫卷發深思，何當共長往。《全元詩》，册 63，第 123 頁

籛鏗詞

楊維楨

按，《樂府詩集》無此題，然見録于楊維楨《鐵崖古樂府》，故予收録。

殷有賢大夫，黄髮眉雙白。男女欲不絶，飲食穀不辟。四十九室家，五十二嗣息。豈是山澤癯，噍漱煉精魄。廣成至道本自然，有人得之同壽域。君不見孔子竊比我老彭，老彭之壽稱以德。《全元詩》，册 39，第 22 頁

大唐鍾山進士歌

楊維楨

按,《樂府詩集》無此題,然見録于楊維楨《鐵崖古樂府》,故予收録。

睛如猫,鬚如茅,烏靴白簡鴨色袍。元是鍾山老馗唐進士,感君之賜何以酬君勞。雖生不得禄,誓死爲鬼豪,老馗血食豈敢饕。宫中飽食有祆耗,擘而啖之如啖螯。烏乎若人使立朝,殿前秉笏山動摇。銜花有大耗,竊笛有大祆,肯使白晝見之而不梟。爾祆爾耗,根深蔕牢。君王養之,既吝且驕。跳河蹴隴,翻天之杓。烏乎老馗胡可招,烏乎老馗胡可招。《全元詩》,册 39,第 22—23 頁

大人詞

楊維楨

按,《樂府詩集》無此題,然見録于楊維楨《鐵崖古樂府》,故予收録。

有大人，曰鐵牛。絳人甲子不能記，曾識庖犧獸尾而蓬頭。見煉石之女補天漏，涿鹿之帝殺蚩尤。上與伊周相幼主，下與孔孟游列侯。衣不異，糧不休。男女欲不絶，黄白術不修。其身備萬物，成春秋。故能後天不老，揮斥八極隘九州。太上君，西化人，自謂出於無始劫，蕩乎宇宙如虚舟，其生爲浮死爲休。安知大人自消息，天子不能子，王公不能儔，下顧二子真蜉蝣。

天子，或作天地。《全元詩》，册 39，第 23 頁

道人歌

楊維楨

按，《樂府詩集》無此題，然見録于楊維楨《鐵崖古樂府》，故予收録。

道人飛來朗風岑，玄都上下三青禽。榑桑已作青海斷，鰲丘又逐羅浮沉。初見蜍精生月腹，前身搗藥婆娑陰。還仙服食終恍惚，天上仙骸成積林。手持女媧百煉笛，笛中吹破天地心。天地心，何高深。八千歲，無知音。《全元詩》，册 39，第 23 頁

龍王嫁女辭

楊維楨

詩序云：海濱有大小龍拔水而飛，雷車挾之以行者，海老謂之龍王嫁女。故賦此辭。率匡山人同賦。按，《樂府詩集》無此題，然見録于楊維楨《鐵崖古樂府》，故予收録。

小龍啼春大龍惱，海田雨落成沙砲。天吴擘山成海道，鱗車魚馬紛來到。鳴鞘聲隱佩鏘琅，璚姬玉女桃花妝。貝宫美人笄十八，新嫁南山白石郎。西來態盈慶春壻，結子蟠桃不論歲。秋深寄字湖龍姑，蘭香廟下一雙魚。《全元詩》，册 39，第 23—24 頁

同前

袁華

海霞蒸紅電光紫，洞庭女嫁涇陽子。帝將鱗車三百兩，阿香驅雷投雙鯉。冷光青熒紫貝

鬬，玉綃泪染鮫珠血。天瓢翻鬣白馬嘶，合歡杯吸鯨波竭。兒郎燒尾負山走，神龜持書報髯叟。魚鱗屋深人未知，珊瑚鈎繫湖邊柳。《全元詩》，册 57，第 273 頁

修月匠歌并序

楊維楨

詩序曰：「按《酉陽雜俎》：『太和初，有王秀才游嵩山，迷道，見一人枕幞而坐，曰：君知月乃七寶合成乎？月勢如丸，其影則日爍其凹處也。常有八萬三千户修之，予即一數。』因作《修月匠歌》。」按，《樂府詩集》無此題，然見録于楊維楨《鐵崖古樂府》，故予收録。

天公弄丸七寶鈿，脆如琉璃拆如線。月中斤人八萬户，敕賜仙厨璚屑飯。什什伍伍入杳冥，妙手持天輕欲旋。千斤寶斧運化鈞，混沌皮開精魄見。羿家奔娥太輕脱，須臾蹋破蓮花瓣。十二山河影碎中，輪郭重完冰一片。縹緲長懸玉臼飛，堅牢永結妖蟆患。封辭何用蟣蝨臣，功成萬古蒙天眷。一歸蘭路不知年，兔子花開三萬遍。蘭路，一作蘭詔。《全元詩》，册 39，第 24 頁

夢游滄海歌

楊維楨

按，《樂府詩集》無此題，然見録于楊維楨《鐵崖古樂府》，故予收録。

東海之東去國十萬里，其洲名滄洲。地方五百里，上有璚濤玉浪出没九岫如羅浮。風光長如二三月，琪花玉樹不識人間秋。人鳥戲天鹿，昆吾鳴天球。橘子如斗，蓮葉如舟。白鳳如鷄，紅鱗如牛。青瞳緑髮紫綺裘，日夕洲上相嬉游。鐵崖道人隘九州，凌風一舸來東漚。始青天開月如雪，錦袍着以黄金樓。樓中仙人睨物表，瑶笙引鶴緱山頭。戲弄玉如意，擊碎珊瑚鈎。相招元處士，浩歌海西流。長梯上摘七十二朵之青菡萏，玉龍呼耕二萬六千頃之崑崙丘。黄河清淺眼中見，海屋老人爲我添新籌。《全元詩》，册 39，第 24—25 頁

璚臺曲

楊維楨

按，《樂府詩集》無此題，然見録于楊維楨《鐵崖古樂府》，故予收録。

璚臺之山三萬八千丈，上有瓊臺十二高崚嶒。草有三秀之英可藥疾，樹有千歲之實能長生。神人白面長眉青，玉笙吹春雙鳳鳴。曉然見我驚呼名，授我以靈虛之簧和飛瓊。約我一雙玉杵臼，重見西態盈。剛風吹墮白雪精，一念老作河姑星。赤城老人在何處，何以遺我九節藤，拄到璚臺十二層。曉，一作恍。態，一作熊。《全元詩》，册39，第25頁

羅浮美人

楊維楨

按，《樂府詩集》無此題，然見録于楊維楨《鐵崖古樂府》，元人又有《羅浮歌》，或同此，亦予收録。

海南天空月皜皜，三山如拳海如沼。緑衣歌舞不動塵，海仙騎魚波㬥㬥。翩然而來坐芳草，皎如白月射林杪。洗妝不受瘴烟昏，縞袂初逢鴻欲矯。手持崑山老人笛，黄鶴新腔知音少。江南吹斷桃葉腸，雨聲夜坐巫山曉。崑山，一作君山。《全元詩》，册39，第25頁

羅浮歌寄洛陽李長史仲脩

孫　蕡

亭亭西樵峰，宛在南海湄。日華麗仙掌，影漾金銀池。我昔扁舟恣長往，凌風浩蕩烟霞想。尋幽更欲探神奇，復向羅浮事仙賞。仙家三十六洞天，羅浮夐與滄洲連。丹霞射影四山静，群真環珮來翩翩。蕊珠之峰數千丈，君時與我緣蘿上。水簾直下飛晴虹，萬壑天風度流響。山中劉郎司玉臺，仙書授我琅函開。心如明月炯虚照，身與浮雲同去來。此時會合那能再，塵土分飛忽三載。我行奏賦登金門，君亦乘軺渡淮海。淮海迢迢烟樹深，相思歲晚結愁心。長風萬里碧雲遠，何由一寄還山吟。山中洞房春寂寂，山中之人長嘆息。松花酒熟人不歸，瑶草春風幾回碧。《全元詩》，册 63，第 268 頁

望洞庭

楊維楨

詩序曰：「乙酉除夕，予雪中望洞庭，認縹緲七十二峰。時釣臺槎客載雪適至，相值一笑，遂相率賦詩如此。」按，《樂府詩集》無此題，然見録于楊維楨《鐵崖古樂府》，故予收録。

瓊田三萬六千頃，七十二朶青蓮開。道人鐵精持在手，嘯引紫鳳朝蓬萊。龍子卧抱明月胎，須臾化作桃花腮。嗟爾雲槎子，何處忽飛來。蓬萊之淺今幾尺，黄河之清今幾回。雲槎子云是江上來，但知東方生賣藥五湖上，不知張使者北犯七斗魁。雲槎子，吾與爾何哉。任公釣竿在東海，潮壓桐江江上臺。《全元詩》，册 39，第 26 頁

五湖游

楊維楨

按，《樂府詩集》無此題，然見録于楊維楨《鐵崖古樂府》，故予收録。

鴟夷湖上水仙舟，舟中仙人十二樓。桃花春水連天浮，七十二黛吹落天外如青漚。道人謫世三千秋，手把一枝青玉虬。東扶海日紅桑樛，海風約住吴王洲。吴王洲前校水戰，水犀十萬如浮漚。水聲一夜入臺沼，麋鹿已無臺上游。歌吴歈，舞吴劍，招鴟夷兮狎陽侯。樓船不須到蓬丘，西施鄭旦坐兩頭。道人卧舟吹鐵笛，仰看青天天倒流。商老人，橘幾奕。東方生，桃幾偷。精衛塞海成甌窶，海盪邛山漂髑髏，胡爲不飲成春愁。吴劍，一作吴鈎。《全元詩》，册 39，第 26 頁

苕山水歌

楊維楨

按，《樂府詩集》無此題，然見録于楊維楨《鐵崖古樂府》，故予收録。

苕山如畫雲，苕水如篆文。使君畫船山水裏，蕩漾朝暉與夕曛。中流棹歌驚水鴨，捷如競渡千人軍。渡頭劉阮郎，清唱烟中聞。爲設胡麻飯，招手越羅蚡。既到車山口，還過藴水濆。東盛垰前折楊柳，西莊漾下紉香芹。東村擊鼓送將醉，西村吹笛迎餘醺。三日新婦拜使君，野花山葉斑斕裙。使君本是龍門客，宫衫脱錦披黄斤。願住吴儂山水國，不入中朝鸞鵠群。酒酣更呼酒，輓衣勸使君。游絲蜻蜓日款款，野花蛺蝶春紛紛。君不見城南風起寒食近，老農火耕陳帝墳。《全元詩》，册 39，第 27 頁

石橋篇

楊維楨

按，《樂府詩集》無此題，然見録于楊維楨《鐵崖古樂府》，故予收録。

飛精石爲室，萬歲藏不得。忽然混沌破，石鯨橫百尺。山頭方廣開，金策凌空來。白猷雙眼穴，長跪不能越。癡兒唾落飢蛟涎，新鬼舊鬼悲人天。蹋石梁，拜石餅，五百凌霄在心影，過去過來彈指頃。烏乎，石梁折，石餅崩，人間方見方廣影。廣影，或作廣形。

《全元詩》，册 39，第 27 頁

和楊廉夫石橋韻

曹文炳

兩山對峙蟠蒼龍，兩水交落喧層空。修梁百尺跨絶壁，凛凛勢壓婆羅宫。不知何年誰鑿石，河響飛砧轟霹靂。又疑元氣古所凝，神鞭鬼斧巧莫敵。方廣之寺杳莫窺，但認此梁作門楣。五百阿羅竟同在，悠悠潭影雲長飛。曇猷行脚行且歇，拄杖揭破老蛟穴。度橋初持不退心，彼岸咫尺如胡越。途窮泣下誠堪憐，反身洗腸去腥涎。吁嗟語怪世所好，誰其造端真欺天。楊公作邑踐此境，齒香尚憶紅綾餅。比逢石餅不可餐，便腹未減陂萬頃。會當煉取補天崩，功與造化歸無形。《全元詩》，册 29，第 427 頁

張公洞

楊維楨

按,《樂府詩集》無此題,然見録于楊維楨《鐵崖古樂府》,故予收録。

正月八日記游仙,三十六天洞靈洞。洞中窗户夜不扃,地底風雷日相哄。巉巉靈骨誰手鑿,納納虛谺曷時澒。龍巔虎卧絡薜蘿,委蓋垂旃挂鸞鳳。莖高玉屑陳金柈,窪陷瓊漿流碼甕。元田鴉色白於鷗,丹室蛇光紅似蝀。石函緑字紫泥封,玄圃瓊華青子種。白騾有迹蹋石田,金虎無聲飲銀汞。樵柯已爛商四朋,蕊輦初過第二仲。牛車望氣待著書,螺女行厨時進供。胡麻流飯阮郎來,林屋刺船毛父通。王生石髓隨手堅,吴客求珠空耳縫。九靈太妙苞氣母,五岳真圖特兒弄。書傳丹篆爾何須,石化黄金本無用。玉盆濯髮天鷄鳴,鐵笛穿空神馬鞚。符行律令鬼承呵,聲出腦宫龍聽頌。未應片石隔仙凡,溪上桃花自迎送。毛父通,或作毛父迵,音洞,過也。垂旃,或作垂旌。

《全元詩》,册39,第27頁

同前

周砥

倏忽鑿混沌，茲事豈其餘。不知幾何年，云古仙人居。嗟我至此爲躊躇，洞天諸宫窅兮黑，試命烈火燭空虛。森森怪石相對立，如口欲語手欲祛。前有紫翠房，白雲閟丹書。鷹揚燕舞化爲石，芝田久矣不復鉏。可憐仙人常恍惚，雖欲相從已超越。昆崙閬風吁太高，時亦幽潛到巖窟。青泥爛爛浮玉潤，緑髓涓涓映山骨。吾聞仙人不食而長生，何得有此鹽米之空名。豈伊往來真戲耳，簸弄物化令人驚。頗疑壺公壺，樓閣中峥嶸。摩尼珠光常青色，千奇百怪誰所營。須臾眼暗燭欲盡，惟以拄杖相敲鏗。松風漻漻呼我出，耳中微吟白玉笙。竦身欲上不可登，綆引魚貫相支撑。歸來此境若夢寐，俛仰宇宙惟清明。《全元詩》，册54，第182頁

同前

馬治

懶騎白鹿去，不駕青龍車。張公鍊丹行九地，路繞五岳皆空虛。洞口當天門，仰空亟崎嶇。覆盂山下秋聲早，閒步松風拾瑶草。仙家知我移客來，靈官夜掃燒香臺。玉女迎人酒一杯，笑

予不飲胡爲哉。石田淡淡太始雪，丹竈温温萬刼灰。我欲照海底，西觀小有天。千回萬轉翻疑慮，有若止我不得前。不逢青牛翁，長吟古苔篇。錦屏璇室無塵影，珠宫玉堂仍自然。何用鐵鎖高高懸，洞中蕭寥與天連。與天高，相逶迤。呼吸通神明，往來安可期。《全元詩》，册 62，第 78 頁

登華頂峰并引

楊維楨

詩引曰：「華頂峰在赤城，去地萬八千丈，其高與岱宗日觀齊。鷄初鳴，見日出。予在天台時，登絶頂賦詩，今逸。其藁在洞庭笠澤上，命吴復補之。」按，《樂府詩集》無此題，然見録于楊維楨《鐵崖古樂府》，故予收録。

鐵崖仙人來自西崆峒，瓊林宴罷隨天風。天風散珠玉，乃在華頂峰。拔地一萬八千丈，但見瓊臺瑶闕巑嶫撑青空。長松倚天不盈尺，桃花水與銀河通。老仙獨睨萬物表，炯如秋水開夫容。火烏夜半吐東海，石橋飛渡天門龍。九重啓金鑰，千楹立綵虹，列仙夾仗冰雪容。中有晨肇雙郎之窈窕，珊珊雜佩摇玲瓏。胡麻飯初熟，上案雙玉童。翩然迎老仙，笑語風雲從。冰桃琥珀碗，霞液玻璃鍾。陶然一醉三千霜叶春，酡顔相映扶桑紅。歸來笠澤成小隱，林屋洞訪浮丘

翁。下視東蒙塵土濛，蓬科萬冢眠英雄。東蒙，或作東華。《全元詩》，册 39，第 28 頁

廬山瀑布謡并序

楊維楨

詩序曰：「甲申秋八月十六夜，予夢與酸齋仙客游廬山，各賦詩。酸齋賦《彭郎詞》，余賦《瀑布謡》。」《全元詩》注曰：「詩題，《虞邑遺文録》補集卷四作《題謝伯誠瀑布圖》，并有詩序：『任陽謝伯誠畫法超軼，得董北苑風致。今觀《瀑布圖》，飄飄然有凌雲氣。余爲題詩其上云。鐵笛在快雪樓試葉茂實墨，時奉熙春閣硯，小凌波也。』」按，唐李白有《廬山謡寄盧侍御虚舟》，或爲此題所本。《樂府詩集》無此題，然見録于楊維楨《鐵崖古樂府》，故予收録。

銀河忽如瓠子決，瀉諸五老之峰前。我疑天仙織素練，素練脱軸垂青天。便欲手把并州剪，剪取一幅玻璃烟。相逢雲石子，有似捉月仙。酒喉無耐夜渴甚，騎鯨吸海枯桑田。居然化作十萬丈，玉虹倒挂清泠淵。天仙，或作天孫。手把，或作手借。《全元詩》，册 39，第 29 頁

花游曲

楊維楨

詩序曰：「至正戊子三月十日，偕茅山貞居老仙、玉山才子烟雨中游石湖諸山。老仙爲妓者璚英賦《點絳唇》詞。已而午霽，登湖上山，歇寶積寺行禪師西軒。老仙題名軒之壁，璚英折碧桃花下山，予爲璚英賦《花游曲》，而玉山和之。」按，唐李賀有《花游曲》，或爲此題所本。《樂府詩集》無此題，然見録于楊維楨《鐵崖古樂府》，故予收録。

三月十日春濛濛，滿江花雨濕東風。美人盈盈烟雨裏，唱徹湖烟與湖水。水天虹女忽當門，午光穿漏海霞裙。美人凌空躡飛步，步上山頭小真墓。華陽老仙海上來，五湖吐納掌中杯。寶山枯禪開茗椀，木鯨吼罷催花板。老仙醉筆石闌西，一片飛花落粉題。蓬萊宫中花報使，花信明朝二十四。老仙更試蜀麻箋，寫盡春愁子夜篇。《全元詩》，册39，第29頁

同前

胡奎

東闌杏花雨，裊裊寒食烟。相期洛陽陌，鬥草賭金錢。白玉裝車軸，珊瑚作馬鞭。章臺年少子，走馬緑楊邊。《全元詩》，册 48，第 111 頁

同前

顧瑛

詩序曰：「至正戊子春三月十日，偕楊廉夫、張伯雨烟雨中游石湖諸山。伯雨爲妓璚英賦《點絳唇》。已而午霽，登湖上山，歇寶毛刻「香」。積寺，行禪師西軒。伯雨題名軒之壁。璚英折碧桃花下山，廉夫爲璚英賦《花游曲》，因爲次韻。」

貞娘墓下花溟濛，碧梢小鳥啼春風。蘭舟摇摇落花裏，唱徹吴歌弄吴水。十三女子楊柳門，青絲盤髻鬱金裙。折花賣眼一回步，蛺蝶雙飛上春墓。老仙醉弄鐵笛來，瓊花起作回風杯。興酣鯨吸瑪瑙椀，立按鳴箏促象管。午光小落行春西，碧桃花下題新題。西家忽遣青鳥使，致

書殷勤招再四。當筵奪得鳳頭韤，大寫仙人蹋踘篇。《全元詩》，册 49，第 132—133 頁

同前

袁華

題注曰：「次韻鐵崖先生招張貞居游石湖。」

暖雲霏霧揺空濛，游絲弱絮縈柔風。木蘭載春石湖裏，呼弄璚英掬春水。鐵龍飛霜招羡門，鸞旌小隊青霓裙。凌波雙飛動塵步，冶情漫憶鴛鴦墓。蹋春撾鼓能幾來，便須一飲三千杯。血色蒲桃凝冰盌，鬱輪袍催紫檀板。雲旗縹緲青鳥西，口銜紅巾緘舊題。璚林宴中探花使，骰子逡巡賜緋四。醉携紅袖寫銀箋，不數公子花游篇。《全元詩》，册 57，第 272—273 頁

按，此詩《全元詩》失收。

同前

秦約

館娃宫殿春迷濛，雜花芳菲嬌亞風。油壁香車度花裏，笑解珠纓祓春水。水邊小艇忽到門，粼粼緑濺金鵝裙。游雲膩雨踏歌步，青春唤愁花下墓。流光去去不復來，縹酒且進夫容杯。驪珠串落碧瑛椀，鳳槽聲催紅玉板。宴游未終山日西，柔纖奉硯索新題。風流文采璚林使，肯數玉人裴十四。宫中分曕衍波箋，更試一曲曉山篇。［元］楊維禎撰，孫小力校箋《楊維禎全集校箋》附録二《鐵崖師友唱和選録花游曲和鐵崖先生》，上海古籍出版社，2019年版，第3921頁

花游曲和鐵崖先生

于　立

煖雲著柳春濛濛，錦航兩旗楊柳風。美人娟娟錦船裏，的皪瞳人剪秋水。阿鬟養花花滿門，浣花染作真朱裙。窈窕行烟踏烟步，野棠亂落麒麟墓。東風撲天驅夢來，露香翠泣鴛鴦杯。玉筋丁東鳴碧椀，鸞簫二尺猩紅板。瓊花起舞歌竹西，鐵崖酣春寫春題。幽緒不憑蜂蝶使，怨絶冰絲弦第四。便裁雌霓作雲牋，寫入花游第幾篇。《全元詩》，册45，第428頁

同前

陸仁

金烏流春春氣濛，花雲蒸紅爛承風。星船蕩向銀河裏，手浣銀波天在水。水光花色照湖門，美人門倩芙蓉裙。松陰冶游馳小步，踏遍湖頭青草墓。泉臺蒿目那起來，長生且進麐蒲杯。仰天笑擊玉唾椀，美人按度□胡板。鸝黄東來燕子西，喃喃交語如雕題。不是神仙西母使，漢殿雙回青翼四。仙人手把五雲牋，美人奪得瓊花篇。《全元詩》，册 47，第 132 頁

同前

馬麐

綺樓十二浮空濛，寶衣翠絡熏麝風。宫裝窈窕銀屏裏，鸚鵡呼名隔江水。荔枝木瓜花覆門，珠佩丁東摇曲裙。館娃宫裏潘妃步，贏得一丘紅粉墓。探花仙子何處來，乳酒百罰行深杯。夜闌酒倒揮玉碗，遮莫城頭催漏板。人生一身東復西，花游日日須留題。尚記題詩動宫使，字落驪珠三十四。金花重賜五雲牋，製作清平樂府篇。《全元詩》，册 50，第 67—68 頁

花游曲和鐵崖韻

郭　翼

石池天地花溟濛，夫容暖紅旗颭《列朝詩集》作颯。風。錦艚兩帆出雲裏，玉艷摇溶養龍水。寶坊壁堂山入門，瓊琚雜佩飄輕裙。館娃愁絶行春步，青狐泣冷鴛鴦墓。鐵蛟噴空《列朝》作壑。風雨來，花宫香送瓊英杯。玉粒松膏粉雲椀，小扇桃歌紫牙板。苧蘿烟斷東海西，雙璫椷札近新題。青鳥不來無信使，玉雁銜絲啼十四。真珠字密愁滿箋，爲君重賦花游篇。《全元詩》，册45，第430頁

卷二九〇　元新樂府辭二三

古憤

楊維楨

按,《樂府詩集》無此題,然見録于楊維楨《鐵崖古樂府》,故予收録。

陰陰璞玉抱,幽幽雌劍鳴。玉屈有時白,劍孤有時并。如何妾玉身,長抱碯石名。如何妾劍身,指爲妖鐵精。天乎如有情,蝕月爲妾明。地乎如有情,河水爲妾清。《全元詩》,册39,第30頁

貿易詞

楊維楨

按,《樂府詩集》無此題,然見録于楊維楨《鐵崖古樂府》,故予收録。

鳴鳩毋止棘,止棘爲摧薪。女子毋貿絲,貿絲爲棄人。相逢誓作同穴親,大禮如一失,結髮

不終身。外爲狂夫暴，内爲兄弟哂。叶平。寄語貿絲女，卜語不可信，况乃卜非真。《全元詩》，册 39，第 30 頁

赤堇篇

楊維楨

按，《樂府詩集》無此題，然見録于楊維楨《鐵崖古樂府》，故予收録。

吴鉤父悖子，楚耶臣逆君。曷比赤堇精，新鑄雙龍文。作世無價寶，三卿無足論。倚天落旄頭，仰日裂飛雲。一怒安天下，持以奉至尊。《全元詩》，册 39，第 30 頁

吴城怨

楊維楨

按，《樂府詩集》無此題，然見録于楊維楨《鐵崖古樂府》，故予收録。

吴兵夜入郢，小弟驕父兄。彎弓射天日，輂土築長城。長城築未竟，客主老蠻荆。《全元詩》，

冊39，第30頁

陳帝宅

楊維楨

按，《樂府詩集》無此題，然見録于楊維楨《鐵崖古樂府》，故予收録。

荒城陳帝宅，故殿吴王居。曲池無錮石，老樹有遺株。高堂易梵宇，白足走鐘魚。未知萬代後，興廢又何如。《全元詩》，冊39，第30頁

雉城曲

楊維楨

按，《樂府詩集》無此題，然見録于楊維楨《鐵崖古樂府》，故予收録。

蕩舟横塘去，塘上野鴛鴦。鴛鴦忽飛去，相見雙女郎。齊唱雉城曲，共製夫容裳。手洗藕花露，勸君荷葉囊。何以報永好，解佩雙明璫。妾住雉城裏，不是雉城倡。《全元詩》，冊39，第31頁

海客行

楊維楨

按,《樂府詩集》無此題,然見録于楊維楨《鐵崖古樂府》,故予收録。

海客朱雀航,下有五鳳房。三月發長干,六月下淮陽。青絲牽白日,羅幕西風凉。大姬勸金露,小姬彈空桑。中姬執藥饌,調水浣肝腸。海客睡不起,明晏賽神羊。《全元詩》,册39,第31頁

主家詞

楊維楨

按,《樂府詩集》無此題,然見録于楊維楨《鐵崖古樂府》,故予收録。

主家晏新客,内屋深羅幃。貴戚金與史,長者陶與猗。美人間中坐,玉質縷金衣。歌聲上碧落,不放青雲飛。杯行白蓮掌,酒飲黄桐脂。門下有書客,彈鋏歌朝飢。《全元詩》,册39,第31頁

道旁騎

楊維楨

按，《樂府詩集》無此題，然見録于楊維楨《鐵崖古樂府》，故予收録。

春風扇官道，官柳黄金條。道旁百金騎，俠氣争春驍。竹間小桃花，嫣如董嬌嬈。下馬隔花語，疑是花中妖。《全元詩》，册 39，第 32 頁

風日好

楊維楨

按，唐崔令欽《教坊記》有《春光好》，或爲此題所本。《樂府詩集》無此題，然見録于楊維楨《鐵崖古樂府》，故予收録。

春來風雨顛，未見風日好。今朝風日好，美人在遠道。美人招未來，相思把瑶草。長鳥舞春風，爲我一傾倒。《全元詩》，册 39，第 32 頁

春芳曲

楊維楨

按，《樂府詩集》無此題，然見録于楊維楨《鐵崖古樂府》，故予收録。

春容不再芳，春華不再揚。我欲倩游絲，花前繫春陽。春陽不可繫，游絲徒爾長。飛來雙蛺蝶，綴我羅衣裳。頓足起與舞，上下隨春狂。《全元詩》，册39，第32頁

太師宅

楊維楨

按，《樂府詩集》無此題，然見録于楊維楨《鐵崖古樂府》，故予收録。

前朝太師宅，基撤萬民廬。太師一去宅，問宅今何如。赤地無所有，庭樹八九株。緬懷炙手日，門前卿大夫。肥馬在東厩，脂羊出中厨。光妓列秦趙，佐酒吹笙竽。歷年未五十，一壞不枝梧。可笑不于此，悔不桑爲樞。道旁甲第子，過馬一踟蹰。《全元詩》，册39，第32頁

招農篇

楊維楨

按，《樂府詩集》無此題，然見録于楊維楨《鐵崖古樂府》，故予收録。

京城五都會，卓錐争比閭。朱樓矗隘址，綉甍夾通衢。洒削饗列鼎，販脂來駟車。東家見妖麗，西舍聞笙竽。劬劬農家子，住在三家墟。一日出京市，歸不把犂鋤。千金賣恒産，買屋京城居。京城豈不美，咄嗟異榮枯。貨殖非吾法，守望非吾徒。仰屋視門傅，壁立甑無儲。却歸卜丘首，鄰里相揶揄。嗟嗟食田子，食技汝不如。食田可久業，聖主方捐租。來駟，或作乘駟。

《全元詩》，册 39，第 33 頁

南婦還并序

楊維楨

詩序曰：「南婦有轉徙北州者，越二十年復還。訪死問生，人非境换，有足悲者。爲賦之。」按，《樂府詩集》無此題，然見録于楊維楨《鐵崖古樂府》，故予收録。

今日是何日，慟返南州岐。汩汩東逝水，一日有西歸。長别二十年，休戚不相知。去時蠆髮青，歸來面眉黧。昔人今則是，故家今則非。脱胎有父母，結髮有夫妻。驚呼問鄰里，共指家纍纍。訪死欲穿隧，泣血還復疑。白骨滿丘山，我逝其從誰。《全元詩》，册 39，第 33 頁

淇寡婦

楊維楨

按，《樂府詩集》無此題，然見録于楊維楨《鐵崖古樂府》，故予收録。

淇上有寡婦，始慕宋共姬。食貧以自守，笑誚懷猜疑。忽爲盜所汙，放僻靡不爲。昔爲淇婦宗，今爲淇婦嗤。可憐困思反，不如貿絲兒。《全元詩》，册 39，第 33 頁

伐木篇

楊維楨

按，《樂府詩集》無此題，然見録于楊維楨《鐵崖古樂府》，故予收録。

伐木入空谷，有木大蔽牛。大厦孰傾棟，一日蒙見收。廼知匠石棄，故非文木儔。土腐不中槨，水沉不中舟。拳不受檃揉，樠不受丹髹。今兹忽解后，陶我山之湫。斧斤放薪木，輿輓充吾櫄。我聞漆園旨，壽或逃商丘。幸有大不幸，焉知桑柏楸。《全元詩》，册 39，第 34 頁

瘦馬行

楊維楨

按，唐杜甫、李端均有《瘦馬行》，《樂府詩集》未見收録。然此題見録於楊維楨《鐵崖古樂府》，故予收録。

瘦馬青海種，新自流沙至。市門顧不售，千金價無二。肉駘大項領，疋帛可收致。天寒道里愁，伏櫪消遠志。瘦馬雖伶仃，瘦有千里氣。世無牙與青，瘦馬與誰試。《全元詩》，册 39，第 34 頁

同前

魯淵

君不見天閑飽食玉花驄，霜蹄颯沓臨長風。又不見山西戰馬饑無肉，瘦骨崚嶒如削竹。驪

黄牝牡豈相遠，富貴那知有貧賤。古稱相士猶相馬，材質不施徒自見。我生駿骨非駑駘，千金價重黄金臺。看花疾走長安陌，流光掣電雙瞳開。邇來歷塊誤一蹶，惆悵關河隔霜雪。草寒水澀凍欲僵，毛骨不殊心自鐵。韓生巧作瘦馬圖，爲爾長歌立斯須。顧逢田子方，惻然一嗟吁。伯樂與剪拂，奮迅登長途。苜蓿秋肥沙苑草，伏櫪銜恩心未老。冀群待洗几馬空，春風得意京華道。《全元詩》，册 62，第 253 頁

金山孤鳳辭

楊維楨

按，《樂府詩集》無此題，然見録于楊維楨《鐵崖古樂府》，故予收録。

肅肅金山鳳，鳳兮同阿房。鳳兮不凰老，孤鳴在高岡。幸生一鸑雛，毛羽蔚成章。鸑雛實不惡，反哺天性良。坐革梟獍暴，不受雀角傷。教之六律音，因之汩朝陽。來儀實有本，鳳聲益鏘鏘。於乎金山鳳，永爲百鳥祥。坐革，或作坐草。《全元詩》，册 39，第 34 頁

焦尾辭

楊維楨

按，《樂府詩集》無此題，然見録于楊維楨《鐵崖古樂府》，故予收録。

焦尾器猶在，焦尾音無遺。眷兹古人器，緪以今人絲。纖手弄掩抑，類作箜篌悲。赤城有佳士，今人古人師。獨作古先操，頎然如見之。飲以化人酒，此味從誰知。《全元詩》，册 39，第 34 頁

同前

胡奎

按，胡奎《斗南老人集》置此詩於「古樂府」類。

龍門千尺桐，化爲爨下焦。不遇蔡中郎，大音終寂寥。所以九苞鳳，千年鳴一朝。《全元詩》，册 48，第 120 頁

丹山鳳

楊維楨

按，《樂府詩集》無此題，然見録于楊維楨《鐵崖古樂府》，故予收録。

吴山五色鳳，千歲或一鳴。來見君子國，見則時文明。自從鳴岐後，野鳥襲爲名。鳳兮德久衰，短歌空復情。《全元詩》，册39，第35頁

白門柳

楊維楨

按，《樂府詩集》無此題，然見録于楊維楨《鐵崖古樂府》，故予收録。

步出白門柳，聞歌金縷衣。事生不事死，曩誓今已遺。空負地下心，百年以爲期。向來媒佻鳩，寧爲今日思。《全元詩》，册39，第35頁

同前

張天英

白門女郎若楊柳，舞衣深勸金陵酒。青絲素手結同心，沈醉東風回馬首。紅袖掩啼痕，請君聽妾言。柳色年年好，玉顔豈長存。柔條不忍折，妾意與君恩。紛紛花落青春莫，雨暗長亭空斷魂。《全元詩》，册 47，第 143 頁

驪山曲

楊維楨

按，《樂府詩集》無此題，然見録于楊維楨《鐵崖古樂府》，故予收録。

驪山鬱崔嵬，宫闕金銀開。月生鳷鵲觀，雲遶鳳凰臺。宫中紅妝子，調笑春風媒。青鳥銜巾去，乳鹿巡花來。天王太白次，倉皇金粟堆。石馬動秋色，羌枝連暮哀。只今瑶池水，八駿渴生埃。《全元詩》，册 39，第 36 頁

弁峰七十二

楊維楨

按,《樂府詩集》無此題,然見録于楊維楨《鐵崖古樂府》,故予收録。

弁峰七十二,菡萏開青冥。窮探最絶頂,龍舌呀巖扃。高源下絶壁,海眼涵明星。毒龍戲珠玉,殘唾吹餘腥。胡僧洗神鉢,密呪收風霆。洞庭水如畝,溟涬連滄溟。下觀人間世,九點烟中青。《全元詩》,册 39,第 36 頁

送客洞庭西

楊維楨

按,《樂府詩集》無此題,然見録于楊維楨《鐵崖古樂府》,故予收録。

送客洞庭西,雷堆青兩兩。陳殿出空明,吴城連蒼莽。春隨湖色深,風將潮聲長。楊柳讀書堂,夫容采菱槳。懷人故未休,望望欲成往。《全元詩》,册 39,第 36 頁

堯市山

楊維楨

詩序曰：「在太湖西，屬長興州。」按，《樂府詩集》無此題，然見録于楊維楨《鐵崖古樂府》，故予收録。

湖山七十二，西峰鬱相繆。杯飲有堯井，象耕餘舜丘。相傳十日出，大浸稽天流。生民竊生理，托市兹山頭。只今東震水，雙雷没如漚。仁人感地脉，望望終南愁。《全元詩》，册 39，第 36—37 頁

同前

楊維楨

丹房夜宿庚桑洞，古井重詢堯市山。聽猿老樹垂雲白，飲馬清泉錦石斑。野婦采桑成隊出，山童沽酒滿瓶還。顧渚橋頭有舡賣，尋詩直叩碧桃關。《全元詩》，册 39，第 266 頁

夏駕石鼓辭

楊維楨

詩序曰："在夏駕山，高一丈，徑三尺，下有盤石爲足。諺云：『石鼓鳴，三吴兵。』"按，《樂府詩集》無此題，然見録于楊維楨《鐵崖古樂府》，故予收録。

周家十圜鼓，散落陳倉野。猶有夏駕石，盤盤駕之下。秦鞭血山骨，吴獵焦野火。夏鼓建不拔，石鳴知者寡。父老懼讖言，山空石長啞。《全元詩》，册 39，第 37 頁

虎丘篇

楊維楨

按，《樂府詩集》無此題，然見録於楊維楨《鐵崖古樂府》，故予收録。元人又有《虎丘行》，或出於此，亦予收録。

路出女瀆湖，警蹕霸王驅。靈池飛霹靂，枯冢走於菟。老禪猶點石，仙鬼只疑狐。祖龍來

發閎，銀河又飛㲈。《全元詩》，册 39，第 37 頁

虎丘行

吴　簡

巨靈夜竊吴剛斧，劚雲分得蓬萊股。巉巖老石甚雄武，女媧不敢支天柱。六丁移近吴城旁，土花剥蝕千風霜。神膏迸蘚流玉漿，碧泉澄露飛金莖。當時湛盧淬秋月，西走荆秦南竄越。館娃宫成鋒即缺，斷烟荒草長愁絶。我來適興登高墟，浩歌醉倒黄金壺。百年榮悴君知無，西施未必能亡吴。《全元詩》，册 52，第 552 頁

卷二九一　元新樂府辭二四

要離冢

楊維楨

按，《樂府詩集》無此題，然見録于楊維楨《鐵崖古樂府》，故予收録。

金昌亭下路，春草没荒丘。云是要離冢，令人生古愁。侏兒三尺幹，不佩雙吴鈎。中包猛士膽，白日照高秋。忍死屠骨肉，視身若蜉蝣。荆軻不了恨，慶忌成身謀。如何五噫客，死與爾同仇。《全元詩》，册39，第37頁

香山篇

楊維楨

詩序曰：「在太湖西濱，西施種香之所。」按，《樂府詩集》無此題，然見録于楊維楨《鐵崖古樂府》，故予收録。

放舟脂塘曲，盤游湖上雷。雷鳴湖雨作，還作香山隈。美人鬥香草，上有九畹栽。美人在何所，搴芳招歸來。露下荆棘草，鹿上姑蘇臺。《全元詩》，册39，第37頁

陳朝檜

楊維楨

詩序曰：「在長興大雄寺。檜中裂爲四枝，垂蔭半庭，堅如金石。故老相傳，陳高祖於梁天監中手植於此，寺即高祖故宅也。」按，《樂府詩集》無此題，然見録于楊維楨《鐵崖古樂府》，故予收録。

陳皇有遺宅，廼在烏山中。當時手所植，花木羅青紅。獨有左紐樹，閱世如䖶龍。懷哉手植人，不見三閣崇。後庭種玉樹，金井凋秋風。《全元詩》，册39，第37頁

同前

鍾惟善

金蓮無復舞，玉樹已成塵。詩讓唐名士，國憐宋佞臣。地遷元有數，雷霆豈無因。正直由

天稟，冲霄聳一身。《全元詩》，册 41，第 97 頁

同前

王逢

故國空蚯蚓，老檜餘瓔珞。根地終系陳，不與庭花落。《全元詩》，册 59，第 125 頁

放黿池

楊維楨

詩序曰：「在會稽馬鞍山，毛寶故宅也。」按，《樂府詩集》無此題，然見録于楊維楨《鐵崖古樂府》，故予收録。

我聞玄緒靈，無逃豫且厄。毛公贖金錢，放汝黿鼉宅。何期報復義，背負將軍溺。至今山中池，洞玄露純白。我歸放揸床，揸床猶翕息。《全元詩》，册 39，第 38 頁

東林社

楊維楨

按，《樂府詩集》無此題，然見録于楊維楨《鐵崖古樂府》，故予收録。

陶公八十日，解組歸山阿。覺今若不早，我日十倍過。開塗剗荆棘，斧缺且無柯。賴爾東林社，招我南山歌。回視有漏因，已悟影與魔。有求不補失，無虧所成多。坐斷前後際，不須辯維摩。《全元詩》，册 39，第 38 頁

隱君宅

楊維楨

按，《樂府詩集》無此題，然見録于楊維楨《鐵崖古樂府》，故予收録。

隱君宅中區，心游入天境。酌空引窊石，汲深出寒井。檐花度吹香，池葉漏天影。隱几鳴虚琴，悠然有真省。《全元詩》，册 39，第 38 頁

道人一畝宅

楊維楨

按，《樂府詩集》無此題，然見録于楊維楨《鐵崖古樂府》，故予收録。

道人一畝宅，乃在清江潯。山童解迎客，開户花木深。幽草有遠意，仙禽無俗音。劍氣或成虎，丹光欲流金。丸中探日月，畫前見天心。《全元詩》，册39，第38—39頁

沙堤行并序

楊維楨

詩序曰：「職林故事：拜相禮，府縣載沙填路，自其私第至子城，名沙堤。張籍、李賀皆有《沙路曲》。至正丁亥，新拜兩相，天下皆曰賢，故作《沙堤行》。」按，《樂府詩集》無此題，然見録于楊維楨《鐵崖古樂府》，故予收録。

神州和羹連五城，沙堤新築泰階平。正月一日太陽明，殿前兩相水金星。天王垂衣珠箔

捲，太史新書五雲見。火城千枝花外轉，道逢吴牛問牛喘。左謀右斷天子前，手持五色補青天。南人不敢吹巢火，中國堂堂相司馬。《全元詩》，册 39，第 39 頁

地震謡

楊維楨

詩序曰：「壬午七月朔，地震如雷，民屋杌隉，土出毛如白絲。紀詩一章，章十三句。」按，《樂府詩集》無此題，然見録于楊維楨《鐵崖古樂府》，故予收録。元人又有《地震歌》，或出於此，亦予收録。

四月一日南省火，七月一日南地震。叶平。地積大塊作方載，豈有壞崩如杞人。如何一震白毛茁，泰山動摇海水洩。便恐崑崙八柱折，赤子啾啾憂地裂。唐堯天子居上頭，賢相柱天如不周。保國如甌，馭民如舟，吁嗟赤子汝何憂。《全元詩》，册 39，第 39 頁

地震歌

舒　頔

題注曰："甲午十一月二十二日。"

天垂象，人君當以仁道向。所向地動震人臣，當以賢德行庶政。君臣慶會天地寧，岐山鳳鳴黄河清。黄河清，聖人生，泰階茅茨眼中何峥嶸。皇元萬歲調玉燭，蒼生四海歌升平。歌升平，慶朝廷，山河不動耀日星。黄童白叟盡歡懌，修文偃武安邊庭。邊庭静，祥瑞應，天昌盛世開文運。遐方絶域總來朝，我願百司廉謹尊王命。堯舜之君夔龍臣，我願濟濟雍雍出賢聖。我歌地震歌，請君爲我聽。他年史臣采事迹，誦我此詩如可證。《全元詩》，册43，第358頁

苦雨謡

楊維楨

按，《樂府詩集》無此題，然見録于楊維楨《鐵崖古樂府》，故予收録。元人又有《苦雨行》《苦雨嘆》，或出於此，亦予收録。

去年雨，坍鱇土。今年雨，没竈釜。竈釜三月青無烟，官家火程不問雨。胥靡移來坐監主，旬申虧官走插户。《全元詩》，册39，第39—40頁

苦雨行

唐元

龍公吸海填銀河，散作千林夜蕭瑟。曦輪仄御入太陰，若木扶桑少顔色。苔生客位紫班班，蚯蚓上堂蝸繞壁。香盤曲篆屢供炳，幘墨流頤驚溢出。黄雲爛熟混泥沙，田父涕滂憂水厄。先生不出掩柴扉，吟作飢鳶空太息。願從馬上奪天瓢，擲付祝融燔朽質。三竿瑞日麗中天，四海歸心仰宸極。《全元詩》，册23，第253頁

同前

倪瓚

孟秋苦雨稻禾死，天地晦冥龍怒嗔。南鄰老翁卧不起，漏屋濕薪愁殺人。自云今年八十賸，力農一生兹始病。兩逢赤旱三遇水，租税何曾應王命。吾今寧免身爲魚，死當其時良可吁。《全元詩》，册43，第87頁

苦雨嘆

舒　頔

山川時雲雷，天地日風雨。百谷翻波濤，千邨失場圃。遂令河伯愁，恐是天帝怒。沈浸荒三農，霖霪没九土。吁嗟石燕飛，夢寐商羊舞。虢虢來青徐，洿洿過鄒魯。欲干大禹平，更倩女媧補。宿霧棲林皋，重陰蔽墻堵。長廊土花斑，敗壁苔蘚組。蹋屐來書童，買薪走鄰姆。小谿漲洪濤，卑樹立翠羽。艱食鶵充庖，貧家魚泣釜。漂流丘中麻，爛死厨下莆。瑞草堯時生厨下。堪笑漸臺符，悲傷尾生柱。河津斷行人，闤市絶來賈。茫昧迷朝昏，溟濛混今古。不爲巨室憂，長念老農苦。粱稻種已殘，田疇力未努。爐熏香篆遲，衣桁領袖腐。昏墊將不堪，虔誠禱天府。

《全元詩》，册 43，第 368—369 頁

箕斗歌

楊維楨

按，《樂府詩集》無此題，然見録于楊維楨《鐵崖古樂府》，故予收録。

計字怯檮杌，柴木背文章。我生之宿直箕斗，不愁斟酌愁簸揚。斗之柄，實司天；箕之風，由犯月。箕胡爲張口吻，斗胡爲閼喉舌。騎箕尾，愬閶闔。屏讒邪，正出納。文昌開，箕斗合。《全元詩》，册 39，第 40 頁

鹽車重

楊維楨

按，《樂府詩集》無此題，然見録于楊維楨《鐵崖古樂府》，故予收録。

鹽車重，鹽車重，官驢牽不動。官鉈私秤秤不平，秤秤束縛添畸令。鹽車重，重奈何，畸令帶多私轉多。大商鬻不盡，私醛夾公引。烏乎江南轉運澀如膠，漕吏議法方呶呶。《全元詩》，册 39，第 40 頁

鹽商行

楊維楨

按，《樂府詩集》無此題，然見録于楊維楨《鐵崖古樂府》，故予收録。

人生不願萬户侯，但願鹽利淮西頭。人生不願萬金宅，但願鹽商千料舶。大農課鹽析秋毫，凡民不敢争錐刀。鹽商本是賤家子，獨與王家埒富豪。亭丁焦頭燒海榷，鹽商洗手籌運握。大席一囊三百斤，漕津牛馬千蹄角。司綱改法開新河，鹽商添力莫誰何。大艘鉦鼓順流下，檢制孰敢懸官鉈。吁嗟海王不愛寶，夷吾筴之成伯道。如何後世嚴立法，祇與鹽商成富媪。魯中綺，蜀中羅，以鹽起家數不多。只今誰補貨殖傳，綺羅往往甲州縣。淮西，或作兩淮。《全元詩》，册39，第40—41頁

牛商行

楊維楨

按，《樂府詩集》無此題，然見録于楊維楨《鐵崖古樂府》，故予收録。

黄牛商，水牛商，驅牛渡淮道路長。淮天喘熱淮月黄，老商愛牛視如傷。淮民耕稼禾上場，皮角有令恐牛殃。君不見昨夜官軍大索馬，牝牡千匹如驅羊。《全元詩》，册39，第41頁

食糠謡

楊維楨

按，《樂府詩集》無此題，然見録于楊維楨《鐵崖古樂府》，故予收録。

朝食糠，暮食糠，食糠不如彘與厖。君王雁鶩令，以粟甘易糧。吁嗟兮茫茫，吁嗟何遑遑。《全元詩》，册39，第41頁

周急謡

楊維楨

按，《樂府詩集》無此題，然見録于楊維楨《鐵崖古樂府》，故予收録。

江南凶，周最急。漢家使者識經權，矯制開倉輸玉粒。君不見曩歲溝魂悔不及，至今寃作枯魚泣。《全元詩》，册39，第41頁

勸糴詞

楊維楨

按，《樂府詩集》無此題，然見録于楊維楨《鐵崖古樂府》，故予收録。

水旱阻堯湯，生民無罪歲。後代倉廩虚，時和亦爲沴。孰云富而虘，甚矣貧不繼。借富以貸貧，窮哉已非計。況乃指廩間，夏夏，音賈。楚刼以勢。《全元詩》，册 39，第 41 頁

吴農謡

楊維楨

按，《樂府詩集》無此題，然見録于楊維楨《鐵崖古樂府》，故予收録。

吴農竭力耕王田，王賦已供常餓眠。鄧通董賢何爲者，一生長用水衡錢。《全元詩》，册 39，第 42 頁

三男詞

楊維楨

詩序曰：「金山鐵冶家張氏婦一産三男，人以爲奇事。予獨稽諸史傳，而有唐檀子之隱憂焉。」按，《樂府詩集》無此題，然見録于楊維楨《鐵崖古樂府》，故予收録。

君不見羌胡之妻産龍鷙，駱家之婦生虎狸。造物好或怪，癡兒以爲奇。金村鐵婦不畫眉，健手能運千斤椎。懷姙弗知十月期，一誕三子如母豨。鄰舍來賀子，公相出茅茨。親戚來賀子，車蓋生光輝。里胥馳走聞有司，三暨内有麒麟兒。陰陽者流來與推，張家瑞鳳三聯枝。我聞其言信且疑，歷扣古牒如元龜。硤石三生未聞瑞，南昌四孕徒招非。有條給乳本勾踐，五羊十帛胡多儀。他日唐檀驗後事，不如介葛聞三犧。《全元詩》，册 39，第 42 頁

乞墦詞

楊維楨

按，《樂府詩集》無此題，然見録于楊維楨《鐵崖古樂府》，故予收録。

獬豸不擊邪，化作獸中狐。屈軼不指佞，化作蒿中蒭。黄金軀，高蓋車，千夫百喏在一呼。歸來牛馬驚里閭，低眉仰面承妻孥。奉溲宋之問。嘗惡魏元忠。卑自奴，墦間比來奴不如。君不見衡陽有客方托婦，須髯似戟稱人夫。《全元詩》，册39，第42頁

卷二九二　元新樂府辭二五

家仕嘆

楊維楨

按，《樂府詩集》無此題，然見録于楊維楨《鐵崖古樂府》，故予收録。

小仕時爲養，古有當會稽。豈能食其官，以官養旄倪。千金買作郡，萬金收滿車。三年遞郵傳，誰以民爲家。《全元詩》，册 39，第 42—43 頁

侯庶嘆

楊維楨

按，《樂府詩集》無此題，然見録于楊維楨《鐵崖古樂府》，故予收録。

昔日王侯家，厮庶躬皂櫪。後來事升降，小兒家蕩析。俯首厮庶門，王孫有憂色。《全元詩》，

冊 39，第 43 頁

秦刑篇

楊維楨

按，《樂府詩集》無此題，然見録于楊維楨《鐵崖古樂府》，故予收録。

秦刑悖聖教，其律毒如兵。大漢解倒懸，文網舒急繩。朝儀取雜用，千載罵鄙生。燕石覓玉質，鄭調求韶聲。如何良有司，尚欲復秦刑。《全元詩》，冊 39，第 43 頁

匠人篇

楊維楨

按，《樂府詩集》無此題，然見録于楊維楨《鐵崖古樂府》，故予收録。

匠人久失職，秦人已開阡。誰望雲陽氣，木土鑿由拳。後來興利者，開渠引淮船。吴牛拖輦石，喘月不能前。老翁乏丁壯，捕女在河邊。投水作河婦，天子罷庸田。《全元詩》，冊 39，第 43 頁

花門行

楊維楨

按，《樂府詩集》無此題，然見録于楊維楨《鐵崖古樂府》，故予收録。

大唐宇宙非金甌，黄頭奚兒蟆作虬。跳梁河隴翻九土，驚呼夜半呼延秋。朔方健兒袖雙手，戰馬傷春舞楊柳。當時天驕不借兵，渭闕黄旗仆來久。快哉健鶻隨手招，渡河萬匹疾如猋。白羽若月筋簳驕，彎弓仰天落胡旄。吁嗟健鶻有如許，邀我索花固其所。明年西下崆峒兵，壯士重憂折天柱。折天柱，唐無人，引狼殪虎狼非麟。空令漢女嫁非匹，窮廬夜夜愁寒雲。《全元詩》，册39，第43頁

征南謡

楊維楨

按，《樂府詩集》無此題，然見録于楊維楨《鐵崖古樂府》，故予收録。

錢塘江頭點行軍，大艘金鼓聲殷殷。千里萬里鷄犬絶，杳杳南國深蠻雲。蠻邦父母苦不仁，九重天子深無聞。草間弄兵本鋤梃，聚力四萬稱孤君。皇華遣使宣主恩，横草未立終童勛。閩南總戎賜斧鉞，紫髯一拂清妖棼。六駁生來食虎尊，猛虎雖猛寧同群。於乎猛虎雖猛寧同群，城狐社鼠何足云。《全元詩》，册39，第43—44頁

憶昔一首

楊維楨

按，唐杜甫有《憶昔二首》，蓋爲此題所本。《樂府詩集》無此題，然見録于楊維楨《鐵崖古樂府》，故予收録。

憶昔開元全盛時，海陵官漕米流脂。丁男老不識兵器，九牧長途不拾遺。宫中君明臣告老，天下夫和婦循道。蠻夷玉帛涉海來，海平遠接三山島。仁人爲邦未百年，民間斗米七千錢。海陵官漕忽中阻，大舶滅没魚龍淵。潢池弄兵本赤子，渤海老臣能料理。如何嫉作豺虎叢，島國稱孤奸萬死。花卿猛將亂國章，太阿倒持不可當。君不見木蘭殺賊謝天子，賞功豈願尚書郎。《全元詩》，册39，第44頁

唐刺史

楊維楨

按，《樂府詩集》無此題，然見録于楊維楨《鐵崖古樂府》，故予收録。

冒天海國皆王土，萬里明珠貢天府。一從官守失仁人，牛馬驅除化貙虎。蠻衣有習黄巾帽，蠻旗無字題王號。九重天子矜蠻情，黄敕加官非賞盜。君不見溪蠻改過歸大唐，世授刺史以爲常。於乎坐令白雉修職貢，可是于今無越裳。《全元詩》，册39，第44頁

法吏二首

楊維楨

按，《樂府詩集》無此題，然見録于楊維楨《鐵崖古樂府》，故予收録。

法吏本止虐，非以虐爲屠。仁君除肉刑，仁吏泣丹書。况以私怒逞，鍛鍊及非辜。冥理絶好還，天網元弗疏。懷哉沈姆誡，可但懼焚如。沈甥，齊沈冲母也。

民有殺長吏，於理大悖之。仁人根所自，吏德久已離。擊之柱後法，葦火捄焚輜。彼哉漢儒論，殘賊憂軟罷。願言敷國惠，以膏去聲。殘民痍。《全元詩》，册39，第44—45頁

劭農篇

楊維楨

按，《樂府詩集》無此題，然見録于楊維楨《鐵崖古樂府》，故予收録。

今日當假我，縣守初出郭。出郭到誰家，田父有新約。桑陰抽戾孱，石碕渡略彴。田父喜我來，釃酒出杯杓。招來道上氓，賣刀買黃犢。水南架魚梁，水北築稻屋。十分麥上場，兩番蠶上箔。永願吏不妖，重願歲不惡。呼婦殺黃鷄，重話田間樂。《全元詩》，册39，第45頁

存與篇

楊維楨

按，《樂府詩集》無此題，然見録于楊維楨《鐵崖古樂府》，故予收録。

東家萬金産，西家百屋錢。錮以鐵門限，自比長城堅。須臾一轉首，後人不能傳。却觀存與者，非帑非聯阡。巍然一高閣，閲世而弗遷。問君何能爾，但指方寸田。《全元詩》，册39，第45頁

樗蒲行 并序

楊維楨

詩序曰：「聖如孔子，勇如飛將軍，而難遇於世。片譚封侯，斗酒凉州者，何易易耶？人曰命也，遂以官爵等樗蒲。然余觀乖崖博勝事，則樗蒲可以智力參，而命若未底於定也。疑而成詩，書寄鄭有道先生、達克莊綉使，相發一笑。」按，《樂府詩集》無此題，然見録于楊維楨《鐵崖古樂府》，故予收録。

七十説不合，片談立封侯。百戰失飛臂，斗酒得凉州。人言遇不遇，不係人劣優。亡羊與得鹿，等付盧雉投。獨不見張公座上三大户，胡爲百萬一擲成私骰。《全元詩》，册39，第45頁

金溪孝女歌

楊維楨

詩序曰：「唐敬宗時，撫之金溪有金銀場户葛佑者輸銀不足，監官黄慷搒佑垂死。佑二女投銀冶中，化銀二錠。事聞，遂罷銀場。金溪爲二女立廟，至今血食。危太樸有卷，求余詩，爲賦《孝女歌》云。」按，《樂府詩集》無此題，然見録于楊維楨《鐵崖古樂府》，故予收録。

金溪石，石生銀。鑿石石有盡，銀令無時磷。昨夜銀官下叶户，山頭點銀户。葛家父，無丁惟二女，葛家父楚苦。苦楚與死鄰，二女痛父關一身，骿首跳冶裂焰闇叶音。裂焰焚身，不焚二女心。天慘慘，神森森，化作雙白金。雙白金，盛龍錦，願作萬壽巵，以奉天子飲。一飲銀鬼泣，再飲銀令寢。《全元詩》，册39，第46頁

楊佛子行

楊維楨

詩序曰：「楊佛子，越之諸暨人。幼知事母。母病危，佛子刲股肉進母，母食，病立愈。母殁，廬墓側，恒有馴烏集墓樹，隨佛子往返。佛子素患瘻，道逢異人，以掌訣移之背。郡縣上孝感狀，將表其閭，佛子辭，遂止。年九十歲□終。安陽韓性既爲佛子作傳，同里陳敢復作《楊佛子行》。」詩序所言韓性傳及陳敢詩均未見，然楊維楨有《楊佛子傳》曰：「佛子名文修，字中理。其先出溯院楊吴越相巖，巖孫都知兵馬使洋，爲佛子六世祖。繇溯院徙越之諸暨，遂爲諸暨人。佛子生而性淳固篤孝，鍾于至情。年六歲，視母食多寡爲飢飽。母病艱食，輒不食，得果必遺母，俟母啖之心始已。年十五，以母多病，遂棄舉子業，舉岐黄氏書。父譴之，從容答曰：『我母多病，忍能一日去母從師，借舉業有利，不足自貫，即便母侍，雖服農終養，吾志周滿。』母病革，藥罔功，即齋禱密室，刃股肉和饘粥以進，母食即起。佛子頦下生瘤，大如覆琖，一日繇市歸，中途值一操瓢者，穢癩不可近。時暴雨至，瓢者爲佛子雨蓋，既與俱無難也。行一里餘，瓢者用左手掐佛子瘤，右手拊背曰：『患可醫，汝何報？』佛子笑曰：『勿欺我。』瓢者曰：『吃我一醉，三日後當過君治瘻。』先口授折骨方，佛子未心信，别去數步，顧瞻其人，邈不知所之矣。佛子歸語家人，痛悔不得治瘻方，明旦視頦下瘻，忽不見。家人驚怪，捫其背，則瘤還在背矣，人始悟佛子遇異人。母殁，佛子躬捧土成墳，種木，築廬墳左介。廬上恒有群烏數十，隨佛子起止。佛子純孝異遇，縣以狀白府，府將表樹其宅里。佛子走府曰：『某之事親，不知有身，豈知有名哉？』事寢，益器異之。童子婦人，瞻其儀形，咸手加額曰：『佛子，佛子。』尊官鉅人入其鄉，必過其廬。晦庵朱公，嘗以常平使者道過楓橋，楓橋乃佛子所居里，至今有紫陽精舍。聞佛子善名，特就見，與談名理及醫學、天文、地理之書，竟夕去，子得名也。晚年著《醫衍》二十卷，編《地理撥沙圖》藏于家云。年九十有九終。胡先生曰：世儒以刲股事爲非孝。予謂：孝子之心篤於親，雖百礫其身足以贖親，不計。嘻，此天與之至情乎？故刲股者多愈親，而喪生者絶少。非其至情足以動天乎？夫理至於天而定，天且不違而人得而非之乎？楊佛子刲股救母，而母病立愈。所謂純孝動天者非歟？世又以神仙事爲荒唐不可信，予親識楊佛子，觀移瘤真迹，將不信乎？」①按，《樂府詩集》無此題，然見録于楊維楨《鐵崖古樂府》，故予收録。又，此詩《全元文》《全元詩》失收。

---

① 《全元文》卷一三二四，第196—197頁。

諸暨縣北楓橋溪，楓橋溪水上接顔烏棲。其下一百二十里合萬和水，萬和孝子廬父墓，墓上芝生黄。楊生佛子與萬和孝子齊。六歲懷母果，二十爲母嘗百藥。藥弗醫叶，啖母以肉將身刲。母病食肉起，其神若刀圭。母死返九土，常作嬰兒啼。倚廬宿苫塊，棄隔妾與妻。嗟哉佛子孝行絶，人人不識感鬼神。頰下生瘤大如尊，何人戲手瘤上捫。明朝怪事駭妻子，頰下削贅無瘤痕。背上一掌印，争來看奇痕。墳頭木共白兔馴，更遣迎送烏成群。傍人竹弓不敢彈，豈比八九雛生秦。縣官上申聞，旌户復其身。佛子走告免，稱主臣主臣。嗟哉佛子誰媲稱，今之人有刃股乳，詭孝子以爲名，規免徭征以希其旌，嗟哉佛子誰媲稱無瘤痕一作無留根。

［元］楊維楨《鐵崖古樂府》卷六，景印文淵閣四庫全書，册1222，臺灣商務印書館，1986年版，第42—43頁。

金處士歌

楊維楨

詩序曰：「吴人金可文，賢智有才藝，而自埋於民，衆嘖然以處士稱之。權貴人以丘園科起處士，處士絶之，曰：『予幸有廬一區，在市闤，可以避風雨，田一廛，在郭外，可以給衣食。學聖人之道，可以自樂，不願仕也。且仕榮利禄，隱樂真素，苟以相易，彼此兩乖。乖而强合，吾不能已。』吁！處士如可文，信其逸而貞者歟！故集賢舊老相與署牒，錫號曰『貞逸』。會稽楊維楨爲之賦詩曰。」按,《樂府詩集》無此題,然見録于楊維楨《鐵崖古樂府》,故予收録。

蘇州古隱君,實始虞仲,隱君放言,中乎清與權。次曰澹臺氏,言不枝,行不逕,未嘗匐走諸侯前。五噫之夫,將其匹聯。耕織爲業,不廢誦與弦。亦有天隨仙,配鴟夷子理釣船。去之五百年,求繼者孰賢。闔閭古城陰,曰有處士氏曰金。長身而美髯叶壬,風局孤古,古貌疏且沉。家不失箴,里不失任,有餘推與人,矧肯爵禄入吾心。心闕下,足終南叶吟。貧賤易屈,貴富易淫。故大隱在闤市,不在壑與林。鳳凰不能引高,神龍不能引深叶沁。人呼爲處士,更加貞與逸號,焉知古不如來今。吾嗟今之士,科隱丘,復事王侯。行無補闕,言無裨謀,惟禄食是媒叶牟。詭貞而隱,詭逸而休,以爲吾人憂。放而返,澗恚岳隴羞。聞處士風,其不泚然在顙,豈吾人儔。

《全元詩》,册39,第47頁

彭義士歌

楊維楨

題注曰:「義士元履,盱江人。」按,《樂府詩集》無此題,然見録于楊維楨《鐵崖古樂府》，故予收録。

八十長者新城彭，一生好義不好名。天曆飢告江南氓，官家鬻爵令新行。嗟哉我彭粟有盈，内粟不與官爵争。豈惟内粟爵不争，民有乏逋我代庚。乏力我又代民耕，民流過門給炊烹。吁嗟爾民曷報彭，期以八百之長生。《全元詩》，册 39，第 47—48 頁

盧孤女

楊維楨

按，《樂府詩集》無此題，然見録于楊維楨《鐵崖古樂府》，故予收録。

盧孤女，年十五。官家新條括童年，東家媒娘傳巧語。盧家郎，選東床，奈郎自有婦，妾使余不當。蚤知急婚事如此，悔不官家作驅使。上堂拜姑身未知，下堂失身惟有死。歸來抱琴彈高樓，苦調不作離鸞愁。東家聘，西家求，明珠火貝争委投。河可乾，石可泐，盧家女節不可勒。烏乎丈夫腐節隨草莽，阿盧之風齊砥柱。若道錢唐女淫苦，安得有生作隻影蛾，死作獨根柏。此盧家女。《全元詩》，册 39，第 48 頁

孔節婦

楊維楨

按，《樂府詩集》無此題，然見録于楊維楨《鐵崖古樂府》，故予收録。

有美丈夫子，玉質長鬆鬚。自言五十五代孔子之孫儒，其母曰陶大家。大家生兒六月餘，丈夫子，即稱孤。零丁未保麒麟雛，大家一節誓不渝。身有死，不二夫。與孤爲命相噫嗚，保抱不啻琉璃珠。但願孤長壽，豎我門户扶我輿。天祚孔胤孤無虞，五歲解讀書，十歲能當閭，二十作賦喧三吴。揭來大家八十踰，孤三釜，心何如。紫微相君新下車，上推先聖恩及孥。薦書上達天王都，承恩歸來拜起居。堂上鶴髮霜顔都，烹羊擊鮮婦當厨。里中姆，讙相呼，孔家生兒天與渠。康之阜，曲阜俱。康之水，流泗洙。曰貞曰孝表一廬，楊子作歌歌不誣，他日太史春秋書。《全元詩》，册 39，第 48 頁

陳孝童

楊維楨

詩序曰：「孝童名福，越之錢清人。年十歲，侍母葉病，衣不解帶。母病甚，水漿粒食不進口。中夜潛出後庭，泣于天曰：『我母病將死，吾何依？刲股代藥，天其從我乎？』股刲而母已死。人謂刲股多救母，童不能，不亦妄譽乎？予謂童知愛親，天之無僞者也。刲股救母，而知有其親，而不知有其身也，又豈知有名哉？季世奸民，有刅股乳規免賦徭者，若童又豈有賦徭而爲是哉？刲股，童之天也。母之救不救，亦天也。予居與童鄰，親覩其事，可以弘奬風教，遂爲賦詩。」按，《樂府詩集》無此題，然見録于楊維楨《鐵崖古樂府》，故予收録。

錢清陳孝童，十歲知孝母。母病日以革，藥餌空㕮咀。夜庭人不知，磨刀去剔股。凡兒血肉軀，軀小痛楩楚。孰識身在親，慘毒至刀斧。鄰里聞孝童，涕泗下如雨。道路聞孝童，過車式其户。堂堂士大夫，結髮在庠序。母背忍絶裾，母喪亡抔土。我作孝童詩，豈惟風童孺。《全元詩》，册 39，第 48—49 頁

强氏母

楊維楨

詩序曰：「毘陵强可，事母以孝聞。母年踰八袠，可方以鄉校官調轉湖州從事，感事母之日短，遂以侍親致事。得陞承事郎、浙東帥府從事，由是并得封母夫人縣君。今年至正戊子十一月二十三日長至，適爲夫人初度日也，母子恩命皆以是日至，故爲賦燕喜詩一首，俾伶官歌之。」按，《樂府詩集》無此題，然見録于楊維楨《鐵崖古樂府》，故予收録。

强氏母，毘陵人，年已八十又一春。强家郎，未七旬，五十入官教邑民。六十轉官在鄰郡，大府婉畫方咨詢。守將急移檄，候吏持在門。强家郎，捧檄告母母欣欣，一笑還一嚬。庭前大樹風不停，孝子惜陰寸寸勤。强家郎，養母素不貧。食有祝鯁，寢有五色裀，其肯貪天之禄一日離其親。年未及致事，辭檄奉晨曛。中書重爾天性真，馳文箋天天不嗔。賜爾孝子七品秩，緋衣紿呐青絲綸。强氏母，隨牒封邑君。一陽復，爲生辰，邑官里老走侁侁。上堂與母千百壽，烹羊炮豕羅鮭珍。强家母，抱牒謝天恩。强家郎，百拜百舞稱靁尊。日日起居太夫人，項間壽帶日見雙絛文，眼前離立五世之兒孫。强家母，壽無匹，榮無倫。《全元詩》，册39，第49—50頁

蔡君俊五世家慶圖詩

楊維楨

按，《樂府詩集》無此題，然見録于楊維楨《鐵崖古樂府》，故予收録。

蔡家肉譜繇司徒，西蜀蔓衍雲間居。胡笳一洗怨女孤，世世解讀中郎書。傳家五葉忠孝俱，鬱葱佳氣無時無。有母有母徐卿徐，生兒衮衮麒麟駒。檜岩君俊父。老仙老不枯，岩前雙桂雲敷腴。綉輿從以斑斕裾，或拜或立或步趨，登堂好弄如群魚。中有一人美且都，柏垣成陰返慈烏。平反一笑堂上娱，春衫初試如舞雩。樵青漁童侍兩隅，坐中有客皆鴻儒。晴簾花吹引香篆，午窗竹雨鳴茶爐。不知人間有金屋，弱海之外爲蓬壺。只今諸孫税襕襦，文采個個成於菟。玉階清夢追爾祖，種德政與槐陰符。太夫人在錫冠帔，曾玄滿眼紆青朱。紆青朱，賸買丹青添畫圖。肉譜，或作内譜。税襕，或作脱襕。《全元詩》，册 39，第 50 頁

鐵面郎

楊維楨

題注曰：「美趙御史也。」按，《樂府詩集》無此題，然見録于楊維楨《鐵崖古樂府》，故予收録。

鐵面郎，不願白玉堂，願着錦衣裳。上明天耳目，下見人肝腸。江南使者欺天隱，黄金車馱實虚牝。忽焉青天近，天目峰前見秋隼。父老出郭門，焚香拜使君。使君天上斗，斟酌元氣成冬春。成冬春，立皇紀。董狐已修三國史，柱下惠文須出理。江南驄，行且止。萬一讒邪塞天耳，手持堯時屈軼枝，獨立殿前言國是。鐵面郎，真御史。《全元詩》，册39，第50—51頁

奉使歌美答理麻氏也

楊維楨

詩序曰：「至正乙酉，天子遣天下奉使，凡十二道三十有六人，偉兀氏答理麻在選中。巡察西川，司臬吏舞法，首擊治之。方面貴臣有驕而弗諝者，亦糺詰之。時政梗民，必思痛

豁去，如鯁在咽，必吐乃已。彼不答理如者，如工尹商陽之兵殺三人，以爲不如是不足以反命。事不幸類此，而况生殺者，皆不當法乎？此西川使者之可歌也。」按，《樂府詩集》無此題，然見録于楊維楨《鐵崖古樂府》，故予收録。

皇帝五年秋，皇華遣使行九州。皇明明見萬里外，猶恐陰曀生蜉蝣。奉使代天明四目，達九幽。假天喜怒私恩讐，欺皇明，是非一逆海倒流。其中答理子，西邊托週游。西邊有鳥其名曰休留，復有老狐九尾而九頭，扇妖作怪呼匹儔。朘我赤子血，上蔽十二旒。力大泰山不可拔，答理子一觸泰山折之如不周。烏乎！漢有張綱，衛有史鰌。元有答理，足追前猷。太史筆，不貶褒，我作歌詩繼春秋。《全元詩》册39，第51頁

春草軒辭

楊維楨

詩序曰：「毘陵華孝子幼武，六歲而孤，善事其母，以純孝聞。嘗自取孟郊《游子詞》，名其所居軒曰『春草』。予爲體游子意，賦《春草詞》。」按，《樂府詩集》無此題，然見録于《鐵崖古樂府》，故予收録。元人又有《春草軒詩》，當出於此，亦予收録。

春暉庭下春雲暖，春草軒前草長短。中有百歲宜男花，一色青蚨綴枝滿。青蚨子母生死恩，草有靈芝生孝門。春暉照人春不老，芝草闌干芝有孫。當時夢生芝草緑，瑶草琅玕棲别鵠。孤兒日長草忘憂，錦棚護兒如護玉。春菲菲，草油油，千金駿馬五花裘。吁嗟兒兮毋好游，銅駝陌上春風愁。草萋萋，春杲杲，游子歸來在遠道。堂前何以報春暉，身上春袍照春草。瑶草，一作瑶圃。《全元詩》，册39，第51—52頁

春草軒詩

楊維楨

草生西堂下，沱水含清漪。皓髮在堂上，游子今已歸。大兒佩紫綬，小兒著緋衣。嚴君親受禮，慈母舊斷機。春草承雨露，惟恐朝日晞。願持此日意，永報三春暉。《全元詩》，册39，第155頁

同前

閻相如

草有一寸心，人有方寸地。華君名其軒，中有無盡意。陽和遍九垓，草舞春風翠。大視同一仁，與我復何異。情性本天然，孝子心不匱。願將華子誠，永錫及爾類。《全元詩》，册24，第300頁

同前

陳　遠

華軒結搆幾經春，草色當軒歲歲新。曉翠溟濛簾外雨，暖香芬馥户間塵。金杯飲後慈顔悦，綵袖翻時樂意真。爲爾題詩倍惆悵，天涯多少遠游人。《全元詩》，册 24，第 301 頁

同前

宇文公諒

春陽播淑氣，百卉生華滋。光風一披拂，藹藹浮雲暉。幽芳澹露曉，秀色含烟霏。迺知造化心，玄澤無停機。伊人早失怙，撫育仰母慈。高門賴扶植，况復蕃孫枝。清時表宅里，巨扁揭華榱。門軒俯平緑，每懷貞曜詩。念慈恩罔極，欲報心無涯。堂前樹萱草，堂下羅斑衣。願言勤愛日，永與莊椿期。《全元詩》，册 36，第 260 頁

同前

段天佑

春草軒前好花柳，華君奉母來飲酒。吹笙伐鼓歌嬋娟，華君奉觴母長壽。吁嗟世人皆有母，華母苦辛世無有。髫年來登君子堂，縫紩衣裳事箕帚。結褵而後五見春，君子去爲觀國賓。尊章已老兒幼穉，主張門户在一身。星霜荏苒歲華變，君子歸來命如線。文窗愁絶舞鏡鸞，綉梁棲斷傳書燕。晝日悲號夜飲泣，萬感攻中百憂集。忍哀茹痛强自持，顧護孤兒到成立。孤兒成立稱華君，能詩能禮兼能文。清温甘旨具朝夕，純孝之名鄉黨聞。德音汪濊隆天咫，桓表亭亭樹閭里。從此鄉人謂華君，不有此母無此子。華君拳拳返哺情，四顧世上丘山輕。升堂日誦孟郊句，開軒手題春草名。春陽一日被百草，大叢小叢顔色好。華君願作芝與蘭，披秀舒英發天藻。芝爲世瑞蘭國香，采之擷之貢明堂，願言持此報春陽。《全元詩》，册 37，第 380—381 頁

同前

貢師泰

卷幔見芳草，芊綿如緑雲。庭階初過雨，時復送餘薰。晚酌映瑶席，春衣迷綵文。感兹微

物意，益得奉殷勤。《全元詩》，册 40，第 340 頁

同前

高明

築室在近郊，開軒面平岡。前榮列賓友，中房鼓琴簧。綵服及春日，奉觴升華堂。醴酒既嘉栗，肴蔬亦芬芳。流景雖易邁，春暉豈能忘。竭此寸草心，以慰母顔康。《全元詩》，册 46，第 437 頁

同前

楊鑄

春院多緑芳，延綿蔚如翦。何以比繁蕤，青絲染猶淺。拂烟輕黛散，綴露明珠泫。時物正暄妍，景光聿流轉。親年當喜懼，燕處貴愉惋。益爲樹叢萱，憂來庶能遣。《全元詩》，册 49，第 153 頁

同前

韓文璵

春風草色映池臺，綵袖將車奉母來。澹澹清暉沈几席，霏霏翠霧裛尊罍。晴萱更向堂陰

樹，慈竹還從石上栽。羨爾長吟東野句，天涯游子莫徘徊。《全元詩》，册 50，第 263 頁

同前

謝　理

高軒麗春景，密草暖含芳。初葉苞新緑，纖莖蔓紫纕。垂風絢餘采，襲霧散飛香。何能自榮美，無乃藉春陽。但嗟有容質，無以報恩光。庶願承餘照，不見委秋霜。《全元詩》，册 51，第 265 頁

同前

黄師憲

母恩浩蕩似春暉，孝子心同寸草微。軒上仍題東野句，階前時舞老萊衣。光風晝轉萱花合，翠藹朝凝玉樹依。嗟我京華成久客，歸心正爾念庭闈。《全元詩》，册 52，第 259—260 頁

萱壽堂詞二首

楊維楨

其一題注曰：「爲海漕府經歷孫仲遠作。」按，《樂府詩集》無此題，然見録于楊維楨《鐵

崖古樂府》，故予收録。

草生西堂下，沱水含清漪。皓髮在堂上，游子今已歸。大兒佩紫綬，小兒著緋衣。嚴君親受禮，慈母舊斷機。春草承雨露，惟恐朝日晞。願持此日意，永報三春暉。《全元詩》，册 39，第 155 頁

孫家高堂風日好，堂前祇樹宜男草。孫家阿孆昔宜家，今日宜男復宜老。香霧濛濛吹綉輿，花雨斑斑上文裿。阿孆之年八十深，一作令。五鸞恩誥封泥金。孫家郎，惜寸陰，把萱酒，爲萱吟。易摇千歲風前木，難報春暉寸草心。《全元詩》，册 39，第 52 頁

傳道人歌并序

楊維楨

詩序曰：「御史斡勒允常，爲余道傳道人事：『道人字隱陽，朔人也。性勇獷，壯年無所用其勇，遂執砆質之役於刑部。會河南有以詿誤繫請室者若干人，道人獨明其非辜，不忍陷死地，且加存恤。未幾，赦出之，皆詣道人所，謝再生之年。其殺人之中，又有仁義類此。積勞當得九品官，一旦棄去，遇異師於關陝間，與之語，有悟。素不識書，即能賦五字

詩，道其所𢘽然者。後遂入嵩山，不還者十年，父兄妻子莫知其所如往。今隱居洛陽三井洞，株坐不出，好事者往候見之，訖無一語。吾子爲古詩文，喜録奇事，若道人者，亦一奇也。且道人約余：三年後當見予洛城之東。事果，當以吾子之作遺之。』余讀《宋史》，知李芾忠烈之助，亦一劊手耳，其可以五百例賤其人乎？若隱陽者，既勇于敢而殺，又勇于不敢而無殺，晚退其役而進道於黄冠者師，非其以執術爲不是，而訖善復其性者歟？故爲作歌一首復御史云。』」按，《樂府詩集》無此題，然見録于楊維楨《鐵崖古樂府》，故予收録。

祈連山人天骨奇，十五能運朱屠鎚。二十報仇許人死，殺人不數舞陽兒。鄉里不能容，官府不能治。猛氣奚所托，仗劍歸京師。京師殺柄司秋官，假爾爪牙虎豹關。今日尸一逆，明日誅一奸。朝食悖臣膽，莫食凶人肝。龍蛇見血性忽改，鳩隼化質身無難。尋師度關陜，棄家入嵩山。只今啖松久辟穀，劍埋三井飛精服。能聯彌明石鼎句，能和商顔紫芝曲。客來啓關不一語，但聞鼻息聲滿屋。烏臺卿史卯金公，群邪膽落稱人雄，囊封事畢志即東。穀城丈人有前約，三井洞前尋赤松。《全元詩》，册39，第52—53頁

留肅子歌

楊維楨

按，《樂府詩集》無此題，見録于楊維楨《鐵崖古樂府》，故予收録。

留肅子，草衣儒，居無室屋出無驢。十年落魄走吴下，一日奮迅游天都。自言袖有黄帝書，淮荒海盗及吴租。大臣不諱省中木，法官交譏臺上烏。草衣言事不畏死，請劍欲斬崔司徒。《全元詩》，册 39，第 53 頁

洪州矮張歌

楊維楨

詩序曰：「洪州矮張，許負術中奇士也。其術出國初李國用，國用又出於德長老。不苟干貴人，見不仁者規言之無隱。推其人，以占其家及其子孫之凶慶，皆奇驗若神。輕財解難，有古義士風。余客西湖，時過予談天下事，非今之豪傑所能及也。且欲授術於予，予謝未暇，歌以送之。」按，《樂府詩集》無此題，然見録于楊維楨《鐵崖古樂府》，故予收録。

洪州矮張如矮瓠，大帛深衣没雙屨。自言矮瓠不食酒，惟貯先天九宫數。蚤年俠氣慕朱郭，輕財屢倒千金橐。得道人疑李士寧，滑稽待效東方朔。雙瞳注射金蟆睛，口如急雨傾建瓴。卒焉一語中人隱，王公錯愕面發頳。烏乎王謝誤蒼生，天下烏用爾寧馨。居中可乏汲長孺，使邊須用蘇子卿。我本先皇賜進士，十年不調錢塘市。宦程那敢問雄飛，國法新蒙脱胥靡。西湖西，南山南，水華落日清而酣。畫船載酒遁名姓，三尺長喙金人緘。嗟乎！五鬼賊，三尸讒，矮瓠矮瓠無多譚。《全元詩》，册 39，第 53—54 頁

秀州相士歌

楊維楨

詩序曰：「秀州相士薛氏見心者，拜余笠湖上，首出句曲外史自贊一首，及縹册一帖，且禪其言云：『持此以見梅花道人，道人技癢，當爲汝歌。歌訖，然後乞其奇文章。』予爲嚧然大笑，既爲賦歌詩一解，又如其志，書《梅花道人傳》一通，俾東歸以復外史。」按，《樂府詩集》無此題，然見録于楊維楨《鐵崖古樂府》，故予收録。

秀州相士薛見心，重湖風雨來相見。手把茅山道人詩，亦有胡僧寫東絹。自云膝不拜公卿，海内名人初入卷。縹綾方册錦盤囊，首録梅花道人傳。道人不讀姑布書，兩目看天走青電。梅花忽露太極心，南枝北枝開一遍。秀州相士亦識道，一笑求心符鐵券。章生不相一隻眼，桑生不相一尺面。貌如削瓜帝治開，背如植鰭王業建。君不見漢家將軍如牯腰，午夜臍燈照悲喧。一隻，或作一雙。　　《全元詩》，册39，第54—55頁

禽演贈丁道人

楊維楨

按，《樂府詩集》無此題，然見録于楊維楨《鐵崖古樂府》，故予收録。

令威仙人歸故林，白晝飛下天門深。一千年人忽作鶴，二十八宿皆爲禽。俛頭垂翅聽驅使，走報禍福不敢諳。南方朱鳥獻奇狀，部領其屬來騤騤。毛鱗鸁介各異態，肖像妙合天地心。翩然謝客欲高舉，便恐滅迹丹霞岑。東州名山指華頂，碧天倒墜青瑶簪。人間華表或可擬，馭風時復來相尋。《全元詩》，册 39，第 55 頁

冶師行

楊維楨

詩序曰：「贈緱氏子。名長弓，太湖中人，與余鑄鐵笛者也。通文史，又善鑄鐵冠如意，自云將鑄湖心鏡，求余詩，歌之云。」按，《樂府詩集》無此題，然見録于楊維楨《鐵崖古樂府》，故予收録。

湖中冶師緱長弓，有如漢代陶安公。七月七日與天通，朱雀飛來化青童，且莫隨仙踏飛鴻。道人鐵笛已在手，鐵冠八柱凌喬嵩。皇帝一統誅群凶，猛士干將無所庸。還徵上青子，天上裨重瞳。江心火雹流赤虹，雲凝霧結愁蟠龍。《全元詩》，册39，第55頁

按，《樂府詩集》無此題，然見録于楊維楨《鐵崖古樂府》，故予收録。

艾師行贈黄中子

楊維楨

艾師艾師古中黄，肘有補注明堂方。籠有岐伯神鍼之海草，岐伯遺針於海島，岸生艾草，他艾十不及一。篋有軒轅洪爐之燧光。灼艾禁木火，火鏡、火珠取火佳。鍼窠數穴能起死，一百七十銅人孔竅徒紛厖。華陀鍼灸，不過數處。三椎之下穴一雙，二豎據穴名膏肓。百醫精兵攻不得，火攻一策立受降。金湯之固正搗穴，快矢急落如飛鶬。梅花道人鐵石腸，昨日二豎猶强梁。明朝道人步食强，風雨晦明知陰陽。老師藥券不受償，何以報之心空藏。施藥勝施羊公漿，會有仙人報汝玉子成斗量。《全元詩》，册39，第55—56頁

醫師行贈袁鍊師

楊維楨

按，《樂府詩集》無此題，然見録于楊維楨《鐵崖古樂府》，故予收録。

大茅先生上天司死生，每歲考校月之二日爲嘉平。至今華陽有仙會，會則鬼獸叫嘯丹光明。上帝又閔其人之枉死，必生仙醫有如貞白者，代居山中捄愚氓。自從貞白上仙去，杏林剪伐橘井夷溝坑。越七百歲乃有袖雲氏，弱冠學道朝天京。天子問道賜爵秩，師拂衣去還山自吹鸞鵠笙。不燒丹，不辟穀，不飡日月精，不役罔訣甲與丁。人有奇疾弗能名，鬱如病草無勾萌。師一視，孿者伸，瞽者覿，跛者行。問之無㕮咀之劑、鍼石之兵，惟有日兩炊餅折足鐺。乃云太上親傳一管筆、三軸經。無憂祖師傳至我，我奉行之無足驚。吾聞上古俞跗善療疾，不施湯液、尚須皮毛解剥浄洗五藏腥，如何三經一筆迺爾靈！人報以金擲之如瓦礫，以廉售欲，豈比長安清，亦何必隱居辛苦注草經。嗚呼！人生喜怒悲樂病易成，須髮日槁爲星星。便從鍊師乞漿啖火棗，青華定録共見茅君盈。日兩，或作日月。

《全元詩》，册39，第56頁

芝秀軒詞

楊維楨

詩序曰：「東倉馬君瑞以芝秀名軒，虞學士集爲書其扁，李著作孝光爲之紀，復求歌詩於余，故爲賦騷詞四章。」按，《樂府詩集》無此題，然見録于楊維楨《鐵崖古樂府》，故予收録。元人又有《芝秀軒詩》，當出於此，亦予收録。

芝秀兮煌煌，羅生兮滿堂。紫雲囷兮如蓋，露湛湛兮沐芳。美夫人兮賢姱，集靈瑞兮未央。
芝何爲兮爲秀，匪植以生兮匪培以茂，協冲和以華滋兮食之而壽。
山嵯峨兮谷逶迤，歌紫芝兮吹參差，懷美人兮不可以追。
鐵之涇兮鳳之沼，思公子兮善窈窕。善窈窕兮樂康，聊逍遥兮歲年老。《全元詩》，册39，第56頁

芝秀軒詩一首

謝應芳

猗與名門，夙稱五常。遥遥耳孫，厥德復昌。於粲爾子，文藻有光。如彼朱草，曄曄其英。

自天降祥，奕葉流芳。匪曰三秀，仙人之糧。林壑爾居，奇芬遠揚。雍公之扁，金薤琳琅。於昭彼蒼，福善孔彰。俾爾耆艾，家有餘慶。維來維仍，永言弗忘。《全元詩》，册 38，第 112 頁

壽岩老人歌

楊維楨

詩序曰：「壽岩老人者，吴興欽先生德載也。老人仕宋爲都督計議官。宋革，老人奮義兵，不肯送降款。天兵募生致其人，義其言，議而官之。老人裂其板，授言即遁，隱長山之石岩。石生冬青萬年之枝，老人遂號『壽岩』，又自志以文。去老人之死四十年，其孫驥出其手澤，求余歌之。」按，《樂府詩集》無此題，然見録于楊維楨《鐵崖古樂府》，故予收録。

壽岩老人宋都督，不肯新朝食周粟。水晶國裏七寶山，别有天地非人間。山中黄石眠怒虎，圯上傳書曾有語。歸來牧羊尋赤松，萬年枝上盤冬龍。冬龍萬年與石門，老人一杯持自壽。煉石未補南天孔叶空，坐見瀛州生軟紅。嗚呼壽岩之人兮元不死，南斗化石齊崆峒。《全元詩》，册 39，第 57 頁

堠子辭

楊維楨

按，《樂府詩集》無此題，然見録于楊維楨《鐵崖古樂府》，故予收録。

堠子個個復個個，十里五里官道課。行人捷徑行，不從官道過。吁嗟堠傍岐轉多，堠子荆棘如銅駝。《全元詩》，册 39，第 57—58 頁

鍾藤辭

楊維楨

按，《樂府詩集》無此題，然見録于楊維楨《鐵崖古樂府》，故予收録。

南有美木，鍾藤束叶朔只。鍾藤日肥，美木削只。於乎孤剛，柔惡斃之。孰操斧斤，爲我理之。《全元詩》，册 39，第 58 頁

醴泉辭

楊維楨

按，《樂府詩集》無此題，然見録于楊維楨《鐵崖古樂府》，故予收録。

醴泉兮無源，靈芝兮無根。如何求俟兮，而欲求乎人門。俟，一作俊。《全元詩》，册39，第58頁

泳水辭

楊維楨

按，《樂府詩集》無此題，然見録于楊維楨《鐵崖古樂府》，故予收録。

泳水可以尋珠，商丘開。射石可以飲羽。李廣事。乃知一心之人兮，遇物而無迕。《全元詩》，册39，第58頁

梟蘆辭

楊維楨

按，《樂府詩集》無此題，然見録于楊維楨《鐵崖古樂府》，故予收録。

梟徙而不成鳳兮，蘆種而成荻。此智者之操心兮，受降同乎受敵。《全元詩》，册 39，第 58 頁

龍虎辭

楊維楨

按，《樂府詩集》無此題，然見録于楊維楨《鐵崖古樂府》，故予收録。

檻足兮虎成狗，燒尾兮魚作龍。得勢失勢兮，而以分乎雌雄。《全元詩》，册 39，第 58 頁

狗馬辭

楊維楨

按，《樂府詩集》無此題，然見録于楊維楨《鐵崖古樂府》，故予收録。

狗有烏龍兮馬有的盧，的盧徇主兮烏龍食奴。於乎，交之借兮無解，孤之托兮無嬰。吁嗟烏龍兮狗之解，吁嗟的盧兮馬之嬰。《全元詩》，册39，第58頁

鷹馬辭

楊維楨

按，《樂府詩集》無此題，然見録于楊維楨《鐵崖古樂府》，故予收録。

鷹使司漏，馬使警偷。臧者守杼，獲者運牛。彼此職廢，空抱主憂。君不見薛恭尹賞各有所，兩地一易俱稱優。《全元詩》，册39，第58—59頁

鳳鏘鏘

楊維楨

按，《樂府詩集》無此題，然見録于楊維楨《鐵崖古樂府》，故予收録。

鳳鏘鏘，求其凰。凰既得，不復念母將。不如城頭烏，日日夜夜哺母與母翔。《全元詩》，册39，第59頁

鶴蹮蹮

楊維楨

按，《樂府詩集》無此題，然見録于楊維楨《鐵崖古樂府》，故予收録。

鶴蹮蹮，乘君軒。肉翅重，不復戾九天。不如地上鷄，乃得竊藥隨飛仙。《全元詩》，册39，第59頁

五禽言并序

楊維楨

詩序曰：「《禽言》無出梅都官之作。予猶惜其句律佳而無風勸之意。故予製《五禽言》，言若拙而意頗關風勸焉。」按，《樂府詩集》無此題，然見録于楊維楨《鐵崖古樂府》，故予收録。

唤起，唤起，東方明，門前已如市。上林有烏殺司晨，苦殺蕭娘睡方美。

提胡盧，提胡盧，沽酒何處沽。烏程與若下，美酒高無價。小姑典金釵，勸郎醉即罷。君不見城中官長壺盧提，十日九日醉如泥。

姑惡，姑惡，姑不惡，妾命苦。姑有孝女，姑爲慈母，妾亦甘爲東海婦。

子歸，子歸，子不歸，白頭阿孆慈且悲。子弗歸，待何時。君不見西江處士章九華，十年去赴丘園科，母死妻啼未還家。

行不得哥哥，我不行，奈我何。西山有豺虎，西江有風波。風波尚可壺，豺虎尚可羅。努兒關，平地多。行不得哥哥。《全元詩》，册39，第59—60頁

同前

郭　翼

布穀布穀催布穀，去年官軍糧不足。里正輸糧車轆轆，六月長枷在牢獄。今年穀種未入泥，布穀早催須早啼。

蘆戛戛，蘆戛戛，沙場盡樵伐。人指禿山無枝柹，嗟嗟鳳凰無處棲，鵁鶄何處巢一枝。

鍛磨鍛磨，麥熟農夫餓，家家無麥還租課。年年濕麥五斗租，一石曬乾量不過。磨子不鍛竈不燒，門前誰呼婆餅焦。

秦吉了，秦吉了，人言汝是能言鳥。嘲哳觜舌長，賣弄言語巧。野人張羅在林杪，富貴一落樊中羈，不如兩翅盤天嬉。

快活快活不快活，茫茫海洋闊。白日槍刀來檢刮，風火轟天滿街殺。道傍死尸鵶啄腥，汝雖快活何忍鳴。《全元詩》，册45，第464—465頁

五禽言次王季野韻

王　禕

力作力作，人言田家樂，誰識田家苦。養蠶一百筐，種田一百畝。田蠶非無收，不了輸官府。但願官府不我虧，田家力作非所辭。

提胡蘆，勸美酒。春風三月滿花柳，持此一杯爲君壽。人生壽命不滿百，日過一日真可惜。身名倘不立，徒令後人哀。不如一飲三百杯，日日不管玉山頽。

脱袴脱袴，人情憐新不憐故。故袴綿所妝，新袴但裁布。薰風四月天微炎，人人著布便脱綿。綿袴非不完，失時誰是憐。

泥滑滑，塗滿泥，我身兩足馬四蹄，欲行向前不得馳。不得馳，心勿惱，跛鱉也行千里道。若教得意早成名，自有青雲脚下生。

行不得哥，乾坤滿眼紛干戈。荆湖骨如丘，江淮血成河，道路斷絶可奈何。君行將何之，欲投遼東去，却向海上過。行不得哥，海水寧可測，只今平地皆風波。《全元詩》，册 62，第 222 頁

歸雁吟

楊維楨

按，《樂府詩集》無此題，然見録于楊維楨《鐵崖古樂府》，故予收録。

江南荷葉黄，見爾來江鄉。江南春水暖，歸路同天遠。春復秋，秋復春，南來北往多苦辛。漚爲友，鷺爲鄰，他山鷓鴣好結婚，只往江南生子孫。《全元詩》，册 39，第 60 頁

匹鳥曲

楊維楨

按，《樂府詩集》無此題，然見録于楊維楨《鐵崖古樂府》，故予收録。

建章宫中匹瓦飛，太液浮起雙紅衣。文塘小徑迎春歸，春紅蓮葉春猗猗。金丸嬌郎故驚起，白頭雙飛誓雙死。上林雁婦忍流離，九疑倀倀天萬里。長干沙頭人望夫，願托錦領西江書。結生不作白頭伴，結死須作青陵烏。《全元詩》，册 39，第 60 頁

鮫人曲

楊維楨

按,《樂府詩集》無此題,然見録于楊維楨《鐵崖古樂府》,故予收録。

鮫人居,錢塘湖。自從劍客過湖去,世人不識真仙儒。靈丹擲湖水,湖水清如酤。江妃惜不得,貯在明月壺。鮫人夜飲明月腴,夜光化作眼中珠。手擎蓮葉盤一株,盤中走珠汞不如。世人無仙意,波心蕩漾青頭鳧。烹龍炮鳳日日千金厨,何以洒君心熱寧君軀。洒君熱,寧君軀,須飲鮫人明月珠。《全元詩》,册39,第60—61頁

警鶡三章

楊維楨

按,《樂府詩集》無此題,然見録于楊維楨《鐵崖古樂府》,故予收録。

吁嗟乎鶡來兮,汝趾不爪兮臂不翎,横口竪齒長眉目兮,曾不鈎吻而金睛。胡爲肆攫搏兮

勇憑陵，稱人類兮負鳥名。吁嗟鷴兮反己靈，庠序汝鄉兮衣冠汝朋。横翔傍舞兮群笑以囂，陰窺狙伺兮風草動摇。嗟爾醜兮不可以招，讐一獮兮將汝梟。上或牾兮下或憍，隔截鸞鵠兮愁青霄。吁嗟鷴兮逞爾豪，擊剛者怠兮與爾乎同遨。貞柏蒼蒼兮烏府初霜，寒氣襲襲兮皂鷴在傍。匪汝朋比兮伏陰紆陽，扶豎正直兮不茹吐其柔剛。鸞鳳遠舉兮梟獍云亡。吁嗟鷴兮不改行，收汝族兮磔以禳。《全元詩》，册39，第62頁

射羆行

楊維楨

按，《樂府詩集》無此題，然見録于楊維楨《鐵崖古樂府》，故予收録。

草枯燎發原野赤，老羆憤起千軍敵。將軍名號巴而思，虎名。白羽慣數黄狼肋。老羆决石如怒猊，將軍立馬攢霜蹄。滿弓一射正貫脾，馬前突立人而啼。南山白額當道卧，東西之人不敢過。少年匹馬隨譟呼，從渠生拔白額須。刳白額，作飲器，坐令泰山之婦歌好世。《全元詩》，册39，第62頁

卷二九五　元新樂府辭二八

殺虎行

楊維楨

詩序曰：「劉平妻胡氏，從平戍零陽。平爲虎擒，胡殺虎争夫。千載義烈，有足歌者。猶恨時之士大夫其作未雄，故爲賦是章。」按，《樂府詩集》無此題，然見録于楊維楨《鐵崖古樂府》，故予收録。元人又有《殺虎歌》，或出于此，亦予收録。

夫從軍，妾從主。夢魂猶痛刀箭瘢，况乃全軀飼豺虎。拔刀誓天天爲怒，眼中於菟小於鼠。血號虎鬼冤魂語，精光夜貫新阡土。可憐三世不復仇，泰山之婦何足數。《全元詩》，册 39，第 62—63 頁

同前

吴師道

蘭溪太守令劉昆，癡虎有耳胡不聞。夜深妥尾古道上，日薄搏犬荒城根。風吹黄茆走白額，獵夫一見懽踴躍。亂刃交揮白雪翻，雙眸怒迸金丸落。後車傳送如獻俘，當軒裂肉空須臾。長河無蛟惡黨静，里中三害今何如。平生意氣多豪野，亦欲短衣馳疋馬。一掃腥魂險穴空，長歌慷慨南山下。《全元詩》，册 32，第 29 頁

同前

袁華

題注曰：「安化縣廣文陶振作。公號釣鰲叟。」

停公射麋曲，聽我殺虎行。逐虎虎不去，殺虎心始平。縣官桑侯仁且明，賢哉賢哉非寧誠。高風不在宋均下，善政直與劉昆并。如何此物不出境，傷人害畜來縱横。梅山之南梅山北，大小人家争辟易。青天白日不敢行，何况黄昏山月黑。桑侯聞之怒且嘻，此物敢爾强梁爲。爲民

父母不除害，百里赤子將焉依。遂令弓兵設陷穽，果見此物來投機。長戈如雨點，短鎩如雹揮。戟尖不掉丈二尺，袍花已脱斑斕衣。陰風一陣過墻去，但覺倀鬼嚶嚶啼。桑侯亦好奇，觸眼見未有。急呼青衫史，來唤釣鰲叟。鰲叟走欲顛，驚看立良久。雄姿猛勢尚依然，酷似天狼與天狗。想當長嘯下南山，猨臂將軍亦驚走。想當獨立向西風，東海黄公方掣肘。重爲告曰，虎兮虎兮，汝嘗跳我墻，傷我羊，刮吾六畜爲餱糧。又曾穿我壁，銜我鴉，驚動老夫眠不得。爾來胡爲落陷中，百步可再生威風。桑侯爾嗔不汝容，汝惡貫盈殲汝躬。于戲！猛虎不足言，桑侯良可數。前番曾傳舒文虎，絶似白門擒吕布。今番又殺錦於菟，何異山嵎出馮婦。城隍廟前簫鼓鳴，紙灰飛雪梨花輕。桑侯長得謝山靈，山人把酒來相迎。酒酣拔劍湌虎肉，一方之民歌太平。

《全元詩》，册 57，第 346 頁

女殺虎行

吴　萊

山深日落猛虎行，長風振木威髼鬡。父樵未歸女在室，心已與虎同死生。揚睛掉尾腥滿地，狹路殘榛苦遭噬。豈非一氣通呼吸，徒以柔軀扼强鷙。君不見馮婦來下車，衆中無人尚負嵎。又不見裴將軍出鳴鏑，一時鞍馬俱辟易。丈夫英雄却不武，臨事趑趄汗流雨。關東賢女不

足數，孝女千年傳殺虎。《全元詩》，册 40，第 82 頁

劉氏殺虎行

胡　奎

劉平婦，夫戍零陽夜逢虎。婦操白刃向虎前，寧與夫死不與虎同天，夫死虎口虎亦歸黄泉。嗚呼劉平婦，壯氣烈烈垂千年。《全元詩》，册 48，第 235—236 頁

秦駐山殺虎歌

胡　奎

秦駐山頭祖龍廟，月黑天寒聞虎嘯。將軍手挽烏角弓，平明入山尋虎踪。叢篁秀木鬱重重，陰壑慘淡來悲風。山靈白晝驅虎出，壯士跳踉與之敵。雄牙利爪善搏人，大劍長鎗俱辟易。我今三箭信有神，勇氣不讓飛將軍。山中一朝除虎害，四境掃蕩無妖氛。封章奏徹彤庭上，聖主聞知頒内賞。安得儲公數十人，一時蘇息東南民。《全元詩》，册 48，第 270 頁

重題涌金門外殺虎歌

胡　奎

昔聞堯舜世，大禹平水土。虎豹犀象驅遠之，萬億蒼生皆安堵。儲將軍，雄且武，一朝手輓烏號弓，射殺南山白頞虎。白頞虎，視眈眈。朝游城之北，暮游城之南。不有將軍一身膽，縱此飛類民何堪。豈不聞牛哀七日化爲虎，獸面不知兄與父。縛虎易，知人難，方今聖德天地寬。但願將軍鎮藩翰，人不化虎四海皆清安。《全元詩》，册 48，第 270—271 頁

殺虎歌贈葉將軍

胡　奎

朝射虎，夕射虎。吹嗚笳，喧疊鼓。去年田禾不得收，牛羊不敢放壠頭。今年禾黍滿郊野，猛虎無聲山月秋。白髮老翁卧茅屋，教兒賣劍買黄犢。到城明日謝將軍，更向轅門分虎肉。《全元詩》，册 48，第 277 頁

覽古四十二首

楊維楨

按，《樂府詩集》無此題，然見録于楊維楨《鐵崖古樂府》，故予收録。

晉師納天王，大義白日披。尹固附孽子，奉籍奔蠻夷。道逢秋郊婦，三歲爾大期。三年尹固死，婦言如蓍龜。

出姜哭過市，呼天天實聞。市人皆涕下，魯賊當誰分。出姜不歸魯，麟筆誅其君。

秦穆飲盗馬，楚莊忘絶纓。齊景恩一木，觸槐有淫刑。婧女告齊相，稱説辯且正。明朝拔槐令，婧婦脱囚名。

單父七弦琴，爲治務感興。十金南門木，立令務必行。單父有成效，夜漁若嚴刑。南門能徙木，不能徙民情。以此知巧信，不如拙而誠。

韓厥戮趙僕，不以私害公。後人援此義，往往爲逢蒙。曲逆不背本，事主可移忠。偉哉劉公論，吕布真難容。

應侯刻薄人，須賈得無死。飛將殺霸陵，狼狠不足齒。如何畫眉郎，五日殺掾史。

齊相善求治，議論人人殊。蓋翁本黄老，一語蓋有餘。諸儒不足聽，醉吏自足呼。醉吏獄不擾，諸儒多訴狙。

恭儉漢天子，取士忌少年。未應絳灌徒，廷中肯妨賢。徒爲宣室召，復有長沙遷。不見馮都尉，唐。龐眉竟誰憐。

田叔作魯相，王不敢游田。痛愧取民物，償以中府錢。漢人重長者，長者豈非賢。任安與田仁，同仕將軍門。厮養惡齒馬，實坐貧失身。發忿騎奴席，拔刃徒自分。不會趙少府，何時别奴群。乃知聖賢仕，端不與賤貧。

郭解本大俠，睚眦殺人威。當其出邑屋，獨不殺倨夷。屬吏脱踐更，卒感肉袒來。此事實近道，可以俠少之？

漢廷古遺直，免官歸田園。已聞御史奏，嚴李有飛言。嚴助、李文。矯制獨無罪，加冠禮終存。誰謂淮陽召，淮陽爲寡恩。

出關棄繻子，南征笑狂生。左右無黄髮，淫夫挾之行。戮殺漢使者，君臣起大兵。尉他羈漢綬，何曾請長纓。

成都賣卜士，大易先天心。弟子一區宅，桑榆有餘陰。何爲天禄閣，忘身幾陸沉。門前載酒者，奇字時相尋。爲謝門前客，從今傳酒箴。

子陵江海客，本非沮溺倫。仁義立奇論，豈果忘吾民。狂奴作故態，飄然歸富春。客星犯帝座，太史奏天文。故人信符讖，三公等浮雲。

武丁夢良弼，審象極冥搜。光武思故人，物色在羊裘。彭城有處士，君恩賁林丘。股肱不爲用，顔色徒相求。

董卓劫慈明，荀爽。次以及伯喈。蔡邕。子龍獨何人，申屠蟠。談笑却咥咥。高視梁碭上，片雲卷而懷。古來高世士，塵埃豈能埋。

襄陽有高士，生産不曾治。何以遺妻子，鹿門有深期。籍籍齒牙論，龍鳳名諸兒。諸葛拜床下，可是圯橋師。

孔公薦一鶚，義烈争秋霜。矢心報知己，討賊尊天王。漁陽操英憤，夫豈病悖狂。營門三尺梲音脱，殺氣披攙槍。

會稽嵇叔夜，才氣浩不群。平生癖於鍛，餘好在琴尊。不如一長嘯，携琴學蘇門。可憐廣陵散，奇弄今無聞。

汝南許文休，喪亂一篤士。敢當諸葛拜，合受玄德鄙。士論推指南，無乃失臧否。乃知郡公曹，排擯有公是。

知子石司徒，分材斬齊奴。諸仲財不如，財窮東市誅。吁嗟石司徒，知子良不愚。

洛陽輕薄子，挾彈走春嬉。結交金谷友，諂事賈午兒。蔑棄慈母訓，乾没不知幾。感己賦閒居，猶以拙自悲。

彈琴戴安道，焦桐破奇聲。蔚宗與文季，俱以琴自鳴。天子不得屈，王公不能聆。獨憐褚司徒，銀柱老齊伶。

我愛王懷祖，面壁售人罵。不比少掾時，瞋目答米價。褊中頓有容，坦之詎能過。桓桓大將軍，漢業在出胯。

青青五柳宅，貧無三徑資。玄參建威幕，爲貧良亦非。彭澤八十日，胡爲遽來歸。乃知决然逝，非爲鄉里兒。首惡王休元，酒亦無所辭。華軒欲載我，我心詎能違。

王湛蓄深器，世人不能窺。大慧實若愚，人遂以爲癡。可憐濟父子，同門不識之。何况隔千里，而欲求人知。

羲之在東床，風操夙所稱。藍田譽轉重，胡乃意不平。出弔曲在我，反惡固其情。以此悻悻死，無異匹婦輕。

韓信卜母地，旁置萬人廬。郭公卜鄰水，長洲偶成墟。千秋揚子窆，投棄同江魚。裸髮何爲者，厭魅開籧篨。孰借神丁火，焚却青囊書。

郭黁精術數，知晉必亡秦。逃秦遠歸晉，追兵殺亡臣。洛陽牛背叟，讀書孝其親。涼州未經破，先歸忽如神。術人不靈已，哲士固全身。

騷雅去已久，宫體争哇淫。洛陽風一變，枳性隨人心。鄉關思蕭瑟，作賦哀江南叶任。調入金釵臂，亡國有餘音。

嘗疑王孝子，素履朴且莊。門生服縣役，徑行想不揚。孝子躬鎑具，罄折在道傍。門生役已脱，詭道由此行叶杭。

鄭州跛男子，婁師德。識者惟客師。袁客師。深沉有客量，不爲同列知。唾而戒其弟，俛世一何卑。君看白水澗，沫額宣駑資。

世疑狄文惠，不知婁師德。婁公吾不賢，此意人未識。古來嫌忌間，吾道憂比迹。

開元劉神童，名字瑞一時。文學不濟世，鞭算競刀錐。招權啖士口，使不得有呰。任數不任道，興利固如斯。

小兒賀季真，棄官亦棄宅。遠謁王道者，去問術黄白。何物袖中藏，去道萬里隔。

嚴家兒，八歲殺父姬，嚴家父稱奇。養成虎豹惡，腐儒弄虎髭。嗟吁豹虎天早斃，七十慈母免官婢。

姚家有裨將，腰佩雙青萍。青萍夜脱匣，忽殺程務盈。爲書報殺狀，伏劍隨自刑。吁嗟古義士，豈復數荆卿。

厚施而薄望，郭解愧朱家。大唐郭氏子，元振。手劍寒奸邪。賻金四十萬，主名不知夸。結客豪俠場，此客實無加。昨日滿頭花，堂上争春妍。今朝大風起，花落玉津園。舊地易淮陝，取馘諧戎門。可憐於期首，不謝永州魂。東人送降款，西人納降城。長沙李太守，誓死城不盟。高樓一舉火，老穉同焦冥。要離爇妻子，大盗空古名。峨峨南文山，光焰日月青。婦義終一醮，臣道無改更。寧戴一天死，不載二地生。尚憐廣西弟，有愧顔家兄。《全元詩》，册39，第64—69頁

同前

王沂

楚國憤奇士，伍奢真可憐。憸人費無忌，讒間平王前。讒奢未及止，思去二子賢。賢哉子胥智，乃出無忌先。弟兄永訣别，父子相棄捐。貫弓向中使，去就何翩翩。吹簫道中飯，脱劍江上船。艱關歷他境，慷慨張空拳。公子不可説，專諸能解懸。退耕伏中野，决策如轉圜。二國

按，《全元詩》册五八亦收王沂此詩，題辭皆同，兹不復録。

適多釁，五年方見宣。操兵遂入郢，殺氣如霏烟。不得費少傅，斬首謝厥愆。徒令楚舊主，乃辱吏士鞭。報楚既得志，謀越徒進言。屬鏤早受賜，鴟革往不還。忠因怨毒發，孝以忍詬全。樹櫝志弗遂，夫差隨上仙。悲君讀遷史，今古慨悠然。《全元詩》，册33，第16頁

城門曲

楊維楨

按，《樂府詩集》無此題，然見録于楊維楨《鐵崖古樂府》，故予收録。元人又有《城門詠》，或出於此，亦予收録。

諜報越王兵，城門夜不扃。孤臣睛不死，門月照人青。《全元詩》，册39，第69頁

同前

胡奎

城頭烏夜啼，月落少城西。夜半傳軍令，天明祭大旗。《全元詩》，册48，第109頁

城門詠

王　中

危城百仞鐵爲關，清禁時嚴客度艱。只有夢魂拘不住，幾回中夜到家山。《全元詩》，册 65，第 348 頁

烽燧曲

楊維楨

按，《樂府詩集》無此題，然見録于楊維楨《鐵崖古樂府》，故予收録。

聞道驪山下，西戎已結兵。美人方一笑，烽火不須驚。《全元詩》，册 39，第 69 頁

劍客辭

楊維楨

按，《樂府詩集》無此題，然見録于楊維楨《鐵崖古樂府》，故予收録。元人又有《劍客

篇》，或出於此，亦予收録。

丈夫萬人敵，拙計哂荆軻。昨夜西征去，生擒李左車。《全元詩》，册39，第88頁

劍客篇

楊維楨

昨夜征西去，西兵盡倒戈。丈夫學劍術，何用效荆軻。《全元詩》，册39，第69頁

放麑詞

楊維楨

按，《樂府詩集》無此題，然見録于楊維楨《鐵崖古樂府》，故予收録。

母麑急麑子，獵父視如傷。太子奔城父，千秋憶奮揚。《全元詩》，册39，第70頁

卷二九六　元新樂府辭二九

牧羝曲二首

楊維楨

按,《樂府詩集》無此題,然見録于楊維楨《鐵崖古樂府》,故予收録。元人又有《牧羝行》,或出於此,亦予收録。

老羝何日乳,歸雁忽能言。不逐虞常死,丁零尚有恩。《全元詩》,册 39,第 70 頁

牧羝郎,十有九星霜。斵冰爲飲,嚙雪以爲糧。官我左伊秩,位我丁靈王。誓有抱節死,死無面縛降。家有故人爲我酌春酒,落景不可回,朝露不可久。生口捕雲中,帛信托歸鴻。烏號欲絶,麟閣豈論功。《全元詩》,册 39,第 168 頁

同前

周　權

朔風吹沙浩漫漫，冷光射目愁雲昏。茫茫大漠亘萬里，何處有路通中原。群羝牧老草枯死，倚節自誓無生還。餐旃嚙雪氣自倍，婉孌兒女懷飢寒。夜長空望漢月白，幾度吊影憐羈單。已將傲兀壓憂患，獨仗大義排堅頑。此生自信羝不乳，豈意雁足傳間關。歸來屬國豈不厚，區區一飯皆君恩。《全元詩》，册 30，第 40 頁

牧羝行

葉　懋

按，此詩爲葉懋《古樂府十四首并序》其十。

陰山地冷無炎燠，白草如霜木葉禿。中郎仗節牧群羝，嚙雪飡氈土中宿。朔方自昔風氣殊，湩飲肉食如雄貙。周綱未得服玁狁，漢綱自欲誅單于。李陵不作男子死，上戮慈親下妻子。荒臺白日送君歸，握手河梁泪如水。董孤不作忠義薄，狐兔群行肆交惡。先生不肯拜單于，赤

心自照麒麟閣。《全元詩》，册47，第184頁

桑陰曲

楊維楨

按，《樂府詩集》無此題，然見録于楊維楨《鐵崖古樂府》，故予收録。又，楊維楨《復古詩集》卷二亦收此詩，題作《秦宫曲》。

妾自夫君戍，桑陰路不通。將軍哮似虎，少婦竊秦宫。《全元詩》，册39，第70頁

貞婦詞

楊維楨

按，《樂府詩集》無此題，然見録于楊維楨《鐵崖古樂府》，故予收録。元人又有《貞婦詩》，或出於此，亦予收録。又，楊維楨《復古詩集》卷二亦收此詩，題作《漸臺曲》。

皎日常持信，倉皇不改真。君王符不到，水長漸臺傾。《全元詩》，册39，第70頁

貞婦詩

張昱

諸暨縣有吴氏女，十五嫁作蔡家婦。十六生兒夫即亡，日抱呱呱爲乳哺。情知身是未亡人，善事尊章猶父母。盡拋妝具洗鉛華，盡棄羅襦服荆布。蓬首嫠居八十年，孤子有孫孫作父。采蘋采藻共祭祀，嗃嗃家人無間語。婦人言行止閨門，懿德何由出庭户。憐哉弱孫蔡光祖，再拜請求鄉曲譽。魯恭治縣車馴雉，劉昆作郡河渡虎。承流宣化物爲感，況乃觀風行綉斧。母今行年九十六，人壽百年餘幾許。門前滄海變成田，屋後白楊堪作柱。寒鴉猶帶昭陽日，銅人亦沾未央露。古傳生女作門楣，貞節之褒誰不慕。聖恩浩浩如江河，母息厭厭迫朝暮。早將封事謁天閽，爲母一擊登聞鼓。《全元詩》，册 44，第 35 頁

朱庢令女

楊維楨

按，《樂府詩集》無此題，然見録于楊維楨《鐵崖古樂府》，故予收録。

鬭朱争兩死，兩死獨誰當。鬭吏不垂泣，青天應雨霜。《全元詩》，册39，第71頁

妲己圖

楊維楨

按，《樂府詩集》無此題，然見録于楊維楨《鐵崖古樂府》，故予收録。

小白竿頭血，新圖入漢廷。宫中雙燕子，齊作牝鷄鳴。《全元詩》，册39，第71頁

雌雄曲

楊維楨

按，《樂府詩集》無此題，然見録于楊維楨《鐵崖古樂府》，故予收録。

妾夫曉出塞，妾夜馳孤忠。誓作干將劍，一死雙雌雄。《全元詩》，册39，第71頁

連理枝

楊維楨

按，《樂府詩集》無此題，然見録于楊維楨《鐵崖古樂府》，故予收録。

主家連理木，昨夜一枝零。野藤沿别樹，相托萬年青。《全元詩》，册39，第71頁

朱邸曲

楊維楨

按，《樂府詩集》無此題，然見録于楊維楨《鐵崖古樂府》，故予收録。

朱邸連雲起，高甍蔭大逵。要賢能置驛，獨覓鄭當時。《全元詩》，册39，第72頁

高樓曲

楊維楨

按,《樂府詩集》無此題,然見録于楊維楨《鐵崖古樂府》,故予收録。又,楊維楨《復古詩集》卷三亦收此詩,題作《空桑曲》。

高樓有獨婦,白晝彈空桑。門前誰下馬,不是五樓倡。《全元詩》,册 39,第 72 頁

玉蹄騧

楊維楨

按,《樂府詩集》無此題,然見録于楊維楨《鐵崖古樂府》,故予收録。

銀腦玉蹄騧,金鞭問妾家。窗開桃葉渡,小艇在荷花。《全元詩》,册 39,第 72 頁

珊瑚鞭

楊維楨

按，《樂府詩集》無此題，然見録于楊維楨《鐵崖古樂府》，故予收録。

儂出青桑下，郎來渌水邊。相看成自語，馬脱珊瑚鞭。《全元詩》，册39，第72頁

商婦詞二首

楊維楨

按，《樂府詩集》無此題，然見録于楊維楨《鐵崖古樂府》，故予收録。元人又有《商婦吟》，或出於此，亦予收録。

蕩蕩發航船，千里復萬里。願持金剪刀，去剪西流水。

郎去愁風水，郎歸惜歲華。吴船如屋裹，南北共浮家。《全元詩》，册39，第73頁

同前

胡　奎

花時去販茶，葉落未還家。寄聲船上月，慎勿照琵琶。《全元詩》，册48，第384頁

商婦吟

陳　高

嫁夫嫁商賈，重利不重恩。三年南海去，寄信無回言。妾身爲婦人，不敢出閨門。縫衣待君返，請君看泪痕。《全元詩》，册56，第245頁

清塘曲

楊維楨

按，《樂府詩集》無此題，然見録于楊維楨《鐵崖古樂府》，故予收録。

相值清塘道，儂家似沬鄉。清塘無限好，相約采芳唐。《全元詩》，册39，第73頁

春波曲

楊維楨

按，《樂府詩集》無此題，然見録于楊維楨《鐵崖古樂府》，故予收録。

家住春波上，春深未得歸。桃花新水長，應没浣花磯。《全元詩》，册 39，第 73 頁

同前

郭　翼

妾家紅蕖曲，緑水春滿滿。鸂鶒不肯飛，雙棲落花暖。《全元詩》，册 45，第 438 頁

同前

陸　仁

青青太湖波，小小芙蓉檝。舟輕弗解操，水深那敢涉。《全元詩》，册 47，第 112 頁

同前

胡　奎

新婦磯頭雨，小姑山下雲。無情江上水，總是别離痕。《全元詩》，册 48，第 107 頁

寄春曲

楊維楨

按，《樂府詩集》無此題，然見録于楊維楨《鐵崖古樂府》，故予收録。

春從天上來，幾日到章臺。憑語青青柳，飛花莫浪催。《全元詩》，册 39，第 74 頁

睹春曲

楊維楨

按，《樂府詩集》無此題，然見録于楊維楨《鐵崖古樂府》，故予收録。

鬥草歸來後，開筵又賭春。堦前撒珠戲，獨是得雙人。《全元詩》，册39，第74頁

玉鏡臺

楊維楨

按，《樂府詩集》無此題，然見録于楊維楨《鐵崖古樂府》，故予收録。

郎贈玉鏡臺，妾挂菱花盤。安得咸陽鏡，照郎心肺肝。《全元詩》，册39，第74頁

同前

胡奎

妾把青銅鏡，郎投玉鏡臺。芙蓉照秋水，似向水中開。《全元詩》，册48，第385—386頁

回文字

楊維楨

按，《樂府詩集》無此題，然見録于楊維楨《鐵崖古樂府》，故予收録。

芳題工織素，遠意重鮫綃。應織辭家久，回文字半消。《全元詩》，册39，第74頁

生合歡

楊維楨

按，《樂府詩集》無此題，然見録于楊維楨《鐵崖古樂府》，故予收録。又，楊維楨《復古詩集》卷三亦收此詩，題作《合歡辭》。

朝作生合歡，莫作生離泣。安得并蔕堅，堅似七姑汁。《全元詩》，册39，第74頁

纜船石

楊維楨

按，《樂府詩集》無此題，見録于楊維楨《鐵崖古樂府》，故予收録。楊維楨《復古詩集》卷三亦收此詩，題作《纜舟石》，元人同題之作，亦予收録。

江邊纜舟石，纜解不留痕。長恨蕪萍草，難同結縷根。《全元詩》，册39，第74頁

纜舟石

胡　奎

寄語江邊石，郎今隔遠天。如何江水上，只纜别人船。《全元詩》，册48，第386頁

望鄉臺

楊維楨

按，《樂府詩集》無此題，然見録于楊維楨《鐵崖古樂府》，故予收録。

望鄉臺上客，秋至望鄉關。中原遮望眼，可奈燕支山。《全元詩》，册39，第75頁

同前

胡　奎

按，胡奎《斗南老人集》置此詩於「古樂府」類。

一登還一望，一望復惆悵。鄉關望不見，泪落荒臺上。《全元詩》，册48，第148頁

卷二一九七　元新樂府辭三〇

乞巧詞

楊維禎

按，《樂府詩集》無此題，然見録于楊維禎《鐵崖古樂府》，故予收録。

天上星重會，征西客未歸。殷勤乞方便，靈鵲度人飛。《全元詩》，册39，第75頁

同前

胡奎

按，胡奎《斗南老人集》置此詩於「古樂府」類。

平生甘抱拙，何用天孫巧。不知柳柳州，年年乞多少。

天孫今夜渡天河，人言天上巧最多。妾今抱拙不求巧，願賜拙多寧巧少。東家巧女如鳳

凰，羅襦綉得金鴛鴦。少年嫁夫先得巧，明珠論斗金盈箱。妾守空閨甘寂寞，苦心不戀東家樂。却笑天孫長别離，縱使巧多徒爾爲。《全元詩》，册 48，第 121 頁

同前二章

宋　褧

詩序曰：「京師里俗，以七月七日昏時設祠，乞巧于天星織女。蓋閨人處子惑于荒謬怪誕之説，不事箴組，覬幸渺茫虚無之效，卒無所得。予閔其愚，遂設爲婦禱神答之意，綴成此章，假辭托興以譬。夫世之學者昧下學上達之理，忽略遺棄于日用尋常之事，而謂聖人之道高遠玄妙，非力行之所可企及，當求之于恍惚有無之域，是以終于無聞，漫不知省。因以爲戒，且自警云爾。」按，宋褧《燕石集》置此詩於「古樂府」類。

若有人兮，炫服嫮容。禀慧淑兮，思擅女紅。邈天媛兮揚靈，資禱祠兮或通。明月兮爲宫，瓊筵兮名供。餦餭兮桂醑，蕙炷兮蘭釭。紛娣姪兮翾翻，儼竦息兮敬恭。晞明明兮嘉惠，感款懇兮弱衷。抒絶藝兮告予，啓下妾兮昏蒙。竢肸蠁兮□□，極勞心兮忡忡。

若有人兮天渚，廓憑虚兮容與。長褵結兮雲衣，鏘琳琅兮珩瑀。擢翠旍兮前導，召星妃兮

爲侶。肅冷風兮高馳，指葯房兮來下。哀要眇兮闇昧，恍冥冥兮晤語。曰婦職兮寔人爲，懋劬勞兮事纂組。諒紉針兮製作，將剖毫兮析縷。祇乞靈兮詭秘，羌遺誚兮鹵莽。女怊悵兮太息，渺神君兮遐舉。《全元詩》，册37，第225—226頁

聞雁篇

楊維楨

按，《樂府詩集》無此題，然見録于楊維楨《鐵崖古樂府》，故予收録。

樓頭聞過雁，隻影不成雙。一夜狂夫夢，相隨到九江。《全元詩》，册39，第75頁

繫馬辭

楊維楨

按，《樂府詩集》無此題，然見録于楊維楨《鐵崖古樂府》，故予收録。

誰繫西枝馬，馬嘶花亂飛。亂飛渾自可，莫遣折花枝。《全元詩》，册39，第75頁

同前

胡　奎

按，胡奎《斗南老人集》置此詩於「古樂府」類。

翩翩白鼻騧，繫在門前樹。莫學楊白花，隨風渡江去。《全元詩》，册 48，第 142 頁

買妾言

楊維楨

按，《樂府詩集》無此題，然見録于楊維楨《鐵崖古樂府》，故予收録。

買妾千黄金，許身不許心。使君聞有婦，夜夜白頭吟。《全元詩》，册 39，第 75 頁

同前

陸　仁

遺妾明月珠，結爲雙佩璫。妾身幸分明，暮夜亦有光。《全元詩》，册47，第112頁

續弦言

楊維楨

按，《樂府詩集》無此題，然見録于楊維楨《鐵崖古樂府》，故予收録。《全元詩》，册四七亦收此詩，作陸仁詩，題作《續弦曲》，辭同，兹不復録。

鏖角煮爲膠，續弦弦在弓。誓將弦上箭，不射孤飛鴻。《全元詩》，册39，第75頁

歸客誤二首

楊維楨

按，《樂府詩集》無此題，然見録于楊維楨《鐵崖古樂府》，故予收録。

夜聞歸客騎，玉轡鳴啞嗟。喚婦開西窗，秋風響桐葉。
江頭初一潮，還從午時起。奈何蕩子心，相期不如水。《全元詩》，册 39，第 76 頁

屈婦辭

楊維楨

按，《樂府詩集》無此題，然見録于楊維楨《鐵崖古樂府》，故予收録。又，楊維楨《復古詩集》卷二亦收此詩，題作《北郭辭》。

瓜田不納履，北郭招讒汙。覆釜重開日，宫中殺破胡。《全元詩》，册 39，第 76 頁

新來子

楊維楨

按，《樂府詩集》無此題，然見録于楊維楨《鐵崖古樂府》，故予收録。

君王有隱疾，擤鼻即生嗔。何處新來子，樊姬不妒人。《全元詩》，册 39，第 76 頁

同宫子

楊維楨

按,《樂府詩集》無此題,然見録于楊維楨《鐵崖古樂府》,故予收録。

同宫一相見,不用畫蛾眉。井上芙蓉怨,江蓮共一時。《全元詩》,册39,第77頁

陽臺曲

楊維楨

按,《樂府詩集》無此題,然見録於楊維楨《鐵崖古樂府》,故予收録。元人又有《陽臺引》,或出於此,亦予收録。

月落望夫山,高臺十二鬟。楚宫多妬女,雲雨夢中還。《全元詩》,册39,第77頁

陽臺引

李　裕

陽臺張讌日將夕，長風吹秋欲無色。燕丹奉酒荆卿歌，於期感激動毛髮。酒闌拂劍憑凌起，當筵直立相睥睨。髑髏青血凝冷光，西入咸陽五千里。白虹貫日日不死，祖龍猶是秦天子。人間遺恨獨荒凉，裊裊哀聲流易水。《全元詩》，册37，第186頁

蘇臺曲

楊維楨

按，《樂府詩集》無此題，然見録于楊維楨《鐵崖古樂府》，故予收録。

吴王張高宴，臺下閲犀兵。高臺三百里，忽見越王城。《全元詩》，册39，第77頁

昭陽曲

楊維楨

按，《樂府詩集》無此題，然見録于楊維楨《鐵崖古樂府》，故予收録。

美人初睡起，内史報蘭湯。散盡黄金餅，無尋赤鳳凰。《全元詩》，册 39，第 77 頁

緑珠辭

楊維楨

《文選》石季倫《王明君詞》注引臧榮緒《晉書》曰：「石崇，字季倫，渤海人也。早有智慧，稍遷至衛尉。初，崇與賈謐善。謐既誅，趙王倫專任孫秀。崇有妓曰緑珠，秀使人求之，崇不許，秀勸倫殺崇，遂被害。」①按，《樂府詩集》無此題，然此詩見録於《鐵崖古樂府》，故予收録。元人又有《緑珠行》《緑珠曲》《賦得緑珠》，或均出於此，亦予收録。

---

①《文選》卷二七，第 393 頁。

井底生明月，樓頭墜寶星。年年金谷草，春入美人青。《全元詩》，册 39，第 78 頁

同前

郝經

石郎癡騃夸多財，三斛明珠買禍胎。墜樓獨有一緑珠，緑珠不負三斛珠。君不見息嬀無言生成王，西施歌舞向五湖。水流花落金谷園，土花零亂埋花鈿，娼女笑殺真女憐。欲著明珠三百斛，金谷園中買玉谷。《全元詩》，册 4，第 233 頁

緑珠行

杜濬之

蜀絲殷勤金作谷，珊瑚成林珠百斛。彼姝千葩萬葩簇，明月出胎照波緑。鏡中飛鸞掌中身，夜月春風看不足。世間禍福如倚伏，西市憐嚬東市戮。欲將舊意奉新人，此事今生已難卜。君因妾死莫多怨，妾死君前君眼見。高樓直下如海深，碧玉一碎沙中塵。平生感君愛妾貌，今日令君知妾心。《全元詩》，册 7，第 413 頁

同前

楊維楨

主家高樓起金谷，買妾不惜真珠斛。美人買得一片心，不買青眉與明目。手持玉笛吹鳳皇，誓漢簫史雙頡頏。樓頭侍宴宴未徹，甲光一片樓前雪。神珠一點擲畫闌，化作流星光不滅，嗚呼珊瑚步障裂。行人弔珠在古井，井中照見青天月。石家妾，石家哭。二十四人金谷友，叶以。八騶道旁方拜履。題與九卷同，而詞異。

《全元詩》，册 39，第 104—105 頁

綠珠曲

胡　奎

按，胡奎《斗南老人集》置此詩於「古樂府」類。

郎有百斛珠，妾有一寸心。寧甘墜樓死，花落故園深。《全元詩》，册 48，第 112 頁

賦得緑珠

袁　凱

於越山水秀，自古有名娃。緑珠雖後來，聲名天下夸。明珠動萬斛，輕綃亦論車。衆人不能得，獨向石崇家。名園臨紫陌，高樓隱丹霞。文犀飾窗檻，白玉綴檐牙。爲樂未及終，前禍忽來加。厚意何可忘，微命何足多。委身泥沙際，終令後世嗟。夏女曾滅國，周褒亦亂華。古人已如此，今人將奈何。猶勝中郎女，清淚濕悲笳。海叟再賦緑珠，殆爲楊完者聘丞相之女而作也。《全元詩》，册 46，第 343 頁

賦緑珠得車字

袁　凱

緑珠初嫁石崇家，細馬輕駝七寶車。已用明珠爲奩篋，更輸白璧教琵琶。日日東樓傾美酒，朝朝西苑看名花。只爲恩深不相棄，還將玉體委塵沙。《全元詩》，册 46，第 372 頁

小臨海曲十首

楊維楨

題注曰：「一名《洞庭曲》。」按，《樂府詩集》無此題，然見録于楊維楨《鐵崖古樂府》，故予收録。

日落洞庭波，吴娃蕩槳過。道人吹鐵笛，風浪夜來多。
道人鐵笛響，半入洞庭山。天風將一半，吹度白銀灣。
仙橘大如斗，浮之過洞庭。江妃渾未識，唤作楚王萍。
海客報奇事，青天火甕飛。明朝雷澤底，新有落星磯。
網得珊瑚樹，移栽瑪瑙盆。夜來風雨横，龍氣上珠根。
海上雙雷島，渾如灩澦堆。乖龍拔山脚，飛渡海門來。
潮來神樹没，潮歸神樹青。雲裹天妃過，龍旗帶雨腥。
客入毛公洞，洞深人不還。明年探禹穴，相見會稽山。
太液象圓海，金蓮夜夜開。水中萬年月，照見昆明灰。

秦峰望東海，雲氣常飄飄。桑田明日事，奚用石爲橋。《全元詩》，册39，第78—79頁

和楊鐵崖小臨海十首

張　簡

海静不揚波，仙人鞚鶴過。靈峰七十二，何處月明多。

扁舟下彭蠡，望見大君山。只道支機石，移來天漢間。

歌按霓裳曲，分行舞廣庭。天壇看星斗，散亂若浮萍。

海門掉馭出，鯨吼浪花飛。孔翠排斿蓋，雲昏黄鶴磯。

龍子丹砂鬣，金芒耀水盆。真人忽騎去，霹靂破天根。

夜過洞庭曲，青山互作堆。仙人吹鐵笛，白鶴自飛來。

雨過積金頂，芙蓉萬朵青。神魚不飛去，風伏翠濤腥。

憶坐松根石，相看説大還。崑崙雲一朵，唤作九華山。

仙花雲萬疊，浩劫與春開。却笑珊瑚樹，焦枯作死灰。

海上三神嶠，嘗看羽蓋飄。玉虹三百丈，嘘氣結成橋。《全元詩》，册46，第291—292頁

桂水五千里四首

楊維楨

按,《樂府詩集》無此題,然見録于楊維楨《鐵崖古樂府》,故予收録。

桂水五千里,春來波浪深。地消青草瘴,花發乳蕉林。
桂水五千里,瀟湘雨氣空。衡山七十二,望見女英峰。
桂水五千里,南風大府開。象王新入貢,鮫女送珠來。
桂水五千里,上有鸚鵡洲。美人生遠思,今夜在南樓。《全元詩》,册 39,第 79 頁

春晴二首

楊維楨

按,《樂府詩集》無此題,然見録於楊維楨《鐵崖古樂府》,故予收録。

惜春正是上春時,何處春情可賦詩。吴王臺下門芳草,蘇小門前歌柳枝。

灼灼桃花朱户底，青青梅子粉墻頭。蹋歌起自春來日，直至春歸唱不休。《全元詩》，册 39，第 81 頁

漫興七首

楊維楨

詩序曰：「學杜者必先得其情性語言而後可。得其情性語言，必自其《漫興》始。錢塘諸子喜誦予唐風，取其去杜不遠也。故今漫興之作，將與學杜者言也。」按，《樂府詩集》無此題，然見録于楊維楨《鐵崖古樂府》，故予收録。

艢畫溪頭翠水家，水邊短竹夾桃花。春風嗾人狂無那，走覓南鄰羯鼓撾。
丈人接羅白氈裁，花邊下馬不驚猜。環沈溪頭買酒去，高堂寺裹看碑來。
長城女兒雙結丫，陳皇宅前第一家。生來不識古井怨，唱得後主後庭花。
楊花白白綿初迸，梅子青青核未生。大婦當壚冠似瓠，小姑吃酒口如櫻。
今朝天氣清明好，江上亂花無數開。野老殷勤送花至，一雙蝴蝶趁人來。
南鄰酒伴辱相呼，共訪城東舊酒壚。柳下秋千閒絡索，花間喚起勸胡盧。
我愛東湖舊廣文，更過水口覓將軍。醉歸常騎廣文馬，不怕打鼓噤黄昏。《全元詩》，册 39，第 81 頁

卷二一九八　元新樂府辭三一

冶春口號七首

楊維楨

按，《樂府詩集》無此題，然見録于楊維楨《鐵崖古樂府》，故予收録。

今年臘底無殘雪，却是年前十日春。騎馬行春橋上路，密梅花發便撩人。

吴下逢春春思濃，不堪花發館娃宫。吴山青青吴水白，愁殺江南盛小叢。

見説崑田生玉子，海西還有小崑崙。明朝去拔珊瑚樹，龍氣隨飛過海門。

鮫卵兼斤傳海上，海人一尺立階前。婁江馬頭天下少，春水如天即放船。

南朝宫體袁才子，更説西崑郭孝廉。自是玉臺新句好，風流無復數香奩。

湖上女兒柳葉眉，春來能唱黄鶯兒。不知却是青娘子，飛傍枇杷索荔枝。

西樓美人不受呼，清箏一曲似羅敷。可無東厩五花馬，去博西樓一斛珠。《全元詩》，册39，第82頁

次韻楊廉夫冶春口號八首

顧盟

姑蘇城北桃花隖，日日敲門去問春。自是狂夫被花惱，求之不得亦愁人。
醉舞花前倒接䍦，雙雙燕子共差池。留連只恐春光暮，芳露濕衣人不知。
石湖春水如酒濃，玻璃萬頃開龍宫。我時泛舟過湖曲，無數桃花發舊叢。
近得玄洲餐玉法，不用采石登崑崙。景純解道游仙句，海上鶴來傳到門。
江城雪夜深一尺，欲問梅花馬不前。袁生此時正高卧，不知春江有釣船。
玉壺春酒碧於海，客至縱飲寧傷廉。已無俗事惱真趣，只有清香散寶奩。
緑暈雙蛾新畫眉，風流堪賦比紅兒。綉窗無人解春意，行傍辛夷折柳枝。
吴姬殷勤折簡呼，青錦坐褥花中敷。聽唱梨園供奉曲，新聲一串驪龍珠。《全元詩》，册 50，第 94 頁

漫成六首

楊維楨

按，《樂府詩集》無此題，唐杜甫有《漫成二首》《漫成一絶》，李商隱又有《漫成三首》《漫

成五章》，或爲此題所本。此詩見録于《鐵崖古樂府》，故予收録。又，其六《全元詩》失收。

四十已過五十來，白日一半夜相催。勸君秉燭須秉燭，七十光陰能幾回。
西鄰昨夜哭暴卒，東家今日悲免官。今日不知來日事，人生可放酒杯乾。
徐家園裏野鶯啼，張家樓頭客燕棲。千金買宅作郵傳，何處高桓大字題。
鐵笛道人已倦游，暮年懶上玉墀頭。只欲浮家苕霅上，小娃子夜唱湖州。
小娃家住白蘋洲，只唱舍郎如莫愁。風波不到鴛鴦浦，承恩曷用沙棠舟。《全元詩》，册 39，第 82 頁

同前

楊維禎

季路平生薄管吾，長卿白髮慕相如。披襟捫虱談何壯，拔劍驅蠅事已疏。孰不百年興禮樂，云胡一旦廢詩書。古今治亂俱陳迹，秋曉滄浪水可漁。《楊維禎全集校箋》卷四二，第 1455 頁

漫成用楊廉夫韻

邵亨貞

歲月驅馳坐白頭，已將心事付東流。百年南國無遺老，千古東陵只故侯。丘壑忘形羞覽鏡，風塵滿眼倦登樓。故人往往情懷在，不廢山陰雪夜舟。《全元詩》，册 47，第 421 頁

春俠雜詞

楊維楨

按，《樂府詩集》無此題，然見録于楊維楨《鐵崖古樂府》，故予收録。

金丸脱手彈鸜鵒，玉鞭嬉笑擊珊瑚。侍兒無賴有如此，知是霍家馮子都。

花袍白面呼郎神，當堦奪花不避人。天馬乘龍金絡腦，賈家貴壻正嬌春。

柘林縱獵金毛鷹，花街行春銀面馬。夜宿倡樓酒未醒，飄風吹落鴛鴦瓦。

朱提注酒酒如池，太白淋漓吃不辭。上樓更衣玉山倒，腰間帶脱金犀毗。

蜀琴初奏雙鴛鴦，嶰竹和鳴雙鳳凰。夜闌酒散不上馬，紫荆月墮西家墻。

石上葉生青鳳尾，堦前花開黄鵠觜。美人弄水百花池，水灑花枝雙蝶起。
宜男草生小院西，階前錦石與人齊。錢塘潮生當午信，丹鷄飛上上頭啼。
鳳凰城外横門道，小妓軍裝金線襖。春暉無賴苦撩人，自下雕鞍蹋芳草。
西江孅人久不見，手把新題合歡扇。鯉書憑送相思書，霸王門前水如箭。
美人遺我崑溪竹，未寫雌雄雙鳳曲。愛惜長竿繫釣緡，釣得江西雙比目。
昨日布衣行九州，今日綉衣拜冕旒。馬前清道一千步，當街不敢闖高樓。
關右新來豪俠客，姓字不通人不識。夜半酒醒呼阿吉平，碧眼胡兒吹筆笛。《全元詩》，册39，第83頁

燕子辭四首

楊維楨

按，《樂府詩集》無此題，然見録于楊維楨《鐵崖古樂府》，故予收録。元人又有《燕子行》，或出於此，亦予收録。

宜男草生春又歸，美人春病減腰圍。何如使君堂前燕，將得春雛入幕飛。
燕子將雛春又深，不堪春思似秋心。東郊春入車前草，蕩子馬蹄何處尋。

燕子來時春雨香，燕子去時秋雨涼。鴛鴦一生不作客，夜夜不離雙井塘。燕子樓頭入妾家，燕來燕去惜容華。衹應韓重相思骨，化作湖中并蔕花。《全元詩》，册 39，第 83—84 頁

燕子行

吴師道

清江朱樓相對開，去年燕子雙歸來。東風吹高社雨歇，一日倏忽飛千回。翻身初向烟中没，掠地復穿花底出。花飛烟散江冥冥，城郭參差滿斜日。無情游子去不還，短書寄汝秋風前。綉簾不卷春色斷，空梁泥墮琵琶弦。飛檣冉冉瀟湘浦，春盡天涯路脩阻。一夜相思柳色深，獨上樓頭泪如雨。《全元詩》，册 32，第 34 頁

補粱毗哭金辭

楊維楨

詩序曰：「隋大理卿粱毗爲安寧刺史。凡蠻長，以金多者爲豪俠，遞相攻奪，酋長相率以金來遺毗。毗置金座側，對之慟哭，曰：『此物飢不可食，寒不可衣。汝等以此相滅，今

將此物來又殺我邪?』」一無所受。余爲毗補《哭金辭》。」按,《樂府詩集》無此題,然見録于楊維楨《鐵崖古樂府補》,故予收録。

汝金來叶,我今與汝辭。汝辭不犀,能斫我頸。汝液不鴆,能折我肌。金谷汝劇首,金塢汝焚尸。金兔汝滅族,金牛汝喪師。故我與汝永訣,誓不爲安寧貪刺史,寧爲齊黔婁、魯榮啓期。

《全元詩》,册39,第98頁

補日飲毋苛辭

楊維楨

按,《樂府詩集》無此題,然見録于楊維楨《鐵崖古樂府補》,故予收録。

勸君酒,呼酒來叶。尚方肉,食有腊。毒天賜我酒,壽君金屈卮。君不見漢家中郎絲,廷丞相斥嬖兒。吴中脱死歸,阿種絲姪。者勸以日飲毋苛、鬥鷄走狗嘻。不則利劍刺君君莫支。於乎,十七客,肩相隨,掊生日者弗能知,阿種真好兒。《全元詩》,册39,第98頁

冰山火突詞

楊維楨

按，《樂府詩集》無此題，然見録于楊維楨《鐵崖古樂府補》，故予收録。

冰山不可倚，冰破割爾足。火突不可附，火燎爛爾肉。君不見魏其侯，竇嬰。門下客，獨厚灌太僕。太僕相引重，勢若繩合束。身服替功，更與一作爲。結歡田相國。蚡。相國席上縛騎兵，首懸東市及支屬。魏其侯，尸渭城，東朝有制不可贖。《全元詩》，册39，第98—99頁

月氏王頭飲器歌

楊維楨

按，《樂府詩集》無此題，然見録于楊維楨《鐵崖古樂府補》，故予收録。

黑風吹瓠瓠不流，冒頓夜斷强王頭。黄金留犁攪玉斗，一飲一石酥駞秋。眼紅哼囔生血聚，汗滴石樓濕青雨。石汗，蓋骨髓隱語也。鬼妻扣骨骨欲膺，精禽飛來作人語。黄雲壓日日欲頹，將軍回

首李陵臺。君不見漢家西風凋細柳，老上單于夸好手，棘門胡盧可盛酒。《全元詩》，册39，第99頁

同前

釋大訢

呼韓款塞稱藩臣，已知絶漠無王庭。馳突猶夸漢使者，縱馬夜出居延城。我有飲器非飲酒，開函視之萬鬼走。世世無忘冒頓功，月支强王頭在手。帳下朔風吹酒寒，凝酥點雪紅爛斑。想見長纓繫馬上，髑髏濺血如奔湍。手摩欲回斗杓轉，河決崑崙注尊滿。酒酣劍吼浮雲悲，使者辭歡歸就館。古稱尊俎備獻酬，孰知盟誓生矛戈。斬取樓蘭縣漢闕，功臣猶數義陽侯。《全元詩》，册32，第155頁

同前

鄭元祐

穹廬野布諸水東，大旗之下單于宫。甲光五色馬如蟻，列屋層壇嘶朔風。月氏降王昔授首，圓顱啓封出盛酒。金屑□□□露刀，撓以留犂不停手。漢家使者歃血盟，大國氣與虹霓争。當時老上天驕子，控弦西射金天精。數級論功濺腥血，劍花交簇陰山雪。欲至龍廷醉蹋舞，一卮倒注陽靈穴。衰王之没同智瑶，帝閽盍遣巫陽招。魂招不來守之泣，恨結玄雲貫寒日。《全元

詩》，册 36，第 364 頁

同前

葉顒

吸乾飲器月支頭，壯氣英風動斗牛。洗盡忠君憂國恨，澼空寢甲枕戈謀。《全元詩》，册 42，第 97 頁

同前

李曄

北風吹寒地椒短，捲毛綿羊尾脂滿。番王愛飲蘆酒漿，鑌刀巧削玻璃椀。玉窪雲氣蒸髓紅，神光欲裂泥丸宫。血魂漭面訴上帝，怒鯨倒吸銀河空。紫檀琵琶作胡語，粉姬如花踏筵舞。豈知髐骨填糟丘，鬼馬悲鳴草根雨。湘鬼髑髏空獨醒，劉伶墳上苔花青。何如將身製鸕鷀，生死不離雙玉瓶。《全元詩》，册 56，第 24 頁

同前

張憲

持爾月氏頭，飲我虎士頸，虎士飲之怒生癭。猩紅酒熟黄金柈，淋漓猶疑血未乾。雄心如

劍四方動，倒蘸狼山海波涌。帳前按劍千熊羆，耳熱聽我歌谷蠡。此杯持勸藺夫子，烏能持勸武陽兒。《全元詩》，冊 57，第 155 頁

和貫學士月氏王頭飲器歌

祝蕃

單于寶刀寒映雪，月氏髑髏飲寃血。泥丸真人辭絳宮，麯生時能醉其骨。閼氏夜帳葡萄香，拍拍春霞灩秋月。賢王起舞谷蠡歌，傳動懽呼兩耳熱。燈前人影半闌殘，燈後有燐已明滅。持杯本爲澆嶙峋，胡爲對此傷精魂。弓蛇猶能致惑疾，智瑶豈是無心人。頭顱如許當速朽，生擒誤入仇家手。忍將鳴鏑射頭曼，吁嗟降王爾何有。後來漢使諸水東，猶待留犁撓盟酒。該時冒頓造響箭，弒父頭曼。又伐月氏王，以頭骨爲飲器。漢宣帝遣使，以留犂撓酒，與胡王盟於諸水之東。谷鹿蠡平。《全元詩》，冊 33，第 317 頁

月氏王頭飲器歌和楊鐵厓

李費

太白入月月欲頹，胡風吹墮白龍堆。血函模糊截仇首，半腕刳作玻璃杯。目眦生紅酒微纈，

戎王胸堂沃焦熱。青氈帳下唱胡歌，三十六國皆膽裂。金篦攪紅紅欲凝，腦中猶作銅龍聲。千年古恨恨未平，怨魄飛作精衛精。君不見漆身復仇仇未復，地下義人吞炭哭。《全元詩》，册64，第461頁

些月氏王頭歌和楊鐵厓

顧亮

月氏肉，碎如雪。月氏顱，勁如鐵。快劍一斫天柱折，留取胡盧飲生血。冒頓老魅呼月精，夜酌蒲萄隴月明。鬼妻蹋地號我天可汗，天靈哮唬聲嘶酸。於乎！顱兮顱兮汝勿悲，我今酌汝金留犂。黔州都督有血頂，精魂夜夜溺中啼。《全元詩》，册64，第464頁

楚國兩賢婦

楊維楨

詩序曰：「《列女傳》：楚王持金聘接輿，夫負釜甑，妻戴絍器，變易姓名而遠陟，莫知所之。老萊耕蒙山之下，楚王以璧帛聘之，不至。王駕至老萊門，妻曰：『可食以酒肉者，可隨以鞭箠；可授以官禄者，可隨以鈇鉞。』遂與老萊棄畚而去。」按，《樂府詩集》無此題，然見録于楊維楨《鐵崖古樂府補》，故予收録。

楚國兩賢婦，婦夫萊與輿。寧隨夫婿饁牛下，不願夫婿專城居。投畚却車駕，挈器采樵蘇。嗚呼今丈夫，棄耕貪禄，句。粟萬鍾養孥。句。孥未養，身受醢葅，禍及其夫叶姑，永爲二婦笑鄙夫。《全元詩》，册39，第99頁

慈鷄田

楊維楨

題注曰：「補魏公子乳母辭，見《列女傳》。」按，《樂府詩集》無此題，然見録于楊維楨《鐵崖古樂府補》，故予收録。

秦下令，購魏孤。匿孤罪，族俱屠。嗟慈鷄，獨哺雛。秦令毒，毒如狐。慈鷄知有雛，不知有狐搏我軀。《全元詩》，册39，第100頁

牝鷄雄

楊維楨

詩序曰：「《列女傳》：伯嬴，秦穆女，楚昭王之母也。吴王入郢，妻昭王之妻，又欲妻

其母羸。羸伏劍，不可犯而止。爲作《牝鷄雄》，補樂府缺。」按，《樂府詩集》無此題，然見録于楊維楨《鐵崖古樂府補》，且據詩序，當爲新樂府辭，故予收録。

牝鷄雄，秦氏熊，吴王入楚妻後宫。牝鷄雄，把劍夜嘯生悲風，夫亡子遁誰適從。人言秦鷄解逐鳳，不知牝逐孤飛龍。《全元詩》，册 39，第 100 頁

漂母辭

楊維楨

按，《樂府詩集》無此題，然見録於楊維楨《鐵崖古樂府補》，故予收録。元人又有《漂母吟》，或出於此，亦予收録。

諸母漂泗濱，一母眼中識窮人。盤有餘餕，及汝王孫，竟我漂食踰兼旬。王孫封王，報母以千金叶斤。丈夫養賢，不如漂仁。又豈知鍾室婳婦殺功臣，過客酹墓千千春。《全元詩》，册 39，第 102 頁

漂母吟

劉崧

按，劉崧《槎翁詩集》置此詩於「古樂府」類。

蛟龍失雲雨，或與鰕蟹儔。壯士偶窮困，寄食何足羞。淮河之水東北流，母心直爲王孫憂。黄金無光劍失色，白日又落城西頭。請君置魚竿，進此盤中脯。丈夫性命未可輕，君獨胡爲在塵土。咸陽王氣如雲馳，壠上亦有呼兵兒。風塵滿眼慎所之，但願王孫無飢時。《全元詩》，册 61，第 4 頁

燕燕步踽踽

楊維楨

按，《樂府詩集》無此題，然見録于楊維楨《鐵崖古樂府補》，故予收録。

燕燕步踽踽，飛燕善踽踽步。飛附陽阿主。燕燕尾涎涎，飛宿昭陽殿。啄子啄及矢，誓斷涎涎尾。梟其首、斷其手，帝怒語也。十四月，虹流輝，望堯門方是耶非。帝以其姙踰十四月，當生聖人。市犢歸，湢鳳飛，玄宫之人兮白華緑衣。燕譖班姬，班姬退處東宫，作賦自悼，「白華緑衣」，賦中之語也。《全元詩》，册 39，第 102 頁

卷二九九　元新樂府辭三二

黄花詞

楊維楨

題注曰：「齊後主穆后。」詩末有注曰：「黄花，穆后之小字也，本宋欽道奸私所生。欽道伏誅，黄花遂入宫，有幸後主，遂立之爲后。童謡曰：『黄花勢欲落，清觴滿杯酌。』後主自立穆后，昏飲無度，故云『清觴滿杯酌』，言黄花不久也。」按，《樂府詩集》無此題，然見録于楊維楨《鐵崖古樂府補》，故予收録。

椒壁閟丹丘，綱軒接瓊樓。金人未成鑄，玉册竟爲偶。后裳輝錦襠，伶衣亂珠鞋。典禮既乖違，綱維蕩無有。百年神武基，勢落清觴酒。嗟哉金湯固，一朝拉枯朽。《全元詩》，册 39，第 103—104 頁

菖蒲花辭

楊維楨

題注曰：「馮小憐。」詩末有注曰：「馮淑妃，名小憐，慧黠，能彈琵琶，工歌舞，穆后從婢。后愛衰，以五月五日進號於後主，曰續命。周師取平陽，帝獵於三堆。晉州告急，帝將還，淑妃請更殺一圍。自晉陽以皇后衣至，帝爲按轡，命淑妃着之，然後去。及帝遇害，以淑妃賜代王達，因作《弦斷詩》曰：『雖蒙今日寵，猶憶昔時憐。欲知心斷絶，應看膝上弦。』隋文帝賜達妃兄李詢，令着布裙配舂，詢母逼自殺。」按，《樂府詩集》無此題，然見録于楊維楨《鐵崖古樂府補》，故予收録。

黄花落，菖花開。勸君續命酒，金琶聲若雷。晉州古城鐵甕裂，大人石點燕支面。玉鏡高臺畫眉末，蟠蛇陣前看兒戲。馬上走戎裝，褘衣上身何短長。長風起華橋，日落漳河道。爲君始，爲君終，菖花不如美人草。《全元詩》，册 39，第 104 頁

金谷步障歌

楊維禎

按，《樂府詩集》無此題，然見録于楊維楨《鐵崖古樂府補》，故予收録。

金谷水派銀河流，金谷峙據三神丘。太僕卿君一作居。十二樓，花草不識人間秋。蜀江染絲雲五色，紫鳳銜絲中夜織。剪斷鯨濤三萬匹，天女江妃不敢惜。明珠量斛買娥眉，時時玉笛障中吹。紅鸞翠鵲飛在地，香塵蹋蹋凝流脂。野鷹西來歌吹歇，踏錦未收風雨裂。樓前甲士屯如雲，樓上佳人墜如雪。於乎！董家郿塢金成泥，鬼燈一點然空臍。齊州奴，何用爾，只須豆粥與萍虀。不見秖今金谷底，野花作障山禽啼。《全元詩》，册39，第105頁

五王毬歌

楊維楨

按，《樂府詩集》無此題，然見録于楊維楨《鐵崖古樂府補》，故予收録。

天河洗玉通銀浦，雲氣成龍或成虎。金絲剪斷黄臺瓜，萼緑五枝生五花。讓王不在荆蠻俗，李家兄弟真骨肉。醉歸何處戲毬場，黄衣天人是三郎。十幅大衾鶩裂纈，西風夜入金鷄障。五馬一龍龍化猪，大棚兒在黄金輿。青騾萬里蠶叢路，雄狐尚復將雌去。凉州曲破可奈何，至今玉笛憶寧哥。《全元詩》，册39，第105頁

金人擊毬圖

楊維楨

按，《樂府詩集》無此題，然見録于楊維楨《鐵崖古樂府補》，故予收録。

靺鞨國，鶻産仇，赤藥半吐妖狐愁。夾山丈雪走髑髏，黄羊紫酪薰神州。麗春堂前春正好，臙脂妝花絨剪草。君王自作擊毬戲，説與郎君莫相惱。蜚虎幟，蟠龍裘，烏紗頂换銀兜鍪。四垂帶綰雙白月，玉腦緊貼金籠頭。袒臂交肩捷過鳥，鐵棒旋身雷光繞。一陣歡聲埽地來，火珠迸落雙華表。盲骨天人赤龍鬚，火伍要與常人殊。畫工俗筆不可摹，謾作十國朝王圖。於乎，五國城，一丸土，不爲羊哥封國户。麒麟脱地地一裂，千古毬場弔禾黍。《全元詩》，册39，第105頁

桃核杯歌

楊維楨

詩序曰:「道士余筠谷,爲予道長春真人事:世祖皇帝幸長春館,真人方晝寢,盤桓久之,始寤。上曰:『真人何之?』對曰:『臣赴蟠桃宴。』上曰:『有徵乎?』曰:『有。』乃袖出桃核,大如盌。上神之,玩不去手,命左右持去。真人請剖而爲杯,一以奉上,而自留其一。上命置萬億庫,永爲我家鎮國之寶。時館閣先生未有歌詠。筠谷請曰:『此我朝奇事,當得老鐵史奇語以傳世。』爲補賦《桃核杯》樂府一解。」按,《樂府詩集》無此題,然見録于楊維楨《鐵崖古樂府補》,故予收録。

西霞火龍蹋罡風,飛上萬八千里崑崙宮。玉衡精結萬年果,朔兒不敢偷春紅。夢中紅日炎去聲。金甲,隆準天人臨卧榻。笑問火龍何所之,袖出連環大如榼。雄雷走天天發威,裂作兩扇鴛鴦栝。神珠脱胎日月破,鬼斧鑿竅乾坤開。左扇入天府,右扇留丹臺。七星斷,雙虹結,天狗天狼落如雪。願承漢武掌中露,不染田疆咽下血。於乎,金甌缺,寶鼎遷,鼎湖龍去何時旋,八十一紀海水變桑田。招霞師,談後天。雙栝復合,十斛大甕磅磄巔。《全元詩》,册 39,第 105 頁

阿犖來操

楊維楨

詩序曰：「《阿犖來》者，即《可汗篴羅回曲》也。吹之羌管，被之四弦，節爲十有一拍。始弄極慢，不可節拍。至六七弄，漸漸促數，爲十一而止。今效用李延年新聲，補我朝樂府。是曲之盛，用於大駕，今鮮卑老將復用軍中，奏馬上，察樂君子不無感也已。」按，《樂府詩集》無此題，然見録于楊維楨《鐵崖古樂府補》，故予收録。

阿犖來，阿犖來，十有一拍拍莫催。壯士卷蘆葉，夜吹篴羅回。胡霜凋折柳，邊風吹落梅。龍城寒月覆如栝，陰山狐狸奉首哀。真人作，統九垓。一拍始，天地開，五拍六拍奎斗回。合歌金槽雙欏杪，黄宫大弦聲若雷。駕鵝頸，羖攊胎，鮮卑齊上萬壽栝，大駕歲還龍虎臺。阿犖極，阿犖愁，九九八十一春秋，黄霧迷涿丘。桃皮篳篥吹隴頭，二十四弦如箜篌。東青雕，雄糾糾，白翎雀，雌嘎嘎，鮮卑老將涕交流。爲君弄，兕勒兕。兕勒兕，將軍怒髮豎鉦鉾，龍跳虎擲走蚩尤。《全元詩》，册 39，第 106—107 頁

華山高

楊維楨

按，《樂府詩集》無此題，然見録于楊維楨《鐵崖古樂府補》，故予收録。

思美人兮西華山，我欲往兮如天難。上通帝座二氣之呼吸，下衝龍門百折之崑崙源。秦關桃林之寒贔屭於其左兮，右抱萬頃白玉所産之藍田。金天太白實主宰，井鬼上應精靈躔。巨靈一擘萬古不可合，首陽下有根株連。雲臺仙掌現真迹，朱衣赤鬚垂櫜鞬。明星玉女不許以肉眼見兮，玉盆緑水洒不竭，一匹石馬誰來牽。嗟爾華山人，不歸來兮徒留連。人間塵士那可以久住，白雲蹋爾希夷眠。天池注腦晞緑髮，玉漿渴飲飢飡蓮。伐毛洗髓不足較，白日一瞑三千年。覺來招酒姆，騎茅龍，訪子先。更呼山東李謫仙，搔首問青天。巨靈接見媧皇前，驚呼一笑軒轅之子彌明顛。《全元詩》，册 39，第 107—108 頁

太山高

楊維楨

按,《樂府詩集》無此題,然見録于楊維楨《鐵崖古樂府補》,故予收録。

巍乎高哉,太山之山三萬八千丈兮,五岳之伯,萬山之宗。上有雲官霞伯,明星玉女,金堂石室高重重。三十六天第一洞,是爲蓬玄太空之上穹。上帝賜以金篋之玉策,司命下土開群蒙。自從崇伯子受命告厥功,至今七十二君壇壝留遺踪。觸石之雲可以一朝雨天下,封突起化作海島十二金芙蓉。三神尚有劉郎記,五官不受秦皇封。東方有岩名日觀,羊角而上,千萬盤屈,始窺大門小户之天聰。黄河西來如綫走其下,齊州九點烟滅濛。秦觀見長安,吴觀見會稽,周觀見洛嵩。聖人登之天下小似東龜蒙。夜聞巨靈盪踼西華峰,流血下染洪河紅。嵩高不生帝王佐,常山蛇怪兩首而三瞳。天上金烏下倒景,大星僭曉芒角流妖鋒。鐵道人手持一雌一雄雙鐵龍,騎龍天闕叩天語,夜拜日駕五色披祥虹。天封地禪禮數絶,徵兵三度謡嵩童。博陸侯,狄梁公,虞淵取日扶桑東。太陽當天天下白,照見地下蟣蝨金頭蟲。金頭蟲,如蠛蠓。《鐵崖古樂府補》卷二 《全元詩》,册39,第108頁

太山高一首上王尚書

迺賢

太山高，不知其幾千丈兮，但見衡恒嵩華何其低。膚寸之雲雨天下，東西南北三十七萬八千里。內無枯畦，吾儕小人重報本，春至三月下澣之八日，幼壯老稚相扶携。五步一稽首，十步一頓顙。蠟光檀氣壓衢路，帝德浩蕩無端倪。帝曰嗟下民，何以厚汝禔。我有香案吏，置之黄金閨。前期一日，遠賫汝下與。有宋十一葉，天子蘇遺黎。胸中七百里雲夢，筆端一萬丈虹霓。臂間六鈞弓，指下十萬鼙。囊中書萬卷，坐上賦十題。朝聞擢英上蟾蜍，暮見賜食烹駃騠。蒼苔紅藥省中宿，花底柳邊歸路迷。上坡直作威鳳鳴，騎馬不敢寒鷄棲。緑蓑青笠忽夢江海去，便欲畢命依鳧鷖。一朝唤起作邊帥，黄河以北兒女皆驚啼。載筆九天上，判花雙禁西。夕闈拜青瑣，金殿執牙篦。銓衡百里聽，文印九州提。此皆東坡六一間關所僅得，老馬歷遍無留蹄。不羨百官班迎入東閣，不羨十里列炬行沙堤。千羨萬羨越中千岩與萬壑，雲門寺外若耶溪。丈夫東來不用高牙千騎殺風景，只在古錦詩囊消一奚。蓬萊閣上三大字，意氣欲與羲獻父子相攀躋。元才子，龐將軍，二人名字不相齊。一公文字照今古，一公武烈傳髦齯。皆不如王尚書，詩隨賈客過南海，箭壓飛將驚幽蹊。但令千歲眉壽無與害，世間富貴皆塵泥。《全元詩》，册 48，第 61—62 頁

泰山高寄陳彥正

吴　萊

泰山一何高，高哉極青天。世人欲上不可上，層巖峭壁徒攀緣。望中絶頂路已斷，石穴上出，鐵鎖下組，歷趢相鉤連。誰歟愛奇者，步步喜若癲。一心不顧死，隻手捩長烟。毛群鷩回少虎豹，羽族跕墮多烏鳶。浩氣剛風，搏結虛空作世界；蜚龍捷鬼，鑿開混沌巢神仙。道逢四五叟，含笑使來前。黄冠皓髮傲凡榻，野菜素粥鋪盤筵。自非爾願力，何計此留連。當知仰扣暧昧雲霄有頂處，得不俯懾嶄巖箐棧無窮淵。嗟兹大凡夫，行尸走肉真腥羶。段砉思家最可惜，李紳戀俗終難鐫。舉頭告神人，苦乏風馬與雷鞭。藤蘿束縛即縋下，但見松柏樠槮數萬仞，石稜突屼横戈鋋。古來秦漢東封不到此，惟問梁父并肅然。日觀嵯峨恍在下，蓬萊浩渺空樓船。彼云鯨可射，此謂狗能牽。安期羨門一往不復返，文成五利受寵驟貴祈長年。仙人自有真，至道何由傳。遜焉龍漢延康紀，去授金瑫玉珮篇。《全元詩》，册40，第6頁

崆峒子渾淪歌

楊維楨

詩序曰：「老子言，混沌於物未鑿之先，鑿則死矣。崆峒子名渾淪，於既自形之後，曰不死，可乎？而有不死者，尸解後天，弄丸先天，是死不死辨也。歌渾淪者亡慮百十家，而又求予言，故復叙之，爲鄭重其詞。曉周柱史之旨者，鄭遂昌、張句曲，幸出余言質之。」按，《樂府詩集》無此題，然見録于楊維楨《鐵崖古樂府補》，故予收録。

貞州道人鄭崆峒，自言得道金公之棘栗蓬。歸來因號混淪子，不識盤皇破殼之雌雄。有物先天鼻天祖，一畫天作公，再畫地作母，渾淪一破不可補。羿妻合得七寶丸，歲費斧斤三萬户。道人渾淪人弗知，竊笑李下華顛兒。有時中天弄金月，散作萬水圓琉璃。渾天圜，太極圈，曰器曰道何紛然。而况投閣子，五千重草玄。於乎渾淪子，爾之生兮曷以始，爾之死兮曷以止。九九八十一曼紀，渾淪不生亦不死。《全元詩》，册39，第108—109頁

真仙謡

楊維楨

詩序曰："漢武帝曰：『天下豈有神仙耶？惟節食省欲可延年耳。』武帝所謂仙者，亦方士求諸吐納，一丹一藥之爲。若天地間真仙在浩劫外者，非武帝所能知矣。因賦《真仙謡》。"詩末曰："又有一首和狄仙人曰：『日月西墮而東出，江河東逝而西旋。乾坤顛倒吾自在，真仙此訣將誰傳。』先生自言夜夢擊壤老人談詩曰：『身在天地後，心在天地先。天地自我出，其餘何足言。』鐵仙人自詫黄卵殼外，非天自我出邪？予謝之曰：『老人，吾師也。』"按，《樂府詩集》無此題，然見録于楊維楨《鐵崖古樂府補》，故予收録。

停君歌，住爾咢，聽我歌莫莫。後天有死，長生可學。瓶收七豖，一行。紙剪雙鶴。張綽。盆花頃刻開，屏女相唯諾。癡仙狡獪弗之覺，去尋王屋二子講太樸。二子，石曼卿、蘇舜欽也。石云："牛尾麟角成真少，神仙有路不關書。"蘇公云："丹海飛日烏，玉液朝元腦。崑臺氣候四時春，紫府光陰夜如曉。"亦只是吐納仙耳，真仙不取。丹海烏，沈冰壑。黄河丸，裂火暴。於乎後天一一作有。死，長生不可學。西華傾，東海涸。問我在何處，手持天根不盈握。浩劫萬，萬劫始，胸之天幾，褪黄卵殼。《全元詩》，册39，第109頁

老姑投國璽

楊維楨

按，《樂府詩集》無此題，然見録于楊維楨《鐵崖古樂府補》，故予收録。

梁山崩，六百年後符命興，五將十侯至宰衡。改漢臘，頒新正。五威符命走天下，侯王稽首厥角崩，老姑亦去號改新母稱。置酒未央宮，誰爲朱虛按劍行酒令平聲。吁嗟長樂孺子璽不得，渭陵殉葬藏幽扃。《全元詩》，册 39，第 110 頁

曹大家

楊維楨

按，《樂府詩集》無此題，然見録于楊維楨《鐵崖古樂府補》，故予收録。

曹大家，博文善著書。著書豈獨識閨壺，禍轍使我元舅歸先廬。大家大家丈夫婦，如何我兄固，不能勸元舅，白首同歸死囹圄。太后母新野君薨，鄧騭乞行服，太后不許，以問大家。大家上疏而騭引

退。 《全元詩》，册 39，第 110—111 頁

辛家女

楊維楨

題注曰：「辛昆女憲英。」按，《樂府詩集》無此題，然見録于楊維楨《鐵崖古樂府補》，故予收録。

辛家女，父書曾讀春秋經，豈比高家二女夜讀兵。辛老人，古遺直。議郎云言一一關社稷，吁嗟英言光父則。抱頸郎君器如斗，曹丕。魏祚得之那可久。十年而崩。卞夫人，絶左右，丕母。未若英言賢可后。其決鍾會之必反，皆英先識之明。 《全元詩》，册 39，第 111 頁

王氏女

楊維楨

題注曰：「武治元年。」按，《樂府詩集》無此題，然見録于楊維楨《鐵崖古樂府補》，故予收録。

王氏女，始州人。羌中老虎旁企羌名。地，朝接長安莫聚南山群，龐家大將王。不敢嗔。王氏女，在虎口。上馬與聯轡，下馬與飲酒。老虎卧酣上馬走，拔刀殺虎如殺狗。王氏女，真奇勛。錫以崇義號夫人，不數李家娘子軍。柴紹妻李氏聚兵萬餘，號「娘子軍」，會世民於渭北。《全元詩》，册39，第111頁

喬家妾

楊維禎

詩序曰：「唐右司郎中喬知之有美妾曰碧玉，武承嗣借以教諸姬，遂留不還。喬作《緑珠怨》詩寄之，碧玉赴井死。」按，《樂府詩集》無此題，然見録于楊維禎《鐵崖古樂府補》，故予收録。

石家有緑珠，喬家有碧玉。顔色上春花，節操冬貞木。金谷樓，鸊鵜井，一雙白璧沈倒影。

《全元詩》，册39，第111頁

武氏剪甲詞

楊維楨

按，《樂府詩集》無此題，然見録于楊維楨《鐵崖古樂府補》，故予收録。

武䕶女，文皇妃叶，弱兼厥嗣雄其夫。立周七廟，滅唐諸孤，身服衮冕執鎮圭叶。郊祀上帝，圜丘之墟。於乎，黜牝晨之僭，洗麀聚之汙。復子厥辟，退老椒盧。何用拜洛受圖，禪少室，頌天樞。雖不剪甲，神其吐諸。《全元詩》，册 39，第 111—112 頁

安樂公主畫眉歌

楊維楨

按，《樂府詩集》無此題，然見録于楊維楨《鐵崖古樂府補》，故予收録。

銅鼓二鼓星如雪，帳底春雲夢初熟。羽林千騎開殺聲，畫眉畫眉天未明。結龍蟠，飛鸞舞。鏡中人，皇太女。畫眉不鑒長髮尼，畫眉畫眉將何爲。墨書未罷斜封旨，血浸三郎三尺水。《全元詩》，册 39，第 112 頁

桑條韋

楊維楨

詩序曰：「按史，伽葉志忠曰：『順天皇后未受命，天下歌《桑條韋》。於是上《桑韋歌》十二首，請編之樂府。皇后祀先蠶，則奏之。』余惜后晚年欲遵武后遺轍，遂陷逆婦，爲賦《桑條韋》，補詩之刺云。」按，《樂府詩集》無此題，然見録于楊維楨《鐵崖古樂府補》，故予收録。

桑條韋，著翬衣，后服。開蠒館，繅蠶絲。順陰配陽立坤儀。胡爲乎，牝乘雄，黥面牝雞飛籠婉兒，小鸜折翅棲桑中武三思。天子不敢令，墨敕行斜封。執法不敢言，宫苑奪農功。隆慶池，相王府，睿宗五子皆生於此。雲氣成龍亦成虎。手提三尺正天綱，臨淄王。一夜天星落紅雨。韋氏宗屬誅戮迨盡，武氏襁褓兒無留者。桑條韋，枝已折，葉已稀。上陽不可宅，飛騎不可歸。天戈取血不釁鼓，全祭定陵陵上土。中宗。通化門前衰布奴，小白竿頭畫眉女。宗楚客衣斬衰、乘青驢逃，出通化門，門者斬

之。引圖讖，使韋氏革唐命者，此人也。《全元詩》，册 39，第 112 頁

同前

張憲

英英武媚娘，競行新樂章。洪音入周廟，誰復歌堂堂。若若桑條韋，雅製勞奉常。女妖重疊起，兒婦繼姑嫜。公主賣美官，墨敕斜封長。昭容持大秤，榮辱隨低昂。點籌煩玉指，握槊穢椒房。功臣不脱死，天子亦罹殃。潞州别駕不發憤，神器遽能歸相王。《全元詩》，册 57，第 20 頁

雙雉操

楊維楨

詩序曰：「晉王以練絚劉仁恭父子，凱歌入晉陽，獻太廟，自臨斬守光。守光曰：『死不恨，然教守光不降者，李小喜也。』王召小喜證之，小喜嗔目叱守光曰：『汝内亂禽獸行，亦我教汝耶？』王怒其無禮，先斬之。守光曰：『守光善騎射，王欲成伯業，何不留之？』其兩妻李氏、祝氏讓之曰：『皇帝事已如此，生亦何益？請先死。』即伸頸就戮。」按，《樂府詩集》無此題，然見録于楊維楨《鐵崖古樂府補》，故予收録。

雙雌雉，錦綉襠。朝呼鳳皇侶，莫宿鵶鶚房。兩雌角角聲稠將。晉陽網，艾如張，小喜鵲子先飛揚。一雄欲苟活，兩雌誓溘亡。於乎，寧爲兩烈死白刃，不活金籠異姓王。《全元詩》，册 39，第 112—113 頁

朱延壽妻

楊維楨

詩序曰：「朱延壽之妹，爲楊行密夫人。行密狎延壽，延壽怒，陰與田頵通謀。謀泄，行密詐爲目病，謂夫人曰：『吾不幸目疾，府事當悉以授三舅。』夫人以書召延壽。延壽至，執而殺之。延壽赴召時，妻謂曰：『此行吉凶未可知。可日發一使以安我。』一日使不至，妻曰：『事危矣。』部分奴僕，授兵守門，候捕騎至。至則集家人，聚寶貨，火焚府舍，曰：『妾誓不以皎然之軀，爲仇人所辱。』遂赴火死。」按，《樂府詩集》無此題，然見録于楊維楨《鐵崖古樂府補》，故予收録。

夜聞目眚子，肺腑變仇讐。英英朱氏婦，烈氣横斗牛。百口同日死，一燎焚高樓。伯姬録爾卒，誰執唐春秋。《全元詩》，册 39，第 112—113 頁

王承綱女

楊維禎

詩序曰：「蜀軍使王承綱女將嫁，蜀主聞其美色，强取入宫。承綱力請之，蜀主怒，流於茂州。女聞父得罪，自殺。」按，《樂府詩集》無此題，然見録于楊維楨《鐵崖古樂府補》，故予收録。

王客女，春花面，璞玉軀，青年已許東家夫。如何君王亂禮法，合歡重綰雙羅襦。感君恩，侍君酒，但念高堂父與母。願君知妾心，使妾東家奉箕箒。君一怒，父萬里，魂飛鸞刀逐父死，不殉牽羊秦國鬼。蜀主降封。

《全元詩》，册 39，第 113—114 頁

商人妻

楊維楨

題注曰：「天福三年。」詩序曰：「楚順賢夫人貌陋，而治家有法，楚王希範憚之。既卒，希範始縱聲色，爲長夜之飲，内外無别。有商人妻美色，希範殺其夫而奪之，妻矢不辱，

自經死。」按，《樂府詩集》無此題，然見録于楊維禎《鐵崖古樂府補》，故予收録。

商人妻，身棲棲，家住湘纍湘水西。君王昨夜殺無罪，良人白日歸黄泥。妾非野鴛鴦，生死雙鳳皇。書寄回文錦，臂纏紅守宫叶。良人爲我死，我爲雌雉經叶。於乎，司馬后，真犬羊，甘奉巾櫛穹廬王。晉后羊氏歸劉曜事。《全元詩》，册39，第114頁

銀瓶女

楊維禎

詩序曰：「宋岳鄂王之幼女也。王被收，女負銀瓶投水死。今祠在浙憲司之右。」按，《樂府詩集》無此題，然見録于楊維禎《鐵崖古樂府補》，故予收録。

岳家父，國之城。秦家奴，城之傾。皇天不靈，殺我父與兄。嗟我銀瓶，爲我父緹縈。生不贖父死，不如無生。千尺水，一尺瓶，瓶中之水精衛鳴。《全元詩》，册39，第114頁

童男娶寡婦

楊維楨

按，《樂府詩集》無此題，然見録于楊維楨《鐵崖古樂府補》，故予收録。

童男齒十六，寡婦六六年。俯就寡婦妃，還受壯女憐。壯女拊膺，踴地呼天。俾妻鬼夫，鬼夫指童男出征死。寧作生口，老死不傳。火風起，燒野田。野鴨逐胡雁，胡能牽連飛上天。演《紫騮馬辭》云：「野火燒野田，野鴨飛上天。童男取寡婦，壯女笑殺人。」

《全元詩》，册 39，第 115 頁

飢不從虎食行

楊維楨

按，《樂府詩集》無此題，然見録于楊維楨《鐵崖古樂府補》，故予收録。

西方有白額虎，東方有蒼頭狼。太室爲爾宅，孟門爲爾場。飢以人爲糗，渴以血爲漿。食盡食萬倀，自矜無對當。無數自相啖，相雄不能兩强。朝食其子，莫食其妃，况弟况兄叶。黨從皆滅，身隨之亡。惟有慈烏喜鵲，噪其四旁。君不見博浪椎，淮陰胯。兩人未遇時，其事足悲咤。飢不從虎食，倦不息狼舍。待時以售，如藏待價。劉季得之天下王，項羽失之國不霸。《全元詩》，册 39，第 116 頁

丈人烏

楊維楨

按，《樂府詩集》無此題，然見録于楊維楨《鐵崖古樂府補》，故予收録。

丈人烏，飛入丈人廬，聒聒鳴座隅。國人怪爾烏，告凶不告喜。丈人愛爾烏，獻忠不獻諛，命爾曰忠烏。爾噪介推屋，介推不受禄。爾噪慕容城，慕容危受兵。維北有鶡，觜不啄惡；維南有豸，角不觸罪；永言忠烏，誓死直弗諛。展矣丈人，克剛克仁。惟剛惟仁，下有直臣。惟直臣是容。人莫不轂，我又曷凶。君子作詩，惟以告忠。《全元詩》，册 39，第 116 頁

鼠制虎

楊維楨

詩序曰：「上海民有武斷商舟者，曰河虎。虎劫商財，欲溺商於河，商抱虎同溺。虎死，商泳而去。鐵史聞之，爲作《鼠制虎》。」按，《樂府詩集》無此題，然見録于楊維楨《鐵崖古樂府補》，故予收録。

河之虎，莫孰禦。河之鼠，亦莫余敢侮。虎一怒，鼠無生；鼠一怒，制虎死河滸。浮雲蔽青天，火風捲后土，孰識鼠冤苦。鼠冤苦，訴諸河伯府。河伯爲我告天，不生此河虎。《全元詩》，册39，第116頁

墻燕

楊維楨

詩序曰：「《慕容辭》曰：『願作墻内燕，高飛出墻外。』慕容本名觖，以讖去夬名垂，大元八年稱燕王。」按，《慕容辭》即《慕容垂歌辭》，見録於《樂府詩集·横吹曲辭》。《樂府詩

集》無《墻燕》，然此詩見録于楊維楨《鐵崖古樂府補》，故予收録。

墻裏燕，不出墻，墻外旗竿如插檣。墻裏燕，飛出墻，不使枉殺墻外百萬黄口鶬。墻裏燕，何堂堂，垂名央，稱燕王。《全元詩》，册 39，第 117 頁

吴宫燕

楊維楨

詩序曰：「此題演鮑照《空城雀》語也：『青烏遠食玉山禾，猶勝吴宫燕，無罪得焚窠。』」按，《樂府詩集》無此題，然見録于楊維楨《鐵崖古樂府補》，故予收録。

吴宫燕，秋復春。飢食玉山粒，渴飲玉池津。木魅吹火，火及爾巢焚爾身。不知青雀子，飛去銜紅巾。此傷丁未九月九日事，亦一代詩史。《全元詩》，册 39，第 117 頁

借南狸

楊維楨

詩序曰：「此題亦本唐人《苦哉行》。有曰：『彼鼠侵我厨，縱狸受粱肉。鼠既爲君却，狸食月須足。』今狸則又異於是矣。」按，《樂府詩集》無此題，然見録于楊維楨《鐵崖古樂府補》，故予收録。

北狸不捕鼠，爲鼠欺。鼠作妖，人立豕啼。媪責狸不職，借南狸，假虎威。鼠未捕，翻我屋上瓦，倒我厨中盆與罍。食飽求媪，雌雄匹之。咋死媪，狸與鼠同嬉。烏乎，媪小不忍大禍遺。

《全元詩》，册39，第117頁

鐵城謡

楊維楨

詩序曰：「張司業有《築城詞》，嫌其嘽緩，無沈痛迫切之警，今補之。」按，《樂府詩集》無此題，然見録于楊維楨《鐵崖古樂府補》，且據詩序，當爲新樂府府辭，故予收録。

蒸土築城城上鐵，北風一夜吹作雪。君不見銅駞關外鐵甕堆，中填白骨外塗血，髑髏作聲穿鬼穴。銅駞崩，鐵甕裂。《全元詩》，册 39，第 118 頁

折逃屋

楊維楨

按，《樂府詩集》無此題，然見録于楊維楨《鐵崖古樂府補》，故予收録。

折逃屋，屋基生秬黍。農拔穭黍，投礫與鵡。五種不敢入土，孔謙竿尺到田所。《全元詩》，册 39，第 118 頁

問生靈

楊維楨

題注曰：「續聶夷中樂府。」按，《樂府詩集》無此題，然見録于楊維楨《鐵崖古樂府補》，且據題注，當爲新樂府辭，故予收録。

金椎碎銅仙，火窑燒石佛。天子問生靈，生靈消鬼卒。張道陵事。天上光明光，無屋照突兀。願照屋下坎，再照坎中骨。《全元詩》，册 39，第 118 頁

山鹿篇　楊維楨

題注曰：「續張司業樂府也。」按，《樂府詩集》無此題，然見録于楊維楨《鐵崖古樂府補》，且據題注，當爲新樂府辭，故予收録。

山頭鹿，距蹌蹌，上聲。目瞠瞠。上聲。田租未了壓鹽租，夫死亭官杓頭杖。夫死捉少妻，拷妻折髁不能啼。妻投河，作河婦。獄丁捉，白頭母。《全元詩》，册 39，第 118 頁

四星謡　楊維楨

按，《樂府詩集》無此題，然見録于楊維楨《鐵崖古樂府補》，故予收録。

西星白，東星黄。南星雁，北星狼。赤熛不敢怒，威靈不敢仰。招距不敢拒，叶光不敢抗。况爾羅侯曜，向午奸太陽。太陽剥未復，光道日倀倀。太山有巨靈，目覩哭扶桑。手取甘泉水，爲日洗重光。明堂亮，太階平叶旁。黄白泡滅，雁狼燐亡。《全元詩》，册39，第118—119頁

欃槍謡

楊維楨

按，《樂府詩集》無此題，然見録于楊維楨《鐵崖古樂府補》，故予收録。

欃槍星，欃槍星，夜夜西伴長庚明。煌煌火龍東未升，欃槍經天掩陽精。李淄青，胡不庭。陽谷倒戈，太行假兵。欃槍夜半，雨血齊城。金鷄喔喔東方明。李淄青師道陽谷太行事，見劉禹錫《平濟行》。《全元詩》，册39，第119頁

石郎謡

楊維楨

按，《樂府詩集》無此題，然見録于楊維楨《鐵崖古樂府補》，故予收録。文淵閣四庫全

書本《鐵崖古樂府補》此詩後有注曰：「先生 有《石郎詞》補吴樂府孫皓事，辭云：『石三郎，十丈長，石印生文章，天下太平今適當。加印綬，石三郎，白髮丈人黄衣裳』。」①

南山石郎隱蓬顆，將軍遠適南山下。彎弓射石，石郎怒生火。石郎告將軍，猢戴汝髏，蟻穿汝踝，家有鬼妻，厩有鬼馬，不知石郎長年者。長年者，石馬戴郎不稱殤，石妻望郎不稱寡。《全元詩》，册 39，第 119 頁

石郎詞二首

楊維楨

石郎石郎梟捩竪，忍背沙陀篡唐主。胡雛許汝着柘黄，解衣築壇柳林下叶户。地割十六州，帛輸三十萬。北平父子争山河，鐵硯書生前泣諫。斛律小雛一諾重，石郎石不爛。嗚呼石家天子傳後主，木葉山頭拜相祖。《全元詩》，册 39，第 219 頁

---

① ［元］楊維楨《鐵崖古樂府補》卷四，景印文淵閣四庫全書，册 1222，臺灣商務印書館，1986 年版，第 100 頁。

石三郎，十丈長，石印生文章，天下太平今適當。加印綬，石三郎，白髮丈人黄衣裳。《全元詩》，册 39，第 233 頁

游陳氏園有感

楊維楨

按，《樂府詩集》無此題，然見録于楊維楨《鐵崖古樂府補》，故予收録。

陳家園，野塘基。千金花錦地，千年子孫期。歷歲未半百，池臺生穭音旅，木自生也。葵。紅樓在西家，無址遥相移。主公規戒石，草中字離離。妾流厮養婦，客散屠沽兒。尚有庭中樹，高蔓女蘿枝。飛來雙燕子，豈識春風悲。嗟我陳家園，盛衰固有時。我聞陳主公，義俠猶見推。揮金周所急，解佩酹相知。君不見西家齷齪子，生女作門楣。嬌客滅門户，重令後人嗤。《全元詩》，册 39，第 119 頁

小姑謡

楊維楨

按,《樂府詩集》無此題,然見録于楊維楨《鐵崖古樂府補》,故予收録。

小姑失母年十五,大嫂育之嫂如母。小姑急嫁嫁蠻郎,雙鬟私插金釵股。大嫂泣血告小姑,汝祖儀同父上柱。如何世閥不對當,失身去作蠻郎婦。汝貪蠻郎多金銀,寧嫁華郎守賤貧。蠻郎金多不到老,華人雖窶終吾身。小婦不聽大嫂誡,蠻郎戰没羊羅寨。五丁一夜發郿塢,官籍黄金官估賣。小姑還家嫂怒嗔,棄置棄置同市門。嫁衣重綉金織孫,今年又嫁烏將軍。《全元詩》,册 39,第 119 頁

同前

郭翼

小姑年可十五餘,幼小只依兄嫂居。爹娘愛惜不肯嫁,婀娜一朵紅芙蕖。大嫂含笑向小姑,小姑今年當嫁夫。嫁夫須嫁田家兒,莫貪滿屋金與珠。不見東家樓上女,去年嫁作軍中婦。

良人戰没招魂歸，日日靈前哭如雨。今年再嫁花娉婷，車馬滿街相送迎。寧爲守義泉下鬼，如何失節須臾生。田家種田雖苦辛，百年貧賤可終身。荆釵布裙灰土面，小姑歸來好相見。《全元詩》，册 45，第 465 頁

卷三〇一　元新樂府辭三四

賣鹽婦

楊維楨

按，《樂府詩集》無此題，然見録于楊維楨《鐵崖古樂府補》，故予收録。

賣鹽婦，百結青裙走風雨。雨花灑鹽鹽作鹵，背負空筐泪如縷。三日破鐺無粟煮，老姑饑寒更愁苦。道旁行人因問之，拭泪吞聲爲君語。妾身家本住山東，夫家名在兵籍中。荷戈崎嶇戍明越，妾亦萬里來相從。年來海上風塵起，樓船百戰秋濤裏。良人賈勇身先死，白骨誰知沉海水。前年大兒征饒州，饒州未復軍尚留。去年小兒攻高郵，可憐血作淮河流。中原封裝音信絶，官倉不開口糧缺。空營木落烟火稀，夜雨殘燈泣嗚咽。東鄰西舍夫不歸，今年嫁作商人妻。綉羅裁衣春日低，落花飛絮愁深閨。妾心如水甘貧賤，辛苦賣鹽終不怨。得錢糴米供老姑，泉下無慚見夫面。君不見綉衣使者淛河東，采詩正欲觀民風。莫棄吾儂賣鹽婦，歸朝先奏明光宫。《全元詩》，册48，第57頁

天車詩并引

楊維楨

詩引曰：「丁未臘交戊申春三月，霪雨不休，農以潦告。官修圍岸，迫農車泄澇，農力竭而潦不退。有黄髮老髯來，謂農曰：『汝車力倍而功寡，吾教汝車，力不勞而功倍之。』索巨竹二竿，刳節交兩首尾，飲如口注，農家水龍皆閣不用。農驚問其神，髯曰：『此陰陽升降法也。』余讀《張讓傳》傳注渴烏，云爲曲筒，以氣引水上下。天車引水，即渴烏之引也。郡守某過余，言其事，謂之天車，請鐵崖紀以詩。詩曰。」按，《樂府詩集》無此題，然見録于楊維楨《鐵崖古樂府補》，故予收録。

百日漏天瓠河決，高丘十丈蛟龍穴。髯星降世教天車，刳爾雌雄兩龍節。膠泥瑣口如折筒，天竅地竅中相通。疲氓拜舞賽神教，喜氣上天成白虹。戽乾水怪支祁走，海底珊瑚拾星斗。坐令墊土成寸金，丈尺官來履丘畝。我聞阿香閣雷車，農車巧運脱殼蛇。如何天車閲天巧，馬鈞造水車，魏國人。不洩三農家。九重帝車運北斗，五風十雨調大有。我願天倉紅粟朽，農食冬春飲春酒。和我歌，擊壤叟。《全元詩》，册39，第120頁

礫鴞

楊維楨

詩序曰：「鴞出蘄州黄梅山，狀類訓狐，聲如擊腰鼓，巢于大木顛，巢下數十步無草生。晉制：鴞不得渡江，有重法。石崇嘗得之，以與王愷。司隸傅祇於愷家得此鳥，奏之，宣示百官，燒於都街。蘄有進此鳥者以夸罕見，當有傅司隸付之火刑，以示滅惡，故予賦《礫鴞詩》。」按，《樂府詩集》無此題，然見録于楊維楨《鐵崖古樂府補》，故予收録。

蘄州鬼，鬼來惡，蘄州鴞，鴞何凶叶興。聲如萬腰鼓，百鳥不敢鳴。委地一片羽，百草不敢生。如何崇家柵養相夸矜。司隸忽上奏，焚滅不留形。秋官司天法，殺物自有刑。嘖嘖驅我嫉，雊雊勸我耕。「嘖嘖」「雊雊」皆九扈鳥官。天何生爾毒，毒作人中兵。我願天悔禍，仁鳳下虞廷。

《全元詩》，册 39，第 121 頁

緑衣使辭

楊維楨

按，《樂府詩集》無此題，然見録于楊維楨《鐵崖古樂府補》，故予收録。

緑衣使，朱冠纓，西來萬里隴山青。金精氣，清儆直，言語分明藏不得。房中秘，人不知，近竊寧王玉笛吹。殿上兒，老萊戲，十幅錦綳摇虎翅。皂鵰不語君王私，拜爾君王緑衣使。《全元詩》，册 39，第 121—122 頁

桃花犬

楊維楨

詩序曰：「邑吴氏仲衡家畜犬，病蹄，子能銜食哺其母。母死，葬小山下，有花開如白鳳仙，人因稱之爲孝犬云。」按，《樂府詩集》無此題，然見録于楊維楨《鐵崖古樂府補》，且據詩序，當爲新樂府辭，故予收録。

昔桃花，孝義聞天家。今桃花，生子在吴家。桃花子，母病跕不起。三子者纍纍若悲啼。有一子，銜食哺母母食之，子始出馳。一去復一來，眠母左右不一離。吴老人，壽期頤。五葉孫，斑斕衣。門前荆樹不分枝，柱下并蒂生靈芝。吴家孝慈及草木，况爾桃花爲有知。喔喔梟獍兒，泥塗我宫室，蕩裂我四維，風俗日壞壞不支。歌桃花，作家慶。吴家兒，當執政。桃花牲化梟獍。《全元詩》，册 39，第 122 頁

祀蠶姑火龍詞并序論

楊維楨

序論曰：「余嘗論蠶有六德：衣被天下生靈，仁也。食其食，死其死，以答主恩，義也。身不辭湯火之厄，忠也。必三眠三起而熟，信也。象物以成璽，色必尚黄素，智也。璽而蛹，蛹而娥，娥復卵而璽，神也。此六德也。人靈爲倮蟲之長，食君之食，衣君之衣，乃有腴生靈之膏，賣君父之國，卒不得其死者，其不愧火龍乎？因賦《火龍辭》四章，補樂府之缺。」按，《樂府詩集》無此題，然見録于楊維楨《鐵崖古樂府補》，且據詩序，當爲新樂府辭，故予收録。

火之龍兮，雲弗從，雨弗降叶，三眠始，三眠終。

火之龍兮，桑以穀，絲以腹，蠒以屋。象水火兮，以金以玉。

火之龍兮，蛹以蛾，蛾以卵，卵復化叶。龍之神兮實多。惟龍之神兮，有大功於人，又殺身以成仁，狥道而忠益信。

火之龍兮，其節甚高。彼糜爵者誰兮，生寵死則逃。剥民之膏，粥人之國，而死與叛鬼曹。

火龍德，德可褒。《全元詩》，册 39，第 122—123 頁

馮處士歌并叙

楊維楨

詩叙曰：「富春馮正卿氏，四世不分。其曾大父冀，爲宋德祐死節臣。正卿者，才而賢，當元末，不屑仕僞，衆嘖然以處士稱之。丘園科屢起處士，處士絶之，曰：『予幸有一廬一區，林下可以避風雨。田一成，在郭外，可以給衣食。學聖人之道者，可以自樂，不願仕也。且仕榮利禄，隱樂貞素，苟以相易，彼此兩乖。』吁！處士正卿，其可謂逸而真者歟。故吾號之曰『貞逸』，而爲之賦詩曰。」按，《樂府詩集》無此題，然見録于楊維楨《鐵崖古樂府補》，故予收録。此詩《全元詩》失收。

星臺下，桐廬陰，曰有節士馮氏之家林。後三葉，五丈夫子玉琳森。曰正卿者，長身而美髯叶壬。風局孤古，體貌疎且沉。家不失箴，里不失任。貧不屈，富不淫，有餘推與人，矧肯要爵禄，心闕下，足終南叶吟。鳳皇引高，神龍深深音心。處士貞逸，退如處女古井心。嗟今之士科，隱丘事王侯。行無補闕，言無裨謀，惟禄食是媒叶牟。詭貞而佞，詭逸而逑，以爲吾人憂。放而返也，澗恚岳隴羞。聞處士風，其不泚然在顙，豈吾人儔。《鐵崖古樂府補》卷四，景印文淵閣四庫全書，册1222，第104頁

桐卿俊公子

楊維楨

詩序曰：「古什一首，餞濮敬之桀上司之任。」按，《樂府詩集》無此題，然見録于楊維楨《鐵崖古樂府補》，故予收録。

俊公子，二十忠義俱。殺賊不受賞，務在安邦閭。使者宣條約，來試匡君略。調官鄉縣中，狴犴庀鎖鑰。此氣與秋高，豐城掘寶刀。獄空元有象，門櫓鵲來巢。《全元詩》，册39，第123頁

丁孝子行

楊維楨

按，《樂府詩集》無此題，然見録于楊維楨《鐵崖古樂府補》，故予收録。

孝子蘭，刻木肖母顔。木有神，痛相關。況我孝子有母，上堂問安否。母胡爲，雙目瞽。母瞽捫壁行，行聽孝子聲。孝子泣母舐母目，何時仰見天日星。朝舐瞽，莫舐瞽，一日二日百里程，母瞽豁然而月明。鄰里交相賀，母如長夜再生明。孝子名上達天聽，華表柱爲孝子旌。出《諸暨志》。《全元詩》，册39，第123頁

大將南征歌

楊維楨

詩序曰：「美河南王察罕也。」按，《樂府詩集》無此題，然見録于楊維楨《鐵崖古樂府補》，故予收録。

大將軍，將天討，出南征。文如阿閣鳳，武如牧野鷹。兵行司馬法，漕轉屯田丁。鹿山放麑萬衆泣，虎穴取彪千人驚。東屯西屯露書布，南傒北傒壺漿迎。蠻奴授首，鷩子獻城。三危送款，孤竹輸平。藍之山，截海斷。峽之水，吞湘漢。大將軍，持廟算，直向刑塘築京觀。嗟嗟小蠻觸，尚爾爭雌雄。將軍大勢破竹下，拾土補地裂。中國長城無再壞，崑崙天柱無再折。盤石永安，金甌罔缺。我頌摩崖千丈碑，大字如斗光奪月。《全元詩》，册 39，第 128 頁

小萬户射虎行

楊維楨

詩序曰：「美慶元鎮帥金駒兒也。」按，《樂府詩集》無此題，然見録于楊維楨《鐵崖古樂府補》，故予收録。元人又有《射虎歌》《射虎詞》，或出於此，亦予收録。

邊城秋氣勁折膠，草枯燎發風蕭蕭。將軍校射出細柳，馬上箭落雙飛鵰。須臾吼地窮獸急，將軍匹馬電弗及。疾蹄迸落衝虎過，白羽穿喉虎人立。將軍身不六尺强，一怒萬夫無敢當。先皇賜名名拔突，部下材官爭蹶張。畫工親見編鬚勇，急陣梢岡浩呼洶。目光落地已化石，將軍生氣毛髮動。君不見桃花島，阜樹洋，乳孫哺子人爲糧。將軍一死不可生，東海黄公愁夜行。

《全元詩》，册 39，第 128—129 頁

射虎行上潘使君

張仲壽

莫射虎，莫射虎，弓矢有限虎無數。昨日白額方就磔，今晨老虎更虓怒。腥風撼林林欲裂，毒吻無日無生血。將軍飲羽藝絶倫，關弧直前非好嗔。平生負此射生手，小欲救物大救人。誓將掃穴無噍類，恨不與虎同日斃。豈知虎本具良心，可以氣化非力致。射虎母，諸兒紛紛散林藪。射虎兒，種在還有孳生時。一虎猶自可，十虎將奈何。十虎不可支，百虎我先疲。前有馮婦後周處，至今眈眈尚如許。君不見海南鱷魚更可畏，來一何由去何謂。虎亦負子能渡河，此事今人等兒戲。《全元詩》，册 16，第 9—10 頁

答禄將軍射虎行

迺賢

詩序曰：「答禄將軍，世爲乃蠻部主。歸國朝，拜隋穎萬户，平金有功，事載國史。其出守信陽，射虎之事尤偉。曾孫與權舉進士，爲秘書郎官，與余雅善，間言其事，因徵

作歌」。

將軍部曲瀚海東，三千鐵騎精且雄。久知天命屬真主，奮身來建非常功。世祖神謨涵宇宙，坐使英雄皆入彀。十年轉戰淮蔡平，帳下論功封太守。信陽郭外山嵯峨，長林大谷青松多。白額於菟踞當道，城邊日落無人過。將軍聞之毛髮豎，拔劍誓天期殺虎。彎弓走馬出東門，傾城來看夸豪武。猛虎磨牙當路噑，目光睒睒斑尾摇。據鞍一叱雙眦裂，鳥飛木落風蕭蕭。金弰雕弓鐵絲箭，滿月弦開正當面。箭翎射没錦毛摧，崖石崩騰腥血濺。萬人讙譟聲震天，剖開一鏃當心穿。父老持杯馬前拜，祝公眉壽三千年。丈夫立功期不朽，奇事相傳在人口。可憐李廣不封侯，却喜將軍今有後。承平公子秘書郎，文場百步曾穿楊。咫尺風雲看豹變，鳴珂曳履登朝堂。虎既剖，箭鏃正貫于心中。

《全元詩》，册48，第45—46頁

射虎行贈射虎人

郭　鈺

昨日射虎南山巔，悲風蕭蕭眼力穿。今日射虎北山下，虎血濺衣山路夜。朝朝射虎無空歸，家人望斷孤雲飛。度嶺踰山弓力健，虎肉共分不辭遠。府司帖下問虎皮，高枕髑髏醉不知。

虎昔咆哮百獸走，一死寧知在君手。鼻端出火耳生風，拔劍起舞氣如虹。昨夜空村見漁火，牛羊不牧犬長卧。作詩贈君毛髮寒，煩君爲我謝上官。君不見昔日劉昆稱長者，虎北渡河不須射。《全元詩》，册 57，第 547 頁

射虎行

謝 肅

伏勁弩，操長矛，壯士射虎南山陬。虎應弦奔俄自踣，目睛猶烱爍，不自追愆尤。向來牙爪森鋸刃，一怒能摧萬人陣。飛行絶險忽焂焂，崖石翻崩林木振。朝餒吞鹿豕，暮飢啗牛羊。狼狐駭遁貙伏藏，又拉人充飽腸。天生萬物人最智，虎雖恃力焉足畏。是何頭骨能瑰奇，毒矢穿之終莫避。此時中矢勢益雄，馮陵大叫跑曾空。風悲雲起助狂視，卞馮不敢當其衝。啞啞林烏噪，虎斃林西嶠。黄質羅黑章，奪日光炳耀。哈示虎兮何不從軒皇，戰殺蚩尤綏萬方。不然百獸同率舞，使虞朝治道之彌光。胡乃山村肆饕口，野窟畜圈皆踐蹂。自矜威武非衆侔，豈想豪横落人手。君不見漢家飛將勇且獰，彎弓射死不射生。又不見周公一去今幾代，猛獸還貽中國害。設陷阱，張關機。人始與獸角，殘害紛相持。虎欲食人人射虎，虎强人弱何以支。以智鬥力斯獲之，食虎肉兮寢虎皮，吁嗟壯士知爲誰。《全元詩》，册 63，第 397 頁

射虎歌

虞 集

州人布矢如蒿蓬，半夜射殺南山雄。捲皮帶雪送官府，割肉大嚼千夫同。前日東家牛盡啗，犬豕無遺人落膽。不知世有李將軍，擊鼓報神聲坎坎。《全元詩》，册26，第52頁

射虎詞

孫 蕡

按，孫蕡《西菴集》置此詩於「樂府」類。

射羊得羊食，射虎被虎傷。始知學射虎，不如學射羊。村前村後腰我弩，但願逢羊莫逢虎。《全元詩》，册63，第262頁

虞丘孝子辭

楊維楨

詩序曰：「顧亮，會稽上虞人也。父珪，倡義兵，拒海寇，與虜邵仇。至正戊戌冬，邁里古思引兵東渡，珪爲虜所害。亮時年十五，每有推刃于仇之志，而未獲遂也。閱去十餘年，過余，道其事，揮涕哽咽，怒髮盡豎。予悲其志，爲作《虞丘孝子辭》，以繼古樂府云。」按，《樂府詩集》無此題，然見録于楊維楨《鐵崖古樂府補》，且據詩序，當爲新樂府辭，故予收録。

虞丘孝子，父仇未雪。長劍拄頤，菆草在舌。夜誦獨漉篇，涕泗盡成血。於乎，頭上天，戴昏曉。千金去買零陵之匕刀，虞丘孝子心始了。《全元詩》，册39，第129頁

髯將軍

楊維楨

詩序曰：「美功將董參政搏霄也。」按，《樂府詩集》無此題，然見録于楊維楨《鐵崖古樂府補》，故予收録。

髯將軍，將之武，相之文。文武長才不世出，將軍兼之今絶倫。陣法本天地，兵機侔鬼神。八門遁丁甲，六花散風雲。樓船旌旆龍矯矯，雲關金鼓雷磤磤。水犀枝戰悍鯨帖，陸兕出神妖狐奔。風塵澒洞翳日月，紫髯一拂開朝昏。上馬談兵被裘帶，下馬降禮陳壺尊。於乎，昔人恨隨、陸無武，絳、灌無文。將軍之武平禍難，將軍之文焕經綸。髯將軍，受斧鉞，承華勛。净除國妖雪國耻，制禮作樂歸相天王尊。《全元詩》，册39，第129頁

卷三〇二　元新樂府辭三五

鐵骨搭

楊維楨

詩序曰：「美江浙省鐵宣使也。」按，《樂府詩集》無此題，然見録于楊維楨《鐵崖古樂府補》，故予收録。

鐵骨搭，偉鶻砂，性如獮豸口如鴉。仰見太陰剥食，欲挾匕上天刳妖蟇；俯見海揚波，誓拔快劍水上斷蝮蛇。才雄志大無位可施展，乃令行人走使匹馬無停撾。南藩大吏一月二十九日醉，藩職弗理莫敢輒玼瑕。骨搭北上見官家。官家問南事，一一叩陛下。陳治忽，談忠邪，天子爲點首，百官盡驚呀。御史結舌慙輔車，有附和，無聱牙。於乎骨搭者，古之汲直無以加。天子何不喚取歸南衙。下爲百司司白簡，上爲天子持黄麻。《全元詩》，册 39，第 130 頁

韋骨鯁并序論

楊維楨

序論曰：「韋名清，江陵人，性强梗，好怒駡，人號爲『韋骨鯁』。省臺大臣有過，輒昌言之無忌。僞張氏大弟奪浙相位，相僚曰壽、曰的，拜其僞太妃。已而復奪臺印章，大夫普持印未决，清走普所，屬語曰：『大夫尚不能殉印一死耶？』普死之。清時爲察胥，獨航海至京師，上書言壽、的喪節，普完節，及陳便宜二十事。上不報，徒步歸江陵故里。吴主欲仕之，清力乞骸骨侍親，遂落魄金陵市中，以詩酒爲事。母死後，服道士服，游五岳名山云。予以清非公卿大吏，而嫉邪憤世，有禰正平之氣節，求之於妾婦世，豈不在可詠之列耶？爲作《韋骨鯁》詩。」按，《樂府詩集》無此題，然見録于楊維楨《鐵崖古樂府補》，故予收録。

韋骨鯁，性偺傄，語軋戠。干。眼中有周公孔子，舌底有龍逄比干。見無義漢、不律官，怒瘿突項髆，芒刺生肺肝。去聲。敢向漢遮欄駕，策不向秦鑽。不仕僞。世人不識之，峨獨角巾如豸冠。痛吟蕩陰里，悲歌清泪灘。左旋右衡萬妾婦，朝梁莫晉千癡頑。弗弧弗刃劫白日，鈯郎撲仿同一豻。豻同。走轂下，出臺端，力陳悖逆不赦金鷄竿。敗紅一陣逐風去，木駃萬駕螺螄盤。

竭來秣陵市，佯狂落魄，酒澆舌本黃河乾。我有孤竹笛，和君獨絲彈。神仙狡獪只在吾人間，倒騎一笑，與爾共訪西華山。《全元詩》，册39，第130—131頁

舒刺客并序論

楊維楨

序論曰：「沅州有奇男子，陷賊中，佯俘，受僞命，陰謀刺僞主。大享宴中，匕首業出袖，不幸不中，訖能流泲以免，絶似博浪沙事。僞主淫殺疑似百十人。已而間行歸荆溪山中，説豪傑數百輩從之，歸正于江浙省相府。貢禮部爲作歌詩，令予志其事，予始知奇男子舒氏而志名。明年，志覲京師，予徒鄉貢忻一本忻下有忭字。回京師，持其狀來求書。余讀太史公《刺客傳》，未嘗不悲國士之志，志窮而爲刺也。議者謂傳刺客非《春秋》旨。蓋嘗論刺客有義有不義辨，爲國報仇、爲私人戕正人，此義不義辨也。刺客有五，吾取其三人：沫持匕首劫盟壇上，管仲不以爲非，而歸其侵地。讓挾匕首入塗厠中，趙襄子義其人而卒釋之。軻挾匕首亢圖，爲丹太子馳入仇國，圖窮匕見而卒受戮死，君子猶以義俠予之。嘻，刺客若三子者，可以翩、豹之例書之乎？五百有餘年而曹操遣客至先主座所，見諸葛而遯，此真珠靡耳。又三百餘年而唐有曹王俊客，能取其主仇謝祐首爲溺器，義士快之。又七百餘年而

今有舒志，人又咎其不得爲曹王俊客，此以成敗論也。吾取義烈於志，不計其功成與敗也。太史公曰：『義或成或不成，其較然不欺其志，豈妄也哉？』吾以是取志。予既爲志録其事，志自京師得賞爵回，來見曰：『先生爲李鐵鎗作歌，至今鐵鎗有生氣。志拙事幸見録于鐵史，再幸得先生歌，雖衮冕無以喻榮。』予與壯士飲酒，酒既酣，遂爲作壯士歌一解，使左右擊節合譟相和。壯士大喜，出佩劍作渾脱舞而去。」按，《樂府詩集》無此題，然見録于楊維楨《鐵崖古樂府補》，故予收録。

舒壯士，智如張子房，膽如趙子龍。神州地入黃旗東，壯士手挽回天功。探虎入虎穴，壯士沃焦心火熱，怒潮一卷石頭城。匕尖已帶乖龍血，闇中三耳走鬼工，百日淬匕一日窮。座中火位剉杌肉，壯士滅迹孤飛鴻。柯壇刼盟地還魯，舞陽小兒何足數。博浪沙頭力士歸，爲韓報仇必虜。於乎！大將軍，萬夫雄，赤心報國爲先鋒。如何馬頭交劍不斫賊，却留小惠夸丁公。

《全元詩》，册 39，第 131—132 頁

趙公子舞劍歌

楊維楨

詩序曰：「雪軒左相求奇才劍客，公子侍予游其門，席上作舞劍。左丞命歌之。其人名信，奉元人也，身長九尺，有文武略。」按，《樂府詩集》無此題，然見録于楊維楨《鐵崖古樂府補》，故予收録。元人又有《葛雄女子舞劍歌》《鴻門舞劍歌》《舞劍歌》，或出於此，亦予收録。

趙公子，千人英。讀書萬卷愁無成，負此長身九尺如長城。雪芙蓉，玉青驄，我將挾爾成大功。腰纏十萬欲何往，直上北臺觀虎龍。道逢鐵笛仙，把酒九峰前。酒酣爲我拔劍起作渾脱伎，白虹遶地烏風旋。矍然指天天爲穿，天狗墮地頑星堅。老鐵酒酣爲椎鼓，壯士衝冠髮倒豎。老增撞斗何足爲，鴻門突立衛真主。趙公子，千人英，爲君酌酒肝膽傾。忍見東南吴楚坼，慎莫脱手踴躍逝去雙龍精。君不見我家古鐵三尺冰，粤砥盪磨新發硎。不學區區一人敵，上爲天子匡前星。《全元詩》，册 39，第 132 頁

葛雄女子舞劍歌

仇遠

葛家女兒十四五，不向深閨學針縷。遍身綉出蛟螭文，赤手交持太阿舞。紅羅帕兮錦纏頭，口吐長安游俠語。側身弱女飛鳥輕，瞋目勇女獨鶻舉。雲窗霧閣豈無情，終欠嬈娥太粗武。黄堂張燕燈燭光，兩個喧喧厭歌鼓。人言葛氏善舞劍，曾向梨園奉尊俎。短衣結束當筵呈，壯士增雄懦夫阻。我憐健婦勝丈夫，却嘆驕兵如處女。安得軍號娘子軍，直氣端能撻秦楚。只愁逢著裴將軍，公孫大娘汗成雨。《全元詩》，册 13，第 255 頁

鴻門舞劍歌

汪宗臣

黑雲壓壘騅嘶風，荆軻聶政粗豪同。舞筵閃動青蛇影，焉知火帝生真龍。一劍剡剡匹夫勇，一劍翼翼隨西東。壯士長戈氣罥虹，掃開霾曀曦光融。尊前張膽不爲屈，生彘齾割吞群凶。子房笑語指顧頃，奚啻脱車深淖中。平陽帝譜炎精動，玉蜿蜒夜當其鋒。秦關恍服湯武出，赤幟彌張天下雄。金刀赫靈漢劍奮，烏江落日楚劍空。美人没草騅没水，項莊何處鳴秋蛩。《全元

詩》，册9，第216頁

同前

李　曄

鴻門大將輝重瞳，虎視六合無英雄。當時灞上隆準公，摧眉俛首趨下風。青蛇光寒射尊俎，酒酣拔劍爲誰舞。一舞范增身若雲，再舞張良面如土。神鋒慓魄可奈何，唤取楚人歌漢歌。當筵對舞張羽翼，紅烟紫電相盪摩。須臾舞罷沐猴悦，亞父翻成背流血。玉玦不靈玉斗裂，楚漢雌雄從此决。《全元詩》，册56，第24頁

舞劍歌

陳自新

曉騎白鶴入滄海，手携青龍浴寒水。背負河圖天地文，或變或化疑神鬼。始對雙鸞出林坰，終與孤鶴翔風墜。翩翩又在瑶池間，戲與群仙買歡醉。青龍顧我浩氣疲，欲假明月横波睡。我亦假之一霎間，徑然飛去天牛間。千呼萬唤不肯下，且吐風雨飛漫漫。《全元詩》，册65，第61頁

李公子行

楊維楨

按,《樂府詩集》無此題,然見録于楊維楨《鐵崖古樂府補》,故予收録。

李公子,鳳之雛,龍之駒。面如頳玉盤,眼如明月珠。舌端吞吐五色錦,胸中元有鄴侯三萬牙籤書。曩執金陵南端之白簡,今曳淮吴大府之長裾。東維先生在五湖,相逢一笑黄公壚。我聞公子曾大父,先皇開基作刑部。馬頭約法十二章,燕都新建尚書府。丹書鐵券盟山河,赫赫勳名照今古。又聞爾父司農公,畫策屯田闢西土。歲輸百萬實太倉,功著兵前料量府。汝今年少毛骨奇,五花驄馬當春騎。燕王方買臺上駿,趙客合脱囊中錐。姑蘇臺下春回首,東風緑遍官河柳。人生離合自有時,更勸西門一杯酒。李公子,爾豈馬上殺賊之钃斐,下馬喻賊之露書?莫負汝祖汝父,東魯爲真儒。《全元詩》,册 39,第 133 頁

盲老公三首

楊維楨

其一詩序曰：「刺拜住哥臺長也。戊戌十月二十三日，黨海寇，用壯士槌殺之。邁里古思將黄中禽拜住，盡戮其家。」其二詩序曰：「祖斑欲立令萱爲太后，且曰：『陸雖婦人，然實雄傑，女媧以來未之有也。』萱亦謂斑爲國師。及斑執政，與萱議同異，乃諷中丞劾王子冲，事連令萱。夫盲公、舌姆，一體人也，至立權地，不能不相傾也。盲公可畏哉，爲賦《盲老公》二章。」按，《樂府詩集》無此題，然見録于楊維楨《鐵崖古樂府補》，故予收録。

盲老公，侍御史，崇臺半面呼天子。白米紅鹽十萬家，鳳簫龍管三千指。門前養客皆天驕，一客解拯千黄苗。太阿之柄忽倒擲，槌殺義鶻招群梟。一客死，百客辱。萬夫怒，一夫獨，生縛老盲來作俘。百口賤良一日戮，獨遺小娥年十五，腰金買身潛出户。腰金買身潛出户，馱作娼家馬郎婦。《全元詩》，册 39，第 133 頁

盲老公，饒舌姆。盜天機，觸天柱。蔽我明月血流雨。蔽月月已苦，蔽日不得照幽土。饒舌姆，盲老公，國師國媪雙比隆。一語不合意，兩虎争雌雄。國師不救地裂，國媪不補天

崩叶。《全元詩》，册39，第187頁

銅將軍

楊維楨

詩序曰：「刺僞相張士信也。丁未六月六日，爲龍井砲擊死。」按，《樂府詩集》無此題，然見録于楊維楨《鐵崖古樂府補》，故予收録。

銅將軍，無目視有準，無耳聽有神。高沙紅帽鐵篙子，南來開府稱藩臣。兵强國富結四鄰，上稟正朔天王尊。阿弟柱國秉國鈞，僭逼大兄稱孤君。案前大事十袄嬖，後宫春艷千花嬪。水犀萬弩填震澤，河丁萬鍤輸茅津，神愁鬼憒哭萬民。銅將軍，天假手，疾雷一擊粉碎千金身。斬妖蔓，拔禍根，烈火三日燒碧雲。鐵篙子，面縛西向爲吴賓。《全元詩》，册39，第134頁

周鐵星

楊維楨

詩序曰：「刺斂臣周仮也。張氏亡國，亡於其弟士信，趣亡於毒斂臣周仮。仮，山陽鐵

冶子，以聚斂功至上卿。伏誅日，曰：『錢穀鹽鐵籍皆在我，汝國欲富，當勿殺我。』主者怒曰：『亡國賊，不知死罪，尚敢言是耶？速殺之。』吴人快之，或手額謝天曰：『今日天開眼也。』」按，《樂府詩集》無此題，然見録于楊維楨《鐵崖古樂府補》，故予收録。

周鐵星，國上卿。談韓申，爲法經。釘箠杖，爲國刑。千倉萬庫内外盈，十有三賦争科名。周鐵星，鞭算箕斂無時停。開血河，築血城。血戰艦，血軍營。刮民膏，嘲民髓，六郡赤骨填蜀靈。齊雲倚天一日傾，鐵星亡國法當烹。尚持六郡金穀數，丐死萬一充虞衡。烏乎周鐵星，十抽一椎百萬釘，誓刳爾髏作溺罌。鐵星碎，地啓瞶，天開矇。盲同。《全元詩》，册 39，第 134 頁

蔡葉行

楊維楨

詩序曰：「刺佞幸臣蔡文、葉德。張氏亡國由太弟，太弟致此，實由二佞。丁未春，二佞伏誅於臺城，風乾其尸於枰刑者一月。」按，《樂府詩集》無此題，然見録于楊維楨《鐵崖古樂府補》，故予收録。

君不見僞吴兄弟四六七，十年强兵富金穀。大兄垂旒不下堂，小弟秉鈞獨當國。山陰蔡藥師，雲陽葉星卜。朝坐白玉堂，夜宿黄金屋。文不談周召，武不論頗牧。機務托腹心，邊籌憑耳目。弄臣什什引膝前，骨鯁孤孤内囚牿。參軍俞斗南也。去年東臺殺普化，今年南垣殺鐵木。鳳陵斵棺取含珠，鯨海刮商劫沉玉。粥官隨地進妖艷，籠貨無時滿坑谷。西風捲地來，六郡下破竹。朽索不御六馬奔，腐木那支五樓覆。大鉞先罪魁，餘殃盡孥戮。寄謝悠悠倖幸兒，福不盈眶禍連族。何如吴門市，賣藥賣占，飢死心亦足。《全元詩》，册 39，第 134—135 頁

金盤美人

楊維楨

詩序曰：「刺僞駙馬潘某也。潘娶美娼凡數十，内一爲蘇氏，才色兼美。醉後，尋其罪殺之，以金盤薦其首於客宴，絶類北齊主事。國亡，伏誅臺城，投其首於溷。」按，《樂府詩集》無此題，然見録于楊維楨《鐵崖古樂府補》，故予收録。

昨夜金床喜，喜薦美人體。今日金盤愁，愁薦美人頭。明朝使君在何處，溷中人溺血骷髏。君不見東山琵琶。琶琶骨，夜夜鬼語啼箜篌。《全元詩》，册 39，第 135 頁

春暉草

楊維楨

詩序曰：「悲甘生鈞也。鈞從予學《春秋》，鄉貢成名。父死，母老乏養，不擇禄而仕於僞，禍連及之，與十參謀同死於髑髏堆云。爲其母賦《春暉草》云。」按，《樂府詩集》無此題，然見録于楊維楨《鐵崖古樂府補》，故予收録。

宜男花，春暉草。小草報春暉，葉好花亦好。花上青蚨綴枝滿，阿㜷花開春日短。疾風卷地起，勁草偃如麻。借問春暉草，漂蓬落誰家。闔閭城外髑髏臺，阿㜷些魂臺上來。宜男草抽花染血，花上之血不可滅。《全元詩》，册 39，第 135—136 頁

題朱蓮峰夢游仙宫殿明日偕見西辨章進凝香閣詩

楊維楨

題注曰：「長短二十句。」按，《樂府詩集》無此題，然見録于楊維楨《鐵崖古樂府補》，故予收録。

青蓮老人青珮環，自言昨夜夢游海上天梯山。天梯之山三萬八千丈，瓊臺雙闕開天關。赤藤飛上最絶頂，千樹琪花散晴影。通明前殿上覲玉虚翁，左面長眉瞳炯炯。玉翁元是太極仙，手弄兩丸日月旋。天扃地户司啓閉，玄牝一鑰開天先。青蓮老人南極裔，泰華開花一千歲。大人賦奏馬文園，玉藕如船澆渴肺。殿前作詩明月光，光采下徹下土中書堂。明朝寫得凝香章，蝴蝶飛來七寶床。《全元詩》，册 39，第 136 頁

凝香閣詩有序

朱庭規

題注曰：「長短二十四句。」詩序曰：「凝香閣者，光禄大夫、平章政事張公闢之以待四方賢士，即漢平津侯之東閣也。客卿鐵崖楊子名之曰『凝香』，本韋蘇州語。予讀楊子記云：『休兵息民。』又云：『厭兵圖治。』引周公仲山甫爲辭，夫兵不爲攻城，乃森戟於左右者，豈非休兵乎？燕寢凝香，與賢者共之，豈非圖治乎？周公東征，成王迎歸，天迺反風起禾，此休兵效也。仲山甫徂齊，宣王賴有補衮，出納王命，此圖治效也。楊子之進規者至矣。杭庠典教朱庭規敷楊子之記，復爲歌以頌云。」按，《樂府詩集》無此題，然見録于楊維楨《鐵崖古樂府補》，故予收録。此詩《全元詩》失收。

有兵不若森於庭，發矢不若藏于棚。汗馬不若縶于營，休兵要待民力生。平章政事光禄卿，閣下萬卷清香凝。書生香，德生馨，况復爇鼎相薰蒸。緑烟一縷風度檽，光禄燕寢寢不驚。蝴蝶飛來窺枕屏，周公入夢話東征。山甫依稀亦言并，天既反風禾稼登。告以補衮垂鴻名，楊子進規爲座銘。有客如此真賢卿，有客如此真賢卿。廩人飽粟，庖人饋鯖，燕昭臺上千金輕。錢君博士起相慶，有如十八學士登蓬瀛。《鐵崖古樂府補》卷六，景印文淵閣四庫全書，册 1222，第 117—118 頁。

毘陵行

楊維楨

題注曰：「記十月七日事。」按，《樂府詩集》無此題，然見録于楊維楨《鐵崖古樂府補》，故予收録。

孟冬四將發勾吴，彎弓誓落雙髠顱。智謀無過史萬葉，嫖姚無加李金吾。前茅已作破竹刃，三覆乃殪含沙狙。常山長蛇一斷尾，即墨怒牯齊犇踊。玉蕊孤軍呼庚癸，皂鵶萬甲迷模糊。江南長技江北無，蒲牢一吼千鯨呼。赤杠卓入鐵甕户，鐵翅横絶丹陽湖。搗虚之策不出此，赤手可縛生於菟。當時上將陷江都，至今莫贖千金軀。後來飛將慎勿疏，襄王城頭啼白烏。如何臨期易將犯兵忌，何必不讀孫吴書。嗚呼，臨期易將犯兵忌，何必不讀孫吴書。《全元詩》，册 39，第 136 頁

卷三〇三　元新樂府辭三六

杵歌七首

楊維楨

詩序曰：「杭築長城，賴辨章仁令、兩郡將美政，洽于衆心，以底不日之成。然役夫之記，有不免悽苦者，東維子録其詞爲《杵歌》。」按，《樂府詩集》無此題，然見録于楊維楨《鐵崖古樂府補》，故予收録。

亟亟城城城亟成，小兒齊唱杵歌聲。杵歌傳作睢陽曲，中有哭聲能陷城。
自古衆心能作城，五方取土不須蒸。蒸土作城城可破，衆心作城城可憑。
疊疊石石嶻嶆，立竿作表齊竿旄。阿誰造得雲梯子，劃地過城百尺高。
羅城一百廿里長，東藩恃此作金湯。舊基更展三十里，莫剩西門一樹樟。
蘇州刺史新令好，不用西山取石勞。拆得鳳山楊璉塔，南城不日似雲高。
南城不日似雲高，城脚愁侵八月濤。射得潮頭向西去，錢王鐵箭泰山牢。

攻城不怕齊神武，玉壁堪支百萬兵。不是南朝夸玉壁，關西男子是長城。《全元詩》，册 39，第 136—137 頁

睦州相杵歌六解

張　憲

按，張憲《玉笥集》置此詩於「古樂府」類。

韓公西築受降城，吐蕃不來城下行。將軍築城城未了，隔城聽得打城聲。
築城築城忙築城，敵人去城不十程。雲梯火炮製作巧，中有魯般能用兵。
搬土築城民力多，晝夜不息如擲梭。黄梅雨來江水漲，城脚不牢將奈何。
蒸土築城不須高，買石甃城不須牢。城中一旦化爲敵，十萬天兵先敗績。
一月築城城漸高，將軍心喜民力勞。將軍須與城俱碎，一寸城土皆民膏。
金城峨峨高際天，湯池泱泱洪若淵。堅深自古説統萬，猶有敵人擒赫連。《全元詩》，册 57，第 54—55 頁

劉節婦

楊維楨

按，《樂府詩集》無此題，然見録于楊維楨《鐵崖古樂府補》，故予收録。

大江東流接混茫，金山焦山鬱相望。鐵甕長城北枕江，中有三槐節婦堂，壁立萬仞之高岡。自別母氏歸劉郎，中朝瓊樹摧秋霜。玉琴不奏雙鴛鴦，玉笙不吹雙鳳皇。絡緯夜啼月上房，燭光照淚垂汪汪。紡績給朝莫，群雛忽成行。生處同室居，死期同穴藏。新阡種松三尺强，黛色已見參天長。流脂入地成琥珀，終夜吐燄如丹光。揚雄與馮道，不異燕趙倡，食君之禄而弗與國同存亡。嗚呼，節婦之德不可量。節婦之髮白於雪，節婦之心化爲鐵。我歌爲繼柏舟詩，門户他年耀旌節。《全元詩》，册39，第137頁

翁氏姊

楊維楨

詩序曰：「翁氏姊者，錢唐人，年四十不嫁。寇陷錢唐，與弟忠一家四人，誓結袂死於

河。姊曰：『河之死者有穢矣，吾獨尋乾净水死。』忠等赴河，姊亦不見，乃跳城陰古井死。」按，《樂府詩集》無此題，然見録于楊維楨《鐵崖古樂府補》，故予收録。

翁氏當亂離，投河誓翁媼。生爲同林鳥，死作結縷草。翁氏姊，投袂赴長河。賊殺血污水，我胡爲河裏死。莫耶井，古城陰，下有斗水琉璃深。井中古劍劍妾心，莫耶夜作蛟龍吟。《全元詩》，册 39，第 138 頁

濮州娘

楊維楨

詩序曰：「朱鬞氏掠女婦人，擇白腯者，一狎即付湯火熬膏，爲攻城火藥。濮州花娘薛氏者，瀕殺，復與裸飲。飲婪酣，抱花娘卧。乘酣睡，抽其佩刀刺之。遁出，馳馬抵官兵，而遂擒其衆。吁！薛，娼婦也，而壯節可尚，亦亂世奇事。爲賦《濮州娘》，列古樂府。」按，《樂府詩集》無此題，然見録于楊維楨《鐵崖古樂府補》，且據詩序，當爲新樂府辭，故予收録。

濮州花娘勸君酒，酒中電影紅蛇走。花娘分死紅焰焦，五尺肉軀油一斗。連床裸飲飲婪

醺，花娘待罪眠紅茵。突咽一寸揕匕首，夜馳鐵騎投官軍。君不聞始州王氏女，拔羌刃，殺羌虎。濮州花娘刺客才，劍氣何須大娘舞。《全元詩》，册 39，第 138—139 頁

處女冢

楊維楨

詩序曰：「處女名雪，字玉霙，余從父女弟也。年十三善琴，十五攻詞翰，二十許陳氏子。未娶，陳歿，遂守志不嫁。達官聘之，不允，自誓之，死作處女冢。兵亂，處女閉户餓而死，年四十有二。冢在梧桐山先壟側。」按，《樂府詩集》無此題，然見録于楊維楨《鐵崖古樂府補》，故予收録。

楊處女，白雪霙。慈母惜白雪，抱玉真珠擎。十三善瑶琴，不作濮上音。十五弄彤管，不作花帽情。叮嚀媒與妁，必嫁公與卿。英英馬上郎，貂帽綉衣裳。來交處女幣，願作處女郎。貯以黄金屋，薦以白玉床。大珠連理帶，七寶合歡囊。大珠五十萬，七寶百萬鏹。黄羊尾如扇，文鷄若鳳皇。置酒結高宴，長跪起行觴。處女誓慈母，有死不下堂。嗟嗟楊處女，處女節獨苦。事母終母喪，母墳成負土。白髮五十秋，五十終處女。誓作處女墳，南山華表柱。荒城兵火交，

三月不開户。生作獨月娥，肯作城中三嫁婦。《全元詩》，册 39，第 139 頁

去妾詞

楊維楨

按，《樂府詩集》無此題，楊維楨《復古詩集》置之於「樂府」類，故予收録。元人又有《去妾吟》，當出於此，亦予收録。

萬里戎裝去，琵琶上錦韉。傳來馬上曲，猶唱想夫憐。想夫憐，曲名也。《全元詩》，册 39，第 89 頁

同前

孫伯善

妾昔重顔鮮，抱裯十五年。阿母云亡主中饋，安排翁續鸞膠弦。新歸主婦情未密，陡然兩意生荆棘。推將怨隙在妾身，教妾彷徨留不得。翁今愛妾空有心，妾亦知君愛妾深。自古亡家爲顔色，妾身不當千黄金。回頭向翁語，遺子留自乳。浮雲有散時，人生豈長聚。妾去婦肯留，妾在婦應去。但願主翁琴瑟調，妾身不恨無歸處。《全元詩》，册 23，第 4 頁

同前

馬玉麟

妾家雒陽城裏住，獨閉深閨事機杼。少年顔色已傾城，十八新妝嫁夫主。夫君遺我金鳳凰，妾亦綉與雙鴛鴦。愁山遠翠隔雲母，眼角紅塗蘇合香。誓言同諧百年好，年年鬢插宜男草。緑窗把鏡照紅顔，不覺紅顔鏡中老。夫君棄我生别離，新愁舊誓天應知。鴛鴦何存鳳釵在，江水東流無盡期。楊花多趁東風起，妾志寧爲藕花死。自古色衰人愛弛，賤妾思君獨何已。《全元詩》，册 44，第 457 頁

去妾吟

張庸

東鄰一少年，置妾如置寶。朝游洛陽城，暮上新豐道。三年無悦目，閲歷徧燕趙。匹馬來吴門，千金得窈窕。年纔二八初，肌膩腰肢褭。楊柳媚春風，芙蓉映秋沼。迢迢後房深，縷縷歌聲杳。寵愛奪衆妾，宴樂失昏曉。世事忽變遷，富貴曷能保。前盟同逝波，歸心逐飛鳥。屬意雖戀戀，承歡終草草。但恐顔色衰，惟恨去不蚤。繁花易零落，轉眼迹如掃。黄金買恩情，百年

古來少。不見糟糠妻，白頭會終老。《全歸集》卷一　《全元詩》，册54，第64—65頁

去婦詞

胡奎

按，《樂府詩集》無此題，然胡奎《斗南老人集》置此詩於「古樂府」類，故予收録。

出户心悄悄，中情向誰道。吞聲不敢啼，又恐傍人笑。妾有嫁時鏡，請郎留自照。鏡裏見新人，還思舊人貌。

東山生兔絲，西山生蒺藜。二物不相偶，美惡人自知。妾有堂上姑，妾有懷中兒。生兒未及長，姑老將何依。妾今别夫去，裴回向何處。他日黄泉相見時，墓前莫種相思樹。

妾去何足惜，妾留不自安。高堂有老姑，孰知飢與寒。妾昔念有家，妾今如風花。何如千尺松，而不附女蘿。哀哀别姑去，泪下不能語。姑若念妾時，看取床頭女。《全元詩》，册48，第118—119頁

同前

揭傒斯

詩序曰：「江東有一士子，留都下三年，適娶一貴人女爲妻，久乃知其已有妻子矣，一夕逃去。因托去婦爲之詩。非徒欲傳其事，抑以示風戒云爾。」

輕合鮮義終，苟容希禮遇。遠結萬里昏，多爲才名誤。始與君結好，不知君有婦。有女嫁他人，俱懷托遲莫。青青墻下草，生死墻下路。娟娟道傍華，零落無處所。女子失其身，何以保貞素。既乖百年意，百年誰能度。對鏡空悲喑，中心良難訴。浮萍難爲托，一木無兩附。棄舊屬新歡，新歡漸成故。寧當中路折，莫被他人去。寧老阿母傍，不受他人妬。騰身出房闥，兩絶無復顧。所願嫁他人，甘心西山樹。《全元詩》，册27，第188—189頁

同前

鄭采

敝衣尚可澣，古鏡尚可磨。郎心一昏蔽，反覆將奈何。緬懷初嫁時，同心指江河。江河固

上流，郎恩中道休。娟娟芙蓉花，托根在芳洲。驅妾出門去，妾身將焉求。安得明月珠，置之郎心頭。《全元詩》，册 47，第 451—452 頁

同前

趙半閒

詩序曰：「里有孀婦，子不檢而無室。既疾病，乃亟爲娶，且命之曰：『爲汝娶，爲宗祀計也。』未幾死。而子竟違母言，尋出其婦。婦以衰麻在身，義不得去，被迫逐不可留，因爲詩以寫懷。」

落葉不返柯，去婦無歸年。斂袂出故幃，獨影心悽然。君心紙鳶飛，萬里難拘牽。妾如鬢邊花，未衰先棄捐。憶昔初嫁君，姑病在床前。歲月能幾何，衰麻奉姑延。妾今辭門去，撫棺泪如泉。九原會有知，當爲去婦憐。《全元詩》，册 65，第 12—13 頁

德勝樂二首

耶律鑄

按,《樂府詩集》無此題,然耶律鑄《雙溪醉隱集》置之於「樂府」類,故予收録。

揖讓躋龍歷,謳歌適鳳符。鑿空十萬里,攘地幾千都。

神斷光宏業,天威震八區。控弦三百萬,自號感恩都。《全元詩》,册4,第10頁

夜闌曲

陳樵

按,《樂府詩集》無此題,然陳樵《鹿皮子集》置此詩於「樂府」類,故予收録。

碧宇星回夜漫漫,靈蕪烟煖重薰薦。冷翠香銷青桂枝,冰荷蓋光光遶帷。花樓艷舞金荽蕤,吴羹蜀酒精瓊糜。酒闌半解龍綃衣,春朝曲渚聞鵾鷄。《全元詩》,册28,第373頁

海人謡

陳　樵

按,《樂府詩集》無此題,然陳樵《鹿皮子集》置此詩於「樂府」類,故予收録。

海南蠻奴髮垂耳,朝朝采寶丹涯裏。夜光盈尺出飛魚,柏葉收珠寒蕊蕊。幽箔連錢生緑花,切玉蠻刀如切水。九譯來朝萬里天,北風不動琅玕死。《全元詩》,册 28,第 374 頁

望夫石

陳　樵

按,《樂府詩集》無此題,然陳樵《鹿皮子集》置此詩於「樂府」類,故予收録。此詩《全元詩》失收。

征人執戟天西北,十載功成歸不得。何不忍死待我君,我君化石祇化心。［元］陳樵《鹿皮子集》卷二,景印文淵閣四庫全書,册 1216,臺灣商務印書館,1986 年版,第 664—665 頁

同前

劉　致

望夫山頭日欲頹，望夫山下江聲哀。山頭日日風雨惡，江上不見行人回。空山亭亭幾朝暮，獨記行人去時路。知君渡河長不歸，恨不當年逐君去。此身化作千仞磯，石猶可轉心不移。長江水闊黄埃飛，行人應有歸來時。《全元詩》，册 29，第 274 頁

同前

葉　顒

獨上高山遠望夫，年深化石夢魂孤。沐風櫛雨知多少，未審芳心訴得無。輕蓑小笠度雲林，一笛斜陽太古音。夜月照空泉石夢，天風吹老利名心。《全元詩》，册 42，第 108 頁

同前

郭　翼

亭亭望夫石，化石石作心。丈夫無死節，婦人那可輕。山花滿頭雲作衣，日日望夫夫不歸。

夫不歸，泪如水，至今水流流不止。《全元詩》，册 45，第 459 頁

同前五首

胡　奎

按，胡奎《斗南老人集》置此詩於「古樂府」類。

妾心化石石不轉，妾身化石石不移。身心與石若可轉，千里萬里夫當歸。《全元詩》，册 48，第 147—148 頁

朝望夫不歸，夕望夫不歸。化爲山頭石，夫歸定何時。妾身化石尚可轉，妾心如鐵無人知。《全元詩》，册 48，第 261 頁

山頭日日望郎歸，江水悠悠信息稀。若使一年能一見，便從天上作支機。

山頭日日望郎來，山下長江萬里開。郎去不如潮有信，朝朝暮暮兩番回。

雲作衣裳月作梳，化爲白石望征夫。石頭有轉心無轉，不省郎歸得見無。《全元詩》，册 48，第 354 頁

同前

許　恕

夫君遠行役，一去不回頭。山頭望夫處，日日大江流。望夫不來化爲石，山鳥山花伴孤寂。《全元詩》，册 62，第 91 頁

同前

鄭允端

良人有行役，遠在天一方。自期三年歸，一去凡幾霜。登山凌絶巘，引領望歸航。歸航望不及，躑躅空彷徨。化作山頭石，兀立倚穹蒼。至今心不轉，日夜遥相望。石堅有時爛，海枯成田桑。石爛與海枯，行人歸故鄉。《全元詩》，册 63，第 104 頁

中秋月

陳　樵

按，《樂府詩集》無此題，然陳樵《鹿皮子集》置此詩於「樂府」類，故予收録。

銀漢西流烏接翼，回首人間化爲碧。瑶臺月裏可避胡，三郎錯路歸魚鳧。霓裳月裏親偷得，却怪李謩偷擫笛。《全元詩》，册28，第325—326頁

同前

王　惲

夏苦蒸雲歲晏霜，月華還覺此宵良。天容澄徹銀河没，桂影飛來海氣凉。老魄不應秋更苦，賞心多爲事相妨。一杯儘吸清光了，洗我平生芥蔕腸。《全元詩》，册5，第204頁

同前

張立仁

簾捲門開夜不眠，人心相望各年年。盪摩陰氣浮微黑，假借陽光積大圓。黄道星辰唯北斗，青冥風露自中天。關山更有蒼茫外，應向龍沙萬幕懸。《全元詩》，册 24，第 169 頁

同前

胡助

冰鏡團團挂碧空，山河大地影朦朧。中秋明月年年好，萬里清光處處同。泰華蓮花凋玉露，廣寒桂樹起金風。明朝塵世那堪説，但見童顔變老翁。《全元詩》，册 29，第 73 頁

中秋月暗和蕭孚有二首

劉詵

郭門望月碧雲凉，雲裏吐吞和璧光。永夜江山含道氣，空庭風露帶天香。有愁惟恨壺觴淺，不寢偏聞鼓角長。顧我孤生餘短髮，請君一笑解離腸。

擣藥姮娥古羿嬪，深藏厭逐老天勤。孤城凉角自吹夜，萬里長風不破雲。簾影蕭蕭殘燭燼，秋聲渺渺過鴻群。少年呼月狂懷盡，細酌無勞酒十分。《全元詩》，册 22，第 342—343 頁

擬賦中秋月二首

華幼武

喜挹清輝坐夜分，憑高望遠思超群。三更白露下明月，萬里青天無片雲。庾亮登樓從坦率，袁宏泛渚尚清芬。如何千載風流事，直到于今更不聞。

露下青天灝氣高，仰瞻白兔見秋毫。江河大地俱澄澈，魑魅空山遠遁逃。可愛一年當好景，只愁無處覓香醪。老夫懷抱清如水，桂子香中誦楚騷。《全元詩》，册 46，第 116—117 頁

寒食詞

陳　樵

按，《樂府詩集》無此題，然陳樵《鹿皮子集》置此詩於「樂府」類，故予收録。元人又有《寒食行》，或出於此，亦予收録。

綿上火攻山鬼哭，霜華夜入桃花甕。重湖烟柳高插天，猶是咸淳賜火烟。《全元詩》，册28，第326頁

寒食行

劉詵

去年寒食城東橋，郭田野花春摇摇。城中家家出上冢，久晴争試紈與綃。松邊細馬擁綉韂，柳下輕車窺翠翹。竹籃買花分載酒，酒酣遮路行吹簫。高岡纍纍臨廣道，敗塹短籬編棘棗。北人火葬哭望雲，土人高墳歲翦草。老翁愴咽心未平，童稚嬉游那有情。懸知十日辦一出，焄蒿不及行春心。男兒百年鶩婚宦，慵癡未必輸精悍。黄金堆堂紅頰笑，闔棺未了如雲散。夏畦埋骨繞里閭，海上田横無麥飯。江山滿眼樵牧歌，萬古行人一長嘆。我時醉卧山農家，興闌行吟西日斜。郭門排前競先入，却獨倚樹觀歸鴉。今年孤村又寒食，閒笑清游無一日。人生時序良可驚，疏雨閉門落花積。《全元詩》，册22，第301頁

同前

胡奎

江南三月梨花雨，寒食鄰家哭兒女。阿爺戰死長兄存，二十年來别鄉土。存無信息死無歸，胡蝶春風泪滿衣。紙錢空挂枯楊樹，存者不知埋骨處。一百五日年年來，天外游魂何不回。北邙山頭生白雲，北邙山下多古墳。借問誰家埋白骨，此中半是洛陽人。陌頭夜夜銅駝哭，冢上蕭蕭悲宰木。家貧無地葬遺骸，忍見烏鳶啄人肉。白日短短雲無根，翁仲百年當墓門。花落春風一杯酒，幾家寒食見兒孫。《全元詩》，册 48，第 289 頁

寒食行次進士吴莘樂韻

王沂

百花冥濛媚初日，萬户烟消記寒食。陌頭楊柳青摇摇，柳底佳人雙翠翹。春醪盈樽肉盈俎，泪落飄風濕新土。遠人無家望鄉拜，慟哭松根憶前代。磨牙豺虎亂交衢，縱有音書倩誰帶。可憐戰骨成丘墟，不獨若敖悲飯盂。白楊無根附春草，作底英雄是中老。杜鵑啼血獨魂斷，感此凄凉夜中飯。明年寒食望關山，滿路山花君早還。《全元詩》，册 33，第 27 頁

虞美人草詞

陳　樵

按，《樂府詩集》無此題，然陳樵《鹿皮子集》置此詩於「樂府」類，故予收録。元人又有《虞美人草》，或出於此，亦予收録。

美人不願顔如花，願爲霜草逢春華。漢壁楚歌連夜起，騅不逝兮奈爾何。鴻門劍戟帳下舞，美人忍泪聽楚歌。楚歌入漢美人死，不見宫中有人彘。《全元詩》，册28，第326頁

摇摇花

烏斯道

題注曰：「即虞美人草，一名寒食花。」按，據題注，此題當與陳樵所作《虞美人草詞》同。烏斯道《春草齋集》置此詩於「樂府」類，故予收録。

摇摇花，花魂未還家。花摇摇，花魂未曾消。昔爲脂粉顔，娟娟比花好。今爲草上花，依依

向誰道。項王氣力無與比，四面胡爲楚歌起。騅之不逝將奈何，寧惜花顔帳中死。花顔當日老深宫，香玉消沈烟霧空。不如化爲寒食花，一年一度開春風。漢王宫闕亦何在，回首山河幾番改。行人欲去還問花，百媚春容更誰待。《全元詩》，册 60，第 259 頁

雁來紅

陳　樵

按，《樂府詩集》無此題，然陳樵《鹿皮子集》置此詩於「樂府」類，故予收録。

東朝一書成百戰，上林一書旌節返。誰傳驕子一函書，人不如禽知慮遠。自從燕滅秦晉亡，是非直到空中雁。蘇郎寒絶雁來紅，脚下胡姬殘綵綫。願燕在北秦在西，雁去雁來無是非。《全元詩》，册 28，第 326—327 頁

同前

華幼武

百草將衰歇，爛斑葉似花。數聲雲過雁，一片錦成霞。翠羽粘猩血，丹砂煉日華。誰將九

秋色，附足寄天涯。《全元詩》，册 46，第 59 頁

同前

周　翼

朔雁南來塞草秋，未霜紅葉已先抽。緑珠宴罷歸金谷，七尺珊瑚夜不收。《全元詩》，册 52，第 373—374 頁

拾麥女歌

馬祖常

按，《樂府詩集》無此題，唐崔令欽《教坊記》有《拾麥子》，元人《拾麥女歌》《拾麥行》《拾麥吟》，或出於此，故予收録。

韹雉飛，桑扈鳴，老蠶入簇繭欲成。原頭腰鐮者誰子，刈麥歸家作餅餌。心知棲畝有滯穗，惻惻忍收寡婦利。寡婦持筐衣藍縷，終朝拾麥滿筐筥。兒啼婦悲竈無火，寒漿麥飯晡時取。豈不見，貴家妾，豈不見，娼家婦，綉絲繫襦蓮曳步。銀刀膾魚佐酒杯，狎坐酣歌愁日暮。拾麥女，

拾麥女，爾莫嗟，爾莫憂，人生賦命各有由。前年貴家妾，籍入爲官婢。今日娼家婦，年老爲人棄。貧賤艱難且莫辭，畢竟榮華成底事。《全元詩》，册 29，第 386 頁

拾麥行

劉敏中

去歲秋冬時，雨雪不濕面。今年春夏交，二麥不滿眼。各家仰飢寒，愛重甚蘭畹。盼盼秀欲齊，蹙額庶可展。復遭雷雨作，半爲風所偃。餘者僅能熟，狼籍復疏短。缺然田畝間，似不忍芟剪。老翁行腰鐮，暴露背負炎。稚兒推車力不足，老婦隨行手自撏。苟使飢腹饜，辛苦未死誰能嫌。傳聞縣吏下村去，鞭朴但説催征嚴。老翁停身泪先泣，稚弱相看空失色。舉頭但見人語喧，荷畚負擔俱汲汲。東鄰有寡妻，滯穗争掇拾。袒裼手附刃，俛首不得息。赫赫日馭停，瀝瀝汗雨滴。黄埃滿面無人恤，飢渴何曾飲與食。近前爲問何人家，窮困年來如此極。我竭我心力，歲歲勤播植。恒産未敢期，官租不暇給。今年天降饑，重我憂戚戚。汝亦何由緣，受此飢餓厄。舉言我本富庶民，平生未省艱與辛。一從搆得青州禍，舉家計業隨烟塵。三年流竄無地着，斷蓬飄泊風中根。憔悴歸來閭井改，桑田滿目惟荆榛。頹垣敗屋重修葺，驚魂稍定尋北鄰。城中斛粟貴如玉，載顧四壁無錢緡。朝食南山橡，暮采西山芹。昨朝吏胥急叩門，逼促要輸絲

與銀。踰垣四走不敢出，意緒恍惚憂紛紛。潛來於此拾遺滯，敢以口腹辭辛勤。幸圖一飽免溝壑，官長豈不哀我貧。君不見朱門犬馬餘糧肉，萬庾千倉飽僮僕。窮歡極樂錦綺筵，日廢千金猶不足。何當買牛多種田，盡力向天祈有年。剩與官中充府庫，我亦飽食鼓腹忻忻然。《全元詩》，册11，第328—329頁

拾麥吟

張翥

大麥黄，將上場。田家鏺麥村村忙。丈夫荷擔來何鄉，兒牽嫗衣婦挈囊。汗流赤日如暴尪，終朝拾穗不盈筐，但求糠籺充飢腸。恨身不及青樓娼，風日不别惟膏粱。《全元詩》，册34，第151頁

兩頭纖纖五首

馬祖常

按，《樂府詩集》無此題，然宋鄭樵《通志二十略・樂略一》「雜體六曲」有此題，宋人亦有同題新樂府，故元人此題亦予收録。

兩頭纖纖沙羅子，半白半黑遼東取。腷腷剥剥琢玉几，磊磊落落舞劍士。
兩頭纖纖小兒綳，半白半黑目中睛。腷腷剥剥海岳兄，磊磊落落將軍營。
兩頭纖纖千畝梔，半白半黑大纛旗。腷腷剥剥解角麋，磊磊落落磨崖碑。
兩頭纖纖北斗杓，半白半黑千金貂。腷腷剥剥山中樵，磊磊落落雲中鵰。
兩頭纖纖猬上毛，半白半黑筆中毫。腷腷剥剥擊雲璈，磊磊落落斬馬刀。《全元詩》，册 29，第 389 頁

同前

宋　褧

兩頭纖纖豪豕鬃，半白半黑月蝕空。腷腷膊膊叩頭蟲，磊磊落落真英雄。
兩頭纖纖針鯖魚，半白半黑璽紙書。腷腷膊膊雨跳珠，磊磊落落戴石砠。《全元詩》，册 37，第 219 頁

按，宋褧《燕石集》置此詩於「古樂府」類。

同前

胡　奎

按，胡奎《斗南老人集》置此詩於「古樂府」類。

兩頭纖纖梭上機，半白半黑枰上棋。 腷腷膊膊啄木兒，磊磊落落曙星稀。
兩頭纖纖月初生，半白半黑天未明。 腷腷膊膊斷腸聲，磊磊落落東方星。《全元詩》，册 48，第 154 頁

端午詞

張　憲

按，張憲《玉笥集》置此詩於「古樂府」類。

榴花照鬢雲髻熱，蟬翼輕綃香疊雪。 一丈戎葵倚綉窗，雨足江南好時節。 五色靈錢傍午燒，綵勝金花貼鼓腰。 段家橋下水如潮，東船奪得西船標。 棹歌聲静晚山綠，萬鎰黄金一日銷。

《全元詩》，册 57，第 35 頁

秋弦怨

宋褧

按，《樂府詩集》無此題，然宋褧《燕石集》置此詩於「古樂府」類，故予收録。

海風吹凉薄璇宇，桂壓鈎欄秋作主。銀灣凝月澹游溶，雲彩粼粼鶱鳳羽。玉帳懸沙塞夢寒，沙汨啼秋山迸泉。哀蛬不解論心素，金字空侯挑夜弦。大漠沙如雲，去京三萬里。弦聲隔秦城，無路入君耳。七星西横露漫漫，金刀剪衣丁夜眠。他日賜金高似屋，嫖姚應是□嬋媛。

《全元詩》，册 37，第 219 頁

擬古辭寡婦嘆

宋褧

按，《樂府詩集》無此題，然宋褧《燕石集》置此詩於「古樂府」類，故予收録。

弱質生良家，幼歲聽傅姆訓戒言。聞有三從，夙夜居常惕然。及年適夫子，自意偕老，死歸黄泉。上戴蒼蒼之天，下有我履之厚地，竟不醻我願。爲婦未十載，夫子忽舍我去，魂魄不復還。尊章哭其兒，且哀我少寡居，涕泗恒漣漣。我哀曷已，恐重傷堂上心，茹恨忍死强自寬。撫育三四孤，紡績治生，供衣服粥餈。教養幸成人，奉夫子祀事，以樹立家門，上奉尊嫜甘旨，不敢少怠，猶夫子生前。華飾不復施，衿鞶纓佩，置之埃塵。有耳不敢聞梱外事，律己逾於未嫁先。自分爲待命未亡人，禮法自防豈敢愆。猶復小郎口語譊譊，姻族攛摭相熬煎。哀哀欲誰訴，祇苦心内割裂，欲死無緣。賴是縣官旌宅里，里中稱孝且賢。少白我心，瞑目無所怨。誶曰：已矣乎！薄軀奚術求全。願言禱大司命，生世莫作婦人。即復作婦人，願死在蘴碪前。《全元詩》，册37，第220頁

流黄引

宋褧

按，《樂府詩集》無此題，然宋褧《燕石集》置此詩於「古樂府」類，故予收録。

桂庭月午啼螿閙，鸞宫露下冰紈單。酥燈毿帳雁門塞，妾心料此中閨寒。流黄縮澀微含潤，錦石鋪雲瑩相襯。細腰杵急夜如年，搗碎商飆不知困。春纖易製添光澤，鳳花入眼波紋溢。東天皜皜呼侍兒，快取衣箱金粟尺。《全元詩》，册37，第221頁

轆轤曲

宋褧

按，《樂府詩集》無此題，然宋褧《燕石集》置此詩於「古樂府」類，故予收録。元人又有《轆轤怨》《轆轤吟》，或出於此，亦予收録。

漢月轉桐枝，羅衣怯嫩颸。銀瓶輕墜放，驚散乳鴉兒。《全元詩》，册 37，第 223 頁

轆轤怨

范梈

按，《全元詩》册六五亦收此詩，作徐天逸詩，題辭皆同，兹不復録。

門前水揚聲似雨，幽人當窗碧弦語。東里征夫去不歸，一雙蛾眉鏡中舞。年年井上攀轆

轤，勞心只恐秋葵枯。他家種得長生草，梅花落盡青青好。《全元詩》，册 26，第 404—405 頁

轆轤吟

胡　奎

按，胡奎《斗南老人集》置此詩於「古樂府」類。

一轉一回腸，再轉腸應斷。不愁井水深，只恐郎恩短。《全元詩》，册 48，第 139 頁

垂楊曲

宋　褧

題注曰：「唐體。和張仲容。」按，《樂府詩集》無此題，然宋褧《燕石集》置此詩於「古樂府」類，故予收録。

杏花雨小西𤄊出，紅鴛微步芳溪曲。垂楊樹暗粉墻高，却上晴樓窺宋玉。檀奴不到心茫茫，春波一眼無鴛鴦。菜花蝶子不解事，雙飛直到簾旌傍。含嬌倚困愁如許，捧硯輕綃識眉宇。

柔情書滿紫霞牋，教與雕檐緑鸚鵡。《全元詩》，册37，第224頁

春城曲

宋褧

題注曰：「和馬伯庸。」按，《樂府詩集》無此題，然宋褧《燕石集》置此詩於「古樂府」類，故予收録。

孟陽冉冉青年度，樂酒踏歌寧計數。魏花如斗雲光紅，揚鑣迤邐城南路。門前佩馬春泥聲，香閨鎖暗銀杯傾。可是卓姬能竊去，梁園司馬擅才名。《全元詩》，册37，第224頁

殘春曲

宋褧

按，《樂府詩集》無此題，然宋褧《燕石集》置此詩於「古樂府」類，故予收録。

三月初盡四月始，天氣無常每如此。雲垂漸占雨脚近，日麗倏驚風勢起。宫槐蓊鬱花如

洗，南園愔愔浄如水。公子王孫醉不歸，酒醒一昔芳心死。繁華去矣餘塵埃，愁來不飲空持杯。歌筵蝶粉頻稀少，賓館柳絮猶徘徊。少年但知恣歡賞，不道天時有來往。青軒無計駐芳菲，赤帝多情催長養。《全元詩》，册 37，第 224 頁

河淮曲

宋　褧

題注曰：「送桃源縣令簡西碧。」按，《樂府詩集》無此題，然宋褧《燕石集》置此詩於「古樂府」類，故予收録。

河水濁，淮水清，中央置縣樹孤城，縣中置令司群氓。官尊無差遣，俗善少鬥争。令果仁賢嚴且明，能令民衣食餘饒，鷄犬不驚。恩澤旁浹垂令名，圭田租入足代耕。鮮醲飫妻孥，饋遺及友生。何必黄塵赤日飄纓紆組趨神京，神京始得稱豪英。嗚呼簡君官甚美，我歌送行不骫骳，願君莫學河水學淮水。《全元詩》，册 37，第 225 頁

杏孍辭

宋褧

題注曰：「和馬伯庸，泰定元年作，時初忝第科。」按，《樂府詩集》無此題，然宋褧《燕石集》置此詩於「古樂府」類，故予收録。

霞綃簇春笑紅雨，曲江芳情惱游子。郎君焰光高二丈，燒殺杏花三十里。觴酣小駐龐姨家，鶯歌溜玉鏗紅牙。華裾飄麝鬢毫緑，上馬行陪擇壻車。《全元詩》，册37，第225頁

延平葉將軍歌

宋褧

題注曰：「葉名衡，字仲輿。」按，《樂府詩集》無此題，然宋褧《燕石集》置此詩於「古樂府」類，故予收録。

鸊鵜膏兮兩刃明，箶簏橐箭雙帶輕。將軍意氣紫電騰，竹函龍節閩中行。叢巢箐棚妖氛

死，歐狗餘氛净如洗。綵幅纏蹄事耕耒，牲酒晝歡門夜啓。有時整隊搜林樾，鷄狗不驚笳鼓歇。懸刀解箭燒紅帓，倚帳酣吟刺桐月。歐狗，至元間福建劇盗，黨與甚衆，故平章徐國公徹里討平之。《全元詩》，册37，第226頁

天台道人歌

宋　褧

題注曰：「贈項子虚。」按，《樂府詩集》無此題，然宋褧《燕石集》置此詩於「古樂府」類，故予收録。

天台道人住幽燕，相知垂及二十年。黄冠羽衣固不與衆異，心脾一片常若冰雪之洒然。瞳子點漆黑，兩頰朝霞鮮。不知世有熊經鳥伸吐納練攝之秘術，方寸坦坦泓渟淵。閭閻府署得失已不挂齒頰，煉丹蜕骨又不形語言。不曲意諧俗而俗自喜，不超然逃名而名自賢。不爲壺公左慈之幻眩，不爲祀竈却老之誕謾。病者相謁，徑走馬往救，不屑屑責報，歸來燕坐高槐軒。藝精時猶閉户究難素，客至大叫拍案治具傾玉船。共談南土風物輒歡笑，京衢風沙暑雨亦復不厭能留連。我爲道人寫真已太逼，何用縑素施丹鉛。他年史筆不傳方士傳方技，歷歷爲我徵長篇。

《全元詩》,册37,第226頁

知足齋歌

宋褧

題注曰:「東海蔡平甫未七十致仕,以知足名齋。其子升卿與予爲同舍生江陵郡庠。」

按,《樂府詩集》無此題,然宋褧《燕石集》置此詩於「古樂府」類,故予收録。

人生堪輿渺海粟,心爲形役太愁顣。歲衣十匹適燠寒,日飯兩盂充餒腹。口體之奉蓋養生,蠅營狗苟復功名。軒裳茵鼎遂雅志,白頭皺面無歡情。四十不作尚書郎,倏忽頭顱已如此。淵明那嘆松徑荒,季鷹豈謂蓴鱸美。蔡侯静者吾故人,老聃名言書諸紳。向持白簡肅江漢,今祇牙緋耀里鄰。幅巾藜杖書連屋,孫子田園多厚福。久知薄酒勝茶湯,尤惡得隴復望蜀。五陵紈袴争紛華,掠剩鬼瞰高明家。旂常竹帛渺何許,雲陽市上令人嗟。左手持肴右持酒,酒酣起舞歌擊缶。采衣照映酡顔紅,不識門前斷腸柳。枌榆鄉社安樂窩,靈臺瑩澈恬無波。烟水雲山動高興,玉堂金馬奈予何。《燕石集》卷四 《全元詩》,册37,第227頁

秋泉詞爲方憲掾賦

胡行簡

按，《樂府詩集》無此題，然胡行簡《樗隱集》置此詩於「樂府」類，故予收録。

山空兮欲秋，泉聲兮瀏瀏。濯吾纓兮光可以鑑，洗吾耳兮若將奚求。出友夔龍兮歸侶巢由，桂爲蓋兮蘭爲輈。挹兹泉以自潔兮，紛來往兮巖幽。噫！泉可飲兮，秋不可汙。空山無人兮，吾將誰徒？《全元詩》，册 44，第 416—417 頁

前有千萬年

胡奎

按，《樂府詩集》無此題，然胡奎《斗南老人集》置此詩於「古樂府」類，故予收録。

前有千萬年，不知是何物。後有千萬年，變化安可測。河中龍馬未生時，誰辨東西與南北。混沌死，七竅生。崑崙水源直到海，千流萬派何由清。但見兩輪日月東西走不息，人言火精與

水銀。鍛冶紅顔凍梨色，消磨緑髮如星星。人生得意且爲樂，何用空名留汗青。《全元詩》，册48，第103頁

秋夢引

胡奎

按，《樂府詩集》無此題，然胡奎《斗南老人集》置此詩於「古樂府」類，故予收録。

井烏啼月銀床冷，轆轤聲斷青絲綆。美人夢逐綵雲飛，鸚鵡隔窗呼不醒。小鬟臨鏡雙盤鴉，熏籠火暖篆烟斜。一寸芳心化胡蝶，飛來自采芙蓉花。《全元詩》，册48，第105頁

春波曲

胡奎

按，《樂府詩集》無此題，然胡奎《斗南老人集》置此詩於「古樂府」類，故予收録。

新婦磯頭雨，小姑山下雲。無情江上水，總是別離痕。《全元詩》，册48，第107頁

同前

楊維楨

家住春波上，春深未得歸。桃花新水長，應没浣花磯。《全元詩》，册 39，第 73 頁

同前

郭　翼

妾家紅蕖曲，緑水春滿滿。鸂鶒不肯飛，雙棲落花暖。《全元詩》，册 45，第 438 頁

同前

陸　仁

青青太湖波，小小芙蓉檝。舟輕弗解操，水深那敢涉。《全元詩》，册 47，第 112 頁

金井曲

胡　奎

按，《樂府詩集》無此題，然胡奎《斗南老人集》置此詩於「古樂府」類，故予收録。

井上青絲綆，年深石有痕。石痕猶不滅，況是感君恩。《全元詩》，册 48，第 107 頁

金井怨

胡　奎

按，《樂府詩集》無此題，然胡奎《斗南老人集》置此詩於「古樂府」類，故予收録。

露下青桐葉，滴滴銀床裏。妾泪不曾乾，多于井中水。《全元詩》，册 48，第 138 頁

横塘曲五首

胡　奎

按，《樂府詩集》無此題，然胡奎《斗南老人集》置此詩於「古樂府」類，故予收録。

妾家横塘口，門前種楊柳。春風吹舞腰，勸飲桃花酒。
垂楊千萬縷，下蘸横塘水。何事織離愁，春風吹不起。
塘上誰家女，紅裳白雪衣。采菱愁日晚，相待月明時。
妾家住横塘，郎過須下馬。手把珊瑚鞭，挂在垂楊下。《全元詩》，册 48，第 108 頁
横塘風日好，荷葉似花香。勸郎莫蕩槳，中有錦鴛鴦。《全元詩》，册 48，第 380 頁

同前

孫　蕡

鶯黄不染衣，蝶粉不匀面。有情翻作無情悲，相見渾如不相見。落花深處紫騮嘶，紅藕香中畫舫移。藕絲難疊同心結，花影空成連理枝。君如呼沙鴻，妾似泛波雁。暫時照影相和鳴，

逐浪隨風各分散。分散音然去，幾時還合并。芙蓉易謝月常缺，亦似人間離別情。《全元詩》，册63，第258—259頁

城傍曲

胡　奎

按，《樂府詩集》無此題，然胡奎《斗南老人集》置此詩於「古樂府」類，故予收録。

烏啼城上頭，枕戈明月下。十年不得歸，願放華陽馬。《全元詩》，册48，第108頁

城門曲

胡　奎

按，《樂府詩集》無此題，然胡奎《斗南老人集》置此詩於「古樂府」類，故予收録。元人又有《城門詠》，或出於此，亦予收録。

城頭烏夜啼，月落少城西。夜半傳軍令，天明祭大旗。《全元詩》，册48，第109頁

同前

楊維楨

諜報越王兵，城門夜不扃。孤臣睛不死，門月照人青。《全元詩》，册 39，第 69 頁

城門詠

王中

危城百仞鐵爲關，清禁時嚴客度艱。只有夢魂拘不住，幾回中夜到家山。《全元詩》，册 65，第 348 頁

天河曲

胡奎

按，《樂府詩集》無此題，然胡奎《斗南老人集》置此詩於「古樂府」類，故予收録。

天河之水向西流，雙星夜夜當南樓。機中細織雲錦字，美人不來生遠愁。日夕河邊待靈鵲，玉宇高寒露花落。愁心飛繞金井闌，轆轤牽斷青絲索。靈槎一去秋冥冥，白榆千年那得青。天上回波還入海，東西相望心不改。《全元詩》，册 48，第 109 頁

七夕曲

胡　奎

按，《樂府詩集》無此題，然宋人有《七夕》新曲，又有《七夕歌》《七夕吟》，蓋爲元人所本。元人《七夕曲》《七夕歌》《七夕詞》《七夕樂章》《七夕謡》《七夕吟》《七夕》，或均出於此，故予收録。胡奎《斗南老人集》置此詩於「古樂府」類。

妾在河東郎在西，妾秉機杼郎扶犁。夫田秋來不收穀，妾織錦雲空滿軸。一年一度寄郎衣，妾抱苦辛郎不知。今宵河畔一相見，風露無聲烏鵲飛。烏鵲飛來莫飛去，借爾河東白榆樹。樹頭結巢生子孫，不愁填河河水渾。百年三萬六千日，今日誰云逢七七。人言織女嫁牽牛，靈鵲作橋天上頭。妾是河東天帝女，郎司天田妾機杼。年年不敢誤秋期，願田有黍機有絲。絲能煖人黍能飽，妾亦何心頻賜巧。《全元詩》，册 48，第 109 頁

同前

郭　奎

天河盈盈一水隔，河東美人河西客。耕雲織霧兩相望，一歲綢繆在今夕。雙龍引車鵲作橋，風回桂渚秋葉飄。拋梭投杼整環佩，金童玉女行相要。兩情好合美如舊，復恐天鷄催曉漏。倚屏猶有斷腸言，東方未明少停候。欲渡不渡河之湄，君亦但恨生別離。明年七夕還當期，不見人間死別離，朱顔一去難再歸。《全元詩》，册64，第427頁

七夕歌

吾　衍

瑶鬟初妝晚雲緑，金雀低飛鳳皇玉。曲闌十二開錦樓，簾卷鮫綃老魚哭。飆車帝子神光隨，西風歲歲銀河期。玉蟾欲弦未光彩，金針九孔行冰絲。青蚨盤旋曉不去，露盤無聲竹枝曙。

《全元詩》，册22，第212頁

七夕詞

范梈

天上新秋節，人間巧夕詞。不成兒女笑，空負歲時悲。璧月當軒墮，銀河帶闕垂。低頭愧烏鵲，寧爲遶南枝。《全元詩》，册 26，第 397 頁

同前

方積

織女女有夫，牛郎郎有妻。可惜不相守，夜夜河東望河西。一歲纔一會，會合一何稀。吾聞河西有田郎可犁，雲中織錦女有機，胡不一耕一織長相隨。長相隨，無别離。《全元詩》，册 41，第 112 頁

同前二首

華幼武

霧障雲屏午夜開，鵲橋仙子過河來。一年一度一相見，牢綰同心結酒杯。

年年織女嫁牽牛，天上人間幾度秋。離別恨多歡會少，可應不白少年頭。《全元詩》，册 46，第 83 頁

同前

胡　奎

東西分一水，音信不通潮。寄語河邊鵲，明年莫架橋。《全元詩》，册 48，第 371 頁

奉和趙秋巘閏七夕樂章

陳　泰

翠鳳毰毸刷新羽，一霎香車洗塵宇。秋瓜老盡畫屏空，小扇無人拜星渚。武丁去作宫門仙，昨暮重開青瑣烟。長河十日一到海，三疊回波金碧鮮。剛風洶涌太古裂，天上至尊寧晏眠。六龍西行鼓聲急，芙蓉捲露旌旗濕。今年烏鵲最辛勤，秃尾爬沙向龍泣。祇憂帝怒星爲石，八極長懸曙光赤。鵲飛入海海未回，化石相望見何日。《全元詩》，册 28，第 27 頁

七夕謡

李序

明河之水流玉雲，神烏爲梁貫天津。河西織雲天帝子，今夕東行見河鼓。瑶光如笑横碧渚，微風徘徊自成舞。風參差，夜逶迤，願回六龍駐不飛。明星漸出明月底，珊珊靈雨隨車飛。

《全元詩》，册 29，第 270 頁

七夕吟仝張士行賦

張以寧

銀河迢迢向東注，玉女盈盈隔秋渚。金梭飛飛擲烟霧，織作青鸞寄幽素。青鸞織成不飛去，仙郎脉脉愁無語。無語相望朝復暮，白榆摇落成秋樹。藕花香冷鴛鴦浦，天上銀橋寶車度。風清蕊殿開瑶户，雲屏霧褥芙蓉吐。經年香夢遥相許，一夕離腸爲郎訴。羿姬妬人留不住，天鷄角角扶桑曙。龍巾茬苒啼紅露，亂點雲開逗飛雨。伯勞西飛燕東翥，河乾石爛愁終古。翠樓乞巧娉婷女，鏡裏青螺掃眉嫵。博山沉烟裊雙縷，不識人間别離苦。《全元詩》，册 42，第 190 頁

同前

耶律鑄

一别相逢泪如雨，不禁憔悴語相思。佳期咫尺還知否，明日傷情兩别離。
今日相逢明日離，逡巡離合幾多時。無情雲雨休遮隔，人道相逢一歲期。
雨洗秋容秋氣清，翠簾高捲暮樓晴。似含羞澀誰家女，旋索金針拜月明。《全元詩》，册 4，第 107—108 頁

同前

元淮

雨過凉生枕簟秋，玉人乞巧會妝樓。未將綵綫穿針孔，先隔珠簾望玉鈎。《全元詩》，册 10，第 144 頁

同前

王　旭

晚凉秋下碧梧邊，乞巧兒童似去年。烏鵲虛傳到河漢，女牛安得亂星纏。下方縱有流傳俗，上界應無色慾天。萬里乘槎非我事，北窗風露且高眠。

花月樓臺夜未闌，天孫分巧到人間。靈槎誤泛星津水，鈿合空留閬苑山。烏鵲橋高雲步穩，鳳凰機冷玉梭閑。一年一度還相見，猶勝浮生去不還。《全元詩》，册 13，第 64 頁

同前

仇　遠

河鼓天孫各老成，無愁可解任秋聲。癡兒笑月羞眉曲，稚女穿針鬥眼明。夜半且分瓜果供，天中豈識別離情。未能免俗消光景，醉卧西風夢亦清。

歲歲今宵乞巧樓，疏星如奕月如鉤。莫將寒信侵房屋，肯把閒情問女牛。兒笑無書空曬腹，婦言有酒可澆愁。鵲慵竟失河橋約，盡日喳喳古樹頭。《全元詩》，册 13，第 193 頁

同前

董壽氏

曬書可笑人宜笑，乞巧何爲我弗爲。志怪不堪賢者道，傳疑空使後生疑。《全元詩》，册22，第39頁

同前二首

劉詵

斜月隱雲裏，明河横樓東。鱗鱗萬瓦静，天高樹無風。衆星炯不動，靈鵲從何通。遥知積氣上，六合方無窮。十年欲學道，憂樂填我胸。胡爲彼玉人，世念亦未空。

牽牛紫鴛衣，織女白玉容。一水清可涉，非時寧敢從。窮年弄機杼，縫成合歡宫。綏挂牛之角，樞倚虚之東。停車俯八極，白草連秋風。勿嗔會合少，天地以相終。《全元詩》，册22，第253頁

同前

胡　助

靈鵲成橋夜未央，佳期萬古益難忘。人間漫道經年别，天上衹如一日長。玉果蛛絲傳巧意，銀河鳳駕碾秋光。歸時不似來時好，泪濕紫綃雲霧裳。《全元詩》，册 29，第 79 頁

同前

洪希文

天上佳期樂未央，河東帝子媲牛郎。登車閃爍雲旗動，開帳熒煌玉燭光。此夜金鍼傳巧綫，明朝玉佩促行裝。經星不動誰當辨，或説朦朧恐未詳。《全元詩》，册 31，第 158 頁

同前

吴師道

木槿籬邊絡緯哀，卧看河漢遶天回。西風不管扁舟客，吹下樓頭笑語來。《全元詩》，册 32，第 112 頁

同前

李齊賢

脉脉相望邂逅難，天教此夕一團欒。鵲橋已恨秋波遠，鴛枕那堪夜漏殘。人世可能無聚散，神仙也自有悲歡。猶勝羿婦偷靈藥，萬古羈棲守廣寒。《全元詩》，册 33，第 323 頁

同前

趙　雍

初月纖纖照露臺，枉將瓜果鬧嬰孩。今宵自有經年約，何暇閑情送巧來。牽牛河東織女西，相望千古幾時期。夜深只恐天輪轉，地底相逢未可知。《全元詩》，册 36，第 150 頁

同前

葉　顒

銀河湛湛冷涵秋，今夜天邊會女牛。好把一年離別恨，盡隨江水向東流。《全元詩》，册 42，第 94 頁

同前

舒　頔

佳節秋無幾，歡娱在此宵。雲間兔搗藥，天上鵲成橋。巧處從人乞，拙來還我招。兒童覓瓜果，踏月慰無聊。《全元詩》，册 43，第 276 頁

同前三首

張　昱

乞與人間巧，全憑此夜秋。如何針綫月，容易下西樓。《全元詩》，册 44，第 78 頁

天上何因有别離，人間謾自指佳期。果如女嫁男婚事，何限風清月白時。銀漢幾曾横鵲影，花盤空復罥蛛絲。今朝少婦心中事，只有回文錦字知。《全元詩》，册 44，第 110 頁

七夕佳期自古今，雙眉有爛夜沉沉。可憐乞巧樓前月，曾照長生殿裏心。鵲引凡情瞻綉户，蝶隨秋夢入羅衾。斜河已没東方白，雲濕幽蘭思不禁。《全元詩》，册 44，第 134 頁

同前

傅若金

耿耿玉京夜，迢迢銀漢流。影斜烏鵲樹，光隱鳳皇樓。雲錦虛張月，星房冷閉秋。遥憐天帝子，辛苦會牽牛。《全元詩》，册45，第53頁

同前

袁士元

女牛相望隔銀河，此日佳期果有無。誤使人間争乞巧，不知巧與拙爲奴。《全元詩》，册45，第288頁

同前

黎應物

月出江波静，天低河漢流。今宵會靈鵲，何處望牽牛。莫問支機石，慵登乞巧樓。雁峰在何許，安得挹浮丘。《全元詩》，册45，第317頁

同前二首

釋妙聲

七夕已復至，徂暑適云消。候蟲依砌響，梧桐帶露飄。雙星限河漢，孤月麗曾霄。歘吸仰靈氣，徘徊望斗杓。獨嗟天路永，空悲清夜遥。南飛有烏鵲，惆悵不成橋。《全元詩》，册 47，第 30 頁

天孫不嫁惜娉婷，此夕新妝翳翠軿。銀漢浪傳烏鵲影，錦機飄下鳳凰翎。張生槎動秋應返，柳子文成夢未醒。老矣不争兒女巧，敢將詞筆累仙靈。《全元詩》，册 47，第 61 頁

同前

釋宗衍

七夕亦常夕，舊俗競歡娱。晨昏何曾異，人情自謂殊。相傳河漢女，此夜儷神夫。渡河不用檝，填鵲諒何辜。胡貪一夕歡，而忍終歲疏。幽玄誰得見，古昔信多誣。奈何兒女癡，乞巧候蜘蛛。人生賦分定，妄請益爲愚。野夫但守拙，一飯不求餘。曝衣唯空篋，曬腹且無書。既夜即甘寢，神光知有無。《全元詩》，册 47，第 312 頁

同前

汪廣洋

七夕無盈刻，雙星有定期。明河徵素色，靈鵲待多時。簾幕清歌度，罘罳結綺垂。孅人新月底，拜語向蛛絲。《全元詩》，册56，第158頁

同前

鄭允端

中夜夜讀柳州文，縷縷繁詞訴帝閽。自分此身甘大拙，何須乞巧向天孫。《全元詩》，册63，第118頁

同前

謝　肅

茅居湖曲帶風林，篘簟庭中坐月陰。自覺天孫銀漢會，不關人世白頭吟。作金何有王陽術，獻玉休懷卞氏心。也復呼童具瓜果，一壺村酒醉更深。《全元詩》，册63，第435—436頁

同前

包　淮

欲理凌波踏造舟，不知滿架勝蒙鳩。漢陰抱甕蒼顔老，不上今宵乞巧樓。《全元詩》，册 65，第 56 頁

次韻七夕二首

吴師道

織女黄姑有定居，河梁底處度空虚。世兒擾擾寧知此，應笑書生苦信書。

流俗無知祇陋愚，矜能於道亦浮虚。鄰衣自富何關我，不用逢人詫腹書。《全元詩》，册 32，第 110 頁

七夕次思復韻

邵亨貞

乞巧詩人白苧袍，剖瓜宫女寶鸞刀。銀河浩渺終難測，粉席横陳亦漫勞。節物因人傳習

俗，經星何事有游敖。貧家用拙還依舊，犢鼻仍將古錦韜。《全元詩》，册 47，第 423 頁

七夕次吕僉憲韻

劉崧

華月麗秋天，寒光瑩若泉。星移銀漢節，花合綺樓烟。鵲影浮珠貝，蛛絲罥藕蓮。人間與天上，安得兩團圓。《全元詩》，册 61，第 405—406 頁

夜長曲

胡　奎

按，《樂府詩集》無此題，然胡奎《斗南老人集》置此詩於「古樂府」類，故予收録。

金虯無聲銀箭緩，清夜何長晝何短。七星斜挂少城西，群烏叫月霜花滿。銅盤煖蠟絳紗明，胡蝶夢寒龜甲屏。三尺床頭白鷴尾，五更又逐鷄聲起。《全元詩》，册48，第110頁

折荷曲

胡　奎

按，《樂府詩集》無此題，然胡奎《斗南老人集》置此詩於「古樂府」類，故予收録。

折荷莫折莖，中有千萬絲。秋風吹不斷，總是長相思。《全元詩》，册48，第111頁

結楊柳曲

胡　奎

按，《樂府詩集》無此題，然胡奎《斗南老人集》置此詩於「古樂府」類，故予收録。

千結江上柳，萬結離人心。千結與萬結，何如結衣襟。結襟尚可解，結心終不改。初結明月環，再結同心帶。帶以結綢繆，環以結歡愛。《全元詩》，册48，第111頁

檳榔曲

胡　奎

按，《樂府詩集》無此題，然胡奎《斗南老人集》置此詩於「古樂府」類，故予收録。

與郎相别時，檳榔高過屋。妾有回文錦字詩，爲郎翻作檳榔曲。緑窗沈沈春晝閒，金盤鈿合羅兩鬟。苦心一寸誰解識，中含血泪紅斑斑。昨夢郎歸采蔞葉，丹髓凝春霞滿頰。願封珠唾寄蠻牋，郎若見時還念妾。《全元詩》，册48，第111頁

雙鳬曲

胡　奎

按，《樂府詩集》無此題，然胡奎《斗南老人集》置此詩於「古樂府」類，故予收録。

江上春生蒲葉短，雙鳬晝卧晴沙暖。一聲欸乃釣船歸，錦翼斑斑相逐飛。《全元詩》，册48，第113頁

迎龍曲

胡　奎

按，《樂府詩集》無此題，然胡奎《斗南老人集》置此詩於「古樂府」類，故予收録。

朝迎龍，暮迎龍，旱火燒天龍在宫。縣官投牒石潭中，山南山北鼓逢逢。蜿蜒躍入楊枝水，山雲一縷隨龍起。龍未離山雨到城，城中三日不得晴。明朝打鼓送龍去，願龍十日行一雨。種田有水刈麥乾，年年謝龍神亦歡。《全元詩》，册48，第115頁

迎龍詞

胡奎

按，《樂府詩集》無此題，然胡奎《斗南老人集》置此詩於「古樂府」類，故予收録。

鼉鼓逢逢，龍在王宮。雷虩虩，雲重重。啓貝闕，精誠通。驅五雷，招八風。《全元詩》，册48，第115—116頁

送龍曲

胡奎

按，《樂府詩集》無此題，然胡奎《斗南老人集》置此詩於「古樂府」類，故予收録。

迎龍來，送龍去，翠霧紅雲擁龍馭。家家買紙謝龍神，甘雨應期龍有靈。明珠之宫紫貝闕，碧潭無聲湛秋月。願龍在山雲在天，歲歲謝龍歌有年。《全元詩》，册48，第115頁

送龍詞

胡　奎

按，《樂府詩集》無此題，然胡奎《斗南老人集》置此詩於「古樂府」類，故予收録。

龍之來兮蜿蜒，龍之去兮連蜷。沛神澤兮沃秋田，雲爲車兮電爲鞭。陳玉醴，進瓊筵，感神惠兮不可言。願五風兮十雨，綏萬邦兮屢豐年。《全元詩》，册 48，第 116 頁

銅井迎送龍辭

唐　肅

伐鼓兮吹簫，迎我龍兮山椒。龍之都兮何所，泉淵淵兮石爲户。叩龍車兮乞靈，龍不出兮我心若酲，我心若酲兮龍寧勿聆。我叩龍兮龍衂，風旋波兮龍出。龍之出兮福予，變旱熯兮爲澍。龍爲澍兮我弗饑，返山椒兮雲旗，風泠然兮龍歸。《全元詩》，册 64，第 62 頁

白鸚鵡詞

胡奎

按，《樂府詩集》無此題，然胡奎《斗南老人集》置此詩於「古樂府」類，故予收録。

白鸚鵡，隴西來，金籠馴養無人開。綺窗談舌學人語，字字分明如處女。一朝持入沈香亭，玉環自教蜜多經。解聽月殿霓裳曲，慣識梨園羯鼓聲。無端羽化冲霄去，葬在碧桃花落處。隴頭迢遰隴雲深，無復重棲舊時樹。《全元詩》，册48，第116頁

白鸚鵡

陳樵

開元白鸚鵡，一作雪衣女。長在玉墀邊。宮樹棲應熟，胡書讀未全。音餘西域語，夢入廣南天。莫把宮中事，偷歸外國傳。《全元詩》，册28，第342頁

精衛詞

胡　奎

按，《樂府詩集》無此題，然胡奎《斗南老人集》置此詩於「古樂府」類，故予收録。

精衛精衛飛且鳴，千年填海海不平。世傳此是炎帝女，不知何年填海水。海山石爛海水枯，是時精衛安得無。如何精衛鳥，只填東海水。海水尚可填，人心浩無底。《全元詩》，册48，第116頁

同前

郭　翼

海水水無底，百谷流瀰瀰。精衛銜木石，之死心不移。蓬萊幾清淺，會有揚塵時。眼中恨《雅集》作怨。與海水平，鳥飛不惜翅羽垂。《全元詩》，册45，第459頁

同前

陸　仁

精衛兩翼大，飛向海波去，口銜石子不知數。山高高，海深深，山高海深石自沉。《全元詩》，册47，第113頁

同前

盧　昭

有鳥志填海，銜石到海返。石轉心不移，但礪爾喙短。日復夕，海復遠。石可竭，海可滿。精衛之恨何時斷。《全元詩》，册50，第59頁

同前

王　逢

維山兮有石，維木兮有枝。朝銜暮銜兮填無已時，形瘁翮鎩兮口血淋漓。海之大兮天倪，海之浸兮天池。海變田兮天實我爲，身甚微眇兮心莫海窺。於乎！如精衛之人兮誰其汝悲。

《全元詩》，册 59，第 41 頁

同前

許恕

西山石，東海波，海波浩渺山巍峨，銜石填海奈若何。羽毛摧折口流血，心不轉，海可竭。

《全元詩》，册 62，第 91 頁

蠶簇詞

胡奎

按，《樂府詩集》無此題，然胡奎《斗南老人集》置此詩於「古樂府」類，故予收録。元人又有《蠶簇歌》，或出於此，亦予收録。

拜蠶室，祭神桑，吴蠶在箔神在堂。願神佑蠶風日好，取繭倍多蠶縷長。十日天陰未開箔，蠶吐絲遲繭還薄。地鑪火煖借春回，再禱神蠶須急作。繅車易轉繭易抽，長絲滿桁晴不收。新婦登堂向姑道，今歲衣姑絲不少。《全元詩》，册 48，第 117 頁

蠶簇歌

王禎

捲去緑雲桑已少，箔頭有絲蠶欲老。月餘辛苦見成功，作簇不應從草草。南北習俗久不同，彼此更須論拙巧。北簇多露置，積疊仍憂風雨至。南簇俱在屋，施之北蠶良未足。南北簇法當約中，别搆長厦方能容。外周層架蒿草平，内備火候通人行。飼却神桑絲已吐，女灑桃漿男打鼓。作繭直須三日許，開簇團團不勝數。我家多蠶方自慶，得法於今還可證，免似向來多簇病。《全元詩》，册18，第127頁

神樹詞

胡奎

按，《樂府詩集》無此題，然胡奎《斗南老人集》置此詩於「古樂府」類，故予收録。

田家種田無五行，屋西神樹生有靈。年年祭樹卜水旱，祈雨即雨晴須晴。鷄豚拜掃無閒日，烏鵲群飛來啄食。剪紙作錢挂樹枝，祝田有麥蠶有絲。收麥上場神得食，繅絲納官神得衣。

《全元詩》，册 48，第 117 頁

仙人詞

胡　奎

按，《樂府詩集》無此題，然胡奎《斗南老人集》置此詩於「古樂府」類，故予收録。

金鰲背上蕊珠宫，千歲桃花幾度紅。曾見茂陵松柏下，銅仙清泪落秋風。《全元詩》，册 48，第 118 頁

吴女詞

胡　奎

按，《樂府詩集》無此題，然胡奎《斗南老人集》置此詩於「古樂府」類，故予收録。

吴中女兒絶可憐，裁得春衫稱少年。身未嫁夫無處著，至今留在母床邊。

二八吴女兒，畫槳摇春煖。貪看雙鴛鴦，采菱歸日晚。《全元詩》，册 48，第 118 頁

老婦嘆鏡詞

胡　奎

按，《樂府詩集》無此題，然胡奎《斗南老人集》置此詩於「古樂府」類，故予收録。

妾有團團古時鏡，在匣渾如月端正。朝朝持向玉臺前，秋水芙蓉兩相映。自從十五畫脩蛾，白髮相看塵漸多。綉得合歡雙寶帶，今朝携上街頭賣。滿城新鏡照新人，此鏡無人定高價。妾有團團嫁時鏡，比似青天月端正。少年錦帶綉芙蓉，照妾顔色如花紅。妾今對鏡頭如雪，辜負青天端正月。《全元詩》，册48，第119頁

明鏡詞二首

胡　奎

按，《樂府詩集》無此題，然胡奎《斗南老人集》置此詩於「古樂府」類，故予收録。元人又有《明鏡篇》，當出於此，亦予收録。

我有古時鏡，照君玉雪顔。湛然如止水，終古無波瀾。世人但照面，照心不自見。照面不照心，妍媸竟何辨。所以百鍊精，鬼神無遁情。願爲千里月，遠近逐君行。顔看鏡中紅，髮看鏡中白。如何一寸心，鏡中看不得。《全元詩》，册 48，第 119 頁

明鏡詞贈鑷工潘郎

胡　奎

潘郎買得揚州鏡，團團比似揚州月。持向揚州住十年，旦暮照人頭上雪。明月樓前問月人，瓊花觀裏賞花春。回頭不覺紅顔改，對面應嗟白髮新。男兒立功當及早，莫向潘郎鏡中老。《全元詩》，册 48，第 120—121 頁

明鏡詞贈傅秀才

楊　鑄

亭亭青銅鏡，似月雲端缺。無復照花顔，輝光暗消歇。憂來不欲近，坐恐生白髮。時傅方悼亡。《全元詩》，册 49，第 153 頁

明鏡篇

郭　翼

開鏡珠璣匣，盤龍百鍊金。使君持照妾，不解照君心。《全元詩》，冊45，第446頁

卷三〇八　元新樂府辭四一

香風詞

胡奎

按,《樂府詩集》無此題,然胡奎《斗南老人集》置此詩於「古樂府」類,故予收録。

洛陽萬花如錦機,春風吹上綉羅衣。日高走馬章臺路,蛺蝶一雙相逐飛。《全元詩》,册48,第120—121頁

同前

周權

去年桃實郎不歸,今年桃花開復謝。紫綿裛泪背東風,半額蛾眉不成畫。越羅窄衫蹙金縷,半倚新妝恨何許。玉樓飲散紫簫寒,閉門春盡梨花語。《全元詩》,册30,第52頁

春夜詞

胡　奎

按，《樂府詩集》無此題，然胡奎《斗南老人集》置此詩於「古樂府」類，故予收録。元人又有《春夜曲》《春夜吟》，或出於此，亦予收録。

大江春水流湯湯，中有萬斛之龍驤。南北二斗相低昂，泰階六符白煌煌。牽牛織女遥相望，欲渡不渡河無梁。我思美人天一方，展轉不寐愁何長。《全元詩》，册 48，第 121 頁

春夜曲

成廷珪

芙蓉樓前拜新月，寶鴨微薰透銀葉。吴山楚水送遠游，不管閨中照離别。誰家玉鈎飛上天，一似連環舊時缺。缺多圓少將奈何，一寸愁腸萬里結。爲郎白苧裁春衣，又恐月圓郎未歸。《全元詩》，册 35，第 366 頁

同前

趙雍

去年美人未還家，緑窗青春桃始花。桃花今年只依舊，美人别後長咨嗟。芳心欲傳向誰愬，捲却羅袖彈琵琶。琵琶聲哀思欲絶，衣上啼痕幾時滅。共君别久胡不來，菱花寶鏡生塵埃。君隔揚子江，妾居黄金臺。臺雖高，望無極，人萬里兮天只尺。春水緑波春草碧，來魚去雁無消息。日既暮兮月色寒，相思如夢彫朱顔。青燈炯炯照不寐，攬衣起坐空愁嘆。《全元詩》，册 36，第 148 頁

同前

宋禧

銀塘奇峰疊群玉，柳色暗連流水緑。十二仙橋半月光，翠閣青鸞鳴紫竹。詞客酒污宫錦袍，題詩畫屏照蘭膏。紅袖當筵罷歌舞，鳳味泉乾春笋勞。酣吟爲繫珊瑚樹，烏啼西墻未歸去。衆賓别院引明燭，墮翠遺珠百花路。暖雲氣密鴛鴦衾，不惜千金惜寸陰。夢中寒雪侵天冷，窗外楊花滿地深。《全元詩》，册 53，第 391 頁

春夜吟

郭鈺

月色如水花如雲，美人樓上歌回紋。棲鴉飛起玉階樹，香風吹動殷紅裙。去年寄書到君側，書中只寫思君切。情知人老髮如絲，君歸不恨緣君白。插花記月夜未央，他人苦短我苦長。若使驅車到家日，天涯芳草愁茫茫。《全元詩》，册57，第546頁

新柳詞

胡奎

按，《樂府詩集》無此題，然胡奎《斗南老人集》置此詩於「古樂府」類，故予收録。

纖腰裊裊春風前，十五女兒真可憐。天氣困人眉不展，也隨蠶事學三眠。《全元詩》，册48，第123頁

柳花詞

胡　奎

按，《樂府詩集》無此題，然胡奎《斗南老人集》置此詩於「古樂府」類，故予收録。

迎得春來又送歸，被他撩亂撲征衣。莫教十字街頭種，花到開時四散飛。隨風爲白雪，入水化青萍。無限離人意，長亭又短亭。上天如白雲，入水化萍葉。雲萍無定踪，如何不愁妾。盈盈墻下桃，花落子留樹。薄命似楊花，隨風不知處。朝撲綺羅衣，夕委黄塵道。不知長江上，化作浮萍草。《全元詩》，册48，第123頁

同前

張　昱

望窮河水是隋家，風落長堤御柳斜。春盡花飛留不住，白頭啼徧後棲鵶。欄馬墻西欲暮春，花飛不復過中旬。倚天樓閣晴光裏，争撲珠簾不避人。

章華臺下路西東，走馬歸來滿袖風。吹起萬條枝上雪，等閑迷却細腰宫。
滿院長條散緑陰，誰家門户碧沉沉。地衣不許重簾隔，雪白花鋪一寸深。
揚州寺前楊柳多，柳枝能舞更能歌。夜來吹入維摩室，化作天花可奈何。《全元詩》，册 44，第 47 頁

東鄰美女歌

胡　奎

按，《樂府詩集》無此題，然胡奎《斗南老人集》置此詩於「古樂府」類，故予收録。

機上鳳凰梭，盈盈抹兩蛾。謝鯤雙齒折，猶不廢鸞歌。《全元詩》，册 48，第 128 頁

寶劍篇

胡　奎

按，唐郭震有《古劍篇》，又作《寶劍篇》，①或爲此題所本。胡奎《斗南老人集》置此詩

---

①《全唐詩》卷六六，第 756 頁。

於「古樂府」類，故予收録。元人又有《寶劍歌》，當出於此，亦予收録。

同前

胡　奎

床頭有古劍，白虹夜流輝。烱然三尺雪，化作青蛇飛。豈無千金直，待價將安歸。挂向徐君墓，時聞鬼母啼。《全元詩》，册 48，第 132 頁

同前

胡　布

雙劍躍雙龍，長鳴寶匣中。何如吴季子，挂在墓前松。《全元詩》，册 48，第 379 頁

釁子經歐冶，望氣入豐城。池雄朝已化，匣雌夜屢驚。琫玉交花蕚，刃血掩星明。挂墓猶將信，負背恐難憑。《全元詩》，册 50，第 468 頁

同前

金固

龍文寶劍珠玉室，我善藏之慎毋忽。青天把似知者誰，閒向秋風一披拂。冷光睒睗岩下電，入手鋒鋩變霜雪。生平未試且復休，思獻玉明有時日。憶昔樸坯初冶鑄，混合精英乃神物。陰陽翕闢雷火飛，五嶽動摇海波歇。山魈驚號魑魅走，百怪亡形膽爲裂。須臾旋轉如長虹，赤氣上埽攙搶滅。秦山横磨山骨磷，河水半淬河源竭。青萍吹毛未足陳，莫邪干將此其列。洞庭老蛟聞已泣，恐即淋漓頷流血。朝廷欲斷佞臣頭，出匣悲鳴已飛掣。丈夫磊落忠義舉，小人悚息奸邪折。黄金白璧價莫酬，正直付與當自别。烏乎我生何卼臲，刺眼生獰瞋莫殺。直呼斗酒酹肝腸，爲爾狂歌五情熱。《全元詩》，册 63，第 200 頁

同前

曾敷言

千金買寶劍，氣欻凌清秋。指天星斗動，刺水蛟鱷愁。坐起常佩之，誓與報國仇。北斬單于首，西斷莎車頭。還報漢天子，挂劍崑崙丘。《全元詩》，册 65，第 269 頁

寶劍歌

孫　炎

寶劍光耿耿，佩之可以當一龍。只是陰山太古雪，爲誰結此青芙蓉。明珠爲寶錦爲帶，三尺枯蛟出冰海。自從虎革裹干戈，飛入芒碭育光彩。青田鎦郎漢諸孫，傳家唯有此物存。匣中千年睡不醒，白帝血染桃花痕。山童神全眼如日，時見蜿蜒走虛室。我逢龍精不敢彈，正氣直貫青天寒。還君持之獻明主，若歲大旱爲霖雨。《全元詩》，册 52，第 272 頁

明珠篇

胡　奎

按，《樂府詩集》無此題，然胡奎《斗南老人集》置此詩於「古樂府」類，故予收録。

煌煌明月珠，乃在龍頷下。下沈無底谷，得之世無價。或人不愛寶，彈雀千仞岡。得失何足較，所嗟無夜光。《全元詩》，册 48，第 133 頁

月初生行

胡奎

按，《樂府詩集》無此題，然胡奎《斗南老人集》置此詩於「古樂府」類，故予收録。

月初生，二八蛾眉初畫成。漸如弓弦復如鏡，一月兩回虧復盈。弓弦不射天外信，明鏡不照人間情。馬上行行屢回首，一鈎空挂他鄉柳。《全元詩》，册 48，第 134 頁

冬暖行

胡奎

按，《樂府詩集》無此題，然胡奎《斗南老人集》置此詩於「古樂府」類，故予收録。

冬日何短短，昨日苦寒今日暖。不見門前桃李花，一時向暖舒春葩。花前一雙黄蛺蝶，東家飛過還西家。明朝嚴霜凋百草，蛺蝶不來花又老。《全元詩》，册 48，第 135 頁

春怨

胡奎

按，唐王昌齡、李白、戴叔倫諸人皆有《春怨》，或爲此題所本。胡奎《斗南老人集》置此詩於「古樂府」類，故予收録。

昨夜春寒冷如水，夢入關山數千里。蕭郎近報在凉州，一寸心馳邊上頭。《全元詩》，册48，第138頁

同前

何中

洛人傾國賞牡丹，東家綉轂西家園。黄鸝紫燕新得意，柔雲如酥花迷魂。游人寂寂歸何處，花亦年年占風雨。江南却遇李龜年，蘇州空感楊開府。誰吹玉笛斷人腸，斜橋淺淺流水香。惟有千年老銅狄，看盡人間幾夕陽。

天女手剪五色雲，鞭雷控電行青春。散作江南萬錦綉，燭龍眩轉空無塵。燕兒眼寒心更

苦，吴娃情酣夢無據。依然錦綉化爲雲，却恨風來挾雲去。十二樓邊芳草多，如今鸚鵡聽誰歌。千金買取新豐酒，地久天長奈若何。《全元詩》，册 20，第 265 頁

同前

洪希文

又見家山叫杜鵑，良人飄泊幾經年。去年花謝今年好，閒對花枝思惘然。《全元詩》，册 31，第 187 頁

百舌吟

胡奎

按，《樂府詩集》無此題，然胡奎《斗南老人集》置此詩於「古樂府」類，故予收録。

衆鳥皆一舌，爾鳥百舌聲關關，青春白日鳴花間。緑窗佳人怨離别，脉脉閒愁向誰説。東家鸚鵡鎖金籠，讓爾百舌當春風。《全元詩》，册 48，第 139 頁

同前三首

舒　頔

高枝沐雨黏新翠，學得百禽弄春意。千聲萬聲五更頭，聒聒巧舌成何事。喙尖吻黄羽毛黑，翼挾暖風語枯榣。呼紅招緑争芬芳，回首視汝異榮悴。君不見朝陽之岡五彩鳴，四海熙熙歌舞地。《全元詩》，册 43，第 368 頁

夕露淒以清，凉猋颯然至。籬根斷續聲，長藹繰絡緯。雙股依草荄，兩翼鼓元氣。月明更漏遲，似訴無限意。微物尚知時，嘆彼非物類。我懷素瀟洒，聞汝澹忘慮。《全元詩》，册 43，第 266 頁

月明夜静風飂飂，長聲短聲籬落幽。誰家閨中生遠愁，夫壻久戍寒無裘。關山矛盾何時休，停梭悵然悲深秋。嗟哉微物尚知候，堪笑螽兹自顛覆。茫茫宇宙浩無垠，擾竊幾時能復舊。絡緯吟，歌愔愔，中存千古萬古心。東吴浮雲蔽白日，早晚勿遣寒相侵。《全元詩》，册 43，第 368 頁

絡緯吟

胡　奎

按，《樂府詩集》無此題，然胡奎《斗南老人集》置此詩於「古樂府」類，故予收録。

唧唧始臨楹，裊裊復移樹。露葉驚虛織，風條勞暗度。盈盈窗間女，皎皎機中素。姑寒未得衣，先催了官賦。

唧唧復唧唧，絡緯啼東壁。如何終夜鳴，辛苦勞虛織。貧家素絲未了官，堂上老姑衣正寒。嗟爾年年催嬾婦，露績風繅竟何補。願妾長勤姑有衣，買絲納官先上機。《全元詩》，册48，第139—140頁

卷三〇九　元新樂府辭四二

望月吟

胡　奎

按，《樂府詩集》無此題，然胡奎《斗南老人集》置此詩於「古樂府」類，故予收録。

明明三五月，二八還復缺。他鄉見月團，何如在家懽。在家杯酒煖，在路衣裳寒。泪隨天河水，流向海東邊。海東有弱流，轉首爲桑田。哀哀精衛鳥，寃苦相交煎。含情訴明月，願月長在天。雲來月暫晦，雲去月依然。瑶琴彈别鶴，會待知音傳。《全元詩》，册 48，第 140 頁

同前

劉　崧

一二初三眉黛横，佳人夜夜望瓊英。無端數到團圓後，圓不多時缺又生。《全元詩》，册 61，第 521 頁

花下吟贈友

胡　奎

按，《樂府詩集》無此題，然胡奎《斗南老人集》置此詩於「古樂府」類，故予收録。

昨日桃花開，今朝李花落。開落自有時，紅顔不如昨。手提青絲白玉壺，得錢何惜花下沽，今日有花明日無。《全元詩》，册 48，第 140 頁

貧女吟

胡　奎

按，唐薛逢、鄭谷有《貧女吟》，李山甫、秦韜玉有《貧女》，或爲此題所本。胡奎《斗南老人集》置此詩於「古樂府」類，故予收録。元人又有《貧女嘆》《詠貧女》《寒女嘆》，或出於此，亦予收録。

妾年十五處洞房，自小何曾出中堂。去歲秋田不收穀，今年春月無蠶桑。長兄從軍在遠

道，製衣常恐天寒早。但得不離慈母傍，玉顔何惜春花老。東鄰少女花滿頭，日日歌舞倡家樓。無端嫁作商人婦，却抱琵琶彈别愁。《全元詩》，册 48，第 140—141 頁

同前

黄鎮成

貧女娉婷年少時，綺窗日日畫蛾眉。不羡桃花妝笑靨，肯隨楊柳鬥腰肢。寒機織得雲間素，青鸞一一銜花度。自裁春霧作春衣，含香試縷薔薇露。長憐玉質解傾城，誰料貧家嫁不成。年去年來春色晚，花開花落兩無憑。時時自理閑妝篋，尚有翠蕤金匼葉。玉纖不似舊時妝，瑶臺更度琴三疊。祇今老大白頭新，如何却説嫁商人。貧女貞白毋辭貧，猶勝東家女兒嫁得不終身。《全元詩》，册 35，第 114 頁

同前

郭奎

猗猗石上蘭，青青澤中蒲。貧家有美女，二八嬌如荼。朱顔不自媚，貞固良難誣。少爲父母惜，生長紅羅襦。綺樓高且深，竊恐行露濡。一朝零落盡，萍迹湖東隅。塵沙陋茅屋，不濺冰

雪膚。鴛鴦欲得織，翡翠愁還梳。嗚鸞在何處，坐惜華芳徂。耻作商人婦，願奉君子儒。妾心擬有托，請賂雙明珠。《全元詩》，册 64，第 421 頁

和蓮渠貧女吟

周老山

妾無千丈繩，雙丸任渠犇。妾無一星金，竹笥空長存。孤燈耿寒績，一春不出門。母家今何在，血染雙啼痕。雖然貧不嫁，嫁了那忍言。古來惟玉奴，不肯負東昏。嗟哉市門倚，父母豈不恩。《全元詩》，册 65，第 72 頁

貧女嘆

胡奎

按，胡奎《斗南老人集》置此詩於「古樂府」類。

妾年八九齡，始知男女別。十三學女工，穿針向秋月。十五綉得雙鴛鴦，自小不離慈母傍。有髻不簪金雀釵，有耳不懸明月璫。朝朝畫眉臨古井，愛渠百尺波瀾静。水底桃花不見春，愁

心亂若青絲綆。東家女兒花滿頭，問妾不嫁心焉求。鸜鵒願依丹桂老，蟪蛄安識青松秋。乾坤無情白日短，寂寞空閨緑苔滿。何當約取許飛瓊，月明夜夜吹瓊琯。《全元詩》，册 48，第 141 頁

同前

孫蕡

按，孫蕡《西菴集》置此詩於「樂府」類。

寒花難爲紅，貧女難爲容。蕭條鏡中影，寂寞林下風。蛾眉翠黛誰家女，日日東鄰教歌舞。《全元詩》，册 63，第 262 頁

咏貧女和邵山人韻

沈夢麟

按，沈夢麟《花谿集》置此詩於「古樂府」類。

西鄰有貧女，茅屋生秋風。被服雖弗完，生身在深重。顔如冰雪瑩，心與金石通。夜深援

琴歌，哀怨托絲桐。雖云妾命薄，君子當固窮。齊門本好竽，汝瑟徒爾工。浩浩水赴壑，英英雲度空。九疑路盤紆，欲往疇能從。願憑斑斑泪，洒向葛陂筇。《全元詩》，册55，第4頁

寒女嘆

張憲

按，張憲《玉笥集》置此詩於「古樂府」類。

楚楚寒家女，老大在閨房。空懷摽梅嘆，對鏡悲春陽。豈無媒妁言，配彼多金郎。竊念豈容易，欲嫁不復行。坐使窈窕容，緑鬢成秋霜。寧爲未嫁女，莫作失節孀。《全元詩》，册57，第43頁

越女嘆

胡奎

按，《樂府詩集》無此題，然胡奎《斗南老人集》置此詩於「古樂府」類，故予收録。

越王城頭箭如雨，妾是溪邊浣紗女。虜妾軍中兩見春，好花開謝春無主。將軍重色不重

人，賤妾如花豈愛身。妾豈不知身可惜，落葉隨風歸不得。妾豈不知節可全，白璧一碎何時完。妾今但有雙泪血，流向曹娥江上月。《全元詩》，册 48，第 141 頁

巴陵女子辭

胡　奎

按，《樂府詩集》無此題，然胡奎《斗南老人集》置此詩於「古樂府」類，故予收録。

青楓嶺頭月，照見巴陵女兒血。血書石上痕不消，祠前古木風蕭蕭。《全元詩》，册 48，第 141 頁

白鷺辭

胡　奎

按，《樂府詩集》無此題，然胡奎《斗南老人集》置此詩於「古樂府」類，故予收録。

白鷺白且鮮，羽翼何翩翩。朝飛楓葉雨，暮宿蘆花烟。一雙潛鱗在密藻，安知照影苔磯邊。嗟爾鷺兮，外潔其色，内娠厥凶，胡不翔遠海，摶高風。尺澤之魚，不足充爾腹，慎勿見羈虞網

中。《全元詩》，册 48，第 143 頁

古謡

胡　奎

按，《樂府詩集》無此題，然胡奎《斗南老人集》置此詩於「古樂府」類，故予收録。

一東一西天上星，一聚一散水中萍。一來一去道傍人，一顛一倒花下巾。
一東一西參與商，一聚一散鴛與鴦。一來一去馬上郎，一顛一倒九回腸。《全元詩》，册 48，第 143 頁

天上謡二首

胡　奎

按，唐李賀有《天上謡》，或爲此題所本。胡奎《斗南老人集》置此詩於「古樂府」類，故予收録。其二有注曰「夢中作」。

碧雲團蓋凝瑶光，龍漢五氣浮蒼蒼。絳宫參差十二級，鶴背高寒露華濕，白榆歷歷東井傍。帝子夜織天文章，河西牽牛不服箱。靈鵲影斷秋無梁，一水盈盈河漢長。白河雲片龍鱗光，六符夜明七斗芒。天門無階不可度，夢蹋玉虹朝紫皇。三更露落黄姑渚，鸞背吹笙載秦女。東方神人呼赤龍，彷彿觚稜絳霞曙。

夢飛八翼登天門，紫霞紅霧通朝暾。星河夜寒銀浪白，河東拾得支機石。絳節朝回貫月槎，瓊樓縹緲太清家。虞廷九奏鈞天曲，鳳池波煖鵷雛浴。《全元詩》，册 48，第 143 頁

同前

劉　詵

題注：「戲效李長吉。」

瑶京夜宴弁紛星，洞庭神樂八荒聲。幼龍未起月忽墮，捫空路迷失仙纓。轉杭東海蓬萊曉，遥看太白當天小。海塵相隔青茫茫，玉玦海邊委秋草。雁啼霜濕衆娥裙，緑毛斷秏三千春。桑枝千層拂人馬，春寒夢繞高丘下。《全元詩》，册 22，第 293 頁

擬天上謡

吴 皋

仙人御風朝紫皇，宫衣夕染紅雲香。露華溥溥桂花濕，銀蟾咽水宫漏長。天風吹斷鳳簫引，玉珂聲遲仙佩泠。銀牋染翰墨色光，冰硯生雲舞龍影。歸來誤落長安塵，宫花猶帶瓊林春。南國烟消新雨露，紫薇花開玉堂曙。《全元詩》，册 44，第 395—396 頁

女媧補天謡

胡 奎

按，《樂府詩集》無此題，然胡奎《斗南老人集》置此詩於「古樂府」類，故予收録。

不周山崩天柱折，帝遣媧娥補天裂。穹然一蓋青團團，東南天漏補不完。徒令杞國憂，日夜摧心肝。嗚呼世無仲山甫，衮職之闕誰爲補。

天冥冥，地冥冥，媧娥鍛鍊天地精。手摶五色雲，上補青天青。青天青如石，天柱不傾天漏塞。黄道星辰明歷歷，於萬斯年建皇極。《全元詩》，册 48，第 144 頁

築堤謡

胡　奎

按，《樂府詩集》無此題，然胡奎《斗南老人集》置此詩於「古樂府」類，故予收録。

朝鑿西山石，暮填東海水。西山石可盡，海水浩無底。登登復登登，一日千萬杵。寸石如寸金，化爲東海土。水犀莫射潮，祖龍莫驅石。海水尚可填，人心填不得。哀哀精衛鳥，東飛復西飛。填得海波淺，愁殺弄潮兒。《全元詩》，册 48，第 369 頁

甘棠謡

胡　奎

按，《樂府詩集》無此題，然胡奎《斗南老人集》置此詩於「古樂府」類，故予收録。

甘棠堤上水平溪，野人掘河新築堤。春風杏花三十里，長城道邊聞馬嘶。使君考績朝天

去，沙堤惟見棠梨樹。兒童騎竹待公還，父老攀轅願公住。公今到京勿久留，驄馬重來堤上頭。鹽官户口三十萬，寒則思衣飢則飯。我今試作甘棠歌，父兮母兮可奈何。《全元詩》，册 48，第 144 頁

老父謡送南昌康侯考績如京師

胡　奎

按，《樂府詩集》無此題，然胡奎《斗南老人集》置此詩於「古樂府」類，故予收録。

我行南昌道，相逢白頭老。白頭甘老南昌邨，一生不識府縣門。去年賣劍買黄犢，今年納租租易足。白頭種柳縣門前，願留康侯住數年。侯今報政金門下，待侯重來繫驄馬。《全元詩》，册 48，第 144 頁

田婦謡

胡　奎

按，《樂府詩集》無此題，然胡奎《斗南老人集》置此詩於「古樂府」類，故予收録。

大婦采苋莰，中婦汲湖水。少婦晨烹雙鯉魚，日上阿婆猶未起。長兄築城行不歸，西到錢唐百餘里。妾家種田三十春，輸租不勞官吏瞋。去年輸官曾賣屋，今年輸官應賣身。昨日使君騎白馬，過妾門前楸樹下。出門長跪謝使君，喜得今年徵斂罷。生兒不願太官羊，願妾身安婆壽長。《全元詩》，册 48，第 145 頁

穰田

胡　奎

按，《樂府詩集》無此題，然胡奎《斗南老人集》置此詩於「古樂府」類，故予收録。

坎坎鼓，祀田祖。新酒在盂豚在簠，阿翁呼孫兒饁婦。拜跪祈神降田所，願神再三聽祝語。五日一風十日雨，穰穰滿家多黍稌。往來野田無雀鼠，出入道路無豺虎。丁男在家應門户，先祈一半輸官府。神今有食農有土，常年力作甘辛苦，春秋報神神莫負。《全元詩》，册 48，第 145 頁

傷田家

胡　奎

按，唐聶夷中有《詠田家》，又作《傷田家》，或爲此題所本。胡奎《斗南老人集》置此詩於「古樂府」類，故予收録。

低田水深愁没稻，高隴地乾多稗草。地勢由來苦不平，農家辛苦何時了。低田車水出下塘，高隴翻江朝夕忙。秋來雨多禾耳黑，縣吏索租催上倉。東家借米依程限，剜却心頭醫得眼。寧教借米倍還人，莫遣打門官吏瞋。《全元詩》，册 48，第 145 頁

同前三首

謝應芳

踏踏溪上車，嶷嶷田中苗。踏車非不勤，水盡苗枯焦。人力不勝天，奈爾秋陽驕。

初春脱寒衣，典米事東作。歲旱穀不收，且無衣可著。飢寒去何之，前途半溝壑。

堯田九年水，湯田七年乾。保民苟無術，群黎總凋殘。我農今疇依，州縣父母官。父母不我憐，何從語辛酸。神農作耒耜，后稷教稼穡。安知後之人，耕稼多乏食。乏食未足憂，山中有黄犢。奈何點鄉夫，州城要修築。平明荷鉏去，雷鳴忍飢腹。《全元詩》，册38，第15頁

同前二首

何景福

春祈秋報一年期，土穀神靈知未知。昨日街頭穹米價，三錢一斗定何時。

繅車未歇取絲分，私債官逋夜打門。里正不慈胥吏酷，窮民空感半租恩。《全元詩》，册41，第431頁

續聶夷中傷田家

洪希文

貿貿丘麥秀，蝡蝡吴蠶生。微行執懿筐，亦既受厥明。上焉給王賦，下焉紓官征。豈爲飢寒念，所念瘡痏平。哀哀生理窄，了了無餘贏。惻怛夷中詩，萬古田舍情。《全元詩》，册31，第130頁

張京兆

胡　奎

按，《漢書・趙尹韓張兩王傳》記張敞事曰：「京兆典京師，長安中浩穰，于三輔尤爲劇。郡國二千石以高弟入守，及爲真，久者不過二三年，近者數月一歲，輒毁傷失名，以罪過罷。唯廣漢及敞爲久任職。敞爲京兆，朝廷每有大議，引古今，處便宜，公卿皆服，天子數從之。然敞無威儀，時罷朝會，過走馬章臺街，使御吏驅，自以便面拊馬。又爲婦畫眉，長安中傳張京兆眉憮。有司以奏敞。上問之，對曰：『臣聞閨房之内，夫婦之私，有過於畫

眉者。』上愛其能，弗備責也。然終不得大位。」①《張京兆》或出於此。胡奎《斗南老人集》置此詩於「古樂府」類，故予收録。

摇摇珂佩堤上歸，朝回無事但畫眉。鶯啼落花晝不飛，美人照鏡愁春閨。《全元詩》，册 48，第 145 頁

卓文君

胡　奎

按，《樂府詩集》無此題，然胡奎《斗南老人集》置此詩於「古樂府」類，故予收録。

郎乘車，妾御馬，東郭門前緑楊下。郎乘馬，妾御車，長安道邊花滿株。馬翩翩，車軋軋，二月上林花正發。《全元詩》，册 48，第 145—146 頁

---

①《漢書》卷七六，第 3222 頁。

上山采蘼蕪

胡　奎

按，《玉台新詠》列《上山采蘼蕪》於「古詩」類，《太平御覽》引作「古樂府」。《樂府詩集》未録，胡奎《斗南老人集》置之於「古樂府」類，故予收録。

上山采蘼蕪，本是王孫草。王孫去不歸，妾顔爲誰好。磨磚作明鏡，照妾不見容。年年湘水上，灑泪向春風。《全元詩》，册 48，第 149 頁

同前

曹文晦

上山采蘼蕪，采采不盈掬。下山逢故夫，褰衣攔道哭。昔君棄妾時，二雛方去乳。骨骼今已成，終能繼門户。飲水當思源，惜樹須連枝。新人雖云樂，當念舊人爲。上山采蘼蕪，歌思一何苦。我欲歌向人，今人不如古。《全元詩》，册 37，第 405 頁

江邊柳

胡　奎

按，《樂府詩集》無此題，然胡奎《斗南老人集》置此詩於「古樂府」類，故予收録。

朝送木蘭船，暮迎征馬鞭。非關離别苦，生長在江邊。《全元詩》，册48，第150頁

東海有珊瑚

胡　奎

按，《樂府詩集》無此題，然胡奎《斗南老人集》置此詩於「古樂府」類，故予收録。

東海有珊瑚，乃在龍伯宫。托根蓬萊石，丹霞絢晴虹。鐵網求之無底谷，一朝置在黄金屋。石家富兒不識珍，如意一擊同飛塵。豈如閬苑蟠桃樹，一花一實三千春。《全元詩》，册48，第150—151頁

擬一日復一日

胡　奎

按，阮籍《詠懷詩八十二首》其三三曰：「一日復一夕，一夕復一朝。顔色改平常，精神自損消。」①後韓愈有《與張十八同效阮步兵一日復一夕》云：「一日復一日，一朝復一朝。只見有不如，不見有所超。」②蓋爲此題所本。胡奎《斗南老人集》置此詩於「古樂府」類，故予收録。

一日復一日，一朝復一朝。欲識去來心，錢唐江上潮。潮去不待送，潮來不待招。潮來復潮去，使我心摇摇。《全元詩》，册48，第151頁

① 《先秦漢魏晉南北朝詩》魏詩卷十，第503頁。
② 《全唐詩》卷三四二，第3837頁。

一日復一日

李元珪

一日一日復一日，百歲能消幾雙屐。玉龍嘶斷東溟波，春風吹老南山石。柳花著水流青萍，琅玕弄影生秋聲。霓裳短衣尚堪舞，髑髏醜眼不再明。竹馬兒童今疾走，檀板梨園歌白首。桑根陵谷號飢狐，一夜黄河向西吼。芒碭山下赤龍子，千古英雄魂不死。崆峒重揖廣成公，笑我携來亂紅紫。羲和盡意驅長雲，有酒誰酹田文君。燕雀紛紛戲鴻鵠，古人道義今無聞。東家嫦娥怯春老，曉鏡畫眉鬥新巧。開屏自語夫容秋，妾顔不似當時好。一朝一朝又一朝，黄塵車馬長安橋。簑衣藿食養心骨，會看鵬背摩青霄。《全元詩》，册 46，第 234 頁

遠將歸

胡　奎

按，《樂府詩集》無此題，然胡奎《斗南老人集》置此詩於「古樂府」類，故予收録。

一日白一髮，一年三百莖。在家梳頭霜滿鏡，何況遠歸千里程。去時道遠歸漸近，人生誰

不戀鄉井。昨夜青燈寒結花，遠人明日當還家。朝聞靈鵲語，夕見青燈花。空閨占吉夢，遠客將還家。《全元詩》，册 48，第 152 頁

染絲上春機

胡　奎

按，《樂府詩集》無此題，然胡奎《斗南老人集》置此詩於「古樂府」類，故予收録。

吴蠶八繭繅長絲，玉纖染雲上春機。大姑愛織榴花色，小姑愛織梨花白。小姑回頭語大姑，梨花潔白不受汙。大姑榴花故自好，以色娱人豈長保。《全元詩》，册 48，第 154 頁

莫洗紅

胡　奎

按，《樂府詩集》無此題，然胡奎《斗南老人集》置此詩於「古樂府」類，故予收録。元人又有《休洗紅》，當出于此，亦予收録。

莫洗紅，洗紅紅漸少。郎愛新紅鮮，妾憐舊紅好。少婦回看機上絲，笑言還勝未紅時。《全元詩》，册 48，第 154 頁

休洗紅

孫　蕡

按，孫蕡《西菴集》置此詩於「樂府」類。又，宋潘葛民有《休洗紅》曰：「休洗紅，洗多紅色淺。不似妾挼藍，挼藍手先染。藍深如妾心，郎心紅不禁。去去趁春華，封侯早還家。願作兔絲蔓，莫學菖蒲花。」①或爲此題所本。

休洗紅，洗紅顔色落。莫思君，思君懷抱惡。君恩原不淺，妾命由來薄。君如白日不回光，妾有芳情向誰托。休洗紅，洗紅生寂寞。《全元詩》，册 63，第 254 頁

---

①《全宋詩》卷三七四七，册 72，第 45188 頁。

同前二首

張翥

休洗紅，洗紅紅在水。新紅換作裳，舊紅翻作裏。回黄倒緑無定期，世情翻覆君所知。

休洗紅，洗紅紅減色。雖好不如新，著時須愛惜。阿母嫁女不擇人，鷄飛狗走長苦辛。《全元詩》，册34，第124頁

辭歡伯

胡奎

按，《樂府詩集》無此題，然胡奎《斗南老人集》置此詩於「古樂府」類，故予收録。

彼歡伯兮何仇，吾將汝兮解憂。汝何爲兮我尤，眵吾之睫兮，翳吾之眸。我思汝由，汝莫我留。我不汝謀，我目其瘳。《全元詩》，册48，第155頁

提葫蘆

胡奎

按，《樂府詩集》無此題，然胡奎《斗南老人集》置此詩於「古樂府」類，故予收録。元耶律鑄有《提葫蘆沽美酒》①，楊維楨有古樂府《五禽言》，其二曰：「提胡盧，提胡盧，沽酒何處沽。」②或爲此題所本。

碧酒白玉壺，金錢花下沽。無情花間鳥，更喚提葫蘆。提壺勸人但飲酒，百歲稱觴爲君壽。

《全元詩》，册 48，第 155 頁

①《全元詩》，册 4，第 118 頁。

②《全元詩》，册 39，第 59 頁。

同前

胡天游

提葫蘆，遍走街頭無酒壚。田家米價貴如玉，斗酒十千無處沽。嗚呼，客來一笑茶當酒，邇來風塵茶亦少。《全元詩》，册 54，第 334—335 頁

卷三一一　元新樂府辭四四

悲銅駝

胡　奎

按，唐李賀有《銅駝悲》，或爲此題所本。胡奎《斗南老人集》置此詩於「古樂府」類，故予收録。

悲銅駝，洛陽桃李春風多。千乘萬騎陌上過，流光衮衮東逝波。銅盤露冷銅仙去，忍見銅駝埋棘處。《全元詩》，册 48，第 155 頁

婆餅焦

胡　奎

題注曰：「鳥名。」宋王質《婆餅焦》詩序曰：「身褐。聲焦急，微清，每調作三語，初如

云『婆餅焦』，次云『不與吃』，末云『歸家無消息』。後兩聲若微於初聲。」①按，《樂府詩集》無此題，胡奎《斗南老人集》置此詩於「古樂府」類，故予收録。

婆餅焦，阿婆有餅教妾燒。妾燒餅焦婆不食，上堂見婆無顔色。不學姑惡死怨姑，深林日夕鳴相呼。但願麥黄婆有餅，年年唤婆欲婆醒。《全元詩》，册48，第156頁

同前

釋希坦

緑柳含烟烟不消，紅花噴火火無燒。如何焦却婆婆餅，每到春風舌苦饒。《全元詩》，册8，第98頁

同前

胡天游

婆餅焦，新婦腰鎌孫荷樵。原頭麥熟空滿壠，丈夫盡赴征西徭。嗚呼，土鐺敲火泪如雨，婆

① 《全宋詩》卷二四九八，册46，第22876頁。

餅不焦心自苦。《全元詩》，册 54，第 335 頁

姑惡詞

胡　奎

按，《樂府詩集》無此題，然胡奎《斗南老人集》置此詩於「古樂府」類，故予收録。元人又有《姑惡》，或出於此，亦予收録。又，姑惡，鳥名。宋蘇軾《五禽言五首》其五自注曰：「姑惡，水鳥也。俗云婦以姑虐死，故其聲云。」①范成大有《姑惡》詩，序曰：「姑惡，水禽，以其聲得名。世傳姑虐其婦，婦死所（黄本作乃）化。東坡詩：『姑惡，姑惡，姑不惡，妾命薄。』此句可以泣鬼。余行苕霅，始聞其聲，晝夜哀厲不絶。客有惡之，以爲此必子婦之不孝者，予爲作後姑惡詩。」②元鄭淵有《姑惡鳥》云：「姑惡姑惡姑何惡，底事悲啼向林薄。血流滿嘴不知休，夜夜直啼山月落。鷹鸇有爪利如鋒，攫却慈烏無遁踪。何如去此不祥物，免使惡聲來耳中。」《全元詩》按語曰：「按《浦江志》：鄭貞孝先生憤姑惡鳥聒耳，爲詩

① 《全宋詩》卷八〇三，册 14，第 9304 頁。
② 《全宋詩》卷二二四三，册 41，第 25761 頁。

以却之云云。其仲兄因和之云：姑惡之鳥豈女流，如何棲我田塍頭。聲聲叫道姑姑惡，暮暮朝朝叫不休。婦人入門事箕箒，縱姑惡來當順受。長長短短家家有，何向人前說家醜。自後鳥遂屏迹無聲。」①

姑惡叫青春，聲聲惱殺人。啼時休近户，妾恐老姑瞋。《全元詩》，册 48，第 156 頁

同前

沈夢麟

按，沈夢麟《花谿集》置此詩於「古樂府」類。

姑惡兮家嚴，姑嬉嬉兮家顛，爾命自薄兮又何愆。江鄉春雨菰蒲緑，日夜哀鳴誰爾憐。《全元詩》，册 55，第 2 頁

---

①《全元詩》，册 63，第 90 頁。

姑惡

張雨

按，《全元詩》，册一三又作于石詩，題辭皆同，兹不復録。

村南村北麥花老，姑惡聲聲啼不了。有姑不養反怨姑，至今爲爾傷風教。噫，君雖不仁臣當忠，父雖不慈子當孝。《全元詩》，册 13，第 308—309 頁

和姑惡二首

袁士元

君不見思蜀之魂形於聲，怨齊之怨何由平。信知蟲鳥遹變化，一如有抑皆爲鳴。姑惡姑惡，爾鳴非爾長，乃姑之惡何其揚。惟聞孝義動天地，未見貞烈愁風霜。我欲語汝緣理微，物如有靈還自知。子爲父隱乃爲直，惡聲可出吾閨闈。爾姑知此良自覺，不用水村鳴喔喔。但使責己無責人，應解覺今而悔昨。

漁村地僻人無聲，菰蒲漠漠烟水平。我來一舸泊幽渚，俄聞姑惡争哀鳴。誰家逆婦談短

長，紛紛聚首相抑揚。身披野草襲昏霧，頭埋疏塹粘清霜。足脩頸短形更微，出没恍惚人莫知。信乎此態近妖幻，爾姑安肯留庭闈。蓬窗月冷驚夢覺，欹枕厭聽聲喔喔。汝應求直訴，吾人不知婦姑之分，有隱無犯今猶昨。《全元詩》，册45，第273—274頁

雪中烏

胡奎

按，《樂府詩集》無此題，然胡奎《斗南老人集》置此詩於「古樂府」類，故予收録。

雪中烏，雪中烏，城頭積雪白模糊。天寒失其巢，啞啞無宇居。巢中有雛尾畢逋，雛不見母母憶雛。雪中烏，孤復孤。《全元詩》，册48，第156頁

瓊州烏

胡奎

按，《樂府詩集》無此題，然胡奎《斗南老人集》置此詩於「古樂府」類，故予收録。

瓊州烏，夜夜夜啼瓊樹枝，一朝雄死遺孤雌。爲母在秦川，日望天南啼復啼。如何母與子，同天不同棲。雛今海南去，勿戀瓊州樹，秦川故巢不相依。母挾子，早來歸，東海燕燕待子飛。《全元詩》，册48，第156頁

胡蝶舞

胡奎

按，《樂府詩集》無此題，然胡奎《斗南老人集》置此詩於「古樂府」類，故予收録。

東家西家胡蝶飛，東家花落胡蝶稀。西家明年花又放，胡蝶還從花下歸。東家還向西家道，眼底青春爲誰好。人生行樂須及時，莫遣花前胡蝶少。《全元詩》，册48，第157頁

孤雁翔送馬山人歸潁川

胡奎

按，《樂府詩集》無此題，然胡奎《斗南老人集》置此詩於「古樂府」類，故予收録。

孤雁翔，潁之陽，秦淮十月天雨霜。人生豈無兄與弟，獨夜哀鳴楚江水。潁之陽，孤雁翔，爾何爲乎不作行。明年寄書到東海，日日沙頭鎮相待。《全元詩》，册48，第157頁

鵲失巢

胡奎

按，《樂府詩集》無此題，然胡奎《斗南老人集》置此詩於「古樂府」類，故予收録。

雙鵲結巢庭樹枝，雌雄飲啄長相依。東方風來知太歲，樹高巢重身多累。引雛樹間高下飛，長見鳴鳩好羽儀。豈意爾鳩鳴聒聒，白晝相期即相奪。鵲失巢，良可悲，高岡鳳凰知不知。《全元詩》，册48，第157—158頁

鳩逐婦

胡奎

按，《樂府詩集》無此題，然胡奎《斗南老人集》置此詩於「古樂府」類，故予收録。

朝呼晴，暮呼雨。晴即相求雨相離，相求何喜離何怒。離合如闗喜怒中，青天長願日輪紅。不見鴛鴦河水上，一生交頸無惆悵。

屋頭桑子紅纂纂，一雙飲啄桑陰煖。綉頸斑斑相頡頏，此時不道恩情短。春雲淡蕩生朝陰，爾雄聒聒啼高林。豈意相呼即相逐，可憐同宿不同心。嗟爾孤雌向何處，裴回□忍他枝去。早識長情不見疑，托巢棲傍朝陽樹。桑葉陰陰日當午，桑下聲聲鳩逐婦。喜即相呼怒即離，輕薄恩情付晴雨。恨爾不見雙鴛鴦，一雙頭白在回塘。《全元詩》，册 48，第 158 頁

銜泥燕

胡　奎

按，《樂府詩集》無此題，然胡奎《斗南老人集》置此詩於「古樂府」類，故予收録。

銜泥燕，尾毵毵。昨日銜泥在城北，今日銜泥在城南。城南華屋故巢改，城北故巢無復在。裴回不敢離舊棲，主翁一别何時歸。《全元詩》，册 48，第 158 頁

題猫捕雀圖

胡奎

按,《樂府詩集》無此題,然胡奎《斗南老人集》置此詩於「古樂府」類,故予收録。

强之食,弱之肉,飛者安知行者逐。紛紛眼底人猫多,雀兮雀兮可奈何。《全元詩》,册48,第158頁

銅盤歌

周巽

按,《樂府詩集》無此題,然周巽《性情集》置此詩於「擬古樂府」類,故予收録。

武皇鑄銅柱,上有承露盤。盤出仙人掌,高凌浮雲端。金莖的皪珠光寒,和以玉屑供朝飡。一旦神歸茂陵去,苔花滿眼秋霜殘。思君不見泪如雨,銅柱凄凉圍畫欄。渭水西風黄葉落,驅車遠載來京國。盤傾柱折聲如雷,驚起千年華表鶴。暮雨空山泣石麟,寒烟斷甓埋銅雀。君不

見芳林翁仲笑相迎，青鳥不來海波涸。《全元詩》，册 48，第 397 頁

梨花曲

周巽

按，《樂府詩集》無此題，然周巽《性情集》置此詩於「擬古樂府」類，故予收録。

仙妃下瑶圃，靚妝乘素鸞。盈盈含芳思，脉脉倚闌干。冰玉肌膚敻貞潔，多情長得君王看。白雲滿階月欲暗，香雪半樹春猶寒。鶯囀高枝迎淑景，隔花低蹴鞦韆影。美人微笑步花陰，玉纖自把宫鬟整。東家蝴蝶雙飛來，芳魂欲斷梨雲冷。《全元詩》，册 48，第 398 頁

卷三一二　元新樂府辭四五

節士吟

周　巽

按，《樂府詩集》無此題，然周巽《性情集》置此詩於「擬古樂府」類，故予收録。

脩竹生中林，長松在幽壑。嚴冬霜霰零，枝葉不黄落。夷齊歸西山，餓死無愧顔。魯連蹈東海，一去竟不還。蘇武持漢節，飢來嚙寒雪。遂使李陵慚，去住難爲别。古人重義不顧身，聲名烈烈垂千春。采薇嚙雪辭金者，寥寥千載空無人。眷彼宦游子，胡爲寡廉耻。我歌節士吟，六合清風起。《全元詩》，册48，第400頁

錦樹行

周　巽

按，《樂府詩集》無此題，然周巽《性情集》置此詩於「擬古樂府」類，故予收録。

吴江上，郢水東。木落秋霜冷，波涵夕照紅。天機織成五色綺，地氣吐出雙飛虹。低連曲岸山嵐曙，遠接寒岡野燒空。楓葉滿林凋玉露，落霞影裏飛孤鶩。漁歌聲斷綵雲留，我行見之歲云暮。關河萬里雁書遥，行子天涯在何處。我歌錦樹行，曲盡難爲情。十月桃花爛如錦，運糧初過南昌城。《全元詩》，册 48，第 401 頁

同前

許恕

憶昔家住蓉城東，周遭烏桕雜青楓。一春門巷緑陰雨，六月林塘清晝風。時當收藏未黄落，景因壯觀還青紅。織成誰似天孫巧，染出豈非青女工。十年無家寄吴市，一日艤棹來穹窿。人家隱見流水遶，樹林絢爛孤村通。赤城丹霞映絶巘，西山落日回蒼穹。雜花秋明步障外，歸鴉莫落天機中。高情作傳憶郭僂，浮華戲人悲石崇。題詩曾流御溝水，剪采何煩西苑宫。人生漸老歸未得，秋色雖好將成空。何當唤起趙松雪，寫我秋林倚瘦筇。《全元詩》，册 62，第 111—112 頁

壯士歌

周巽

按,《樂府詩集》無此題,金元好問有《征西壯士謡》,元人《壯士歌》或出於此。周巽《性情集》置此詩於「擬古樂府」類,故予收録。元人又有《壯士行》,當出於此,亦予收録。

君不見荆軻辭易水,飛蓋過秦宫。一去不復還,白日貫長虹。又不見樊噲入鴻門,瞋目髮衝冠。立飲斗巵酒,狂言敵膽寒。秦王絶袖環柱走,沛公間行脱虎口。兩雄事異壯心同,擁盾何慚持匕首。近代羽林如虎貔,黄金瑣甲玄武旂。三石琱弓百發中,千鈞寶鼎獨力移。時危此輩盡奔散,如噲如軻知是誰。落日高臺大風起,安得守邊皆猛士。力挽天河洗戰塵,功名圖畫麒麟裏。《全元詩》,册 48,第 401—402 頁

同前

王逢

明月皎皎白玉盤,大星煌煌黄金丸。壯士解甲投馬鞍,蒺藜草深衣夜寒,劍頭飲血何時乾。

《全元詩》，册59，第136頁

次韻壯士歌

張憲

按，張憲《玉笥集》置此詩於「古樂府」類。

春來塞草青，秋來塞草黄。草黄馬肥弓力勁，邊聲徹夜交鋒芒。鋒芒直上爛霄漢，壯士目炬與之相短長。王師十年厭追逐，朱粲黄巢食人肉。天津誰弔杲卿痛，秦庭孰舉包胥哭。壯士怒翻海，百川皆可西。巍巍鸞鳳闕，肯使鴟鴞棲。漫漫長夜久未旦，一聲啼白須雄鷄。君不見淮陰胯夫餓不死，一劍成名有如此。斬蛇未覩隆準公，沐猴寧數重瞳子。《全元詩》，册57，第57—58頁

壯士行

胡奎

千金寶刀百金馬，稱是人間驍勇者。射虎曾過南山前，斬蛟復入長橋下。何不生出玉門

關，爲君談笑斬樓蘭。漢家得此英雄將，塞上琵琶怨莫彈。《全元詩》，册 48，第 135 頁

元冥曲

周　巽

按，《樂府詩集》無此題，然周巽《性情集》置此詩於「擬古樂府」類，故予收録。

玄冥啓芳籍，化機動元英。六華凝中素，一氣分太清。涵養成佳實，味之以和羹。碩果如不食，剥盡還復生。《全元詩》，册 48，第 402 頁

怨王孫

周　巽

按，《樂府詩集》無此題，然周巽《性情集》置此詩於「擬古樂府」類，故予收録。

王孫游，憺忘歸。芳草緑，落花飛。草緑花飛春又暮，憶君心緒罥斜暉。水流赴壑何時返，心逐鴻歸關路遠。華萼樓前白日昏，芙蓉帳裏香雲暖。夢見王孫雪滿裘，腰間玉帶珊瑚鈎。金

鞭斷折銀貂敝，昔日紅顔今白頭。魂一驚，泪雙落。娟娟殘月入房櫳，淅淅淒風動簾幕。《全元詩》，册48，第403頁

芙蓉行

周巽

按，《樂府詩集》無此題，然周巽《性情集》置此詩於「擬古樂府」類，故予收録。元人又有《芙蓉曲》《芙蓉篇》《芙蓉詞》，或出於此，亦予收録。

天門初曙啼早鴉，西風吹落丹霄霞。美人閒倚闌干立，錦樹頒霜初見花。美人顔色花可比，歲晚見之心自喜。鸂鶒沙邊雲彩飛，珊瑚枝上虹光起。密葉玲瓏亂翠毛，繁英燦爛裁文綺。宮女焚香别殿中，秦娥攬鏡妝臺裏。朝來艤棹驛亭西，疑是美人隔秋水。紅妝翠袖青霓裳，微笑含情啓玉齒。木末霞消落日紅，相思咫尺雲千里。《全元詩》，册48，第404頁

芙蓉詞

高楫

美人夜怨減秋顔，落紅片片臙脂乾。露珠唾泪損翠盤，菱花壓面秋眸酸。琉璃浸碧蜻蜓寒，參差柄折青琅玕。香心碎盡恨未殘，翠緑拖風入碧湍。《全元詩》，册66，第118頁

桔槔行

周巽

按，《樂府詩集》無此題，然周巽《性情集》置此詩於「擬古樂府」類，故予收録。

八月陂塘秋欲涸，車聲軋軋連村落。晚禾將槁大田枯，絡緯悲鳴止還作。蟒蝀垂光飲斷流，蛟龍蜕骨臨深壑。汗流被體足未停，辛苦救得禾田青。十日無雨穗將絶，蕩蕩旻天呼不聽。君不見秋糧已免皇恩早，天賜豐年應更好。不用含愁怨桔槔，化機頃刻回枯槁。《全元詩》，册48，第404頁

蒼龍吟

周巽

按，《樂府詩集》無此題，然周巽《性情集》置此詩於「擬古樂府」類，故予收録。

江潭月冷流清音，紫竹吹作蒼龍吟，含商引徵曲意深。曲意深，泪沾襟。關山遠，何處尋。美人滿酌金屈巵，勸我行樂當及時，艷歌流舞揚光輝。揚光輝，照春日。壽萬春，歡未畢。《全元詩》，册 48，第 405 頁

野有梅思君子也君子在野感物而托興焉

周巽

按，《樂府詩集》無此題，然周巽《性情集》置此詩於「擬古樂府」類，故予收録。

野有梅，山有璞。歲將晏兮，微霰初落。我思美人，如玉追琢。山有璞，野有梅。歲云暮矣，飛雪皚皚。美人既見，我心孔諧。

吁嗟美人兮，贈我以瓊英。酬以珮玦，聊結中情。願守貞白，毋渝初盟。《全元詩》，冊48，第406頁

故人別

胡天游

按，《樂府詩集》無此題，然胡天游《傲軒吟稿》置此詩於「古樂府」類，故予收録。

故人別，新人歸，大車小車當路衢。路傍把酒相迎送，盡道新人貌更殊。故人含悲催上道，回頭却向新人笑。黄金不鑄玉郎心，送故迎新何日了。故人一去無回期，新人還着故人衣。玉郎遶床看畫眉，恰似故人初到時。《全元詩》，冊54，第346—347頁

青荷葉

沈夢麟

按，《樂府詩集》無此題，然沈夢麟《花谿集》置此詩於「古樂府」類，故予收録。

亭亭青荷葉，托根水中央。翠姿承雨露，茄密散清香。云何屆溽暑，未擢雲錦裳。我將製爲衣，憐爾藉絲長。絲長終補衮，心苦事君王。縱使秋節至，凋零亦何傷。《全元詩》，册55，第1—2頁

蓮房謡爲韓肅山作

沈夢麟

按，《樂府詩集》無此題，然沈夢麟《花谿集》置此詩於「古樂府」類，故予收録。

清水生蓮花，花落蓮結實。金粉委柔鬚，緑蓬含新菂。郎念蓮心苦，買遺新婦喫。還知游子衣，難得藕絲結。君不見世間何物最關情，蓮房元自蓮根生。班班桑間雉，雄雌相追隨。云何美少年，三十尚無妻。所憂慰親老，薄言結婚好。落花飛過鳳皇溪，溪上誰家新婦啼。《全元詩》，册55，第2頁

楊柳花送月倫赤之河内縣監

沈夢麟

按,《樂府詩集》無此題,然沈夢麟《花谿集》置此詩於「古樂府」類,故予收録。

楊柳花,飄零落誰家?南風顛狂郎去急,妾向江邊猶浣紗。凝情洗得江波緑,漢家漫説黄金屋。回頭江北隔江南,妾奉姑嫜即做官。《全元詩》,册55,第2頁

雲霄鶴簡趙季石

沈夢麟

按,《樂府詩集》無此題,然沈夢麟《花谿集》置此詩於「古樂府」類,故予收録。

昂昂雲霄鶴,托身喬木林。一朝焚其巢,痛憤不能任。西飛過餘杭,哀鳴有遺音。公子鳳之雛,求友乃其心。招我山之陽,憩我堂之陰。飲啄豈不好,無奈樊籠禁。維北有嘉樹,牖户重重深。願言借一枝,逍遥散冲襟。《全元詩》,册55,第2頁

閨房曲

沈夢麟

按，《樂府詩集》無此題，然沈夢麟《花谿集》置此詩於「古樂府」類，故予收録。

骨肉恩愛切，莫如弟與兄。云何甫少壯，離居事分争。銖銖私貨財，寸寸限溝塍。遂令妻孥間，誶語肆縱横。昔爲同胞親，今爲齊與秦。昔爲連理枝，今爲蕕與薰。竫言思厥初，有淚沾我膺。君不見井東桃根被蟲嚙，井西青李亦不結。《全元詩》，册55，第3頁

西湖房中爲韓蕭山作

沈夢麟

按，《樂府詩集》無此題，然沈夢麟《花谿集》置此詩於「古樂府」類，故予收録。

妾家住西湖，門前種宜男。名花照綺羅，舉步春毶毶。終然無所托，飄忽二十三。夫子念夙好，百里遺芳緘。置妾坐中閨，酣歌樂可湛。河水本東流，凱風吹自南。豈無潔己心，敢效衆

女貪。誓將事夫子，朝夕奉衣衫。入室星在户，褰衣花滿簾。《全元詩》，册55，第3—4頁

鳩燕詞

沈夢麟

按，《樂府詩集》無此題，然沈夢麟《花谿集》置此詩於「古樂府」類，故予收録。

雄鳩一何巧，斂啄四顧常不飽。燕子一何拙，結巢茅檐手可掇。巧者翻身被羅網，拙者雌雄日相頡。君不見世間禍福常千變，林下雄鳩堂上燕。《全元詩》，册55，第4頁

靈鳳吟

沈夢麟

按，《樂府詩集》無此題，然沈夢麟《花谿集》置此詩於「古樂府」類，故予收録。

金陵嵯峨兮奠南極，上有高臺兮去天咫尺。鳳千年而來征，鏘和鸞於朝日。有雛兮東飛，華彩彩兮茗之湄。瞻烏林兮爰止，聊逍遥以相依。一鳴兮噦噦，黌宫輪奐兮集我衿佩。再鳴兮

協和，宣聖化兮佐我弦歌。嗟茗之水兮淰淰，匪醴兮鳳不肯飲。彼黍稷兮有萬斯億，匪竹實兮鳳不肯食。曰枳棘不可以久棲兮，終當和鳴球而戛擊。綵翮兮高翔，乘灝氣兮超陰陽。睇上林之玉樹，欻歸飛於帝鄉。顧饑雛兮垂翼，風雨飄飖兮悲鳴啾唧。願追飛兮莫附，仰寥廓而大息。

《全元詩》，册 55，第 4 頁

咏貧士用前韻

沈夢麟

按，陶淵明有《咏貧士詩七首》，或爲此詩所本。沈夢麟《花谿集》置此詩於「古樂府」類，故予收録。元人又有《貧士吟》，或出於此，亦予收録。

東鄰有貧士，竊慕夷齊風。采薇式樂饑，烏有異味重。念昔耽文史，名忝桂籍通。一朝事乖忤，如棄爨下桐。得非命之然，豈曰吾道窮？絡緯知秋節，扎扎催女工。出門催科急，入室杼軸空。我老弗能顧，揮泪寧無從。何如順大化，策此扶衰筇。《全元詩》，册 55，第 5 頁

詠貧士五首

虞　集

目昏畏附火，枯坐寒窗中。破褐著絮重，虛豆兼冰崇。病骨於此時，浮屠屹撑空。呼兒檢餘曆，記日待春風。雖欣解凍近，翻驚紀年窮。貰酒欲自廣，無錢似陶翁。

老骨寒不寐，夜長況聞風。心悸危欲折，跼蹐敗絮中。鷄鳴當晨參，馬疥芻不充。山童衣百鶉，喚之愧匆匆。求火掃木葉，庭樹亦已空。決起不敢怠，曙光屋南東。苟遂牛馬性，歸放春草豐。

歸蜀越關隴，棧閣危登天。適越河濟隔，堰水丈尺間。飢寒迫旦暮，舟車計茫然。東家有一叟，欲去初不言。早朝聽詔畢，喚馬閶闔前。童奴受宿戒，向暖爭相先。聞之嗔兒子，我何爲汝牽。屨無千金賈，吾足安暇憐。

爲政貴察色，讀書在研覃。司視既不明，兩者無一堪。尚不宜吏責，爲師固宜慙。聖世無棄物，況茲久朝簪。決去豈我志，知止亦所諳。頗聞南山下，菊根浸寒潭。濯餌千日期，冰臚復清涵。老馬果識道，更服鹽車驂。

天風夕號怒，霜日殊清妍。探架得古書，前日手所編。奈何視茫茫，字若萬蟻緣。精意成

寂寞，惆悵還棄捐。於惟仲尼衰，清夢不復然。小子未聞道，何以卒歲年。《全元詩》，册 26，第 12—13 頁

貧士吟

唐　元

無方鍊黄金，爲士多賤貧。詩書擁四座，出門無故人。貴人自天上，高座憑華茵。叱咤即雷電，趍走生黄塵。勢去忽淪謝，衹隔昏與晨。第宅鞠茂草，庭樹摧爲薪。似不若貧士，履穿衣結鶉。我膝肯自屈，我眉聊得伸。《全元詩》，册 23，第 215 頁

卷三一三　元新樂府辭四六

松竹軒

沈夢麟

按,《樂府詩集》無此題,然沈夢麟《花谿集》置此詩於「古樂府」類,故予收録。

門前種青松,屋後種修竹。雲來鶴巢青,雲去鳳毛緑。之子諳吏隱,卜居苕之曲。掃花黄雲深,解帶清風穆。嘉賓時過之,足以娱棊局。毋令有遐心,金玉在空谷。《全元詩》,册55,第90頁

同前

胡助

松竹軒開絶世氛,鈞天九奏静中聞。山林獨立蒼髯叟,冰雪相看直節君。夭矯撑空龍作雨,參差鳴玉鳳棲雲。千年化石須臾事,刻遍琅玕古篆文。《全元詩》,册29,第88頁

樂安草堂爲錢塘孫孟博賦

沈夢麟

按，《樂府詩集》無此題，然沈夢麟《花谿集》置此詩於「古樂府」類，故予收録。

人生百年内，流景如過隙。胡爲不自怡，反受衆形役。隱哉孫處士，明决介於石。結屋俯長溪，濯纓謝塵迹。釀秫益真性，種樹詠封殖。心清百憂消，慾澹衆喧寂。况有二子賢，孝養能竭力。尚恐逸則怠，諄諄勗朝夕。逍遥大化内，顥蒙藏諸密。亦以居之安，其樂諒有得。有君歌此詩，大書具堂壁。《全元詩》，册55，第91—92頁

春草辭爲延陵華彦清氏作

陳基

按，《樂府詩集》無此題，然陳基《夷白齋藁》置此詩於「樂府」類，故予收録，元人又有《春草曲》，或出於此，亦予收録。

當軒不栽花，只種忘憂草。栽花恐傷春草根，草色年年爲親好。東方日出芳菲菲，堂上阿孃堂下兒。兒來爲壽阿孃喜，何用遠游千萬里。春草種易生，春暉報難極。不將春草報春暉，且著春衣舞春日。舞春日，樂無殃，阿孃壽與春日長。教人愛殺雙胡蝶，歲歲飛來入畫堂。《全元詩》，册 55，第 177 頁

春草曲

胡　助

《全元詩》按語曰：「明趙琦美《鐵網珊瑚》卷十在詩後有跋語：『余爲太常博士歸田，道出梁溪，爲彦清賦此于春草軒。胡助。』」

春風如水流，春草生芳洲。游子有遠志，孝子無别愁。吁嗟孝子芝蘭美，不出庭闈奉甘旨。可憐游子飛蓬似，春愁草緑千萬里。兒衣母綫春風吹，春暉滿堂草菲菲。游子歸來慈母喜，階前門草看兒戲。《全元詩》，册 29，第 39 頁

崇丘寄倪元鎮

陳　基

按，《樂府詩集》無此題，然陳基《夷白齋藁》置此詩於「樂府」類，故予收録。

丘崇崇兮，下有流水。樹森森兮，匪櫟伊梓。彼櫟孳兮且壽，梓棄爲薪兮，於材何有。造物孔仁兮，將焉歸咎。《全元詩》，册55，第176頁

山高寄陸玄素

陳　基

按，《樂府詩集》無此題，然陳基《夷白齋藁》置此詩於「樂府」類，故予收録。

謂山高兮，其上有天。謂地厚兮，其下有泉。天不可升兮，地不可極，我思古人兮，爲之太息。古之人兮謂誰，山之中兮水之湄。孤舟兮容與，俯狎步兵兮，仰招鴟夷。非夫人兮，爾曷從之。《全元詩》，册55，第176頁

雁孤飛爲徐夫人作

陳　基

按，《樂府詩集》無此題，然陳基《夷白齋藁》置此詩於「樂府」類，故予收録。

雁孤飛，在何所，一在江之南，一在河之滸。江南一去不復歸，河水悠悠自東注。結髮從君作夫婦，豈料孤飛失儔侶。夫爲忠臣妾貞女，忍昔聞之今自許。我欲同歸泉下土，翼下之雛誰與哺。日暮不離河之洲，日出飛飛愛毛羽。毛羽幸無矰繳傷，翼下之雛乃可防。《全元詩》，册55，第177頁

慈烏曲爲沈仲説作

陳　基

按，元顧瑛《草堂雅集》亦録本詩，有詩序曰：「至正十年夏四月，詔賜高年帛。吴興沈右以純孝稱，而其祖夫人年九十，前後被賜者三而恩有加。君子既感國家忠厚之澤洽于天下，又美右之孝，樂其親之壽，而榮其賜之侈也。蓋觀感而有歆慕艷羡之心焉。于是，天台

陳基爲賦《慈烏曲》以歌之。其辭曰……」①按，《樂府詩集》無此題，然陳基《夷白齋藁》置此詩於「樂府」類，故予收録。

慈烏尾畢逋，朝夕相呼哺爾雛。今日慈烏一何樂，飛向樹頭兼屋角，飛去飛來鳴且啄。門前忽有吏，手奉篚與筐。中有兩束帛，爛爛生天光。孫也出見吏，再拜升母堂。祖母康强年九十，受帛拜天仰天立。太平恩澤高年及，歡樂盈門動鄉邑。慇懃裁剪製爲衣，長短於身無不宜。母著衣，孫起舞，日日見烏來反哺，萬歲千秋荷明主。《全元詩》，册55，第177頁

慈烏曲九韻

謝應芳

慈烏乳衆雛，雛大羽翼成。翩翩出巢飛，啞啞繞林鳴。得食不自飽，歸以飼所生。紛然同類中，有此骨肉情。余昔養親日，瞻烏常自懲。白首重相見，愛之雙眼青。匪謂得所止，丈人屋峥嶸。爲時梟獍多，見烏如閔曾。王孫金彈丸，慎勿令畏驚。《全元詩》，册38，第111頁

---

①［元］顧瑛輯，楊鐮、祁學明、張頤青整理《草堂雅集》卷二，中華書局，2008年版，第108頁。

鷄鳧行

陳　基

按，《樂府詩集》無此題，然陳基《夷白齋藁》置此詩於「樂府」類，故予收録。

鷄與鳧，皆觳育，鳧愛水游鷄愛陸。鳧昔未辨雌與雄，母不顧之鷄爲伏。鷄渴不飲飢不啄，以腹抱鳧誰敢觸。鳧脱觳，鷄鼓翼，日日庭中求黍稷，啄啄呼鳧使之食。鳧羽日褵褷，一朝下水不顧鷄。鷄在岸，鳧在水，賦性本殊徒爾耳。鷄知爲母不知鳧，恨不隨波共生死。《全元詩》，册55，第178頁

白頭公詞

陳　基

按，《樂府詩集》無此題，然陳基《夷白齋藁》置此詩於「樂府」類，故予收録。

杜陵三月春風暖，燕語鶯啼雜弦管。落花撩亂紫騮嘶，平樂歸來酒尊滿。雨來風篁忽已

秋，幽鳥多情亦白頭。不隨翡翠樓中宿，却愛鴛鴦水上游。春去秋來不知老，安樂即多憂患少。綺窗深處語言奇，付與紛紛秦吉了。《全元詩》，册 55，第 178 頁

刈草行

陳　基

按，《樂府詩集》無此題，然陳基《夷白齋藁》置此詩於「樂府」類，故予收録。

原上秋風吹百草，半青半黄色枯槁。城頭日出光杲杲，腰鐮曉踏城門道。門頭草多露未晞，爾鐮利鈍爾自知。一人刈草一馬肥，馬不肥兮人受笞。城中官廐三萬疋，一疋日飡禾一石。《全元詩》，册 55，第 178 頁

新城行

陳　基

按，《樂府詩集》無此題，然陳基《夷白齋藁》置此詩於「樂府」類，故予收録。

舊城城舊人民新，新城城新無舊人。舊城城外兵一解，新城城中齊覆瓦。萬瓦鱗鱗次第成，將軍令嚴鷄犬寧。將軍愛民如愛子，百賈皆集新城市。浙米淮鹽兩相直，楚人之弓楚人得。何時四海無荆棘，北賈販南南販北。《全元詩》，册55，第178頁

見月行

陳基

按，《樂府詩集》無此題，然陳基《夷白齋藁》置此詩於「樂府」類，故予收録。

在家見明月，誰論圓與缺。他鄉見月明，却驚虧又盈。世間兒女不知愁，夜夜月明同上樓。那知此夕遥相望，樓上徘徊不惆悵。人生願與月同圓，不願别離年復年。此身總爲飢寒逼，奔走東西與南北。它鄉見月與家同，慟哭亦無阮嗣宗。《全元詩》，册55，第179頁

同前

謝肅

悠悠異鄉人，望望故鄉月。四十二回天上圓，回回見月歸心折。我家高堂臨海城，阿母向

天看月行。月行若照兒行處，應念白髮增新明。少婦持杯月中立，勸姑賞月還暗泣。良人在遠婦獨眠，洞房月冷如黄泉。尋常有月誰不看，别離看月情始見。《全元詩》，册63，第400頁

見月行寄錢太守

葉　蘭

見月復見月，月圓圓復缺。今夜中秋見月光，照我容顔舊時别。憶昔小小初幼年，紫羅結髻雙垂肩。閒隨阿母引兒戲，見月拜月庭階前。長來十五纔十六，授業從師居外宿。漸知禮樂好詩書，夜對月光長夜讀。二十近相將，翱翔文墨場。關山行見月，壯志横四方。功名談笑當黑頭，氣冲牛斗輕公侯。神游仙闕廣寒殿，醉卧揚州明月樓。人生得意每見月，見月歡娱夜不休。三十走兵馬，四十還江夏。眼看富貴若浮雲，歸種瓜田向村野。行年五十把鋤犂，道邊莫問買臣妻。古人今人盡如此，惟有明月天東西。天東西，月常好。月色照中秋，青天净如掃。自憐白面月團團，變作婆娑一衰老。《全元詩》，册63，第166—167頁

裁衣曲

陳　基

按，《樂府詩集》無此題，然陳基《夷白齋藁》置此詩於「樂府」類，故予收録。

慇懃織紈綺，寸寸成文理。裁作遠人衣，縫縫不敢遲。裁衣不怕剪刀寒，寄遠唯憂行路難。臨裁更憶身長短，只恐邊城衣帶緩。銀燈照壁忽垂花，萬一衣成人到家。《全元詩》，册55，第179頁

征夫嘆

陳　基

按，《樂府詩集》無此題，然陳基《夷白齋藁》置此詩於「樂府」類，故予收録。元人又有《征夫詞》，或出於此，亦予收録。

世上父母心，貴男不貴女。生女不過嫁夫家，生男可以當門户。東家有女不嫁夫，夜夜織帛輸官租。西家有男雖娶婦，歲歲從軍身荷殳。有夫不若無夫樂，無婦何如有婦惡。却羡林間

百鳥飛，雌雄相呼不暫離。《全元詩》，册 55，第 179 頁

同前

劉　詵

六月征廣瑶，塗埃千丈高。渡水波沸骨，登山汗流刀。豺虎攫疲馬，棘荆破長橐。賊來多如雲，石洞穿千嶅。鐵甲日曬火，大旗烟漲濤。惡溪塞斷骨，亂礫紛流膏。前年過流沙，苦寒脱鬢毛。風裂壯士胄，雪積將軍旄。人生莫作軍，寒暑相戰鏖。人生莫作軍，性命如蓬蒿。君王方神武，狐鼠何足薅。但願四郊静，微軀敢辭勞。《全元詩》，册 22，第 223—224 頁

征夫詞

唐　肅

征夫憶征婦，慷慨不成悲。只恨生有賊，不恨死無兒。《全元詩》，册 64，第 39 頁

邊城曲

陳　基

按,《樂府詩集·新樂府辭》有僧貫休《塞下曲十一首》,其九曰:「誰爲天子前,唱此邊城曲。」①蓋爲此題所本。陳基《夷白齋藁》置此詩於「樂府」類,故予收録。

莫啓匣中鏡,怕見頭上雪。莫放弦上箭,怕射邊城月。邊城月闕還再圓,頭上髮白何由玄。君不見自古邊城有餘樂,夜月聯詩晝棊槊。至今月照鄜城頭,相國功名齊斗牛。《全元詩》,册55,第179—180頁

擬招

張　憲

按,《樂府詩集》無此題,然張憲《玉笥集》置此詩於「古樂府」類,故予收録。

---

①《樂府詩集》卷九三,第982頁。

以我美姝，易彼紫騟。裝刀頭兮飾箭厨，西蕩秦隴，東清荆吴。擬立功於不朽，任市人之揶揄。客有忘君背國竊禄而活者，亦何異食溷之鼠、穴墓之狐。厭見窮猿守株於岩野，困鳥脱羅於江湖。吾誠不能依阿偃仰以殉世，仰皇穹而號呼。若乃沐浴日光，廓清天衢。抑血誠憤發於所感，又孰知强弱成敗之何如。豪傑兮歸來，吾與爾兮良圖。《全元詩》，册 57，第 33 頁

行行重行行

張憲

按，《古詩十九首》其一曰《行行重行行》蓋爲此題所本。張憲《玉笥集》置此詩於「古樂府」類，故予收録。

行行重行行，此别何時還。風霜阻道路，歲月凋朱顔。層冰剥肌肉，半是刀箭瘢。金印大如斗，積功良亦艱。君看霍去病，終葬祁連山。《全元詩》，册 57，第 34 頁

同前

孫蕡

岐路一樽酒，送君久遠行。交持未及竟，絲管激哀聲。冉冉歲華暮，悠悠雲氣征。馳車戒往路，惻惻傷我情。我情默已傷，歡愛不可忘。昔爲春花妍，今爲秋草芳。秋草芳有時，夫君見無期。獨宿坐長夜，泪落如綆縻。白日儻回照，孤懷君所知。《全元詩》，册 63，第 248 頁

俠贈

張憲

按，《樂府詩集》無此題，然張憲《玉笥集》置此詩於「古樂府」類，故予收録。

趙客虎皮冠，走馬章臺柳。自小耻讀書，吴鈎不離手。千里殺讎家，空中騰匕首。俠累座上死，嬴政廷中走。屠兒貪黄金，狂生終掣肘。丈夫難圖名，合義死不朽。安得藺相如，澠池一杯酒。《全元詩》，册 57，第 34 頁

房中思

張　憲

按，《樂府詩集》無此題，然張憲《玉笥集》置此詩於「古樂府」類，故予收録。

紅象作小梳，髻龍盤漆髮。香泥搗守宫，染透桃花骨。白馬不歸來，倚床弄紅拂。桂陰緑團團，坐對玲瓏月。《全元詩》，册 57，第 34 頁

同前

胡　奎

紅燭照啼痕，當窗伴孤影。莎鷄語庭樹，長夜心耿耿。夢尋關山去，不識關山路。長亭楓葉秋，憶君相別處。《全元詩》，册 48，第 88 頁

按，唐皇甫冉、柳中庸、李群玉、羅鄴、魚玄機諸人皆有《秋怨》，或爲此題所本。張憲《玉笥集》置此詩於「古樂府」類，故予收録。

秋怨

張　憲

雨聲繞山來，撼屋風獵獵。銀床暑氣消，金井下梧葉。胭脂墮微泪，鸞鏡曉妝怯。香冷紅象梳，髻薄釵燕貼。明日玉闌干，槿花飛莫蝶。《全元詩》，册57，第35頁

天府告斗

張　憲

按，《樂府詩集》無此題，然張憲《玉笥集》置此詩於「古樂府」類，故予收録。

黄巾騎馬騰紅雲，緑章細書天篆文。芙蓉小冠切白玉，伏地夜奏中天君。灼灼桃花映羊首，電繞魁罡百怪走。九皇一笑帝車移，銀鹿作靶霞注酒。玉衡閃爍招摇光，人間塵土何茫茫。石家買得緑珠笑，五雲踏地椒壁香。短衣吹秋車武子，乾抱流螢照書紙。虚空喉舌正司權，杳杳冥冥注生死。《全元詩》，册 57，第 35 頁

桃花夢

張　憲

按，《樂府詩集》無此題，然張憲《玉笥集》置此詩於「古樂府」類，故予收録。

美人夜出胭脂井，骨碎香肌春不醒。去年阿護不重來，獨倚晨光照芳影。彩雲紅雨兩無心，覺來飛去三青禽。《全元詩》，册 57，第 35 頁

秋夢引

張　憲

按，《樂府詩集》無此題，然張憲《玉笥集》置此詩於「古樂府」類，故予收録。

翠翹半嚲雙飛鳳，轆轤金井懸銀甕。萬絲翠霧刷鴉光，兩點秋波和泪送。芙蓉帶露不忍折，鸚鵡隔籠時自哢。多情宋玉正悲秋，故放香魂入秋夢。《全元詩》，册 57，第 36 頁

同前

胡　奎

井烏啼月銀床冷，轆轤聲斷青絲綆。美人夢逐綵雲飛，鸚鵡隔窗呼不醒。小鬟臨鏡雙盤鴉，熏籠火暖篆烟斜。一寸芳心化胡蝶，飛來自采芙蓉花。《全元詩》，册 48，第 105 頁

梁苑行

張憲

按，《樂府詩集》無此題，然張憲《玉笥集》置此詩於「古樂府」類，故予收録。

銀鱗靡靡天光晚，晝出梁王江上苑。脩眉凝睇秋波長，薄袖分香春麝暖。氤氳寶鼎騰水沉，寂歷宫門閉金鍵。三十六竽吹紫雲，露冷高臺雙鳳遠。《全元詩》，册57，第36頁

夏日吟

張憲

按，《樂府詩集》無此題，然張憲《玉笥集》置此詩於「古樂府」類，故予收録。

白日鑿鑿可礪齒，寒泉濯濯宜洗耳。六椽短屋雲下眠，三日南風樹頭起。金刀薄切紅鱗鰉，玉樽細嚼松花蟻。大星西下月如冰，明漢南來天似水。《全元詩》，册57，第36—37頁

食獒行

張憲

按，《樂府詩集》無此題，然張憲《玉笥集》置此詩於「古樂府」類，故予收録。

哤聲夜吠樊將軍，袖刃一擲神血噴。鴻門側盾撞衛士，怒叱項王如狗蹲。黄流一仰一斗吞，生啗彘肩何足論。書生豪猛不減此，燈下漆盤生劍痕。《全元詩》，册57，第37頁

擇交難

張憲

按，《樂府詩集》無此題，然張憲《玉笥集》置此詩於「古樂府」類，故予收録。

擇交難，結交易。杯酒可歲寒，一言相背棄。金蘭膠漆照汗青，夢魂鷄黍通幽冥。但慚未到張元伯，莫謂人非范巨卿。結交易，擇交難，擇交不慎生疑患。方寸鬼門關，對面九疑山。險其心，易其顔。口蜜尚甘香，腹劍已巑岏，人生慎勿輕交歡。君結綬，我彈冠，結交未若擇交難。

結交結知己，擇交慎其始。嗚呼，叔牙王佐今豈無。安得鮑子兮，爲我交夷吾。《全元詩》，册57，第38頁

一鞘詞

張憲

按，《樂府詩集》無此題，然張憲《玉笥集》置此詩於「古樂府」類，故予收録。

一鞘容兩刀，古人耻不佩。一牝聚三雄，君子忍爲配。株林從夏南，遺臭穢千古。惟聞褚彦回，不污宋公主。《全元詩》，册57，第39—40頁

猛將吟擬孟郊

張憲

按，《樂府詩集》無此題，然張憲《玉笥集》置此詩於「古樂府」類，故予收録。

手捽敵人頭，臨陣試劍術。氣酣乳虎怒，拳捷秋鷹疾。鏖戰每在前，上功當第一。江南未

嘗見，自古山西出。《全元詩》，册 57，第 40 頁

刺客行

張　憲

按，《樂府詩集》無此題，然張憲《玉笥集》置此詩於「古樂府」類，故予收録。

刺客膽激烈，見義即内熱。每聞不平事，怒髮目眦裂。方刎奸相喉，又斷佞臣舌。試看腰下劍，常有未凝血。《全元詩》，册 57，第 41 頁

春晝遲

張　憲

按，《樂府詩集》無此題，然張憲《玉笥集》置此詩於「古樂府」類，故予收録。

樓觀參差半空起，縹緲闌干烟霧裏。緑萍一道浸鴛鴦，笑聲只隔桃花水。柳下粉墻斜靠街，當晝紅門半扇開。游絲冉冉挂檐角，燕子一雙何處來。《全元詩》，册 57，第 41 頁

哀亡國

張憲

按，《樂府詩集》無此題，然張憲《玉笥集》置此詩於「古樂府」類，故予收録。

買桑餧蠶絲不多，鑿洼種藕蓮幾何。廣陵夜月璚花宴，結綺春風玉樹歌。君不見黑頭江令承恩早，白髮蕭娘情未了。狎語淫人夢不醒，宮城緑遍王孫草。昏昏黄霧塞宮門，白練寒生玉頸痕。錦綉江山春似畫，幾傷風雨弔迷魂。《全元詩》，册 57，第 41 頁

瑶池曲

張憲

按，《樂府詩集》無此題，然張憲《玉笥集》置此詩於「古樂府」類，故予收録。

曼倩啼饑桃未熟，綺窗珠樹層陰緑。上清童子晝臨關，鸞尾掃雲方種玉。芙蓉畫闌春晝長，簫韶一派起回廊。八龍未暇送周穆，三鳥遽能迎漢皇。風雨蒼蒼隔元圃，不勞西望祠王母。

贈君桃核大如杯，歸植茂陵陵上土。《全元詩》，册57，第41—42頁

歸來曲

張　憲

按，《樂府詩集》無此題，然張憲《玉笥集》置此詩於「古樂府」類，故予收録。

芍藥薔薇向春泣，湖上春風政無力。緑塵滿街馬迹多，良人未歸將奈何。娟娟脩娥久凝佇，阿侯如今在何處。錦箏撥斷十四弦，弦聲清苦愁不眠，粉香翠黛凝芳筵。《全元詩》，册57，第42頁

俠士吟

張　憲

按，《樂府詩集》無此題，然張憲《玉笥集》置此詩於「古樂府」類，故予收録。

俠士有時有，不平無日無。安得匕首劍，贈與軹井屠。刺殺韓王相，報仇嚴大夫。俠士死

傷勇，亦勝懦夫活。許身然諾閒，不爲勢利奪。瑕瑜兩不掩，意氣足相埒。俠士赫赫聲，懦夫厭厭生。懦夫視死重，俠士視生輕。我吟俠士詩，俠士爲我起。斷却權奸頭，少雪懦夫耻。君不見臨安軍士彼何人，能斫申王鐵輿子。《全元詩》，册 57，第 42—43 頁

静女吟

張　憲

按，《樂府詩集》無此題，然張憲《玉笥集》置此詩於「古樂府」類，故予收録。

艷女羅綺裳，静女荆布妝。艷女嫁大將，静女歸農莊。大將死邊疆，艷女愁空房。農莊務耕作，静女勤筐筥。艷女迭三嫁，末路流爲娼。静女教子成，五福垂高堂。好花空窈窕，桃李不如桑。《全元詩》，册 57，第 43 頁

秦臺曲

張　憲

按，《樂府詩集》無此題，然張憲《玉笥集》置此詩於「古樂府」類，故予收録。

層臺五百尺，下瞰長安中。人言秦王女，學仙此成功。弄玉跨彩鳳，蕭史騎赤龍。雙吹紫簫去，千載永無踪。惟留鴛鴦夢，萬枕魘愚蒙。《全元詩》，册57，第44頁

按，《樂府詩集》無此題，然張憲《玉笥集》置此詩於「古樂府」類，故予收録。

秋來

張　憲

雨聲連夜捲江水，霹靂破車騰赤鯉。寒梢露翠劈空飛，壓地黑龍扶不起。大山摇摇小山崩，黄能夜吐雹如冰。天宫鬼箭自空注，下射行人攢刺蝟。六丁長爪攬明河，扛起虹橋翻玉波。陽烏白頭朱雀叫，電蛇閃爍天孫笑。曇雲藹藹白帝來，銀旗玉甲光明開。拳毛老虎排天門，颼颼涼氣吹黄昏。袷羅小衫裁嫩緑，金翦高堂對明燭。深沉鳳帳寂無聲，一夜輕涼新睡足。明朝織女會牽牛，更上西家乞巧樓。《全元詩》，册57，第48頁

江南謝二首

張　憲

按，《樂府詩集》無此題，然張憲《玉笥集》置此詩於「古樂府」類，故予收録。

江南謝，今何在。生緑畫羅屏，春光不相待。藕莖拗折蓮絲長，千尺春愁不可量。

江南謝，春風隔長夜。柏枝亭下水連空，捲起銀瓶向身瀉。綵雲分得香囊麝，夢裏如今頻見畫。欲煩神嫗寄箜篌，箜篌未彈先泪流。《全元詩》，册 57，第 48 頁

卿卿曲

張　憲

按，《樂府詩集》無此題，然張憲《玉笥集》置此詩於「古樂府」類，題作《卿卿謡》，①故予收録。

---

① [元] 張憲《玉笥集》卷三，景印文淵閣四庫全書，册 1217，臺灣商務印書館，1986 年版，第 401 頁。

煮蠒繅絲頭緒多，出門上馬歧路差，卿卿不膺奈卿何。《全元詩》，册57，第48—49頁

天狼謡

張　憲

按，《樂府詩集》無此題，然張憲《玉笥集》置此詩於「古樂府」類，故予收録。

煌煌天狼星，芒角射參昴。獨步天東南，燁燁竟昏曉。天弧不上弦，金虎歛牙爪。萬里食行人，白骨遍荒草。火爇烏龍岡，血染朱雀航。列宿不盡力，五緯分乖張。戍客困疆埸，荷戈涕成行。誰爲補天手，爲洗日重光。《全元詩》，册57，第49頁

莫種樹

張　憲

按，《樂府詩集》無此題，然張憲《玉笥集》置此詩於「古樂府」類，故予收録。

莫種樹，種樹枝葉多。枯楊易生稊，鈍斧難伐柯。秋風動悲思，春月夜如何。《全元詩》，册57，

第50頁

史童兒曲

張憲

按，《樂府詩集》無此題，然張憲《玉笥集》置此詩於「古樂府」類，故予收録。

君騎汗血騮，兒卧紫絲幕。杜鵑滿空山，君行何時還。《全元詩》，册57，第50—51頁

阿母詞

張憲

按，《樂府詩集》無此題，然張憲《玉笥集》置此詩於「古樂府」類，故予收録。

阿母似麻姑，十指如鳥爪。先彼日月生，後于天地老。《全元詩》，册57，第51頁

段兒歌

張　憲

按,《樂府詩集》無此題,然張憲《玉笥集》置此詩於「古樂府」類,故予收録。

玉童磽磽兩髻墜,雙瞳射人秋水媚。情濃意遠風骨異,微笑向人書段字。花覆古城心欲醉,地遠如今空有泪。春風淡淹東北來,緑雲隔春眉不開。郎眉雖不開,未比兒心哀。紫絲竹鞭玉腕馬,踏破花城何日回。《全元詩》,册57,第52頁

紅門曲

張憲

按，《樂府詩集》無此題，然張憲《玉笥集》置此詩於「古樂府」類，故予收録。

紅門欲開人漸稀，棲烏啞啞漫天飛。西宮寶燭明如晝，玉筵圍坐諸嬪妃。黄羊夜剥博兒赤，金椀銀鐺進炰炙。銀漢依微白玉橋，隔花宮漏夜迢迢，内城馬嘶丞相朝。《全元詩》，册 57，第 52 頁

和睦州雜詩十四首

張憲

按，《樂府詩集》無此題，然張憲《玉笥集》置此詩於「古樂府」類，故予收録。

五將開新府，三軍解沸湯。將軍驅土鬼，部曲散夫娘。

右大將令

白牙山下水如湯，烏龍嶺頭日無光。五龍墜地化作狗，怒目噞人烏喙長。

右白牙

閒花竹竿三丈長，紅皮縵笠綉衣裳。石榴花曲唱得好，争奈吴娘不斷腸。

右石榴花

十月四日天沙黄，虎狼西來將軍亡，帳前孌幸尸骸僵。君不見崔杼鋒刃三尺長，晏嬰民望那可傷。

右黄沙行

孤城新築十丈高，五狼西來成夜嘷。將軍夜别美人去，輭玉不禁朱粲糟。

右孤城

城土未乾城主改，長旗夜入黄巢砦。怨禽飛來遶砦啼，不學精衛填東海。

右怨禽

鳳鳴不向阿閣巢，網羅畢張將焉逃。此身尚不免鼎俎，豈問摧殘五色毛。

右鳳鳥

睦州女兒嬌如花，閨門不出愁風沙。今朝忽遇沙吒利，白馬馱入何人家。

右睦州女兒

婦人在軍鼓不揚，軍中豈宜安女郎。鄭旦西施齊入水，將軍真有鐵心腸。

右旦施

西王孫女嫁東郎，不學虞姬就劍芒。忍懷遺腹事仇主，不見胡法生兒洗滌腸。

右西王孫

南國香，誰家女，容貌如花絶代孅。嫁郎西去久不歸，今日相逢在軍壘。宫妝不著嫁衣裳，三尺罟罟包髻子。

右南國香

相如全璧目眦裂，劍指秦王衣濺血。衣濺血，不比儀秦争口舌。

右壯士行

秦王雄飛六王伏，六王戰敗疆土蹙。英雄獨有朱屠兒，袖隱金椎入函谷。圈中饑虎思人肉，屠兒入圈虎閉目。

右壯士行

義鶻子，雙翼長。獨入雁群擒雁王，不比饑鷹肉飽思飛颺。君不見公孫子陽墜馬洞胸死，七尺虎軀横戰場。

右義鶻子　　《全元詩》，册 57，第 52—54 頁

三忠詞

張　憲

按,《樂府詩集》無此題,然張憲《玉笥集》置此詩於「古樂府」類,故予收録。

精衛苦,精衛苦,口銜木石填水府。水府若地平,精衛作人語。海鯨三頭共一尾,挾潮作兮挾瀾上,呑舟殺人如殺蟻。豈無傷弓禽,不學精衛死。精衛溺死不足恤,填海不乾,誓願不肯畢。長鯨悔罪海寧謐,精衛雖死功第一。

右精衛

戰銅城,死湖水。父忠臣,兒孝子。淮南烽火吹邊塵,淮南將帥逃如麏。秋高覽鏡思血戰,誓死不作偷生臣。麾白羽,接短兵。有進死,無退生。騎可陷,身可殺。忠魂義氣無時歇,銅城不平血不滅。

右戰銅城

虵磧在湖北,虵原在湖南。神蛟誓擊虵首碎,蝍蛆不思虵味甘。虵類多,蛟力少,盡力搏虵虵不了。蝍蛆一旦化爲虵,肆毒毒蛟蛟潰腦。神蛟死,虵當途,雷聲爲我行天誅。

右虵磧　《全元詩》,册57,第55頁

富陽行

張憲

按,《樂府詩集》無此題,然張憲《玉笥集》置此詩於「古樂府」類,故予收録。

揺首上馬金鞭揮,山頭白旗如鳥飛。西來萬騎密蜂蟻,四面鼓聲齊合圍。金城木柵大如斗,五百貔貅夸善守。鐵關不啓火筒焦,力屈花瑶皆自走。城南城北血成窪,十里火雲飛火鴉。將軍豪飲不追殺,掠盡野民三百家。《全元詩》,册57,第55—56頁

鐵礮行

張憲

按,《樂府詩集》無此題,然張憲《玉笥集》置此詩於「古樂府」類,故予收録。

黑龍墮卵大如斗,卵破龍飛雷鬼走。先騰陽燧電火紅,霹靂一聲混沌剖,山河傾。不擊妖孽空作聲,天威褻瀆人不驚。《全元詩》,册57,第56頁

燭龍行

張　憲

按，《樂府詩集》無此題，然張憲《玉笥集》置此詩於「古樂府」類，故予收録。

燭龍燭龍，女居陰山之陰，大漠之野。視爲晝，瞑爲夜。吸爲冬，嘘爲夏。虵身人面髮如赭，銜珠吐光照天下。天地寬，日月小，烏兔盤旋行不了。窮陰極漠無昏曉，女代天光補天眇。女乃不知日被黑子遮，月爲妖蟆食。五緯無精光，萬象盡奪色。下民婞萸皆昏惑，燭龍燭龍代五職。胡不張爾鬣，奮爾翼。磨牙礪爪起圖南，遍吐神光照南極。補缺兔，無損傷，正畸烏，不傾昃。妖蟆黑子紛誅殛，重光重輪開萬國。胡爲藏頭縮尾窮陰北，坐視乾坤黯然黑。乾坤若崩摧，吾恐女龍有神無處匿。《全元詩》，册57，第56頁

倀魂啼血行二首

張　憲

按，《樂府詩集》無此題，然張憲《玉笥集》置此詩於「古樂府」類，故予收録。

孤城四面啼猛虎，怒豹咆哮餓彪舞。東海王公長獵兒，手有長刀腰有弩。王公前日爲虎吞，膽落獵兒深閉門。今晨馮婦復攘臂，虎視不動門邊蹲。君不見妖狐假威不敢搏，而況真虎據岩壑。倀魂導虎何已時，血腥荒草愁離離。

白面於菟行偃草，雄劍爲牙戟爲爪。夜越鐵關吞九牛，弱婦嬰兒眼中飽。郊原十里吹腥風，白骨塞途秋草紅。肝腸挂樹野鴉噪，鬼火照城人迹空。嗚呼獵師心力巧，藥箭無功機發早。舊魂走抱新魂啼，一夜黑風天亦老。《全元詩》，册57，第57頁

盂城吟

張　憲

按，《樂府詩集》無此題，然張憲《玉笥集》置此詩於「古樂府」類，故予收録。

盂城如斗復如鐵，百萬天兵半魚鱉。狼星燭地響晴雷，白馬將軍夜流血。匣中寶劍寒生雷，一擊能令太山缺。怒提往斷落星石，獻與師臣補天裂。《全元詩》，册57，第58頁

殺氣不在邊

張憲

按，《樂府詩集》無此題，然張憲《玉笥集》置此詩於「古樂府」類，故予收録。

殺氣不在邊，凛然起比鄰。隔城聞叫喧，白日飛黄塵。春雨夜鬼哭，青燈火燐燐。豈無籌邊臣，百駝馱金銀。亦有館閣賓，紅粟盈倉囷。佞語喜見色，直辭怒生嗔。兵强不出戰，師老志何伸。《全元詩》，册57，第58頁

怯薛行

張憲

按，《樂府詩集》無此題，然張憲《玉笥集》置此詩於「古樂府」類，故予收録。又，《全元詩》，册三八有釋梵琦《贈怯薛》，可互參。

怯薛兒郎年十八，手中弓箭無虚發。黄昏偷出齊化門，大王莊前行劫奪。通州到城四十

里，飛馬歸來門未啓。平明立在白玉墀，上直不曾違寸晷。兩廂巡警不敢疑，留守親姪尚書兒。官軍但追上馬賊，星夜又差都指揮。都指揮，宜少止。不用移文捕新李，賊魁近在王城裏。《全元詩》，册57，第59頁

白頭母次徐孟岳韻

張　憲

按，《樂府詩集》無此題，然張憲《玉笥集》置此詩於「古樂府」類，故予收録。

道旁哀哀白頭母，西馬膝上花翁婦。數莖短髮不勝簪，百結鶉衣常露股。自言夫本業種樹，一朝棄業從戎伍。荷戈南征竟不歸，不知被殺還被虜。屈指十年音信斷，獨宿孤房誰共語。家在錢塘古蕩東，門前正壓官橋路。恰憶夫在種花時，春來桃李下成蹊。自從夫死花樹折，錦綉園林成馬埒。縱餘梨杏與梅茶，無力入城供富家。富家遭兵亦銷歇，金錢誰復收名花。何况邇來新將相，一體好儉不好奢。兵餘城市化村塢，亂後名園作軍府。年年寒食杜鵑啼，人家上冢西湖西。時光荏苒易飄忽，可憐誰拾花翁骨。君不見，海棠風，楊柳雨。牢落錦紋箏，凋零金雁柱。黄四娘家客漸稀，蛺蝶飛來過墻去。《全元詩》，册57，第59—60頁

同前

張　端

白頭母，結縭亦嘗作新婦。鷄皮鮐背行龍鍾，數挽青裳不掩股。自從夫壻死軍中，夜夜西風吹獨樹。問之言是餘杭民，義兵當年起閭伍。生子誰如孫仲謀，憂國誰如祭征虜。白頭母，自傷還自語。情知有生不如無，人間何似黃泉路。記妾當年出嫁時，人言李下元無蹊。只今鉼沈寶釵折，縱守貞心何足埒。醜非鳩盤茶，妒悍裴談家。妍非張麗華，解唱後庭花。豈學乳媪嫁竇老，竟使世人呼阿奢。白頭終當死郿塢，有足何曾入城府。近聞金鷄夜半啼，天子肆赦平淮西。白頭母命在絲忽，得見太平無此骨。東家箜篌急於雨，西家銀箏移雁柱。請君彈作白頭吟，莫放哀聲入雲去。《全元詩》，册 52，第 106—107 頁

白頭母歌

袁　華

題注曰：「次韻徐孟岳。」

白頭母，少爲倡家女，老作種花婦。短布單衣纔掩股，猶記青年學歌舞，櫻桃花發當窗樹。藝成北上鳳皇城，不與長川教坊伍。耶孃輕義重金珠，婚娶論財漫相許。失身爲妾權豪門，背立銀釭泣無語。主家三入相中書，萬騎雲趨當要路。馬前鷹犬亦遭時，門下桃李自成蹊。共工一觸天柱折，舞衫歌扇都分携。放還仍飲鄰媪茶，弟妹凋零無一家。嫁得涌金門外壻，不解耕田能種花。錢唐大家羅撿刮，救死奚暇夸驕奢。秋風荆棘迷花塢，充募新軍隸分府。別時血泪萬行啼，信州城下出征西。前夫後壻何翕忽，貴賤同爲道旁骨。閉門花落清明雨，夢尋舊譜移箏柱。覺來無地覓夫骸，悔不身先木蘭去。《全元詩》，册57，第314—315頁

次韻白頭母

戴　良

錢王城中白頭母，自言身是征人婦。征人十五二十時，有力纔堪折螽股。一朝鼙鼓動地聞，却憶戰場勛可樹。彎弓拔劍走山東，鐵騎奔騰遇强虜。壯士軍前不顧生，賤妾城頭空獨語。亦知力盡當解圍，山海悠悠没歸路。自從棄背今幾時，門巷蕭條雪滿蹊。破衣露肘釵半折，忍對故居成馬埒。婦人老似鳩盤茶，此日翻愁夫到家。夫到家，我顔那得新如花。當初本自同苦樂，只嫌身貴情亦奢。白頭母，涕如雨，我亦悽然倚庭柱。幾時斫得征馬蹄，不載居人出門去。

《全元詩》，册 58，第 75—76 頁

瀲海洋書海盜録後

張　憲

按，《樂府詩集》無此題，然張憲《玉笥集》置此詩於「古樂府」類，故予收録。

海漫漫，颶風拍浪高如山。盜長踞坐大樓舶，手劍三尺神思何安閑。淮樞官，見之心膽寒。膠州龍公空授徑寸珠耳環，盜長乃爲天除奸，不用大呼天可汗。天可汗，刑已失。吾非利若財，羝跪何足恤。失土民，真罪人。女命雖螻蟻，吾禮有主臣。穴胸取心賽海神，淫怒殺人天乃嗔。瀲海洋，闊無垠。過者不用多金銀，重裝往往能殺身。《全元詩》，册 57，第 60 頁

主家猫

張　憲

按，《樂府詩集》無此題，然張憲《玉笥集》置此詩於「古樂府」類，故予收録。

主家畜雄猫，文采玳瑁光。晨飡溪魚飽，午睡花陰凉。營營溝中鼠，白日登我床。鼠東猫却西，所恨不相當。一朝忽相當，反爲鼠所戕。淋漓兩唇疽，跼促四足僵。呼奴起擊鼠，鼠去猫倉惶。作炊實猫腹，割裳裹猫瘡。愛猫心雖仁，敗事流毒長。所媿主家闇，猫駑庸何傷。《全元詩》，册57，第60頁

卷三一六　元新樂府辭四九

盛唐樅陽歌

釋宗泐

按，《樂府詩集》無此題，然釋宗泐《全室外集》置此詩於「樂府」類，故予收録。

漢家天子天馬良，羽林十萬何煌煌。山川望秩禮孔彰，誰言此竟成淫荒。舳艫千里長江水，江平浪穩頑蛟死。摐金伐鼓海上過，驚散蓬萊幾仙子。朱衣急走傳詔書，乘輿所至除田租。載拜願君千萬壽，歲歲望君一巡狩。《全元詩》，册 58，第 373 頁

交門歌

釋宗泐

按，《樂府詩集》無此題，然釋宗泐《全室外集》置此詩於「樂府」類，故予收録。

不其山頭月將午，交門沉沉夜擊鼓。博山火爇凝絳烟，霓旌導騎來容與。玉顔綽約含春花，向坐分明君自覿。君心有欲神不違，側耳傾心聽好語。雲收雨散意不傳，起望星河獨延佇。明朝更入芝房齋，神其相之復來下。茂陵新樹起哀風，五柞宫中泪如雨。《全元詩》，册58，第373頁

墓上華

釋宗泐

按，《樂府詩集》無此題，然釋宗泐《全室外集》置於「樂府」類，故收録。

墓上華，開滿枝。行人看花行爲遲，行人有恨花不知。不生名園使人愛，却生墓上令人哀。誰家此墓臨古道，寒食無人來祭埽？莫是東君惜無主，遣此閒花伴幽兆。聊持一杯酒，酹爾泉下客。今日此花開正好，但恐明日花狼藉。人生似花能幾時，古人今人皆可悲。《全元詩》，册58，第379頁

道傍屋

釋宗泐

按,《樂府詩集》無此題,然釋宗泐《全室外集》置此詩於「樂府」類,故予收録。

道傍誰家有古屋,主人不在行人宿。門户蕭條四壁空,野草依然映階緑。春燕歸來細相認,繞屋低飛疑不定。徒令獨客久咨嗟,無復高堂樂繁盛。一從兵火照坤維,十家九家無孑遺。願留此屋行人宿,莫問主人歸不歸。《全元詩》,册58,第379—380頁

南雁詞

釋宗泐

按,《樂府詩集》無此題,然釋宗泐《全室外集》置此詩於「樂府」類,故予收録。

胡雁向南飛,八月湘江道。水清菰米香,兩岸被紅蓼。棲息已自安,飲啄良易飽。不憂羅網危,方矜羽毛好。故鄉窮漠陲,歸夢空杳杳。蕭條古塞春,雪深沙浩浩。《全元詩》,册58,第380頁

寡婦詞

烏斯道

按，《樂府詩集》無此題，然烏斯道《春草齋集》置此詩於「樂府」類，故予收録。

浮萍爲妾身，池水爲妾夫。水深萍乃榮，水乾萍乃枯。夫壻共鄉井，妾心長自慰。夫身遠行役，妾顔爲顑頷。顑頷何足惜，終勝生别離。誰知竟死别，妾身何所依。酒未濕殯土，殯土無寸草。屯吏籍姓名，屯長催上道。鄰婦拭我泪，兒女牽我裳。行行問何之，未知適何鄉。死者呼不聞，生者嘆薄命。賣我嫁時釵，破我嫁時鏡。破鏡何所似，正似初弦月。月弦有圓時，破鏡難再合。夫壻如有知，魂魄隨我行。大石沈水底，可鑒妾中情。《全元詩》，册60，第259—260頁

題馬圖

烏斯道

按，《樂府詩集》無此題，然烏斯道《春草齋集》置此詩於「樂府」類，故予收録。

馬何良，金吾出。神英英，膂仡仡。錢聯聯，玉栗栗，劣慓輕兮陋騂突。馬何徠，涉流沙。千日奇，萬里嘉。跆天閑，志靡它，天閑遠兮人弗媠。馬何厄，匆歔欷。雄傑喪，戰伐滋。梟騎角，馭者誰，於斯息兮待其時。《全元詩》，册 60，第 260 頁

同前

虞　集

昔在乾淳撫蜀師，賣茶買馬濟時危。鄉人啜茗同觀畫，解説前朝復有誰。《全元詩》，册 26，第 169 頁

同前

丁　復

群馬共一槽，一馬獨不食。騏驎在羈束，萬里未盡力。豈不念一飽，俛首悲向櫪。奚官倚修柳，面目好顔色。瑶池定何許，天高莫雲碧。《全元詩》，册 27，第 366 頁

同前三首

胡　奎

玉花驄，氣如雲，畫史只數曹將軍。將軍畫骨不畫肉，韓幹畫肉神不足。此圖與曹略相似，逸氣雄姿有如此。何當掣斷青絲繮，任渠蹴踘天河水。《全元詩》，册 48，第 245 頁

五花雲散玉連錢，記得回朝下九天。不用蓋鞍黄帕子，絳袍人立御門前。

金河春水濯龍媒，應是天門立仗回。五朵花寒雲氣濕，紫衣太僕自騎來。《全元詩》，册 48，第 299 頁

萬里西來白玉驄，奚官牽浴浪花中。傍人莫笑鋒稜骨，曾向沙場立戰功。

龍駒新解紫游繮，牽向金溝浴晚凉。好用蓋鞍黄帕子，平明立仗待明光。《全元詩》，册 48，第 346 頁

同前四首

劉　崧

錦韂赤茸鞦，青驄間紫騮。傾城驚掣電，千里一回頭。

萬馬如雲散，中原息戰奔。惟餘一疋練，光采照天門。《全元詩》，册 61，第 222 頁

天馬西來掠西極，君門萬里踏雲入紫塞。秋回玉頰明黃河，夜渡拳毛濕高冠。圉人不敢騎，拄策却立當前墀。半垂絲繮齕青草，明日銀鞍趁班早。《全元詩》，册 61，第 370 頁

霜蹄霧鬣聳權奇，乍摘金鞍汗血垂。海外貢來偏愛惜，監官引過不教騎。《全元詩》，册 61，第 514 頁

馬食粟

烏斯道

按，《樂府詩集》無此題，然烏斯道《春草齋集》置此詩於「樂府」類，故予收録。

馬食粟，馬食粟。一閑二百匹，一食一百斛。去年大旱人苦饑，草根食盡食木皮。官司徵粟餧官馬，馬何貴重人何微。人心不敢怨，只願官馬肥。官馬肥，走若飛，江南江北正格鬥，將軍殺賊要馬騎。《全元詩》，册 60，第 261 頁

同前

張　庸

馬食粟，馬食粟，食粟無厭又食菽。將軍上槽十萬蹄，菽粟輸官車轆轆。車轆轆，可奈何，人間積蓄今無多。三年惠養未一試，不如歸食玉山禾。玉山由來風土好，從今莫走横門道。《全元詩》，册 54，第 106 頁

龍淵有珍寶

烏斯道

按，《樂府詩集》無此題，然烏斯道《春草齋集》置此詩於「樂府」類，故予收録。

龍淵有珍寶，珊瑚與木難。貪者入波濤，出入渤澥間。手持珍寶歸，富盛良不艱。鄰女相夸耀，小兒多靦顔。貪夫之貪終不了，再入龍淵探珍寶。老龍崛起白日昏，大浪飛來雪山倒。等閒性命斷柔絲，魚鱉飫餐鳥啄之。爺娘妻子仰天哭，珍寶如山亦奚爲。《全元詩》，册 60，第 261 頁

東方行

劉崧

按,《樂府詩集》無此題,然劉崧《槎翁詩集》置此詩於「樂府」類,故予收録。

東方閃閃啼早鴉,美人愁眠隔窗紗。桐華樹下人來往,銀床轆轤夢中響。《全元詩》,册61,第3頁

照鏡曲

劉崧

按,《樂府詩集》無此題,然劉崧《槎翁詩集》置此詩於「樂府」類,故予收録。元人又有《照鏡詞》,或出於此,亦予收録。

美人妝罷房櫳杳,鸜鵒呼寒帳中曉。拍簇花迎笑靨開,低飛黛緑秋娥小。滿庭桃李各嬌春,顧影含羞便惱人。蟠螭雙銜錦帶紅,妝臺刻玉秋玲瓏。綵雲忽開紫鸞舞,明月夜墮香奩中。

愁來獨掩雲屏宿，手持寶釵扣寒玉。吴錦蜀粉暗消磨，泪滿菱花奈别何。不知昨夜愁深淺，但覺朝來華髮多。《全元詩》，册61，第3頁

照鏡詞

胡　奎

顔看鏡中紅，髮看鏡中白。如何一寸心，鏡中看不得。《全元詩》，册48，第119頁

照鏡詞贈鑷工潘郎

胡　奎

潘郎買得揚州鏡，團團比似揚州月。持向揚州住十年，旦暮照人頭上雪。明月樓前問月人，瓊花觀裏賞花春。回頭不覺紅顔改，對面應嗟白髮新。男兒立功當及早，莫向潘郎鏡中老。《全元詩》，册48，第120頁

姑蘇曲

劉崧

按,《樂府詩集·清商曲辭》有李白《烏棲曲》,詩曰:「姑蘇臺上烏棲時,吴王宫裏醉西施。吴歌楚舞歡未畢,青山猶銜半邊日。銀箭金壺漏水多,起看秋月墜江波,東方漸高奈樂何。」①蓋爲此題所本。劉崧《槎翁詩集》置此詩於「樂府」類,故予收録。

姑蘇城頭烏夜啼,姑蘇臺上風凄凄。芙蓉露冷秋香死,美人夜泣雙蛾低。銅龍咽寒更漏促,手撥繁弦轉紅玉。鴛鴦飛去屧廊空,猶唱吴宫舊時曲。吴山青青吴殿荒,麋鹿來游春草長。闔閭門户東風起,年年花落愁西子。《全元詩》,册61,第4頁

① 《樂府詩集》卷四八,1998年版,第539頁。

卷三一七　元新樂府辭五〇

鴛鴦吟有序

劉　崧

詩序曰：「積雨澄霽，高齋闃寥。池有匹鳥，於焉逍遥。未賡詩客之歌，遽動獵人之想。羽翼雙舉，畢羅四張。載止載飛，蓋亦危矣。使滄波萬里，雖馴狎不可得，況得而矰繳之耶。愓焉余懷，援筆賦此。」按，《樂府詩集》無此題，然劉崧《槎翁詩集》置此詩於「樂府」類，故予收録。元人又有《鴛鴦篇》，或出於此，亦予收録。

鴛鴦爾何來，蕩漾野塘水。塘水污不流，雙雙乃自止。雲霞下照青黛光，弄影宛在塘中央，惜爾錦翼多文章。翩翩游俠兒，款款治羅罻。驅之向南飛，意欲投所設。成湯昔好德，三面或解之。爾獨不用命，咫尺罹艱危。洞庭瀟湘，春風緑波。芳草可哺，芙蓉可棄。飲啄失所，吾將奈何。《全元詩》，册 61，第 288 頁

鴛鴦篇

孫　蕡

按，孫蕡《西菴集》置此詩於「樂府」類。

南浦雙鴛鴦，生來不獨宿。葉底已雙飛，花邊還對浴。鴛鴦可羡復可憐，况妾容華方少年。

《全元詩》，册63，第260頁

同前

張　昱

鴛鴦水中禽，居常有定偶。行則共洲渚，棲不異淵藪。交頸情所私，和鳴氣相友。白頭不自嫌，彩翼戢左右。雄雌或失配，霜霰甘獨守。嗟哉羽毛類，賦性乃何厚。願獻金閨女，綉作君子綬。人或違天常，翻爲此禽醜。《全元詩》，册44，第6頁

同前

凌雲翰

題注曰：「美鄒節婦也。」

贛水白於練，芳池成委區。濯濯出水蓮，寧受塵垢污。鴛鴦忽飛下，雌雄日相娱。惟唼池中藻，不銜池上蘆。惟偕池中鯉，不雜池上鳧。霜風一夕發，池荒蓮葉枯。雄者方垂翼，雌者已就殂。雎鳩知有别，精衛志不渝。物性固莫奪，民心焉可誣。至今南岡樹，落月空嘑烏。《全元詩》，册62，第409頁

傷舉郎詞

劉崧

按，《樂府詩集》無此題，然劉崧《槎翁詩集》置此詩於「樂府」類，故予收録。

有娙有娙兮出幼齒，筋骨充緊兮目光如水。重城忽隳兮風塵起，掠爾家兮驅爾以徙。短戈

揮兮白刃指，母不得將兮父不得子。攔道長號兮衣載褫，山路夜行兮泥没其趾。汝書在床兮庭有遺履，汝歸何時兮而拘于彼。月光明明兮在地，鴻鵠之飛可以乘汝兮，盍歸來兮故里。《全元詩》，册 61，第 288 頁

烏鳶嘆

劉崧

按，《樂府詩集》無此題，然劉崧《槎翁詩集》置此詩於「樂府」類，故予收録。

乳鴨戲水中，三三五五群相聚。烏鳶從東來，瞥然攫向空中去。我無勁箭射飛鳶，仰視青天還自憐。《全元詩》，册 61，第 288—289 頁

白練帶詞

劉崧

按，《樂府詩集》無此題，然劉崧《槎翁詩集》置此詩於「樂府」類，故予收録。白練帶當爲鳥名，《全元詩》册四四有元人張昱《白練帶禽》，可互參。

白練帶，長且美。飛來青樹顛，宛轉脩竹裹。南園日暮無人來，一雙下飲寒塘水。《全元詩》，册61，第5頁

荷葉黄

劉崧

按，《樂府詩集》無此題，然劉崧《槎翁詩集》置此詩於「樂府」類，故予收録。

荷葉黄，荷葉青，四月五月風日清。荷葉青，荷葉黄，八月九月秋風凉。越湖女兒顔似玉，隔舡窺郎心眼熟。赤尾鯉魚花下游，白頭鴛鴦露中宿。歡會苦乖絶，歲月同飛揚。王母不西游，娥眉刷秋霜。少年之樂樂未央，莫遣老大徒悲傷。獨不見，荷葉黄。《全元詩》，册61，第6頁

賦戰旗

劉崧

按，《樂府詩集》無此題，然劉崧《槎翁詩集》置此詩於「樂府」類，故予收録。

疾風吹大旗，西出洛陽城。鳶鳥并飛動，熊虎歘縱横。披排中軍帳，飄揚列騎營。萬人回首處，太白獨分明。《全元詩》，冊 61，第 289 頁

祝船詞

劉崧

按，《樂府詩集》無此題，然劉崧《槎翁詩集》置此詩於「樂府」類，故予收録。

岸頭擊鼓人聚蟻，吉日挽船下江水。新船龍行氣勢雄，頭搶入水尾插空。篙師跪拜祝船聖，牲紙前陳啓神聽。沿江靈廟八十四，聞請齊來共歡慶。五湖四海道路通，蛟虵不逢無惡風。大石低頭小石卧，吕梁灩澦輕輕過。吴粳蜀麻淮海鹺，大商滿載黄金多。年年早歸謝神福，酒澆船頭賽羊肉。《全元詩》，冊 61，第 289 頁

挂劍臺

孫蕡

按，《樂府詩集》無此題，然孫蕡《西菴集》置此詩於「樂府」類，故予收録。元人又有《挂

劍臺行》，或出於此，亦予收録。

我有白虹青霜之寶劍，舞時熚熚蓮花艶。去年北上東蒙峰，君眼如猫看不厭。今年匹馬歸江東，將期豁我抑鬱磊落之心胸。懷君不見泪如水，墳樹索索生秋風。歲華零落對杯酒，酒酣脱劍爲君壽。今爲君友君不知，墳前挂向桂樹枝。等死酬知心所許，劍有神靈劍應語。金環魚腹定足數，草平翁仲月荒涼，山鬼提携學吾舞。《全元詩》，册63，第253頁

挂劍臺行

宋禧

泗水日夜流，千古流不休。誰爲挂劍臺，名聲聞九州。九州行人泗水過，北來南去瞻嵯峨。乃知挂劍一時事，劍與古人名不磨。古人重知己，九鼎何足比。况是三尺鐵，肯背生與死。徐君愛劍口無語，季子心中業相許。生死知心上國回，劍挂墳前泪如雨。墳前今有臺，季子不復來。當時寶劍安在哉，無乃一夜隨風雷。君不聞歌風臺上赤帝子，寶劍龍吟哭蛇鬼。神物變化從何來，整頓乾坤須仗爾。嗚呼！神物去就，上天所使，隱見不常，獲者有幾。吾知寶劍勛業多季子，徐君焉得而有此。沛縣臺高風大起，風起雲飛連泗水。守四方，得猛士。臺兮臺兮，可徒

挂劍而已矣。《全元詩》，册 53，第 394—395 頁

蔣陵兒

孫蕡

按，《樂府詩集》無此題，然孫蕡《西菴集》置此詩於「樂府」類，故予收録。

蔣陵健兒身手捷，青年好游仍好俠。錦衣綉帽綵絲囊，緑鬢葱蘢映朱頰。春風二月蔣陵西，柳暗秦淮花滿堤。騕褭金鞍摇日出，輕盈紫燕踏花嘶。佳人紈扇和詩贈，上客金瓶帶酒携。上客留連正及時，佳人妙舞鬥腰肢。舞回璧月當空見，歌罷楊花似雪飛。楊花似雪紛紛落，酣醉人前夸浪謔。自然不分揖金張，况肯低頭拜衛霍。意氣由來凌七貴，豪華豈必資三略。五侯宅裏聽啼鶯，廷尉門前彈羅雀。揚雄寂寞掩柴扉，草得玄成鬢若絲。歲歲年年書閣底，惟應羨殺蔣陵兒。《全元詩》，册 63，第 254—255 頁

上京行

孫　蕡

按，《樂府詩集》無此題，然孫蕡《西菴集》置此詩於「樂府」類，故予收録。元人又有《上京行幸詞》，或出於此，亦予收録。

京華全盛日，江南鉅麗時。鳳閣淩天翥，雕甍向日披。隄楊垂宛轉，溝水去逶迤。萬國年方泰，三陽景載熙。少年縱娛游，游俠相追隨。載酒聯絲絡，乘驄鞚玉羈。鬥鷄初賭錦，擊鞠復争馳。百卉照眼明，步障隨風移。珍禽哢幽響，咬嘎一何悲。日暮宴青樓，稱觴侑瓊姬。開筵列上客，急管聞哀絲。爲樂殊未央，但惜白日欹。豪雄極志意，黄髮以爲期。《全元詩》，册63，第256頁

上京行幸詞

鄭　潛

群山如畫列層城，佳氣灤陽此上京。四野穹廬環魏闕，三宫仗馬擁霓旌。

明德城南萬騎過，御天門下百官多。簫韶九奏風雲會，嵩岳三呼景象和。
宫草葱茸拂檻青，苑中麀鹿自和鳴。雲邊仙子鏘環佩，日暮君王幸穆清。
宫樹行行密覆墻，雨餘沙浄碧雲凉。錦衣花帽金鞍馬，綵仗紅旗夾道光。
紅雲靄靄護椶毛，紫鳳翩翩下綵絛。武士承宣呈角觝，近臣侍宴賜珠袍。
近西穹帳是青宫，瑞靄祥雲曉日紅。寶扇初開顔似玉，金輿方駕氣如龍。《全元詩》，册48，第480—481頁

南浦曲

孫蕡

按，《樂府詩集》無此題，然孫蕡《西菴集》置此詩於「樂府」類，故予收録。

君家住南浦，妾家住横塘。少小曾相識，况復是同鄉。妾年與君相上下，月下花前幾相許。相憐相愛君不知，却共何人隔花語。芙蕖被霜那得連，荷風蕩露那得圓。君情君意苦難定，妾貌妾心長自憐。《全元詩》，册63，第258頁

花開曲

孫　蕡

按，《樂府詩集》無此題，然孫蕡《西菴集》置此詩於「樂府」類，故予收録。

去年百花開春風，妾顔窈窕如花紅。今年花色仍自好，妾顔比花已漸老。良人新愛移平生，妾顔如花空復情。花開無人妾不語，妾泪長垂花帶雨。《全元詩》，册63，第259頁

游絲曲

孫　蕡

按，《樂府詩集》無此題，然孫蕡《西菴集》置此詩於「樂府」類，故予收録。

游絲映户春風盪，雕檐雨浥蜘蛛網。春花亦笑綺帳空，故遣飛紅入虚幌。青樓夫壻醉忘歸，魂夢相尋意轉迷。把似妾心懷舊愛，還如君意戀新棲。綺疏鸜鵒通人語，戲把枇杷擲金羽。含情暗卜無心負，今夕渠儂到家否。游絲罥花風葉葉，吴羅袷薄新寒怯。蜂游亦解鑽綺疏，不

獨房櫳出蝴蝶。懷人不爲青春過，别有閑愁幽思多。君情妾意俱腸斷，舊愛新憐奈爾何。《全元詩》，册 63，第 259 頁

落花曲

孫　蕡

按，《樂府詩集》無此題，然孫蕡《西菴集》置此詩於「樂府」類，故予收録。元人又有《落花怨》《落花嘆》，或出於此，亦予收録。

昨日見花開，今日見花落。花落花開還滿枝，人老終無年少時。勸君及時且行樂，莫管花開與花落。《全元詩》，册 63，第 259 頁

落花怨

林泉生

落花怨東風，情薄不可托。紅顔爲君開，衰顔爲君落。願落流水中，隨君遠漂泊。《全元詩》，册 41，第 165 頁

同前

孟惟誠

落花舞回風，含情向誰托。只道逢春開，不道隨春落。愁隨錦浪翻，恥共浮萍泊。《全元詩》，冊52，第279頁

落花嘆

釋妙聲

朝見紅白花，莫見青葱樹。不愁花落總成泥，但惜人生不如故。滋蘭公子江南客，再拜東皇留不得。九州塵土浩茫茫，付與楊花作春色。東溪野老自忘機，坐對落花吟夕暉。猶聞葉上黄鸝語，不信東家蝴蝶飛。《全元詩》，冊47，第50頁

卷三一八　元新樂府辭五一

木葉曲

孫　蕡

按，《樂府詩集》無此題，然孫蕡《西菴集》置此詩於「樂府」類，故予收録。

南風木葉青，北風木葉黄。木葉有零落，客心與爾同悲傷。悲傷日日人漸老，明年木葉依舊好。《全元詩》，册 63，第 260 頁

蓮花曲

孫　蕡

按，《樂府詩集》無此題，然孫蕡《西菴集》置此詩於「樂府」類，故予收録。

蓮花復蓮花，蓮葉相交加。葉如雲鬟偏宜緑，花比妾容還更佳。蓮葉蓮花相對好，妾容妾

鬢愁中老。《全元詩》，册63，第260頁

葵花曲

孫蕡

按，《樂府詩集》無此題，然孫蕡《西菴集》置此詩於「樂府」類，故予收録。元人又有《葵花嘆》，或出於此，亦予收録。

蜀葵花開開復落，黄金滿地秋風惡。良人遠去不歸家，秋風吹落蜀葵花。蜀葵花落開復好，良人不歸愁欲老。《全元詩》，册63，第260頁

葵花嘆

郭鈺

朝見葵花長嘆息，暮見葵花重於邑。白日携光萬彙蘇，寸心炯炯誰能識。蠟光膩粉花正開，翠袖捧出黄金杯。再拜君王千歲壽，六龍迎駕扶桑來。朱門厭逢車馬客，移花遠置山巖側。不辭辛苦灌葵根，遮莫浮雲翳空碧。《全元詩》，册57，第526—527頁

古鏡詞

孫蕡

按，《樂府詩集》無此題，然孫蕡《西菴集》置此詩於「樂府」類，故予收録。元人又有《古鏡篇》，當出於此，亦予收録。

貧女池邊得銅鏡，鄰媪歡呼喜相慶。持歸鉛粉三日磨，龍影模糊面猶瑩。機中剪素爲鏡囊，染絲綉作雙鴛鴦。横看豎照心不厭，借插金釵學上堂。廢銅雖舊惜於寶，無錢買新舊亦好。誰識青樓金鏡開，珍珠綴匣瓊爲臺。《全元詩》，册 63，第 260—261 頁

古鏡篇寄韓與玉

廼賢

題注曰：「時與玉將南歸，故賦此留别。」

古鏡團團似秋水，美人當窗正梳洗。芙蓉涼月鬥嬋娟，默默自憐還自喜。朝來開匣忽凄

然，一痕微雪映華鈿。却恨東風惜桃李，年年開傍鏡臺邊。粉綿拭鏡還清澈，佳人薄命空愁絶。不如化石在山頭，萬古千年照明月。《全元詩》，册 48，第 42—43 頁

樵父詞

孫　蕡

按，《樂府詩集》無此題，孫蕡《西菴集》置此詩於「樂府」類，故予收録。

清晨腰斧出，日暮腰斧歸。青青遍原野，造化若有私。我願嚴霜殺荆棘，蒼松翠柏高千尺。《全元詩》，册 63，第 261 頁

耕父詞

孫　蕡

按，《樂府詩集》無此題，然孫蕡《西菴集》置此詩於「樂府」類，故予收録。

朝耕山下田，暮耕山下田。辛苦食筋力，持用終歲年。耕田得穀豈不樂，但願年豐莫作惡。

《全元詩》，册 63，第 261 頁

牧牛詞

孫蕡

按，《樂府詩集》無此題，然孫蕡《西菴集》置此詩於「樂府」類，故予收録。

朝出牛亦出，暮歸牛亦歸。牧牛如種樹，貴在不擾之。放牛散食山下草，草香水甜牛自飽。

《全元詩》，册 63，第 261—262 頁

牧羊詞

孫蕡

按，《樂府詩集》無此題，然孫蕡《西菴集》置此詩於「樂府」類，故予收録。

隴羊尾，褷褷山，虎毛離離願得山。虎生隴羊長自肥，蒼茫大化良亦苦，作抵生羊復生虎。

《全元詩》，册 63，第 262 頁

射雉詞

孫蕡

按，《樂府詩集》無此題，然孫蕡《西菴集》置此詩於「樂府」類，故予收録。

春雉巢，草中子。母不相離，時時引子。嬉翅短，還墮地。回弓落箭不射之，深山大澤從汝飛。《全元詩》，册 63，第 262 頁

石榴詞

孫蕡

按，《樂府詩集》無此題，然孫蕡《西菴集》置此詩於「樂府」類，故予收録。元人又有《石榴花辭》，或出於此，亦予收録。

纍垂纍垂復纍垂，纍垂壓倒珊瑚枝。西風擘破玳瑁皮，露出數顆珍珠兒。《全元詩》，册 63，第 376—377 頁

石榴花辭

郯　韶

石榴花，爲誰好，一樹垂垂向官道。年年花落復花開，不覺花前人易老。去年花開白日長，長官載酒來稱觴。流鶯蛺蝶共飛舞，不惜醉倒花樹傍。今年花開秋可憐，纍纍結子滿樹顛。無人載酒花下飲，只説花開勝去年。去年今年同結子，雨露生成有如此。人老不似花再開，莫惜載酒花前來。《全元詩》，册 47，第 95—96 頁

蠶婦詞

孫　蕢

按，《樂府詩集》無此題，然孫蕢《西菴集》置此詩於「樂府」類，故予收録。元人又有《蠶婦吟》，或出於此，亦予收録。

朝看箔上蠶，暮取繭上絲。絲成給日食，不得身上衣。早知阿家蠶事苦，悔不當初學歌舞。

《全元詩》，册 63，第 262 頁

同前

華幼武

去年桑葉多，養蠶能幾何。今年桑葉少，養蠶難得老。典衣買葉供蠶食，葉少蠶多憂不給。典衣不畏舅姑嗔，只願蠶成絲有綸。我着身上衣，蠶吐口中絲。蠶繭大如甕，何愁乏供奉。三眠三起白於霜，一筐兩筐成百筐。舅姑歡喜小姑忙，丈夫勤耕我勤桑。春熟蠶，秋熟稻，舅姑堂上有旨甘，細女長男亦温飽。《全元詩》，册 46，第 143—144 頁

蠶婦吟次韻

舒頔

蠶室無多僅十筐，繰成白雪三兩行。殘春采摘不離樹，深夜憂勤豈在床。功盡機梭愁賦日，令行官府勝嚴霜。夫君不效秋胡態，生理何如穀與桑。《全元詩》，册 43，第 368 頁

映山紅

陳仲仁

按，《樂府詩集》無此題，然該曲見于唐崔令欽《教坊記》，故予收録。

林深霧暗曉光遲，爛熳山花開及時。應是陽春原有脚，故教空谷有芳姿。《全元詩》，册18，第174頁

木蘭花

釋德凈

按，《樂府詩集》無此題，然該曲見于唐崔令欽《教坊記》，故予收録。

迎春開徧最高枝，未葉先花頗絶奇。昔日曾將標畫棟，只今芳草滿遺基。《全元詩》，册20，第67頁

送行人二首

耶律鑄

按，《樂府詩集》無此題，然該曲見于唐崔令欽《教坊記》，故予收録。

十年鞍馬往來程，學劍讀書兩不成。故國英雄應笑我，苦吟佳句送行人。經過離亭知幾度，從前端的一千場。只疑折盡無情柳，不意東風吹又長。《全元詩》，册 4，第 128 頁

同前

胡祇遹

三百餘年宋，長江一葦航。不知何境域，更敢恃金湯。威烈雷霆震，仁明日月光。安南吾内附，使節愈皇皇。《全元詩》，册 7，第 93 頁

卷三一九　元新樂府辭五二

鸚鵡杯

任士林

按，《樂府詩集》無此題，然該曲見于唐崔令欽《教坊記》，故予收録。

珠林濯蜑雨，産此羽族奇。緑衣剪袍色，朱喙流口脂。孤鳳王者瑞，獨立東風枝。有鬱不得宣，假爾能言頤。胡然抱空殻，屈曲成酒卮。刳中待人賞，時一斟酌之。儀舌雖不存，亦足宣文辭。神交賴醇酎，乞子左手持。《全元詩》，册16，第191頁

慶雲鸚鵡杯

王　惲

桂魄淪精貯海波，神光分秀入紅螺。卿霏護暖圍蒼腹，丹喙嫌寒縮翠窠。縱飲雅當豪客意，垂雲無復緑衣歌。一樽細浥江山筆，夢到芳洲碧草多。《全元詩》，册5，第288頁

同心結

耶律鑄

按，《樂府詩集》無此題，然該曲見于唐崔令欽《教坊記》，故予收録。

湖中已種藕，湖邊還種柳。柳絲與藕絲，同在佳人手。除是結同心，同心最長久。《全元詩》，册 4，第 22 頁

洞仙吟五首答杜尊師

任士林

按，《樂府詩集》無此題，然唐崔令欽《教坊記》有《洞仙歌》，或爲此題所本，故予收録。

海濱已起伯夷老，天下猶多魏證人。自卷白雲歸去後，洞山植作太平春。

東風到處崑崙樹，昨日親逢混沌民。時向洞山歌一曲，太平春裏太平人。

壺中日月谷中仙，培塿移來小洞天。幾度桃花新結實，春風二十五年前。

華表鶴歸人獨往，玄都桃在客重來。青山一簣功成日，坐見樓喜八面開。爲山起自一拳石，壘土終成臺九層。但覺瓊林春咫尺，天風吹下鶴翩翾。《全元詩》，册 16，第 190 頁

思友人

耶律楚材

按，《樂府詩集》無此題，然該曲見于唐崔令欽《教坊記》，故予收録。

落日蕭蕭萬馬聲，東南回首暮雲横。金朋蘭友音書絶，玉軫朱弦塵土生。十里春風別野店，五年秋色到邊城。雲山不礙歸飛夢，夜夜隨風到玉京。《全元詩》，册 1，第 206 頁

同前

劉秉忠

亂點蒼山壯地形，西風白草動秋聲。幾條野水馬争飲，一帶荒田人不耕。蝸舍雁程隨處客，龍岡鴛水故園情。關河月底人千里，一夜相思白髮生。《全元詩》，册 3，第 172 頁

獅子

釋梵琦

按，《樂府詩集》無此題，然該曲見於唐崔令欽《教坊記》，故予收録。

獅子呼爲百獸王，定知籠檻不能傷。尾毛颯颯生風陣，隅目時時走電光。却是熊羆如糞土，從教虎豹有文章。驚天駭地聞哮吼，想在山林爪吻張。《全元詩》，册 38，第 319 頁

南浦曲

孫蕡

按，《樂府詩集》無此題，然唐崔令欽《教坊記》有《南浦子》，或爲此題所本，故予收録。

君家住南浦，妾家住横塘。少小曾相識，况復是同鄉。
妾年與君相上下，月下花前幾相許。相憐相愛君不知，却共何人隔花語。
芙蕖被霜那得連，荷風蕩露那得圓。君情君意苦難定，妾貌妾心長自憐。《全元詩》，册 63，第 258 頁

戍行曲

周巽

按，《樂府詩集》無此題，然宋鄭樵《通志二十略・樂略一》列入「征戍十五曲」，故予收録。

東征度遼海，朝雨浥塵沙。珠袍黄金甲，玉轡白雪騧。前鋒耀戈戟，後騎鳴鼓笳。連城不足拔，諸將毋庸夸。殺氣昏海霧，軍還應自嗟。《全元詩》，册48，第392頁

長城

周權

按，《樂府詩集》無此題，然宋鄭樵《通志二十略・樂略一》列入「征戍十五曲」，故予收録。元人又有《古長城吟》，當出於此，亦予收録。

長城峨峨起洮水，盤踞蜿蜒九千里。朔雲浩浩天茫茫，悲笳落日腥風起。猶傳鬼哭風雨

夕，知是當時苦苛役。征人白骨掩寒沙，化作年年春草碧。祖龍爲謀真過計，自成限域非天意。力窮城杵怨聲沉，禍起蕭墻險難恃。豈知一朝貔虎來關東，咸陽宮殿三月紅。《全元詩》，册 30，第 92 頁

古長城吟

葉懋

春秋絶筆麒麟死，長城萬里連雲起。蒼生肉碎骨成塵，至今痛憶秦天子。作橋望月窺蓬萊，赤烏夜照瑯琊臺。樓船采藥不知處，鮑魚臭惡腥風來。秦家城頭血猶紫，漢家還有征人鬼。長城築築何時休，舊秦已逝新秦留。《全元詩》，册 47，第 181—182 頁

同前

郝經

長城萬里長，半是秦人骨。一從飲河復飲江，長城更無飲馬窟。金人又築三道城，城南盡是金人骨。君不見城頭落日風沙黃，北人長笑南人哭。爲告後人休築城，三代有道無長城。《全元詩》，册 4，第 257 頁

邊思

張昱

按，《樂府詩集》無此題，然宋鄭樵《通志二十略·樂略一》列入「征戍十五曲」，故予收録。

萬里盡風沙，征人念歲華。角聲悲自語，誰見落梅花。《全元詩》，册 44，第 78 頁

刺少年

周權

按，《樂府詩集》無此題，然宋鄭樵《通志二十略·樂略一》列入「遊俠二十一曲」，故予收録。

黑貂金錯刀，紫燕青絲繮。氣驕眼無人，傲睨豪俠場。青春苒流水，晨鏡覸鬢霜。摧藏雜䵹䵺，徒復懷盛强。《全元詩》，册 30，第 18 頁

劍客

釋道惠

按，《樂府詩集》無此題，然宋鄭樵《通志二十略·樂略一》列入「遊俠二十一曲」，故予收録。元人又有《劍客篇》《劍客辭》，或出於此，亦予收録。

憂國更憂民，龍泉三尺新。能全千載義，不惜一生身。去歲遼陽反，輕兵殺萬人。《全元詩》，册 20，第 408 頁

劍客篇

楊維楨

昨夜征西去，西兵盡倒戈。丈夫學劍術，何用效荆軻。《全元詩》，册 39，第 69—70 頁

劍客辭

楊維楨

丈夫萬人敵，拙計哂荆軻。昨夜西征去，生擒李左車。《全元詩》，册 39，第 88 頁

美人

劉因

按，《樂府詩集》無此題，然宋鄭樵《通志二十略・樂略一》「佳麗四十七曲」有《美人》，故予收録。元人又有《美人嘆》《美人行》《美人篇》《美人曲》，或出於此，亦予收録。

美人娟娟秋水隔，烟霧深沉蒙玉質。目逐晴波去不歸，遥山只有行雲碧。碧雲日暮心悠哉，窗前一夜梅花開。平生自信心如鐵，一寸相思一寸灰。《全元詩》，册 15，第 59 頁

同前

郭居敬

雪作春衣霞作裳，遠山淡淡浸波光。緑窗睡起新梳掠，斜插梅花一剪香。《全元詩》，册 24，第 69 頁

美人嘆

胡杕

高樓美人一點雪，翠袖舞落青天月。樓上酒杯乾，樓頭杏花折。緑帶鴛鴦雙綉結，逆郎送郎别，明日新腔爲誰發。《全元詩》，册 24，第 292 頁

美人行

岑安卿

錦雲窣地春風軟，彩鸞影展烏雲綰。綉茸慵理怯餘寒，寶鳧烟斷花陰轉。露晞香徑苔蘚肥，鳳鞵濕翠行遲遲。憑闌無語何所思，默看雙蝶花間飛。《全元詩》，册 33，第 219 頁

美人篇

貫雲石

任風彫雪玲瓏温，吴姬剪月纖纖昏。行雲補髻翠光滑，鳳凰叫落空山月。手摘閑愁八字分，青山恨重晝不伸。肌膿汗膩朱粉匀，背人揮泪妝無痕。霜刀自製石榴裙，閉門不識諸王孫。緑烟薰煖藍田玉，羅帶隨風换妝束。飛鳥銜怨過長門，芳菲不忍韶華屋。連環步窄玉佩響，霓裳袖闊東風長。釧鬆腕瘦覺多情，舉指搔天天亦癢。枕香帳冷蘭燈沉，落花不入芙蓉衾。三山路杳銀河深，彩鸞高訴愁人心。天與美人傾國色，不知更與美人節。夢裏梅花夢我身，萬古千年一明月。《全元詩》，册 33，第 306 頁

美人曲

趙　雍

美人如花花不如，翠滑難勝碧玉梳。道脩且阻無音書，蛾眉長顰未曾舒。春風吹衣裳，黯然泪沾襟。鶯啼本無心，轉添愁海深。窗前紅梅花，落盡不可簪。玉臺明鏡如秋水，疑有人間兩西子。美人未可彫朱顔，朱顔但願長如此。《全元詩》，册 36，第 149—150 頁

織女吟贈黄進賢

劉崧

按，《樂府詩集》無此題，然宋鄭樵《通志二十略·樂略一》「佳麗四十七曲」有《織女辭》，元人《織女吟》或出於此，故予收録。

憶昔束髮初，嬌倚雲錦機。折花事戲劇，笑託身上衣。一從十五時，學向機中織。絲短愁苦長，梭緩心轉急。永夜蘭燈懸洞房，門前梧葉零秋霜。霜寒手凍絲緒亂，絡緯悲啼金井床。春花更疊黄金縷，花底青鸞蹴烟霧。東風何日天上來，擬奉君王宴歌舞。十日滿匹恒苦遲，一夕停梭生網絲。持刀沉吟剪秋水，粉泪欲落愁風吹。遠懷素心人，邈在千里道。何因托交懽，持此永相保。東鄰小姬昔同年，至今盛飾爲母憐。幾回月高鳴杼軸，正是他家夜彈曲。《全元詩》，册 61，第 35 頁

静女吟

張 憲

按,《樂府詩集》無此題,然宋鄭樵《通志二十略·樂略一》「佳麗四十七曲」有《静女辭》,故予收録。

艶女羅綺裳,静女荆布妝。艶女嫁大將,静女歸農莊。大將死邊疆,艶女愁空房。農莊務耕作,静女勤筐筥。艶女迭三嫁,末路流爲娼。静女教子成,五福垂高堂。好花空窈窕,桃李不如桑。《全元詩》,册57,第43頁

卷三二〇　元新樂府辭五三

怨别

郭鈺

按，《樂府詩集》無此題，然宋鄭樵《通志二十略·樂略一》列入「别離十九曲」，故予收録。

病起銀屏滿藥塵，夜窗愁絶月窺人。寒燈不作雙花喜，羅帕啼痕點點匀。《全元詩》，册57，第480頁

憂且吟

胡布

按，《樂府詩集》無此題，然宋鄭樵《通志二十略·樂略一》列入「怨思二十五曲」，故予收録。

寸草爇火林可燃，尺鐵鑿石山爲穿。快劍斫水徒勞割，利口詆聾何用言。人生所貴推時美，萬語不矜一語喜。武乙何尤死暴雷，盜跖端居保遐紀。衛鞅嘗陳帝王道，直以霸術符君好。向使相容客舍人，詎知法令爲强暴。明君素矜賈誼才，時將不偶反見災。當其魯鈍保年壽，何物鵩鳥興悲哀。黄河不異流清濁，一入大海勝杯勺。混混魚龍奮頭角，跳蝦走蟹相參錯。行者苦短論苦長，邪人邪正祥不祥。縱能鞭石填滄海，亦有愚公計太行。《全元詩》，册 50，第 416 頁

朝歌

馬祖常

按，《樂府詩集》無此題，宋鄭樵《通志二十略・樂略一》列入「時景二十五曲」，故予收録。元人又有《朝歌行》，當出於此，亦予收録。

霧黯山沉樹，風號路起塵。朝歌醉王死，周室又歸秦。《全元詩》，册 29，第 358 頁

朝歌行

郝經

壯哉兹城冠河山，老玉回抱青孱顔。建邦立極古有制，何乃獨在河朔間。獨夫智力制天下，瞰視中原强王霸。誰知天與六州王，八百諸侯已從化。摘星樓頭醉未醒，酒池一夜蜚血鷩。成湯高宗遂不祀，珠宫瑶臺爲土平。我來感嘆重延佇，驅車不入朝歌路。陰風莽蒼吹短衣，落日投文比干墓。《全元詩》册4，第266頁

朝來

釋宗泐

按，《樂府詩集》無此題，然宋鄭樵《通志二十略·樂略一》「時景二十五曲」有《朝來曲》，或爲此題所本，故予收録。

朝來暑氣清，疏雨過檐楹。徑竹欹斜處，山禽一兩聲。閒情聊自適，幽事與誰評。几上玲瓏石，青蒲細細生。《全元詩》册58，第428頁

人生

劉因

按，《樂府詩集》無此題，然宋鄭樵《通志二十略・樂略一》列入「人生四曲」，故予收録。

人生底用廢閑思，物理通來盡我師。凍雀猶能樂生處，秋花元不厭開時。齊姜必娶終無偶，秦越未生寧乏醫。若道終安須待足，百年何日可伸眉。《全元詩》，册15，第103頁

同前

龔璛

生人本同體，弱肉强之食。方其恣奸險，從爾言籍籍。相爲舞官法，未幾遭鬼責。是非予奪間，一二堪指迹。此固可以戒，猶搔壽考額。彼哉幸而免，至竟心不測。《全元詩》，册21，第382頁

同前二首

陶安

人生在天地，隨寓即爲家。着處燕營壘，行踪鶴印沙。征衫沾野露，舊隱笑溪花。還勝陽山令，篁茅瘴海涯。

人生無百歲，功業必乾乾。此志不憂國，何顔可見天。遠居山邑静，如對玉階前。寄語秦淮柳，還能記着鞭。《全元詩》，册 56，第 398 頁

雜體八首

貢師泰

按，《樂府詩集》無此題，然宋鄭樵《通志二十略·樂略一》列入「雜體六曲」，故予收録。

卧病荒江上，憂心何忡忡。親友久不見，况此風雨中。沙草生滿路，庭菊亦成叢。荏苒芳春節，棲遲孤客踪。有酒且盡醉，吾道豈終窮。

種蔬屋西頭，露葉日已深。葉深自可摘，慎勿傷其心。傷心且當慎，况廼衆暴侵。豈不念

君子，憔悴將安任。葵藿傾太陽，蕙蘭托中林。此物雖至微，庶可媲德音。

看月當看缺，月缺終須圓。賞花莫待開，花開落還先。靜觀萬物理，可以全吾天。東鄰侈漫舞，西家沸繁弦。歡燕猶未終，飄忽如浮烟。宣尼陳蔡間，伯夷首陽巔。斯人雖已矣，清風萬古傳。

道傍百草芽，春至生漸繁。采之多可茹，亦足供盤飧。豈無粱肉饋，野性非所存。陶令晚辭秩，袁安深閉門。古道真可尚，薄俗難與論。

千金不爲恩，一語終感德。所以古來士，慷慨重相得。眷兹義利間，誰能有真識。張儀漫連衡，酈生空伏軾。魯連不帝秦，高論抗六國。遂令千載下，撫卷長太息。

知黑故守白，迺爲白所污。棄利將求名，反爲名所誤。是非既不真，榮辱安所遇。顧兹朝莫間，何異狙公賦。達人本大觀，世事皆細故。飢餐松下苓，渴飲花上露。且從海翁游，忘機有鷗鷺。

疏林收霽靄，方池涵密陰。坐深清晝冷，餘花散鳴禽。緘情何所寄，撫我緑綺琴。世無鍾子期，誰復能知音。曲終一長嘆，悠悠千載心。

偃息北窗下，好風從南來。開窗延好風，懷抱忽爲開。人生如逆旅，造物同嬰孩。小知門蝸角，營營真可哀。是非何足論，客至且銜杯。《全元詩》，册 40，第 247 頁

自然

劉秉忠

按，《樂府詩集》無此題，然明胡震亨《唐音癸籤·樂通二》列入「唐曲」，元人同題之作，或出於此，故予收録。

名利場中散誕仙，只將吟樂度流年。酒逢知己心方醉，詩到收功意更圓。碧水悠悠入東海，白雲曳曳上青天。但能直往無凝滯，不自然時也自然。《全元詩》，册3，第139—140頁

真仙謡

楊維楨

詩序曰：「漢武帝曰：『天下豈有神仙耶？惟節食省欲可延年耳。』武帝所謂仙者，亦方士求諸吐納，一丹一藥之爲。若天地間真仙在浩劫外者，非武帝所能知矣。因賦《真仙謡》。」詩跋曰：「又有一首和狄仙人曰：日月西墮而東出，江河東逝而西旋。乾坤顛倒吾自在，真仙此訣將誰傳。先生自言夜夢擊壤老人談詩曰，身在天地後，心在天地先。天地

自我出，其餘何足言。鐵仙人自詫黄卵殼外，非天自我出邪？予謝之曰：老人，吾師也。」

按，《樂府詩集》無此題，然明胡震亨《唐音癸籤·樂通二》「唐曲」有《真仙》，元人《真仙謡》或出於此，故予收録。

停君歌，住爾唱，聽我歌莫莫。後天有死，長生可學。瓶收七家，一行。紙剪雙鶴。張綽。盆花頃刻開，屏女相唯諾。癡仙狡獪弗之覺，去尋王屋二子講太樸。丹海烏，沈冰壑。黄河丸，裂火暴。二子，石曼卿、蘇舜欽也。石云：「牛尾麟角成真少，神仙言路不關書。」蘇公云：「丹海飛日烏，玉液朝元腦。崑臺氣候四時春，紫府光陰夜如曉。」亦只是吐納仙耳，真仙不取。於乎後天一一作有。死，長生不可學。西華傾，東海涸。問我在何處，手持天根不盈握。浩劫萬萬劫，始胸之天幾褪黄卵殼。《全元詩》，册39，第109頁

浣紗女

胡 奎

按，《樂府詩集》無此題，然明胡震亨《唐音癸籤·樂通二》「唐曲」有《浣紗女》①，故予

---

① 《唐音癸籤》卷一三，第142頁。

收録。元人又有《浣紗曲》《浣女詞》，當出於此，亦予收録。

苧蘿山下白蘋花，西家女兒來浣紗。清江白石深見底，不省何宫是館娃。《全元詩》，册 48，第 354—355 頁

浣紗曲

張天英

溪頭浣紗女，素足弄清波。緑窗費纖手，鳴機不停梭。織成絺與綌，貴之如綺羅。持此寄遠客，思君心緒多。《全元詩》，册 47，第 141 頁

浣女詞

楊維楨

處女溪邊浣，使君溪上游。使君來乞飲，瓢棄在沙頭。《全元詩》，册 19，第 72 頁

玉蝴蝶

釋德净

按，《樂府詩集》無此題，然明胡震亨《唐音癸籤·樂通二》列入「唐曲」。元人同題之作，或出於此，故予收録。

花到開時玉滿枝，東風吹動欲高飛。人間荏苒春將暮，猶自翩翩未肯歸。《全元詩》，册20，第67頁

賣花聲

丁繼道

按，《樂府詩集》無此題，然明胡震亨《唐音癸籤·樂通二》列入「唐曲」，元人同題之作，或出於此，故予收録。

賣花聲過日高時，綉被佳人睡起遲。雲鬟未梳羞出户，隔簾喚接半開枝。《全元詩》，册41，第

129頁

同前

鄭允端

庭院佳人揭綉簾，賣花聲過玉闌干。紛紛凡俗争桃李，誰向東風問牡丹。《全元詩》，册63，第115頁

後記

續編《樂府詩集》者，吴相洲先生實早擘畫。先生謀之有年，壬辰仲夏，始聚同好于京師議之，以王淑梅教授、韓寧教授與余分任其事。至是歲末，各得數萬言。然王教授、韓教授旋膺要務，唯余一人尚匍伏於此。遂重磨松煤，另整筐篋，味《樂府》以嚴繩尺，審詩題而屬鱗次，於今凡七載矣。

夫京華米貴，居大不易，日驅馳於寒寓泮池之間，謀升斗之薪，諸事煩擾，旬日之間，常難得盈尺之功。唯寒暑長假，時盡屬余，可績之不輟，所進稍速。挽歌、新樂府準的之校定，燕射留存之勘覆，皆於此時而得。然故鄉遥遥，遂不得歸，忍使皓首雙親，倚閭門而長嘆；鄰里舊識，能記名而忘容。嘗憶丙申歲初，猶在佳節，連日秉燈，至於凌晨，忽患腰疾，需扶案憑几而行者旬日，方悟李浩先生嘗言「欲做學問，必需康健之體魄」，乃至人之語。又戊戌盛夏，溽熱如蒸，駑駕既久，瓦釜初成。次日晨，例啓電腦，未得，試以尋常諸法，詢諸友人奇策，皆不應。無已，抱之至中關村，乞專於此者測之數次，曰久用之故，幾至老廢，可試爲修復，然勿期必成。思甫定書稿，未及備份，頓有如墜冰窖之感。留之於其處而歸，四五然聞之不覺稍喜，日間，寢食皆忘，神志如奪。忽得來電，言已復，數日所望，無過於此。唯汗下如雨。

嗟夫！斯役之累，不惟余一人。吴相洲先生全程親爲指導，余有疑惑，叩問先生，醒愚釋惑，不待移晷。叙論解題，皆經先生筆削，全稿亦先生數審而定。中國社會科學院陳鐵民先生、中國語言大學彭慶生先生，嘗不恤年高，專駕親臨，爲指迷津。陳先生常念此事，時有開示。彭先生于文言作叙論解題尤垂青眼，許以草成之後，親爲斧定。惜余智拙行緩，荒延時日，而先生道山早回，幽明永隔，痛何如哉！中國社會科學院劉躍進先生、復旦大學陳尚君先生、武漢大學尚永亮先生、韓國釜慶大學金昌慶先生、四川大學周裕鍇先生、臺灣逢甲大學廖美玉先生知某爲此，皆殷殷慰諭。陳先生曾爲本書申請出版基金鼎力舉薦，周先生嘗就《牧護歌》收録耐心指教，廖先生則親爲改定燕射論文。余之碩士導師李浩先生、博士導師盧盛江先生，于余期望既殷，扶助尤勤。上海古籍出版社高克勤社長、奚彤雲副總編、杜東嫣女史爲本書付梓悉心籌劃，廣設便利。杜女史與余同齡，皆出南開而昔未謀面，因本書結緣，甚爲相得，嘗不遠千里來京，親賜繁簡轉换程序。袁嘯波編審，彭華、張衛香二女史爲本書編輯盡心竭力。彭華女史冰雪聰慧，細心縝密，匡吾之未逮尤多。其亦負統籌之責，上傳下達，不辭勞苦。吴相洲先生之碩士生涂建、姜紅霞、張欣、劉三、丁曉萌，余之碩士生王麗、焦潔、孫萌萌、許飛、程露、周陽、范悦瀅、劉麗、李可，本科生李姝玥、韓春萌、林煒、馬舒影，皆助查文獻，核校引文，補齊注釋。凡此高誼雲天，曷勝感激。謹爲記。

二〇一九年七月六日於北京寓所

圖書在版編目(CIP)數據

樂府續集 / 郭麗,吴相洲編撰. —上海：上海古籍出版社，2020.11

ISBN 978-7-5325-9778-9

Ⅰ.①樂… Ⅱ.①郭… ②吴… Ⅲ.①樂府詩—詩集—中國—古代 Ⅳ.①I222.6

中國版本圖書館 CIP 數據核字(2020)第 195280 號

樂府續集

（全八册）

郭麗　吴相洲　編撰

上海古籍出版社出版發行

（上海瑞金二路 272 號　郵政編碼 200020）

（1）網址：www.guji.com.cn

（2）E-mail：guji1@guji.com.cn

（3）易文網網址：www.ewen.co

安徽新華印刷股份有限公司印刷

開本 890×1240　1/32　印張 160.375　插頁 40　字數 3,079,000

2020 年 11 月第 1 版　2020 年 11 月第 1 次印刷

印數：1—1,100

ISBN 978-7-5325-9778-9

I·3519　定價：980.00 元